『당신이 필요한 여행』

2010 ~ 2020

전해리 씀

아직 자신만의 여행을 떠나지 못한

모든 여행자들을 위하여

Here’s to the ones who dream.

"그러나 발길을 서두르지는 마라
그대 갈 길이 요원하여도
시간을 누리고 결국 다다르리니라
그대 여정에서 이미 풍요로웠으니
이타카가 너에게 풍족을 가져다줄 거라 기대하지 마라."

시 '이타카(*Ithaca*)' 中*

*콘스탄틴 카바피(Constantine P. Cavafy). 시 *이타카(Ithaca)* 中

- 차례 -

프롤로그

내가 평소 굉장히 좋아하는 예술가 집단의 전시회에 참석한 날이었다.

흔연하고도 부러운 마음과 그곳의 고무적인 분위기에 이끌려 나는 어느새 그 집단의 대표를 붙잡고 질문을 하고 있었다.

"혹시 글 쓰는 사람은 모집 안 하세요?"

대표님이 내 질문에 자상히 답하길,

"아, 혹시 작가(Writer)세요?"

난 순간 말문이 막혔다. 글을 쓰지만 글을 쓰고 있다고 말할 수 없기 때문이었다. 나는 우물쭈물거리는 내가 부끄러워 견딜 수 없어 상황을 얼버무리고 급히 자리를 떴다.

너무 오래 멈춰서 길을 잃었다

"너무 오래 같은 자리에 있어도 길을 잃나 보다."
드라마 *'청춘시대'* 시즌 1[*] 中

일본에서 한국으로 오는 비행기에서 내리자마자 든 생각은 '더 이상 뒤돌아볼 것도 없이 멜번으로 떠나자'였다. 여행을 시작하는 결심은 이렇게 충동적이다. 그러나 이러한 결심 뒤에 이야기가 하나 있다.

내가 왜 이렇게까지 일본에 오고 싶어 했을까. 일본을 여행하는 열흘 내내 이 생각에만 사로잡혀 침울했다. 홀로 우여곡절 끝에 익힌 일본어가 대학에서 중국어를 전공하면서 머릿속에서 자연스레 잊히자 거꾸로 일본어에 대한 집착이 심해졌다. 그래서 대학 생활 내내 일본에 여행 갈 기회를 호시탐탐 노렸다. 마침내 여행을 가게 됐을 때 그 기쁨은 이루 말할 수 없었다. 가고 싶었던 장소, 먹고 싶었던 음식 등 그동안 벼렸던 희망사항을 이제야 실행할 수 있어서도 신이 났지만, 사실 그때 아무도 모르게 딴마음을 품기도 했다. 이 여행

*극본 박연선. 드라마 청춘시대 시즌1, 9회, "제자리에 서 있으면 길을 잃지 않는다". 연출 이태곤. JTBC. 2016년 8월 19일 방영

을 계기로 중국어를 관두고 일본어를 다시 시작할 수도 있겠다고 생각했다. 원래의 나 자신을 느꼈던 곳으로 돌아가면 다 잘 될 줄 알았다. 이 글을 쓰는 지금, 당시를 돌이키면 터무니없는 바람에 불과했지만 말이다.

항상 예상치 못한 곳에서 탈이 난다. 12월 21일 일본 땅에 내렸는데 나의 기대보다 일본어가 입 밖으로 나오지 않았다. 정말 당황스러웠다. 식당에서 주문을 하거나 뭔가 물어봐야 할 때마다 나는 쩔쩔매며 사전을 어김없이 참고해야 했다. 분명히 아는 단어도 잘 읽히지 않았다. 그렇게 형편없이 공부한 것도 나름 공부한 거였다고 나도 모르게 모든 한자를 중국어로 발음하고 있었다. 또 희한하게도 내가 길을 물어보거나 다른 용건이 있어서 질문을 던질 때마다 대부분의 일본인들은 제대로 대답하지 않거나 너무 불친절했다. 물론 여행 중 충분히 일어날 수 있는 일이지만 당시엔 굉장히 황당했다. 왜냐하면 이전의 일본 여행이나 연수에서는 거의 열이면 열 친절한 일본인만 마주쳤기 때문이다. 그러니 비교를 하지 않을 수 없었다. 그리고 어딜 가든 별다른 감흥이 느껴지지 않았다. 동행한 친구는 이곳저곳 예쁘고 신기하다며 사진을 찍었는데 나는 '아, 이런 곳이구나' 이상의 반응이 도저히 나오지 않았다. 그냥 남들이 사진 찍으니까 나도 덩달아 그럴 뿐, 모든 풍경이 마음에 와닿지 않았다. 게다가 (용하게도) 한 번도 겪어보지 않았던 일본인 특유의 사탕 발린 친절함까지 겪으니 그저 헛웃음만 나왔다. 열흘 중 닷새 동안 여행을 같이 다닌 친구에게 미안할 정도로 나는 울적한 기분에서 헤어나오지를 못했다. 뿐만 아니라, 어디를 가든 사람들이 몰려 있으니 공황 증상이 나타났다. 여행지에서도 자신을 컨트롤 하고 있지 못한다는 자괴감에 앓아 눕기도 했다.

그토록 바랬던 일본어와 여행이건만 내가 왜 이럴까.

나는 왜 이렇게까지 일본에 오고 싶어 했을까.

친구는 여행이 엿새째 되던 날 한국으로 돌아갔고 나는 또 다른 숙소로 옮겨 갔다. 그곳이 세번째 숙소였다. 한편으로는 일본에서 내가 가장 익숙한 구역인 아사쿠사였다. 나는 아사쿠사만 세 번째였다. 혼자 있게 되자 여행 내내 불편한 감정에 휩싸인 원인에 대해 골똘히 고민해 볼 수 있었다. 나는 아사쿠사 일대를 무작정 걸으며 낯익은 예스러움과 낯선 깔끔함을 구분해냈다. 그러자 내가 당시까지 과거에 얽매여 같은 자리에 오랜 시간동안 멈춰 있었다는 걸 자각했다. 대학생이 되어 중국어를 공부하고 있었고 내가 처한 환경과 상황은 끊임없이 달라지는데 나는 고등학생 때 일본어를 공부하면서 품은 꿈들을 떠나보내지 못하고 꽉 잡고 있었던 것이다. 나의 마음과 머리는 시간의 흐름에 따라 자연스레 변화하는 외적 여건과 사회적인 나 자신에 늘 적응하지 못했다. 그러니 여행하면서 무의식적으로 내 추억 속 일본과 내가 머물고 있는 일본을 비교하고, 변하지 않는 내 기억이 아니라 당연히 변하고 있는 일본을 탓하고 있었다. 원인을 찾았으나 속이 시원하지 않았다. 마음이 과거에 발목 잡혀 이미 오랫동안 길을 나서지 못하고 멈춰서 서있기만 했다고 깨달은 순간 모든 의욕이 날아가고 허무함과 상실감이 바로 뒤따라왔다. 현실은 이랬다: 나의 일본어 실력은 이제 형편없다, 만약 일본어로 무언가 하고 싶다면 다시 공부해야 한다, 그런데 전공 때문에 일본어 공부를 시작하고 싶어도 아마 머리가 따라주지 않을 것이다, 일본어 공부를 놓은 동시에 그 사이 또 다른 사회에 적응하느라 관심사가 자연스레 달라져 나는 이제 일본의 어떤 풍경에도 감탄하지 않는다, 일본은 더 이상 꿈을 찾을 수 있는 공간이 아니며 나와 전혀 상관없는 공간이 되어 버렸다. 일본으로 여행 온 이유는 그렇게 증발되고 말았다. 나의 현실을 인식하면서 여행의 목적이 사라졌다. 어렸을 때 부모님은 나에게 길을 잃으면 그 자리에 가만히 있든가 경찰서에 찾아가든가 주변 사람들에게 핸드폰을 빌려서 전화를 걸라고 알려줬다. 그때는 길을 잃어 어디로 갈지 몰라도 누군가 와서 날 구원해주거나 보호자를 찾아 줄 곳으로 가면 됐다. 그런데 이제는 길을 잃어 가만히 있으면 길을 잃은 그대로였다. 가던 길이 어디인지도 잊은 채였다.

이제 어디로 가야 할까.

일본을 여행하면서 나를 거북하게 만든 또 하나는 나의 불안정한 위치였다. 평상시 나는 열심히 살면서도 미래에 대해 고민하며 속을 태웠다. 그런 나는 낯선 여행지에서도 집을 보면 '나는 어디서 살아야 하지?', '난 어떤 집에서 살아야 하지?', 사람들을 보면 '나는 어떤 직업을 갖고 살아야 하지?', '나는 뭐 해 먹고 살아야 하지?'라는 걱정을 저절로 떠올렸다. 일상 속 갖고 있던 질문들이 여행 속에서도 여지없이 나를 괴롭혔다. 하긴 여행 온 목적도 잃었으니 평소의 물음거리들이 그 자리를 차지할 수밖에. 그래, 과거의 꿈을 현재의 꿈으로 착각한 내가 철저하게 바보였다. 도저히 인정하지 않을 수 없었다. 그러나 우린 때로 지나간 꿈들, 아니 지나간 꿈들을 이제껏 꾼 나 자신에게 미안해서라도 현재의 꿈에 최선을 다할 필요가 있다. 옛꿈이 지나간 빈 자리에 새 꿈을 채워 넣어야 한다는 뜻이다.

나는 항상 뭔가를 읽거나 쓰거나 관찰한다. 취미 중 하나는 잡지 칼럼을 읽는 것. 여행 중 혼자 남은 날들 중 어느 날 밤, 기껏 들고 간 세 권의 책 중 아무것도 눈에 들어오지 않아 아이폰으로 잡지 칼럼을 읽고 있었다. 이상적인 도시에 관한 지큐 코리아의 에디토리얼 기사였다. '살기에는 완벽한 도시, 호주'라는 제목이 눈에 들어왔다. 이미 호주의 시드니에서 두 달 정도 머문 경험이 있어 대강 어떤 내용이겠거니 예상하고 글을 읽었다. 타인에 대한 상투적이지 않은 관심이 존재하며 일과 삶의 균형이 가능한 도시라는 내용이 텅 빈 마음을 사로잡았다. 이곳에 가면 지금 내가 잃어버린 무언가와 삶의 방향을 찾을 수 있지 않을까 막연한 희망이 느껴졌다. 그래서 새해를 도쿄에서 보내겠다는 계획을 내던지고 12월 31일 밤에 한국으로 돌아가는 비행기표로 바꿔버렸다. 아무런 의미를 찾을 수 없는 곳에서 더 이상 멀뚱멀뚱 시간을 축낼 이유가 없지 않은가. 어차피 너무 외로웠다. 공황 증세도 심해져 갔고 체력적으로 버티기 힘들기도 했다. 어서 일상으로 돌아가 나에게 주어진 과제에 부딪치고 내가 갖고 있는 물음표를 지워버릴 수 있는 노력을 하고 싶었다. 12월 31일 밤 열 시에 한국에 도착해 나는 하룻밤 신세를 질 요량으로 친구네 집으로 향하는 지하철 안에서 새해를 맞았다. 그 순간 이런 생각이 들었다.

아무렴 어때, 물러서지 말자.

사랑할 수 있을 때 사랑하자.

본심(本心)이 저절로 튀어나왔다. 그 추운 새벽에 친구를 만나 친구의 집으로 걸어 갔을 때, 야식으로 치킨을 시켜 먹었을 때, 아침에 일어나 그간 가보고 싶었던 카페에 같이 가서 커피와 빵을 먹었을 때 등 모두 내 계획과 벗어났지만 도리어 그토록 갈망했던 일본에 있을 때보다 즐거웠다. 계획을 이루지 못하는 것이 싫어 다이어리 하나 사서 그걸 적을 용기도 못 내는 나는 마음에서 몰래 세운 계획조차도 이루지 못하면 괴로워했다. 하지만 그 여행의 끝만큼은 예외였다. 이루고 싶었지만 이뤄지지 않았던 계획과 이런 일이 일어날 거라고 상상도 못했던 우연들과 사건, 어떻게 갈피를 잡아야 하나 알 수 없었으나 한 가지는 확실히 알았다. 계획대로 이뤄지지 않아도 괜찮다는 것. 새해를 맞은 지하철에서 든 마음을 안고 집으로 내려가는 동안 난 그래도 마음이 한결 가뿐해졌다는 걸 느꼈다.

덧붙이는 글: 일본을 떠나기 전날 밤, 그러니까 30일 밤에 숙소 주변으로 산책을 나가며

4년 전 고등학생이었을 때 나는 일본 연수로 도쿄에 왔었다. 이번 여행에서 숙소를 잡은 동네인 아사쿠사에도 갔었다. 그때가 한겨울이었는데 꽃이 핀 나무가 있었다. 벚꽃처럼 생겼는데 벚꽃은 당연히 아닐 테고… 종류는 몰랐으나 추워 보이지 않는 모습이 인상 깊어 사진을 찍어 뒀다. 그 기억이 다시 떠올라 그 나무를 찾으러 발걸음을 나선 것이다. 재미있게도 나무는 그로부터 4년 후에도 그 자리에 잘 있었고 꽃도 피어 있었다. 아마 고등학생 때는 내가 이런 모습으로 이 나무 앞을 다시 서게 될 거라고 상상도 못 했을 것이다. 목표는 이루지 못 했어도 이 여행이 지나가 버린 과거와 어쩌면 내 것이 될 수 있었던 미래 사이의 혼돈과 아쉬움을 내려 두는 계기가 될 수 있어서 다행이었

다. 그런데도 마음 한구석이 아린 건 어쩔 수 없었다. 결국 빈 껍데기를 찾아 헤맨 거였는데, 그동안 난 얼마나 많은 것들을 놓치며 살았을까. 나무는 질투나게도 여전히 자기 꽃을 피우는데 나는 그 어떤 꽃도 거두지도 못했으므로. 만약, 아주 만약에, 4년 뒤에 그 자리에 가게 된다면 난 어떤 모습을 하고 있을까. 고요한 나무 앞에 질문을 살짝 남기고 난 숙소로 돌아갔다.

열심히 살았다고 해서 잘 산 건 아니다

"그렇게 바쁘게 산다고 뭐가 해결돼?"

영화 *'리틀 포레스트'** 中

일본 여행을 가기 약 1년 전, 학교의 커리큘럼 및 전공에 대한 부적응과 미래에 대한 불안으로 2학년 말에 다른 학교와 전공으로 편입을 도전했다가 보기 좋게 실패했다. 꼼짝없이 학교로 돌아가 3학년의 생활을 시작해야 한다는 걸 받아들였을 때부터 숨이 막혀 오기 시작했다. 나에게 남겨진 길은 이것 하나라는 사실과 이걸 해도 행복하지 않을 거라는 직감을 인지하면서 감당할 수 없는 스트레스를 느꼈다. 중국어를 전공하면 먹고 살 수 있겠다는 아주 단편적인 판단이 기어코 스스로를 궁지로 몰아넣었다는 생각에 나 자신이 원망스러웠다. 그렇게 1년 동안 평일에 평균 네 시간씩 자고 주말에 잠을 몰아 잘 정도로 바쁘게 살았다. 3학년 1학기에는 22학점을 듣느라 생활 패턴은 학교-집, 과제-시험에서 벗어나지 못했다. 하기 싫은 걸 피할 길이 없어 단어를 울면서 외

*감독 임순례. 영화 *리틀 포레스트*. 제작 영화사수박. 2018.

웠다. 시간이 너무 없어 간단히 싼 도시락을 먹으면서 과제를 하는 건 당연했다. 공부만으로도 사는 게 벅차 사람들과 연도 잘 맺지 않았다. 매일 과제와 공부밖에 하지 않느라 다른 사람들을 만나도 할 말이 없었다. 그 사람들의 평범한 일상에 자꾸 나를 비교하며 스스로 좌절을 느낄까 봐 싫기도 했다. 그 상황을 유일하게 타개할 수 있는 건 졸업 요건이기도 했던 HSK 6급 취득이었다. 주변에서 졸업 요건을 해결하는 게 어렵다고 으름장을 놓는 바람에 겁을 잔뜩 먹고 있었다. 다들 자격증을 취득하려면 무조건 학원에 다녀야 한다고 말했는데 나는 어학 자격증이 크게 의미 있지 않다고 머리로 익힌 터라 학원비로 낼 돈이 너무 아까웠다. 그래서 나로서는 학교 전공 공부와 과제에 매달리는 편이 돈과 시간을 아끼는 지름길이어서 학교 생활을 열심히 하지 않을 수 없기도 했다. 그런 식으로 지내면서 나의 마음을 괴롭혔던 건 나의 부족한 지능과 재능이 아니라 '이게 안 되면 어떡하지?'라는 근심이었다. 방학 때 일 못 구하게 되면 어떡하지? HSK 5급에 떨어지면 어떡하지? 대회 상금 못 타면 어떡하지? HSK 6급에 떨어지면 어떡하지? 나에게 주어졌던 모든 과제와 일상이 흡사 도미노 같았다. 하나가 무너지면 뒤의 것들도 와르르 무너지는 도미노. 그래서 무너뜨리지 않으려고 갖은 애를 쓸 수밖에 없었다. 일본 여행을 다녀오고 나서는 여름에 멜번으로 떠나 있겠다는 목표가 있었지만, 이것도 결국 고

된 일상의 동기부여가 아니라 또 다른 부담감으로 작용했다. HSK 6급에 합격하지 못하면 멜번 여행은 언감생심 꿈도 못 꿀 일이기 때문이었다. 이 과정에서 건강을 제대로 잃었다. 스트레스를 해소할 방법을 몰랐으니 어쩌면 당연한 결과였으리라. 한 달에 병원만 다섯 군데 간 적도 있었다. 의약을 거르는 날이 단 하루도 없게 된 생활이 바로 그 무렵부터 시작되었다. 아토피가 심해졌고 피부는 계속 짓물렀다. 잠을 자도 자는 게 아니었다. 잠을 잘 때마다 누군가가 나를 쫓아오거나 내가 누군가를 쫓는 꿈을 꿨다. 자고 일어나면 기분이 어김없이 찝찝하고 머리는 멍했다. 너무 현실스러운 꿈을 꾸는 바람에 꿈과 현실을 구분 못하기도 했다. 그런 와중에 과제는 끝내야 했고, 시험은 봐야 했고, 해야 할 일은 끝도 없었다. 원래도 감정의 높낮이가 그다지 고른 사람은 아니었지만 나의 신경·정신적인 상태는 점차 악화되었다. 공황 증상을 겪기 시작했고 우울한 감정은 끝을 모르고 깊어져만 갔다. 바늘이 비가 되어 내리는 것처럼 뚜렷하지 않으면서 부정적인 공상들이 나를 찌르는 것 같았다. 생각을 하기만 해도 죽을 수 있다는 공포를 느꼈다. 어느 한 달은 이런 증상을 진정시킬 수 있는 약을 거의 매일 빠뜨리지 않고 복용해야 했다. 공황 증상을 겪은 이후 사람들이 많은 곳을 가기 힘들어졌다. 그런 곳에 갈 때는 꼭 모자를 쓰거나 누군가 내 옆에 있어야지, 그렇지 않으면 심장이 뛰고 숨이 막혀 왔다. 공황 증상을 견디기 힘들 때는 손목에 칼을 쥐여 가만히 대거나 이런 증상을 이해해줄 사람에게 전화해 말없이 울기만 했다. 이상하게도 차라리 그렇게 해야 증상을 가라앉힐 수 있었다. 하지만 내가 가장 힘들었던 점은 학교 생활도, 나빠진 건강도 아닌 내가 처한 환경과 여건이 나아질 전조 증상조차 보이지 않는 현실과 그로 인한 막막한 앞길이었다. 내가 이렇게까지 노력해도 답답한 상황과 여전히 불안한 미래를 해결할 수 있는 능력이 있는지 스스로에게 물어봐도 확신이 없었다. 아침에 일어나 하루를 시작하는 것이 너무나도 두려웠다. 아니, 내일 또 같은 하루가 이어질 거라는 현실을 받아들이기 어려웠다. 누가 나에게 이런 말을 했다. 쉬지 그랬냐고, 진작 말하지 그랬냐고. 그러나 당시 나는 나를 괴롭게 만드는 어떤 상황이 끝나길 바란다면 그 해결책은 남에게 털어 놓는 것보다 그냥 내가 몸소 움직여 그 상황을 끝내는 것이라고 생각했다. 또 남들에게 털어 놓는다고 해서 이해와 공감을 받는 게 당연하지 않다는 것도 알았다. 그래서 미칠 듯이 힘들어도 그 누구에게도 의지하지 않았다. 게다가 이미 아주 오래 전부터 마음 속에 쌓아 왔던 문제들까지 현실과 함께 엎치락뒤치락 나를 괴롭혔다. 그리고 우리 모두 각자 사는 게 힘드니까, 굳이 사람들에게 나의 고민을 얹고 싶지 않았다. 요약하자면, 나에게는 이 모든 것들을 다른 이들에게 말할 이유보다 말하지 않을 이유가 더 많았다. 그런 내 입에서 진심으로 '힘들다'는 말을 내뱉게 된 건 HSK 6급 합격 소식을 확인한 4월의 어느 새벽이었다. 펑펑 울었다. 이제야 족쇄에서 풀려 났다는 안도감이 들었다. 새벽이라 이 기쁜 소식을 전화로 전달하지 못해 친한 사람들에게 음성 메시지를 남겼는데, 그때마다 '나 그동안 힘들었다'는 말을 했다. 그전에 사람들이 '힘들지?'라고 물어보면 나는 성의 없이 '힘들다'고 답했다. 내가 먼저 힘들다고 말하지 않았던 건 내 입으로 직접 그 말을 뱉은 순간 다 포기하고 싶을까 봐 겁이 났기 때문이다. 하지만 순진한 선택이 초래한 결과를 내 손으로 끝내는 건 당연했으니 그 어떤 것도 포기하면 안 됐다. 이젠 힘들다고 수백 번 되뇌어도 상관없었다. 나는 1년 만에, 천신만고 끝에 책임 하나를 겨우 끝냈으니까.

어쩌면 내 손으로 족쇄를 채워야 했을 때 그 무게를 견뎌야 한다는 것 정도는 스스로 인지했을 것이다. 그러나 내가 전혀 예상하지 못했던 건 그 족쇄가 당나귀 등의 물먹은 솜처럼 걸을 때마다 나를 짓누를 거라는 것과 그 족쇄를 풀고 난 후의 '나'였다. 졸업 요건만 끝내면 훨훨 날아갈 거라고 그렇게 벼렸건만, 정작 나는 아무것도 신나게 하지 못했다. 자격증을 땄어도 학기의 절반이 남아 있는 상태였지만, 매사에 그저 반쯤 정신 나간 사람처럼 굴었다. 그동안 바빠서 미뤄왔던 것들, 책을 읽거나 누군가를 만나는 등 사소한 것조차도 행동에 옮기기 벅찼다. 팔다리에 힘이 영 들어가지 않았다. 나에게 '아무것도 하기 싫다'는 감정이 찾아온 건 그때가 처음이었다. 항상 하고 싶은 게 너무 많았으나 그때마다 시간과 조건이 너무 부족했다. 하지만 시간이 생겼어도 내가 할 수 있는 건 아니, 하고 싶은 게 아무것도 없었다. 그리고 나를 가장 좌절시킨 건 글이 써지지 않는다는 점이었다. 툭툭 튀어나오는 생각들은 파편적일 뿐 어떤 글로도 완성될 기미가 아예 보이지 않았다. 단순히 표현력이나 소재의 고갈이 아니었다. 아무것도 쓸 수 없을 정도로 내 안이 고갈된 것이었다. 그러고 보니 우물 속 물은 언제부터 메말라 있었을까. 아무래도 나를 아무데나 너무 많이 퍼준 것이 분명했다. 이걸 알아차렸을 땐 이미 너무 늦은 뒤였다. 내가 사랑하는 화가인 빈센트 반 고흐의 말이 자연스레 생각났다.

"*I put my heart and my soul into my work, and have lost my mind in the process.* (나는 작품에 심장과 영혼을 바치면서 마음을 잃었다.)"

이 시기에 나는 분야가 전혀 다른 두 사람으로부터 '애매하다'는 말을 들었다. 쉽게 넘길 우연이 아니었다. 주어진 일을 끝냈으니 이제는 내가 하고 싶고 원하는 일을 찾아야겠다는 일념 하나로 몇몇 사람들을 만나며 장래 탐색을 꾀했다. 추운 4월의 어느 날, 나는 SNS로 몇 번 대화만 나눈 어느 사진 작가를 실제로 만나러 상경했다. 사진과 예술을 아끼는 나로서는 좋아하는 사진 작가를 만날 수 있다는 것이 무척이

나 기뻤다. 그러나 그분과의 대화에서 나는 좌절을 느꼈다. 아무래도 그분은 나에게 어떤 기대감을 품었을 것이다. 그도 그럴 것이 그동안 내가 한 말들은 너무나도 번지르르했다. 하지만 현실은, 내가 사진에 관해 이룬 건 아무것도 없었다. 사진이 너무 좋아 그 분야에서 미친듯이 노력하는 사진 작가 지망생들을 숱하게 봤을 그분이 보기엔 나는 그저 말본새만 좋은 사람일 뿐이었다. 그래서 나의 상태가 '애매하다'고 말한 그분을 무작정 비난할 수 없었다. 사진을 직업으로 대하는 분이 보기엔 나의 자세가 틀리긴 했다. 낭패감을 애써 누르고, 그 뒤로 나는 과제로 썼던 레포트를 들고 어느 교수님을 찾아 뵈었다. 교수님께는 단지 레포트의 피드백만 부탁드렸지만 내 안에서는 이 교수님의 말씀으로 내가 경영 및 마케팅 분야로 방향을 틀어도 확실히 괜찮을 깜냥인지 확인할 목적이 컸다. 교수님의 반응은 그저 그랬다. 교수님은 나와 약간의 대화를 나누시더니 나의 위치가 굉장히 '애매하다'고 말씀하셨다. 중국어를 유창하게 구사하는 것도 아니고 경영 분야에 대한 지식이 빠삭한 것도 아니기 때문이었다. 그래도 교수님은 내가 원한다면 도움을 아끼지 않을 거라며 격려를 건넸다. 나는 오히려 스스로에게 굉장히 실망했다. 열심히 했지만 이거밖에 안 되는구나. 사실 HSK 6급을 땄지만 애석하게도 나는 여전히 내가 원하는 수준의 중국어 실력을 갖추지 못했다. 가장 최악이었던 건 부담감이 꽤 심했던 모양인지 한자를 알아는 봐도 누군가 나보고 써보라고 하면 쓰질 못했다. 시험을 쳐야 했을 땐 미리 사전을 찾아서 그림을 외우듯이 한자를 외워야 했다. 넷 사(四), 술 주(酒), 서녘 서(西)를 남몰래 헷갈려 했다. 또한 중국어를 말하거나 쓸 때마다 그 1년 속의 괴로운 기억들이 자꾸 떠올랐다. 이를 다른 사람들에게 뚜렷하게 설명할 수도 없어 괴로웠다. 결국 난 4학년 1학기 전공 과목에서 괜찮지 않은 성적을 받았다. 그제야 알았다. 난 이제까지 과녁을 제대로 맞춰 쏘기 위해 최선을 다한 게 아니라, 내 밑천이 드러날까 봐 하기 싫은 것에 정성과 성의를 들였다는 걸 말이다. 본질이 없는 걸 그저 모양 좋게 예쁘게 포장하려 들었다는 걸 확인했다. 과연… 끝날 때까지 끝난 게 아닌 셈이다.

그 1년을, 건강과 나 자신을 잃어가며 바쁘게 산 것에 대해 책임감 이외에 어떤 말로도 명확하게 정의 내릴 수 없다. 나의 선택이 초래한 결과를 끝내려면 그렇게 할 수밖에 없었다고 아직까지도 확신한다. 따라서 후회하지 않는다. 또 조금 냉정하게 판단하자면, 그렇게 산 건 나니까 공황 장애도, 우울증도, 바싹 말라버린 나의 우물 전부 안타깝게도 나의 책임인 셈이다. 그러니 열심히 산다고 해서 잘 사는 게 아니다. 열심히 살면 그래도 그 끝에 뭔가 있다며 1년을 버틴 나였지만 내가 1년 동안 이룬 건 허울뿐인 성취였다. 남은 건 그냥 지쳐서 아무것도 할 용기가 없는 나였다. 고등학생 때 달리기

수행평가가 연상됐다. 일곱 바퀴를 달려야 했는데 몇 바퀴 돌다 보면 그 수가 생각이 안 나니 숫자를 세어 주는 친구가 꼭 있어야 했다. 출발선에서 목표는 일곱 바퀴라는 걸 잊지 말아야 한다고 다짐하지만, 달리면서 난 기어이 숫자를 잊었다. 바쁘게 산다는 것은 이 달리기와 같다. 뛰다 보면, 아주 열심히 뛰다 보면 몇 바퀴만 돌고 그만 멈춰야 하는 걸 송두리째 잊는 것이다.

나비는 마침내 번데기에서 벗어났다. 하지만 탈출 과정이 너무 고되었던 걸까. 나비는 꽃을 향해 날아갈 힘이 없었다. 자신이 날아가 머물러야 할 꽃이 무엇인지도 몰랐다. 번데기에서 나오기만 해도 나비가 되는 줄 알았다. 그렇지만 번데기에서 나와야 했던 목적을 이뤄야 비로소 나비가 되는 법이다.

레이디 버드(Lady Bird)와 크리스틴(Christine)

미안함

'레이디 버드'와 '크리스틴'은 같은 사람이다. 좀 더 정확히 말하면, 영화 '레이디 버드(Lady Bird)'의 여주인공은 이름이 두 개다. 그녀의 부모는 그녀에게 '크리스틴'이라는 이름을 줬지만, 그녀는 스스로에게 '레이디 버드'라는 이름을 준 것뿐이다. 그녀는 지루하고 내세울 것 하나 없는 도시이자 자신의 고향인 세크라멘토(Sacramento)의 크리스틴에서 벗어나 화려한 도시인 뉴욕의 레이디 버드가 되고 싶어 (거의) 몸부림을 치다시피 엄마에게 반항을 일삼는다. 난 그러한 그녀에게서 나를 보았다. 나도 스스로를 새라고 여긴 적이 있었다. 다만 새장 속의 새라고 말이다. 새는 날고 싶은 곳을 향해 훨훨 날아가려고 태어났다. 그래서 난 내가 불행한 새처럼 느껴졌다. 내내 새장, 아니 둥지에서 살았기 때문이다. 둥지 속으로 맛있는 먹이를 넣어준다고 해서 새는 행복하지 않았다. 오히려 자유를 갈망했다. 세상에 나갈 기회를 호시탐탐 노렸다.

일본 여행에서 막 도착했을 때 난 멜번으로 갈 거라는 목표를 금방 잡았지만 엄마에게 멜번에 갈 거라고 말하진 않았다. 당장 말하면 오히려 못 가게 막을 것이 뻔했다. 졸업 요건을 해결하면 엄마도 나에게 할 말이 없겠지 싶어, 속에 말을 감추며 HSK 시험 합격에 매진했다. 그런데 나는 HSK 시험에 합격하고 나서도 곧바로 말을 하지 못했다. 희한하게도 입이 도저히 떨어지질 않았다. '나 이번만큼은 나 하고 싶은 대로 할래! 나 말리지 마!'와 같은 식으로 호기롭게 말하려고 했건만 차일피일 선언을 미뤘다. 이젠 말하지 않으면 안 될 시점에 이르자 나는 어떻게 하면 차근차근 얘기할지 친구와 연습까지 했다. 그리고 멜번으로 두 달 정도만 가고 싶다고 말하자마자 (예상했듯이) 엄마는 평소처럼 부정적인 반응을 보였다. '가서 뭐 할 건데?', '네가 뭘 할 수 있는데?', '집 같은 건 어떻게 구하게?'와 같은 현실적이면서도 회의적인 질문을 던졌다. 엄마의 반응에 늘 그랬던 것처럼 흥분할 뻔했지만 어쨌든 최대한 조리있게 대답하려고 애썼다. 그러자 엄마는 어느 순간 말을 뚝 그치더니 한동안 아무 말도 하지 않았다. 그래서 나도 가만히 앉아 있었다. 몇 분이 지났을 때 엄마가 나한테 커피를 달라고 해서 한 잔 내려서 갖다 줬다. 그러고도 아무 말이 없어 나는 속으로 굉장히 초조해 하면서 다시 조용히 앉았다. 그러더니 엄마가 갑자기 불쑥 말을 꺼냈다.

"네가 엄마를 두고 떠나려고 하네."

그건 일종의 허락이나 다름없었다. 그러나 난 그 말을 듣는 순간 마음이 와르르 무너져 내리는 걸 느꼈다. 하나도 기쁘지 않았다. 그리고 이런 엄마의 말에 내가 실제로 그랬는지 아니었는지 기억은 정확히 나지 않지만 나는 겨우 이렇게 답했던 것 같다.

"오랜 기간이 아니어도 지금 떠나지 않으면 난 후회할 거 같아."

난 엄마가 나를 내가 가고 싶은 곳으로 가지 못하게 막는다고 생각한 적이 많았다. 이와 관련해서 내가 엄마한테 너무 서운했던 적이 딱 두 번 있다. 한 번은, 호주 시드니의 사촌언니네로 두 달간 갔다 오고 싶다고 말했던 때이다. 내가 처음 그 말을 꺼내자 엄마는 '고민해 보자'가 아니라 '안 돼'라고 대답했다. 길을 걷다가 갑자기 눈 앞에 닫혀진 문이 쿵 떨어진 기분이었다. 다른 한 번은, 일본 여행 중 엄마한테 전화로 힘들다고 투정을 좀 부렸더니, 엄마가 '그럴 거면 비행기 표 바꿔서 내일이라도 한국으로 들어오라'고 말했던 때이다. 왜 엄마는 나한테 '아무리 가족이어도 두 달 정도 머무는 건 사촌언니 입장에선 힘들 거야. 네가 가서 살아도 보고 여행도 하고 싶은 건 알겠지만 어떻게 하면 좋을지 조금 고민해 보자', '추운 날씨에 장소를 바꿔가면서 여행하는 게 힘들다는 건 충분히 이해해. 그래도 그동안 얼마나 바랐던 여행이니. 조금이라도 즐기는 건 어떨까?'와 같은 식으로 말해주지 않았을까. 엄마와 내가 살가운 대화를 주고받지 않는 건 비단 어제오늘 일이 아니긴 했지만, 다른 일도 아니고 내가 하고 싶은 일이나 장래에 대해 적극적으로 격려해주지 않는 건 딸의 입장에서 너무 섭섭했다. 내가 뭔가 하고 싶다 혹은 어딜 좀 갔다 오겠다는 의사를 전달했을 때 엄마는 단 한 번도 내가 원하는 답, 즉 속시원하게 '해!', '다녀와!'라고 말하지 않았다. 내 뇌리에 특별히 박힌 이 두 가지 일화를 제외하고도 내 미래와 관련해서 엄마와 티격태격한 여러 자잘한 사건들이 많다. 사실 엄마는 내가 선생님이 되길 바랬다. 꿈에 관한 대화를 할 때 엄마는 주입식 교육하듯 선생님이란 단어를 언급했다. 엄마는 내가 안정되고 안전한 직업을 갖길 원했다. 그럼에도 불구하고 난 선생님이 되고 싶지 않았다. 난 어렸을 때부터 우리나라 특유의 정서가 짙은 동화보다는 '빨간 머리 앤', '키다리 아저씨', '보물섬'과 같은 세계적인 명작을 더 많이 읽었고, 조금 더 커서는 여행과 관련된 책을 읽으면서 세계로 뻗어 나가는 꿈을 꿨다. 이제껏 맛보지 못한 세상에 대한 갈망을 키웠다. 이런 걸 보면 엄마와 난 부딪힐 수밖에 없었다. 각자 겪은 경험과 배움에 따라 철학과 견해의 결이 완전히 다를뿐더러, 난 타협하는 걸 그다지 좋아하지 않는 유형에 속하고 엄마는 딸에게 아예 무관심할 수 없는 입장이기 때문이다. 어쨌든 난 딸로서 뭐 하나 시원하게 칭찬해주지 않고 늘 냉소적인 태도를 견지하는 엄마가 참 보수적이라고 생각했다. 그리고 그런 엄마를 이해하기 힘들었다. 어렸던 나는 나의 노력하는 태도에 대한 남들의 칭찬보다 엄마의 다정한 호응이 너무 고팠다.

멜번 여행에 대한 허락을 받던 때로 다시 돌아가자. 엄마의 말을 듣자 난 여태껏 단 한 번도 알 수 없었던 마음에 사무쳤다. 엄마는 내가 엄마의 곁에서 멀어지는 걸 최대한 늦추고 싶었다는 사실을 말이다. 바로 앞에서 언급했듯이 난 언제나 넓고 새로운 세상을 염원했고 중·고등학생 때는 유학을 꿈꿨다. 당시 나는 집안 형편으로 인해 그 희망사항을 이룰 가능성이 아예 없다는 현실이 너무 속상했다. 그런 나에게 어떤 상담 선생님은 이렇게 말씀하셨다.

“어차피 때가 되면 떠나니까, 할 수 있는 한 부모님 곁에 오래 머무는 것이 좋아.”

그땐 선생님의 말씀을 귀담아듣지 않았다. 그런데 엄마의 말 한 마디로 인해 드디어 선생님의 말씀을 온 마음으로 알 수 있었다. 난 엄마의 하나밖에 없는 딸이다. 그러나 엄마에게 나는 딸 그 이상이었을 것이다, 분명히, 언제나. 엄마는 날 스물일곱 살에 낳았다. 엄마는 회사를 그만두고 연고도 없는 곳에서 날 키웠다. 아빠는 엄마를 도와주지 않았다고 한다. 꿈과 커리어, 행복에 대한 고민이 커지고 이를 현실로 어떻게 이룰지 치열하게 고민하는 나는 엄마가 날 낳았을 당시의 나이에 점차 가까워지니 엄마의 입장에 조금이나마 마음이 쓰인다. 젊음의 나날에만 누릴 수 있는 것들이 무엇인지 한 살 한 살 나이가 들 때마다 확연히 깨닫게 되는데, 엄마는 그것들을 어떻게 포기하고 날 길렀을까. 엄마는 당신이 어릴 적 누리지 못했던 것들을 나라도 즐길 수 있도록 애쓰셨다. 우리 집은 풍족한 적이 없었다. 그렇지만 내가 어렸을 때 엄마는 내게 비싸지 않아도 예쁜 옷을 입혔고, 감당할 수 있는 선에서 내가 배우고 싶은 것들을 배우도록 최대한 뒷바라지 하셨다. 머리가 조금 크고 나서는 내가 원하는 길에 대한 지원을 받지 못했지만, 여기서 관건은 내가 철없는 마음에 너무 서러워서 어릴 때 누렸던 호사를 당연하게 여겼다는 것이다. 그러고 보면 난 엄마가 나를 위해 여러모로 애썼던 걸 감사하게 여긴 적이 적었다. 생각이 이리도 짧고 아둔했다. 이렇게 써 내려가니 생각나는 또 하나의 일화. 엄마가 어느 날은 운세를 보고 와서 내 운세는 어떠한지 물어봤다.

"넌 엄마의 꿈을 다 이뤄준대."

난 엄마가 못 이룬 꿈이 있냐고 물어봤다. 난 왜 이리도 어렸는지. 엄마는 나로 인해 엄마라는 이름을 얻었기 때문에 당신의 인생을 챙길 여력이 없었다. 엄마의 인생 일부는 나라는 딸이었다. 내가 이만큼 자랄 동안 엄마도 그만큼의 세월을 엄마로서 살았을 텐데 난 그걸 몰랐다. 그리고 어쩌면 내가 있어 엄마의 꿈이 이뤄질 수 없었을지도 모르겠다. 나를 토라지게 만드는 엄마의 다정하지 않은 말 뒤엔 헌신이라고 충분히 일컬을 수 있는 엄마의 품위가 있었다. 그래서 말인데, 엄마가 과연 몰랐을까. 내가 하고 싶은 것들이 많다는 걸. 모른 척했던 것도 아니다. 돌이켜 보면, 엄마는 꿈을 뒷받침해주지 못해 미안하다고 자주 말했다. 그런 엄마가 내 앞에서 내가 원하는 답을 단번에 내주지 않은 이유는 그저 언젠가 둥지에서 떠날 딸이 날아가도록 내버려두는 것을 최대한 미루고 싶었기 때문이었다. 세상이 험하고 사회가 녹록치 않다는 걸 아는 엄마는 당신의 딸을 조금 더 곁에 두고 챙겨주고 싶었을 것이다. 그러나 멜번 여행을 가고 싶다는 선언에 더 이상 모진 말을 쏟지 않는 건 이제는 어떤 말을 해도 내가 결국은 떠날 거라는 걸 엄마도 느꼈으리라. 멜번 여행은 잠시지만, 앞으로는 엄마 곁에 머물지 않을, 혹은 머물 수 없는 시간이 점점 더 길어질 거라는 신호탄이 그렇게 솟아올랐다.

영화의 끝, 크리스틴은 마침내 자신이 그토록 원했던 뉴욕의 대학으로 간다. 뉴욕은 레이디 버드가 될 수 있는 공간이지만 크리스틴은 그곳에 가서야 레이디 버드가 아닌 크리스틴으로서의 정체성을 받아들인다. 비단 레이디 버드뿐만 아니라 어떤 자기 정체성을 형성하든, 그전에 우선 부모님이 자신에게 준 정체성을 먼저 사랑해야 한다는 뜻이다. 그리하여

크리스틴은 엄마에게 전화한다. 전화해서 엄마에게 말한다, '사랑한다'고.

딸이 쓸데없이 모험심도 넘치고, 실패가 많아 무언가를 이루는 데 너무 오랜 시간이 걸려 '미안하다'고 늘 엄마에게 얘기하고 싶었다. 안정된 꿈을 꾸지 않아서 엄마에게 너무 죄송하다. 이와 함께 엄마가 꼭 알아줬으면 하는 건 나는 엄마가 이뤄준 '해리'도 소중하지만 내가 만들어 나갈 '해리'도 사랑할 거라는 것이다. 그리고 엄마의 '해리'가 없다면 앞으로의 '해리'도 없을 거라는 걸 이제는 알고 있다고도 말하고 싶다.

나는 이곳을 너무 사랑했음을, 이곳에서 너무 사랑받고 싶어 했음을

"아버지, 저 아버지 말씀대로 검사됐어요. 아버지 실망시킬까 봐 겁나서 저 엄청 용썼어요. 가끔 너무 고단해서 도망치고 싶을 정도로, 그만큼 아버지를 많이 사랑했나 봅니다."

드라마 '*당신이 잠든 사이에*'* 中

난 지금까지 필요가 있어서 여행을 갔다. 그리고 그 여행의 필요는 늘 같았다. 온전한 나로서 살아갈 수 있는 곳을 찾기 위해서. 왜냐하면 나는 여태껏 살았던 이곳에서 어울릴 수 없었고, 어울리지 못했고, 어울리지 않는 사람이었기 때문이다. 애초에 나는 이곳이라는 교향곡에 적합한 소리가 아니었던 것 같다, 냉정하게 그리고 너그럽게 생각해도 말이다.

엄마의 허락을 받았건만 난 멜번 여행을 준비하면서 뭐라 뚜렷하게 표현하기 애매한 염증(厭症)을 느꼈다. 이제까지 그랬던 것처럼 준비의 처음부터 끝까지가 나의 책임이라고 생

*극본 박혜련. 드라마 *당신이 잠든 사이에*, 8회. 연출 오충환, 박수진. SBS. 2017년 10월 5일 방영.

각하니 또 다시 넌더리가 난 것이다. 누가 시켜서 가는 게 아니라 내 선택으로 떠나는 것이어서 다른 사람에게 뭔가를 대신 좀 결정해 달라고 부탁하는 건 꿈도 못 꿨다. 출국 날짜를 정해야 했을 때는 머리가 그야말로 폭발하는 줄 알았다. 선호하는 날짜 앞뒤로 항공사와 조건에 따라 비행기표 가격이 들쑥날쑥했는데, 넉넉치 않는 주머니 사정도 고려해야 했으니 그렇지 않아도 날카로운 신경이 극에 달하기도 했다. 간적도 없는 곳에 살기 위해 필요한 모든 정보를 혼자 알아봐야 했던 것도 벅찼다. 내 인생은 시트콤이 아닐까 의심될 정도로 준비 과정도 매끄럽지 않았다. 비행기 표, 비자 발급, 보험 등 무엇 하나 단번에 해결되지 않고 성가신 일들이 연달아 터졌다. 이 와중에 학교 생활까지 하려니 헛웃음이 나왔다. 멜번에 가면 영어를 써야 하니 영어 공부 시간을 조금씩 늘려가니까 전공 시간에 입에서 그새 또 중국어가 나오지 않았다. 머릿속에 혼돈이 온 것이다. 결국 중국어 전공 과목에서 만족스럽지 않은 성적을 받고 나서 '그래, 난 중국어엔 도저히 희망이 없다는 하늘의 뜻일거야'라는 아큐정전의 '아큐'급의 정신승리로 스스로를 위로하는 날 보면서 내가 과연 냉철한 이성을 갖춘 인간이긴 한 걸까 싶었다. 게다가 가족들에게 멜번에 가서 잠시 살고 오겠다는 소식을 전하니 '너 가면 우울할 거야', '너 정말 대책이 없구나'와 같은 말을 들었다. 가족들이 어떤 마음으로 나에게 이렇게 말하는지 머릿속으로는 알았지만 이미 지칠 대로 지쳐버린 난 속상했다. 더더구나 내가 가장 짜증났던 건 내가 가기 싫어도 멜번에 갈 수밖에 없었다는 점이다.

인내심을 시험했던 준비 과정과 기대할 수 없었던 격려와 응원의 부재 등 모든 걸 다 차치하더라도 여행을 준비하면서 '가기 싫다'는 마음이 점점 강해졌다. '일본에서 오자마자 멜번에 가고 싶다고 생각한 게 누구인데!'라고 누군가는 이렇게 말할 수 있겠다. 하지만 앞서 작지도 않지만 크지도 않은 여행을 하면서 이미 여행에 대한 여러가지 정의를 얻었는데, 그 중 하나가 여행은 자발적 '개고생'이라는 것이다. 여행을 편히 한다? 이는 말도 안 된다. 여행은 휴가가 아니다. 심지어 패키지 여행을 가도 불편함을 겪기 마련인 것이 여행이다. 하물며 쉬러 가는 목적이 아니라 먹고살 길과 나라는 사람을 찾겠다는 명분이 있기 때문에 여행 시작도 전에 개고생이 이미 존재했다고도 볼 수 있겠다. 게다가 일상 속 고민을 안고 가기도 하고. 그러니 여행이 괴로운 거다. 이걸 알고도 아니, 감수하고도 멜번으로 가겠다는 스스로의 약속을 깨지 않는 건 이곳에 그대로 있으면 나의 여름이 너무 뻔했기 때문이다. 당시를 기준으로 지난 여름, 나는 대전의 한 공공기관에서 근로장학생으로 일했다. 배움은 컸지만 답답했다. 만약 멜번에 가지 않고 지난 여름처럼 일한다고 가정했을 때 스스로를 또 상자 속의 상자로 들어가도록 내버려두는 것 같았다. 굳이 같은 배움을 반복해서 겪기엔 나의 시간, 나의 청춘이 몹시도 소중했다. 이제까지 나의 청춘은 벚꽃이 아니라 벚꽃의 옆의 나무라고 생각했던 난 언제나 버스에서 벚꽃을 바라보기만 했다. 어차피 나는 벚꽃이 아니니까 구태여 버스에서 내려 구경하지 않아도 괜찮다고 여겼다. 내가 원하는 내가 되어 있는 목적지에 다다랐을 때 벚꽃 구경을 하면 된다고 생각했다. 그런데 주어진 과제를 끝내고 오로지 내가 중심인 계획을 끙끙대며 실행하면서 내 청춘도 다른 이들처럼 벚꽃이었다는 사실을 비로소 발견했다. 그러나 늘 그랬듯이 알아차렸을 땐 너무 늦어버렸다. 그 해 벚꽃이 지는 모습을 보면서 더없는 상실감을 느꼈다. 벚꽃을 만끽할 기회를 놓친 것도 나 자신이었기 때문이었다. 그땐 미래가 걱정되어 현실을 즐길 마음의 여력이 없었으니까… 스스로를 또 위로할 수밖에 없었다. 현실을 즐기지 않고 오로지 미래만 걱정하는 태도는 속이 비어 있는 땅콩 껍데기였다. 다시 돌아오지 않을 시간을 낭비하지 말자는 심정으로 난 상자 밖으로 나오고 싶었다. 나의 청춘을 이 상자에 담기엔 난 이 상자가 마음에 들지 않았다.

운명은 바꾸고 숙명엔 순응해야 한다. 우연찮게 지금까지의 인생 대부분을 보낸 이 도시는 나에게 운명일까, 숙명일까. 운명과 숙명을 논하기 전에 일단 난 이곳에서 소속감을 느낀 적이 없었다. 사람들 사이에서도, 이과와 입시 중심이었던 정규 교육 과정 속에서도, 그리고 대학에 와서도 벽에 박힌 비뚠 못(misfit)이었다. 나를 두고 사람들이 했던 말은 언제나 두 가지로 갈렸다. '이상하다' 아니면 '개성 있다.' 어떤 말도 나에게는 상처였다. '너는 우리와 어울리지 않다'는 걸 간접적으로 돌려 말하는 것 같았다. 또 나라는 사람 자체와 학교의 교육 방침은 서로 맞지 않았다. 나는 문제-답 위주의 이 나라의 교육 철학을 이해할 수 없었고, 학교 커리큘럼과 내가 해야 하는 공부에 관한 물음표는 곧 수업과 정규 교육 과정에 대한 거부감이 되기 일쑤였다. 어렸을 때부터 즐긴 피아노와 미술을 그만두고 나와는 어떤 공통점도 찾아볼 수 없는 과학 용어 외우기에 내 시간과 열정을 쏟을 가치가 있을지 나로선 의문이었다. 왜 남들에게 중요하다고 해서 꼭 나한테도 중요하다고 강요하는지 의아했다. 즉 이곳과 나는 항상 엇나갔다. 대외의 글 관련 대회에 혼자 준비해서 나갔을 때, 과학 대회에 팀으로 출전한다고 선생님이 지원해주는 제도가 너무 부러웠다. 네 생각은 전적으로 틀렸다면서, 나중에 내 생각과 비슷한 블로그 감상평을 찾았다면서 그제야 인정해 주는 선생님에게 실망하는 것도 지쳤다. 급우들과 대화가 좀처럼 통하지 않았다. 일개 개인, 그것도 학생은 시스템에 맞서지 못한다는 걸 그때 배웠다. 그리고 이곳에 소속되지 못한 나 자신이 잘못된 줄 알고 살았다. 내가 틀린 줄 알았다. 돌이켜보면 이 점이 가장 큰 자괴감으로 작용했다. 내가 이곳에 살게 된 게 나의 의지가 아닌데 왜 나는 스스로에게 너무 많은 책임을 지웠던 것일까. 이런 생각을 하게 만든 이곳이 너무 미웠다. 덕분에, 하고 싶은 일을 하는 과정에서 괴로움을 느껴보는 게 무엇일까 매번 궁금했다. 왜냐하면 난 늘 내가 미워하고 싫어하는 곳에서 미워하고 싫어하는 일을 하느라 고단했기 때문이다. 나 자신의 역량을 키우거나 창의력을 펼칠 기회를 주지 않는 이곳을 증오했다. 소소한 기회를 만들어도 이곳의 구조와 선입견에 좌절되는 모습을 그저 지켜봐야 하기도 했다. 그런데 나는 왜 이 모든 걸 미워하면서도 그만두지 않았을까. 속된 말로, 왜 때려 치우지 않았을까. 사실 충분히 그럴 수 있지 않나. 모든 걸 놓아버릴 수도 있었을 텐데 그저 날 꾹꾹 눌러가면서 과제를 했고 웬만한 과목에서 중간 이상, 혹은 상위권의 성적을 기록했다. 나 자신을 확인하고 싶어 온갖 대회 출전에 매달리기까지 했다. 이건 대학에 와서도 마찬가지였다. 매 순간마다 내가 좋아하는 게 무엇인지 설득해야 했고, 그럼에도 불구하고 이해 받지 못하는 시선을 받았다. 이해 받지 못 할 때마다 난 '어쩌라고' 한마디를 못 했다. 이곳이 싫다고 항상 되뇌면서도 인정받으려고 애쓴 것이다. 너무 사랑해서 미워한다는 걸 깨달았다. 왜 나한테 사랑을 주지 않느냐는 이유로 말이다. 이곳을 사랑했기 때문에 이곳에 어울리지 않는다는 사실을 알고도 어떻게든 어울리기 위해 아등바등했다. 나도 모르게 이곳을 사랑하게 되었다. 다만 이것 또한 너무 늦게 알아차렸음에 분명했다. 이걸 알아 차렸을 때 나에게 남은 학기는 오직 하나였다. 시간은 원망만 하다 흘러 갔고 난 또 그 자리 그대로였다. 난 원망의 화살을 쏜 것이 아니라 원망의 부메랑을 날린 셈이었다. 그러나 만약 내가 이곳에서 만족하고 살아갔더라면 멜번은 물론이고 도쿄든 시드니든 그 어느 곳에도 여행 갈 모험심을 가지지 않았을 것이다. 나는 모든 소리가 조화롭게 어우러지는 교향곡보다 소리를 부딪침으로써 개성을 뽐내는 재즈에 어울리는 사람이라는 걸, 이 모든 일련의 과정이 없었다면 과연 알 방도가 있었을까? 모순적이지만 내가 이만큼 오기까지, 날 힘들게 했던 '이곳'이 있었다. 물론 '이곳'이 나에게 주는 의미를 조금 더 가볍게 받아들였더라면 아마 난 덜 힘들 수도 있을 것 같다는 생각이 든다. 아쉽다, 미워하는 방법으로 사랑하지 말았어야 했는데. 난 벚꽃을 떠나보내고 마음 속으로 벚꽃을 피웠다.

그즈음 내가 정말 아끼고 사랑하던 친구가 자신의 길을 걷기 위해 대학을 떠났다. 나와 닮은 구석이 많던 친구여서 이 학교, 이 지역을 떠난다고 했을 때 마음이 너무 아렸다. 그 친구도 나처럼 학교 생활을 하면서 심적 방황을 겪었다. 그런 친구가 이곳이 싫고, 그래서 떠나고 싶다고 나에게 말했을 때 그 친구를 말릴 수 있을 만큼 말렸다. 하지만… 소용이 없었다. 나의 요지는 내가 지금 있는 곳이 마음에 들지 않더라도 어느 정도 성과를 내야 내가 가고 싶은 곳에서 날 인정하고 받아준다는 점이었다. 내가 나의 몸과 마음을 망치면서까지 학교 생활을 포기하지 않았던 건 내가 하고 싶은 걸 할 수 있는 환경과 조건이 없었다는 것도 이유였지만, 그보다 더 큰 비중을 차지한 이유는 다른 곳에 가기 위해선 내가 지금 있는 자리에서 있는 힘껏 최선을 다해야 한다고 믿었기 때문이었다. 그래서 HSK 6급에 합격했을 때 드디어 내가 이곳에서 최선을 다했다는 증명서를 얻었다는 점에서 성취감보다는 해방감을 느꼈던 것이다. 그런데 나는 얼마 지나지 않아 친구에게 그런 식으로 말한 걸 후회했다. 나 또한 그 많은 사람들이 그랬듯이 그 친구에게 '네가 틀렸다'고 말한 것처럼 들리지 않았을까 걱정이 됐다. 그냥 속시원하게 '잘했다' 한 마디면 될 걸 결국 걱정과 오지랖을 헷갈린 건 나였다. 그 친구는 나와 대화를 나누고 거의 직후에 말도 없이 홀연히 대전을 떠났다. 난 그것도 모르고 사과와 응원의 편지를 썼는데, 결국 편지는 주인을 잃은 채 여전히 내가 갖고 있다. 이 글을 쓰고 있는 현재, 그 친구와 연락을 주고받지 않는다. 그렇지만 내 욕심으로, 혹시라도 그 친구가 이 글을 볼 수 있으니까 이곳에 편지의 일부를 옮긴다.

"나도 이곳이 싫다고 생각했어, 아주 얼마 전까지. 그런데 그게 아니더라고. 나는 이곳을 싫어했던 게 아니

라, 이곳을 사랑했어. 이곳의 사람들에게 '나'를 이해받지 못해서 화가 났었어. 사랑받지 못해서 싫었고, 사랑받고 싶어서 미웠어. 그리고 그 모든 게 내 탓인 줄 알았어. 내가 잘못된 줄 알았어. 나는 이곳에 너보다 오래 있었잖아. 이곳에서 태어나고, 초·중·고를 보낸 걸로도 모자라 대학까지… 난 언제나 떠나고 싶었지만 야속하게도 그럴 수 없었지. 이걸 인정하기까지 이만큼의 시간이 걸렸어. 그런데 그 떠나고 싶은 마음은 꾸밈없는 나의 모습과 본질을 무럭무럭 자라나게 하고 싶은 마음이었던 것 같아.

이곳에서 아무것도 해내지 못했다고 생각되지? 만약에 그렇다면, 그렇다고 인정하되 스스로를 미워하지 마. 자책하지 마. 괜찮아. 너에게 일어난 모든 일들이 나와 상관없는 일이라서 이렇게 말하는 게 아니야. …… 네가 처한 상황은 네 탓이 아니야. 사람들은 서로에게 영향을 끼치고 살아가지만, 그 와중에는 잘못된 마음도 있고 좋은 마음도 있어. 그리고 그것들 모두 우리도 모르는 사이에 우리 마음 속에 스며든 거야. 따라서 네가 틀렸다고 생각하게 만드는 '무언가'는 너의 잘못이 아니야. 너의 책임이 아니야. 그러니 마음 편히 떠나. 그동안 잘했어. 수고 많았어.

나 호주로 떠나는 준비를 하는 동안, 물론 짧은 기간이지만, 어쨌든 이곳에서 쫓겨난다는 기분이 들었어.

떠나는 준비는 오로지 혼자 해야 하고, 돈은 충분하지 않고, 성가신 일들은 연달아 터지고, 힘이 빠지는 말들을 이곳저곳에서 듣고… 결국 나는 사랑받지 못하고, 이해받지 못하고 떠나는구나. 하지만 나는 최선을 다 했고 이곳에선 나를 성장시킬 수 있는 게 없다고 안 이상, 머물 이유가 없다고 봐. 너도 그럴 것 같아.

내가 너한테 그랬잖아, '우리가 싫어도 사회는 잔인해서 우리가 기존에 있었던 곳에서 잘 해냈다는 증명이 필요하다'고. 하지만 이것 또한 너에게 있어서 일반적인 생각일 수도 있겠다 싶었어. 다른 사람들이 그랬던 것처럼 내 생각을 너에게 강요하는 거였어. 미안해. 내 말 무시해. 사실 이전까지는 말이야, 시간이 쌓이는 거라고 생각했어. 그래서 어떤 연유인지 행복한 추억이 잘 떠오르지 않고 나쁜 기억만 떠오르는 게 너무 무서웠어. 힘든 시간이 다가오면 이걸 버틸 만한 행복한 추억이 없는 것 같아서 괴로웠어. 그런데 어느 순간 문득 깨달았어. 아, 시간은 쌓이는 게 아니라 지나가는 거고 흘러가는 거구나. 우리 참 많이 속상했지. 그리고 아팠고. 그래도 우린 온전해. 힘든 시간이 많았다고 해서 좌절할 필요 없어. 말 그대로 시간은 흘러 갔어도 우린 망가지지 않았어.

오랜 꿈은 잊어버리고 새로운 꿈을 꾸자.

우리 이곳에서 행복했으면 참 좋았을 것 같아.

하지만 그렇지 못했다고 해서 너무 얽매이지 말자, 더 이상.

덜 고민하고, 찾아오는 감정에 감사하고 즐기자.

항상 건강하고. 난 언제나 너의 곁에 있어. 연락해, 언제나, 앞으로도.

나에게 '너'라는 친구가 있어서 다행이야.

그러니 '너'를 살아가, 이제."

지나간다, 지나가다 / 공항

고요함

안도감

사람을 지치게 했던 감정과 사건들의 굴곡을 건너 다다른 평원 위엔 공항이 있었다. 여행자는 공항을 거부할 수 없고 거부해서도 안 된다.

몇 안 되는 여행 경험 속에서 만났던 출국날이 이번 멜번 여행에서 그렇게 반가울 수 없었다. 이번 출국은 지난(至難)하고 지난(持難)했던 준비 기간이라는 사막 길 끝에서 만난 오아시스 같았다. 출국 날 오전, 일어나 먼저 샤워를 했다. 애증했던 그간의 것들을 모두 가방 속에 완전히 넣어버리고 (끙끙거리며) 잠그고 나니 속이 다 시원했다. 역시 사람을 돌아버리게 하는 그 어떤 것도 결국 끝을 맺기 마련이었다. 엄마가 해 놓은 부대찌개와 함께 밥을 먹고 나서 집 근처 빵 가게로 한껏 차분해진 마음으로 식빵을 사와 부엌에 놓았다. 그리고 아빠가 잼과 같이 먹을 수 있도록 냉장고에서 잼을 아빠 눈에 띄는 곳으로 옮겼다. 이 샤워도, 이 밥도, 이 식빵도, 이 잼도 지겨운 일상쯤으로만 치부했지만, 이렇게 소소한 것들도 준비 과정에서 겪었던 감정과 사건들처럼 결국 곧 지나가버릴 순식간에 불과했다는 것을 체감했다.

'어차피 얼마 있다가 다시 올 거지만, 그리워하지 않을 자신 있어?'

웬 질문 하나가 어렴풋이 찾아온 동시에 복통이 몰려왔다. 길지 않은 여행이라며 애초에 엄마의 배웅을 만류했지만, 난 식은땀을 흘리고 배를 움켜잡으며 직장에 출근한 엄마에게 전화를 걸어 집으로 와 달라고 했다. 나의 지병과도 같은 이 복통의 원인의 절반은 나의 심리적 불안이었으며, 난 이 불안을 스스로 가라앉힌 적이 없기 때문이었다. 끄는 짐, 안는 짐, 드는 짐, 메는 짐, 총 네 개의 짐을 엄마와 (낑낑거리며) 공항버스 정류장으로 '옮겼다'. 버스가 도착해서 짐을 싣고 버스에 올랐다. 창문을 통해 엄마와 인사를 하며 엄마가 나와 서서히 멀어지는 모습을 보고 있자니 괜스레 울컥하고 말았다. 3년 전 시드니로 출발하는 날 공항버스를 탈 때도 엄마가 이렇게 배웅해줬다. 그땐 그저 신나기만 했는데, 이번엔 전혀 그럴 수 없었다. 준비 과정 속에서도 계속해서 감지하긴 했지만, 엄마 곁에서 멀어질 일이 앞으로 더 잦아지겠다는 기운이 아예 한 치의 오차도 없이 현실이 된 것 같아 서글펐다.

그래서 공항이 있어 다행이라는 생각이 들었다. 뜨거운 차가 점차 따뜻해지면 차의 분말이 그 안에서 차분히 가라앉듯이, 익숙한 것들을 뒤에 놓고 떠나는 심경을 마음의 바닥에 잔잔하게 내려놓을 수 있는 곳은 공항밖에 없기 때문이다. 공항에 대한 나의 편애가 언제까지 지속될 수 있을까 나조차도 확언할 수 없지만, 나는 공항에 가는 것을 무척 좋아하는 편이다. 공항은 언제든 북적거린다는 점만 빼면, 그 어떤 공간도 이보다 더 쾌적할 수 없다. 심지어 이 안에 있으면 안전하다고도 느껴진다. 공항 내 보안이라는 특성상, 공항 안에서 상식 밖의 허튼 짓은 일어날 가능성이 낮기 때문일 것이다. 따라서 공항에서의 일은 누구에게나 같다. 즉, 이 속에서 사람들이 행동할 수 있는 패턴의 수에는 한계가 있다. 일단 공항에 도착하면 짐을 끌고 수속하러 간다. 수속을 하고 짐을 부친다. 그 후 출국 심사를 거친다. 출국 심사가 끝나면 면세점에서 볼일을 보는 등 비행기에 오르기 전까지 여행자 각자 알아서 시간을 보낸다. 비행기표만 산다고 해서 비행기를 탈 자격이 주어지는 게 아니다. 이 절차를 거쳐야 비행기에 비로소 탑승할 수 있게 된다. 나 또한 기다림과 통과 사이에서 이 절차를 밟으면서 인종, 국적, 나이, 그리고 개성의 면면이 가지각색인 사람들이 모두 절차를 거치는 모습을 지켜보았다. 그러자 아무 일 없이도 습관적으로 괜히 종종걸음 치던 내 마음이 희한하게도 묘한 안정감을 되찾았다. 서두르거나 늦추고 싶다고 해서 절대로 내가 원하는 속도로 움직일 수 없는 규칙이 눈에 들었기 때문인 걸까, 비행기를 타기 전 시간이 넉넉하게 남은 난 침착해진 마음 덕분에 쓰고 있던 모자를 마침내 벗고 유동인구가 비교적 적은 출국 게이트 근처 의자에 앉았다.

유려하게 움직이며 꾸준히 들어오고 떠나는 비행기와 공항에서 자신의 소임을 분주히다하는 공항 직원들, 그리고 다양한 여행객들을 바라보면서 난 문득 날 둘러싼 환경이 날 보호하고 있고, 내 주변을 구성하는 사람들은 각자 역할을 지니고 있지 않을까 생각하게 됐다. 그래서 바로 소중한 사람들과 통화를 하고 연락을 주고받았다. 그래, 내가 그래도 형편없게 산 사람은 아닌가 보다. 어딘가로 떠나기 직전에 이렇게 나랑 전화로 좋은 여행이길 빌어주는 사람들이 있는 걸 보니 말이다. 마지막으로 통화한 사람은 할머니였다. 나는 평소에 표현을 살갑게 하는 부류도 아니고 할머니께 전화를 거는 일이 좀처럼 없었다. 그렇기 때문일까, 할머니의 목소리엔 약간의 놀라움이 담겨있었다. 할머니께 출국하기 전에 걱정하지 마시라고 전화 걸었다고 하니, 할머니가 이렇게 말씀하셨다.

“다 괜찮아, 해리야. 걱정할 거 하나 없어.”

이 말을 듣고 난 눈물이 덜컥 났다. ‘괜찮아’라는 말은 비단 이 여행을 준비하면서 뿐만 아니라 평소 작은 것에도 크게 기뻐하고 크게 무너지는 내가 늘상 나보다 인생을 먼저 살아 본 어른들에게 듣고 싶었던 말이다. 틀려도 괜찮아, 잘되지 않아도 괜찮아, 그만둬도 괜찮아, 이건 나에게 언제나 부족했던 부분이었다. 아무리 높게 쌓인 젠가라도 더 높이 쌓느라고 만든 틈으로 인해 무너지듯이, 나 또한 그 빈틈 때문에 스스로 무너지기도 했다. 그런데 살면서 정말 많은 걸 겪으셨을, 아니 무너뜨리고 쌓아 올리셨을 할머니가 이 여행을 끙끙대며 실현해 온 나에게 '다 괜찮다'고 하니 앞으로 어떤 일이 생겨나도 난 괜찮을 것 같았다. 이 출국 전에 일어났던 모든 감정들과 사건들을 다 떠나, 나는 여전히 온전하다는 것이 확실해졌다. 마치 난 강의 테두리고, 강에 어떤 물이 지나가든 관계없이 강이라는 정체성은 그대로 지켜지듯이 말이다.

전화를 끊고, 아무리 사람들이 나에게 관심이 없다 한들 눈물이 남아있는 얼굴을 들키고 싶지 않아 모자를 다시 쓰고 공항과 사람들로 시선을 돌렸다. 이토록 제각각인 사람들도 결국 내가 그랬던 것처럼 한 절차를 거쳐 이 공항에서 비행기를 타길 기다리고 있구나. 각자의 사정과 목적을 갖고 온 사람들이 공항을 거치지 않으면 자신이 원하는 곳으로 갈 수 없다는 것은, 우리 모두 공항, 즉 공항의 존재가 필요하다는 의미다. 공항에서 수속 절차를 거치고, 내가 들고 갈 수 있는 물건의 한계를 알고, 내가 들고 있는 짐의 무게를 느끼고, 지금 당장 나의 곁에 없지만 언제나 소중했던 사람들의 정을 되짚는 과정이 있어야 여행지로 갈 비행기에 몸을 실을 수 있다. 이러한 경과가 없으면 우리 모두의 이야기는 이어질 수 없다.

늘 모든 일은 잘 되기 위해서 일어난다고 여겼다. 그러나 날 짓누를 것만 같은 문제나 역경을 마주치면 난 어김없이 허덕거리며 이런 질문을 했다.

'이 시간이 나한테 알려주려고 하는 것이 도대체 뭘까?'

난 이제 이 질문을 하지 않으려 한다. 바로 앞서 말했던 것처럼 공항에서 적법절차와 시간을 이해하고 나니, 난 비로소 그간 겪었던 모든 감정들과 일들을 너그럽고도 겸허하게 받아들일 수 있게 됐기 때문이다. 그래서 존재의 이유를 묻기보단 존재를 받아들이려 한다. 아마 세상만사의 인과 관계가 뚜렷해 나쁜 일과 좋은 일의 반복이 분명하면, 모든 일은 잘 되기 위해서 일어난다고 간단히 믿어버렸을지도 모른다. 하지만 누구나 알고 있듯이 세상은 전혀 그렇지 않기에, 난 모든 일은 일어날 필요가 있어서 일어난다고 여기는 것이 나에게 더 이로울 수 있겠다고 생각하게 되었다. 그래야 난 조금 더 버티거나 즐길 수 있을 것 같다. 어차피 삶은 끝없는 과정이니까. 그렇게 어떤 시간이 우리를 지나가고, 우리도 그 시간을 지나간다.

시간이 되어 난 내 짐을 챙겨 게이트를 통과해 비행기에 올랐다. 한껏 고요한 마음으로 안도하며 말이다.

시간여행 / 비행기

후련
위안

어려선 비행기를 타는 것 자체만으로 신났다. 내내 땅에 발을 붙이고 살다가, 살아낸 인생의 고작 몇 분의 일밖에 되지 않는 시간만이라도 하늘에 떠 있으면 그 옛날 사람들이 왜 하늘을 나는 꿈을 품고 비행기를 만들고자 했는지 공감할 수 있다. 그런데 과연 하늘을 날고 싶다는 낭만이 전부였을까. 비행기는 그저 목적지에 데려다 주는 운송수단에 불과할까.

공항에서의 시간은 그토록 잘 가건만, 비행기에선 시간이 왜 그렇게 안 가는지. 그걸 버텨내는 건 얼마나 고역이던지. 비행기를 타는 걸 싫어하진 않는다. 다만 비행기에 머무는 시간이 길어질수록 그 안에서 내가 감수해야 할 몇 가지 조건을 참아내기 힘들 뿐이다. 우선, 건조하고 추운 기내 공기가 은근히 거슬린다. 듣기론 기내 공기가 따뜻하지 않아야 전염병이 생겨날 확률이 낮아진다고 한다. 즉, 기내 공기가 건조하고 추운 것이 당연하다는 요지다. 나의 매우 약한 피부 탓이지만, 기내 공기가 너무 건조해서 피부가 찢어질 것 같다. 게다가 공기 중 부유하는 먼지가 피부와 각막에 붙는 것이 느껴지고, 또 육안으로 확인되니 더더욱 노심초사해진다. 나는 비행기를 타기 전에 피부가 비행 시간만큼 상하게 될 거라는 걸 각오해야 한다. 둘째, 소음. 소음, 그러니까 비행기 작동음이란 게, 크게 신경 쓰지 않고 있다가 느닷없이 인식하게 되는 순간부터 그 존재에 짜증이 살며시 치민다. 특히 잠을 청하려고 노력할 때, 이 소음은 소위 말하는 ASMR이 될 수 없다는 걸 깨닫는다. 셋째, 자유가 없다. 내가 기내에서 독립적으로 할 수 있는 건 다닥다닥 붙어있는 이코노미 좌석 내에서 팔다리를 꼼지락 움직이거나, 화장실을 가기 위해 잠깐 일어나 기내 복도를 걷는 수밖에 없다. 최소한의 신체적 움직임이 허락된 좌석에 앉아 어떻게든 얌전히 시간을 보내다가 정해진 일정에 따라 식사를 꼬박꼬박 제공받으면 뭔가 '먹이'를 공급받는 것 같은 느낌에 기분이 이상해진다. 심지어 가만히 앉아만 있으니 소화 능력이 떨어져 식사 후에 속이 더부룩해짐에도 불구하고, 다음 간식과 식사를 놓치지 않고 받아 또 입에 넣는 날 보면 정말 가만히 있으니 가마니가 되어버린 게 아닌가 의심하게 된다. 간혹 자다가 퍼뜩 깼는데, 승무원이 간식을 주는 타이밍과 맞아 떨어져 비몽사몽한 상태로 손으로 간식을 받아낼 때 난 나의 생존 본능과 맞붙은 동물적 식욕이 참 같잖고 어이없다. 게다가 작은 물 한 컵조차 승무원에게 부탁해야 하니, 목을 축이고 싶다는 욕구로 이미 근무 환경으로 인해 가뜩이나 힘든 사람을 더 힘들게 하는 것 같아 괜히 소심해진다. 사실 이 모든 건 불만이 아니라 그저 불편에 대한 나의 유치한 불평이다. 가만히 앉아 기본적인 것마저도 요청하거나 제공받으면 편할 것 같지만, 결국 기내라는 이 특수한 상황 아래 나의 자유는 허락되지 않는다는 점에서 거북함이 뒤따라온다. 어떻게 보면 그저 단순한 불편이 아니라 모순적 편리이고, 난 이런 편리가 영 어색하다. 곧이어 난 동물원 우리 안의 동물들을 떠올렸다. 물론 난 내 의지로 선택한 거라 인내심을 길러야 마땅하지만, 그 동물들의 경우는 아니지 않나. 안전과 편리라는 명목 하에 자유를 배제당하고 살아간다는 게 이런 기분일까 싶어 마음이 씁쓸해졌다. 관례, 양식, 소속, 그리고 서비스로 이루어진 현대 사회에서 살아가는 모든 인간은 우리 안의 동물들이나 비행기 안의 탑승객의 원형일지도 모른다. 우리가 실생활에서 아무 거리낌없이 진정 하고 싶은 걸 하며 살아간 적이 있긴 했던가. 규칙과 질서가 없으면 불안을 느껴버리는 것 또한 같은 맥락이다. 무한한 자유를 동경하지만 편안과 안심을 매개로 날 잡아줄 존재가 필요한 인간이 비행기를 발명한 이유일 거라고 감히 추측해본다. 따라서 비행기는 결국 필연적으로 모순될 수밖에 없는 인간의 본성이 반영된 실체다.

이번 비행, 그러니까 주관적으로 열악한 환경 속에서 날 구원한 건 글과 사진이었다. 바람과 돛만 있으면 어디든 갈 수 있다던 어떤 '꽃미남'처럼 종이와 펜 아니, 아이폰 하나만으로도 한 문장이라도 적어낼 수 있다는 사실에 새삼 웃음이 나왔다. 비행기 작동 소리 외에 조용한 것이나 다름없는 기내에서 답답한 심경을 간단히 쓰기도 하고, 간간히 창문 칸막이를 살짝 올려 바깥 풍경을 카메라로 찍어내니 시간도 그럭저럭 잘 가고 재미도 있었다. 잘 수 있을 때 자지 않으면 여행 초반부터 피로가 쌓이는 셈이지만, 그건 비행기에서 내린 후의 내가 알아서 할 일이었다. 창가 자리에 앉으면 불편한 요소를 손가락으로 하나하나 셀 수 있지만, 대신 절대적인 장점은 바로 비행기 밖을 내다볼 수 있다는 점이다. 구름과 바다와 같은 자연이 만들어낸 아름다움을 물끄러미 감상하니 '이토록 완벽한 행성은 없을 거'라던 어느 영화 대사가 마음에 자연스레 와닿았다. 그러다 문득 지금 몇 시일까 궁금해졌다. 섬이든 대륙이든 땅이나 망망대해 위를 나는 게 아니라 그저 경도와 위도를 가로지르는 거라면 정해진 시간이 없는 거나 같지 않은가. 시간은 공간을 기준으로 존재하니, '지금 정말 몇 시인 걸까'라는 질문이 무색해지는 순간이었다. 갑자기 시간 개념이 휘리릭 꼬여버렸다. 아이폰은 한국이 현재 몇 시라고 알려주고 있었다. 하지만 난 열 시간을 날아 호주에 도착하면 한국보다 한 시간 빠른 호주의 시간을 맞이하게 된다. 그럼 비행기에서의 열 시간은 도망간 걸까, 도둑맞은 걸까, 아님 나에게 새로 주어진 걸까. 언제나 시간을 확인하며 이에 쫓기다 보니 시간 자체에 항상 예민해 있던 난 시간의 빗장이 녹아 버림을 느꼈다. 늘 차고 다니는 시계가 이렇게 무용지물이 되어버렸다.

산업화로 인해 운송수단이 발달함에 따라 인간은 시계를 개발했다. 그 이후로 해가 뜨면 눈 뜨고 해가 지면 눈 감는 시대가 가고, 인간이 주체적으로 시간을 '다스리는' 시대가 도래했다. 문제는 자연의 순리를 숫자로 셀 수 있게 되니 인간이 오만해졌다는 것. 시간을 허비하고 있다는 둥 인간은 시간에 이러쿵저러쿵 말을 보태면서, 이만큼의 시간이 흘러 당도한 이 나이엔 이 정도는 갖추고 있어야 한다고 강박을 느끼기 시작했다. 그래서 우리는 시간의 흐름 속 어느 지점에 다다르면 헛헛함을 느끼게 되었다. 그러나 핵심을 잘못 짚었다. 지금 이 시간이라는 시점에서 허송세월을 간파할 필요 없다. 언제나 안정감과 소속감을 느끼고 싶듯이 시간에 점과 선을 매기고 정확한 시점에 '속한다'고 확인받고 싶은 욕구가 결국 시간이라는 형식에 구애를 받도록 내버려 둔 것이다. 그럼 시계 위의 시간 대신 날것의 시간을 한번 의식해보면 어떻게 될까.

촬영분을 편집할 때 시간 순서를 뒤죽박죽 섞어버리는 한 영화 감독이 생각났다. 그 감독은 마치 시간을 '절대적'으로 생각하는 사람들에게 시간은 '상대적'인 거라고 말하는 듯 생각의 전환을 일으키는 몇 편의 영화를 만들었다. 비행기를 타는 행위가 곧 그의 영화와 같다. 여러 시간을 '자유롭게' 유영하는 것. 그제서야 왜 사람들이 비행기를 발명했는지 이해할 수 있었다. 새처럼 하늘을 날고 싶다, 혹은 하늘 위에서 땅을 바라보고 싶다. 이것도 충분한 이유가 될 수 있겠다. 하지만 그보다는, 비행기로 내가 원하는 곳으로 날아감으로써 기존과는 전혀 다른 시간이 선물하는 공간, 예를 들어 노을이 지고 있는 사막, 해가 뜨는 절벽 위, 밤하늘이 내린 눈 쌓인 언덕으로 날아가 이를 온 감각으로 만끽할 수 있기 때문이 아닐까. 즉, 시간을 넘나드는 자유를 향해 비행기를 타고 날아가는 거다. 비행기를 타는 건 시간에 종속되지도, 시간을 다스리지도 않는 태도다. 그저 현대 사회에 살고 있는 인간이라는 본분을 잊지 않고도 낭만을 즐길 수 있는 최적의 수단이 결국 비행기였던 것이다. 비행기를 탄다면 낭만은 절대 망연할 수 없다. 그렇게 낭만을 채우고 비행기를 타고 내가 원래 있던 곳으로 돌아오면 된다. 왜냐하면 비행기는 한편으로 내가 돌아갈 곳을 향하는 안전한 구속과 마찬가지기 때문이다. 그렇다면 비행기에서 내린 다음 시간에 어떤 자세를 취해야 할까.

우리는 비단 비행기뿐만 아니라 어느 대지, 어느 공간 위에 서 있든, 왕에 복종하지 않던 '어린 왕자'처럼 시간 앞에서 "저는 어디서든 저를 심판할 수 있어요. 여기서 살 필요는 없습니다*"라고 말하면 그만인 거다. 그러므로 난 시간에 지배받지 않는다. 대신 어떤 시간이라도 마주할 수 있다. 시계를 보지 않고 살아가라는 의미가 아니다. 어떤 나이나 어떤 시각에 이르든 상관없이 그냥 내가 하고 싶은 걸 하면 되는 거다. 중요한 건 얼마만큼의 시간을 내 마음에서 우러나오는 행동으로 채웠는지에 달렸다. 시간에 있어 이르거나 늦다는 개념은 애초에 없다. 우리의 일을 하며 시간을 보내는 게 시간에 대한 우리의 몫일 뿐이다. 우리가 복종 당하거나 통제하지 말아야 할 건 시간이 아니라 우리를 제대로 알지 못하는 사람들의 참견이다.

내가 멜번에서 지낼 시간이 나에게 선물로 남았으면 좋겠다고 바란 적이 있다. 비행기의 의미를 깨우친 덕분에 난 자신감을 난생 처음 느꼈다. 이 자신감이 얼마나 오래 갈지 아무도 모를 일이었지만, 주체적으로 시간을 채워볼 수 있다는 기회가 비행기에서 내리면 펼쳐질 거라는 생각에 마음이 한결 사뿐해졌다. 이번 비행은 꽤 괜찮은 '시간'여행이었음이 틀림없다.

*앙투안 드 생텍쥐페리(Antoine de Saint-Exupéry). 소설 *어린 왕자*(*Le Petit Prince*). 전성자 옮김. 문예출판사. 2007. 45쪽

매너리즘 / 설렘

This is your life. Don't play hard to get. It's a free world. All you have to do is fall in love. Play the game. Everybody, Play the game of love.

Queen – Play the Game[*] 가사 中

난 설렘이 정확히 어떤 감정인 건지 모르겠다. 난 설렘을 잊어버렸다. 아니다. 잃어버렸다.

비행기 환승이 처음이었던 난 동행자가 있으면 좋겠다고 내심 바랬다. 그런데 마침 정말 운이 좋게도 나와 같은 수순을 밟을 처지인 사람이 옆자리의 옆자리에 앉아 있었다. 하지만 섣불리 말 걸기엔 너무나도 새침해 보이는 인상에 은근히 겁이 났다. '거슬린다고 생각하면 어쩌지'와 '아냐, 나처럼 동행자가 필요하다고 생각하고 있을지도 몰라' 사이에서 5분간 고민에 몰두하다가, 결국 멜번에 가는 비행기로 갈아타느냐고 말을 걸어버렸다! 나의 고민이 무색하게도, 그 친구는 그렇지 않아도 혼자서 원거리 비행은 처음인지라 약간 무

*퀸(Queen). 노래 *플레이 더 게임(Play the Game)*. 1980

서웠는데 언니가 있어서 다행이라고 말해줘서 도리어 내가 얼마나 고마웠는지 모르겠다. 나보다 두 살밖에 어리지 않았지만 난 그 친구가 굉장히 귀여웠다. 게다가 앞으로 만날 모든 세상을 담을 것 같은 눈이 나의 눈길을 끌었다. 그 친구로부터 나에게는 전혀 없는 풋풋함과 '처음'이라는 긴장과 '여행'이라는 설렘이 꽤나 선명하게 느껴져서 살면서 딱히 의식하지 않았던 설렘의 부재가 처음으로 절절하게 와닿았다. 그 친구처럼 나도 처음으로 혼자 장시간 비행기를 탔던 적이 있었다. 스무 살 끝자락의 겨울이었다. 그때를, 아니 어쩌면 다시는 만나지 못할 것 같은 감정을 느끼진 못해도, 적어도 되새기기라도 하니 마음이 아렸다.

열 시간의 비행 끝에 맛본, 끝이 없을 것 같은 청명한 하늘은 마치 나의 마음을 대변하는 듯했다. 앞으로 시드니에서의 시간은 꼭 이럴 것이야! 오랜 갈증 끝에 마시는 물이 달고 시원한 법인 것처럼, '거기서 거기'에서 벗어나 마주한 시원시원한 풍경은 달디 달았다. 아무런 거리낌없이 땅으로 내리꽂는 햇빛의 자태가 그토록 당당했다.

나름 촉박했던 비행기 경유를 앞두고 추억이 선사한 급작스런 아지랑이에 마음이 울렁이는 건 사치였다. 어쨌든 비행기는 늦지 않게 잘 갈아타긴 했다. 한숨을 내려놓고 정말 마음에 안 드는 사사로운 우연을 고백하자면, 난 비행기 좌석을 거의 항상 가운데로 지정 받는다. 하지만 이 우연 속에서 손가락으로 축복을 세어보자면 양 옆의, 그러니까 한 명도 아닌 두 명의 탑승객에게 말을 붙여볼 수 있다는 것이다. 이번에 나의 왼쪽은 사랑스러운 두 여자아이의 아버지였고, 오른쪽은 점잖은 태도를 갖춘 미얀마인 사업가였다. 훌륭하지 못한 언어 실력임에도 불구하고 여행 중에 만난 사람들에게 뻔뻔스럽게 말을 건네는 날 보면 여행을 몇 번이나 했다고 노련해진 건지 간혹 의구심이 들기도 하는데, 이때도 한글이 어쩌구 시드니가 저쩌구 대화를 주고받다가 이런 식후에 마시는 식혜 같은 대화에 이제는 미숙함이 옅어지고 있다는 점에 은근히 뿌듯했다. 그러나 금방 씁쓸한 기운이 서려오기 시작했다. 난 여전히 어리숙한 것 같은데, 철은 안 들고 남의 눈에 드는 기교만 느는 듯싶기 때문이었다. 성숙하진 않고 성장만 하는 느낌이었다. 만약 설렘이 처음 마주하는 것들에 대한 기대감이라면, 난 이미 모든 걸 지레짐작한 다음 행동하고 있었다.

시드니는 비가 한번 오면 말 그대로 억수같이 쏟아지는 편이다. 따라서 비에 쫄딱 젖은 고양이 신세가 되는 건 어렵지 않다. 혼스비역에 내렸을 때 나만 빼고 역의 모든 사람들이 그러하였다. 나만 보송보송하였다. 역을 빠져나가려고 하는 찰나 어떤 여자가 말을 걸었다. 약간 뜬금없었다.

"너 진짜 운이 좋아! (You're very lucky!)"

"저요? 왜요?"

"비가 다 그친 다음에 왔잖아. 5분 전까지만 해도 비가 엄청 쏟아졌어. 봐봐, 다들 비에 젖었는데 너만 아니잖아. 그러니까 넌 운이 굉장히 좋다는 거야."

직업으로 보사노바 재즈를 부를 것 같은 그녀는 아주 흥겹게 말하며 나의 이름을 물었다. 이름을 말하니 아주 예쁘다고 하길래 기분이 좋아진 난 내친 김에 이름 뜻까지 알려줬다.

"'해처럼 빛나리'라는 뜻이에요."

"어쩐지! 너 꼭 해처럼 웃는단 말이지!"

이 말을 들은 난 내 특유의 웃음소리까지 내며 시원하게 웃어버리고 말았다.

"봐봐! 내 말이 맞다니까! 그러고 보니 해와 같은 사람이 와서 비가 그친 거 같아."

시종일관 유쾌한 그녀 덕분에 기차를 타며 함께 실어온 우울감을 미련없이 날려보낼 수 있었다.

시드니에선 내가 그랬다. 우울한 기분을 전혀 숨기진 못했지만, 새로운 무언가를 마주할 때 반가운 마음으로 받아들이는 태도가 대신 있었다. 한 마디로, 순수했다. 그러나 난 그 이후에도 살아오면서, 오히려 긍정적인 감정을 직접적으로 내보이는 걸 숨기려고 노력하며 살았다. 덕분에, 적당한 일에 심드렁해졌다. 뭘 해도 그 예전만큼 즐거운지도 잘 모르겠고, 가슴이 뛴다는 느낌에 더 이상 신경 쓰지 않게 되었다. 세상만사에 큰 감흥을 내비치지 않는 날 보고 혀를 내두르는 이도 적지 않았다. 생전 처음 보는 세상을 향해 눈을 반짝이는 친구와 다음을 기약하고 헤어지니, 애초부터 내 것이 아니었던 설렘에 대한 그리움이 몰려왔다. 하지만 막막함이 곧 그리움을 먹어버렸다. 이 짐을 끌고 유심칩은 어디서 사고 에어비앤비로 예약한 집으로는 어떻게 가야 하는지 피로가 몰려왔다. 사실상 여행의 목적지는 그 여행지 자체가 아니라 숙소가 아닐까 생각될 정도로 숙소에 도착하기 위한 노력을 꾀하는 게 벌써부터 귀찮아지기 시작했다. 설렘이 내 눈 앞의 것에 천진난만한 미소를 기꺼이 날릴 줄 아는 자세라면, 기분 좋게 '가 보자!' 외치는 설렘은 무슨, 욕만 안 하면 다행인 짜증스러움이 나에게 남은 전부였다. 멜번의 바람은 듣던 대로 살벌했고, 머리카락은 자꾸 얼굴을 때렸다. 환영 인사 고마운데, 안 반갑다고.

난 결국 그 짐을 이끌고 유심칩을 사고 에어비앤비로 예약한 집에 여차저차 도착하긴 했다. 독일인 할아버지와 시드니 출신의 할머니, 그리고 포토그래퍼 아들이 사는 그 집은 내가 상상했던 그대로였다. 소설 '빨간 머리 앤'에 나올 법한 집이었다. 그러나 내가 잘 방은 독채였다. 소박했으나 내 짐이 겨우 들어갈 만큼 좁았고 꽤 추웠다. 이로써 이틀은 선잠 제대로 자겠군, 체념했다. 여행을 가서 체념이 잦아지지 않게 하려면 노력이 필요한 법인데, 난 일단 '에이, 뭐 어때' 희망을 가지는 대신 '에라, 모르겠다' 실망부터 했다. 내가 택한 몸이 고된 여정 끝에 낯선 침대에 누우니 긴장감이 되레 들이닥쳤다. 낯섦은 자유를 주기는커녕 두려움을 선물했다. 짐을 끌고, 안고, 들고, 멘 도중에 은근한 추파를 당하며 유심칩을 사고 지도에 표시된 시간보다 두 배나 들여 겨우 도착했는데 나처럼 몸을 떠는 라디에이터의 요란한 진동 소리를 들으니 앞으로 얼마나 힘들까 걱정되었다.

저녁은 노부부와 그 분들의 아들과 함께 먹었다. 난 억지로 기운을 내려고 애썼다. 노력하면 다 되니까, 하룻밤 자야 하는데 피곤을 내비칠 수 없는 노릇 아닌가. 저녁은 놀랍게도 비건 음식이었고, 기내식으로 이미 속이 갑갑했던 난 내심 쾌재를 불렀다. 현대 문물로 맺어진 인연인 동시에 처음 보는 사이에 불과했지만, 이 식사에서 난 그분들과 참으로 따뜻한 대화를 나눴다. 그분들이 나에게 부모님이 이 여행에 대해 걱정하지 않느냐고 물어보시길래 난 부모님뿐만 아니라 가족들도 이 결정에 환영의 뜻을 후련하게 내비치진 않았다고 답했다. 그러자 할머니는 부모와 자식, 아니 우리 모두는 서로를 이해할 줄 알아야 한다고 말씀하셨다.

"나도 내 아들이 포토그래퍼를 하는 게 부모 입장에선 마음에 썩 들지 않아. 하지만 어쩌겠니. 그걸 이해하는 게 부모의 몫인 걸. 아들이 가고자 하는 길을 묵묵하게 응원해주고 때로는 뒷받침해줘야 해. 이건 사실 부모-자식에만 해당되는 얘기가 아니야. 이 세상을 살아가는 사람들 모두 그래야 해. 난 원래 채식주의자가 아니야. 내 남편은 채식주의자지. 그래서 채식을 하기 시작했어. 난 내 남편을 사랑하니까. 세상에는 이해하기 힘들어도 이해해야 할 게 있어. 바로 사랑하는 사람이야. 네가 이해하기 힘들어도 사랑한다면 이해할 줄 알아야해. 여기로 여행 오는 걸 가족들 아무도 반기지 않았다고 했지? 가여운 것. 그래도 속상해하지 마렴. 그저 널 이해하는 데 시간이 걸리는 것뿐이야. 너도 마찬가지로 딸로서 부모를 이해할 줄 알아야 한단다."

시드니에서 지내면서 괴로운 점이 있었다면, 화목한 사촌언니 가족을 보는 것이었다. 화목한 모습에 질투가 났다는 의미가 아니다. 화목함과 거리가 먼 우리 가족 모습이 자꾸만 겹쳐 보여서 괴로웠다. 가족이 화목하다는 것이 너무 어색해서 난 사촌언니 가족을 지켜볼 때면 어쩔 줄 몰라 했다. 의도치는 않았겠지만, 아마 표정으로 다 드러났을 것이다. 그 점에 있어서는 난 다른 방식으로 행동하거나 생각할 줄 몰랐다. 그래서 난 이 점에 있어서, 날 시드니로 기꺼이 초대해준 사촌언니 가족에게 늘 미안함을 안고 있다.

할머니와 할아버지 두 분은 내가 여행 온 이유를 들으시고는 내가 모험(adventure)을 하러 왔다며 웃으셨다. 이게 얼마 만에 들어보는 뜬금없는 소리인지 싶었다. 누구보다 이 여행의 동기와 목적을 잘 알고 있었지만, 글쎄, 난 나의 여행을 감싸고 돌 생각이 없어서 이 여행에 '모험'이란 단어가 걸맞을 만한 요소가 있을지 오리무중이었다. 그 단어를 듣자마자 어리둥절한 표정을 짓는 나에게 할머니와 할아버지는 왜 굳이 모험이라는 단어를 사용했는지 힌트조차 주지 않으셨다. 앞으로 지켜볼 일이었다.

다음 날 아침, 다른 숙소로 떠나기 위해 인사를 하는데 할머니가 날 따뜻하게 안아주고는 이런 말씀을 하셨다.

"오늘 아침에 무지개가 떴는데, 그건 널 위한 행운(luck)이야! 앞으로 모든 일이 잘 될 거란다. 즐거운 여행 되렴!"

시드니 혼스비역에서의 쾌활한 만남이 상기되었다. 난 반갑게 누군가의 말을 기분 좋게 믿어 보고 싶다는 생각을 했다. 참으로 오래간만의 일이었다. 그분들의 집에서 나선 후에 나에게 남은 유일한 계획은 백패커(호스텔)로 가는 것. 그것

외엔 정해진 것이 없었다. 그 대신 스스로 정한 임무는 있었다. 바로 집 구하기와 일 구하기. 갑자기 막연함에서 비롯된 부담감이 느껴졌다. 설렘이 전혀 예상치 못한 좋은 일이 생기길 바라는 희망이라고 가정한다면, 이곳 세계는 이렇게 희망하는 날 구해줄까 걸어보며 동전을 던지기도 무서웠다. 할머니가 준 희망찬 기분은 이렇게 금세 나동그라지고 말았다. 멜번에서의 둘째 날 아침이었다.

멜번에서의 둘째 날에 대해 세세하게 말하지 않는 편이 낫겠다. 끔찍해서 그런 게 아니다. 별 내세울 게 없다고 손사래를 쳐볼까 싶지만, 솔직히 말해서 그날 하루도 늘 그랬듯이 의무감에 빡빡하게 채웠다. 익숙하지 않은 스트릿(St)과 관광객의 소용돌이에서 짐을 들고 바람에 맞서며 숙소를 찾아낸 바로 다음, 밖으로 나와 집을 찾아다녔고 일자리를 찾아 헤맸다. 그리고 한국인과 외국인을 막론하고 낯설고 새롭고 처음 보는 사람들에게 표정을 숨기며 '말 걸기' 솜씨를 발휘해야 했다. 난 긴장하고 있었다. 이 글을 쓰고 있는 지금조차도 그날 하루 나의 마음을 온전하고도 또렷하게 정리하지 못할 만큼 난 그때 너덜너덜했다. 그런데 그런 날 챙기지 않고 삐에로 같이 웃으며 처음 만난 룸메이트에게 인사하고, 엘리베이터에서 마주친 외국인들에게 인사하고, 휴게실에 있는 (누가 봐도 한국인인 것 같은) 한국인들에게 친근한 (척하는) 목소리로 말을 걸었다. 지금 돌이켜보니 정말 가관이다. 이런 날 보고 그중 한 사람은 내가 붙임성 있다고 했다. 난 고맙다고 했다. 겉인지 속인지는 모르겠으나, 난 분명 이런 말을 덧붙였다, 살아남기 위한 수단이라고. 그 사람들과 함께 나눈 대화는 그 순간으로 휘발되었다. 확실한 한 가지는 난 태도를 꾸미고 있었고 살아 남아야 한다는 생각에 대화를 억지로 이어가고 있었다. 나는 이 기회 다음에 다른 기회가 얼마든지 있다는 걸 알면서도 날 찾아온 눈앞의 기회에 목을 맸다. 이 사람들이 나의 멜번 생활에 도움이 될까 난 그 사람들을 붙잡고 여행 온 사람들끼리 으레 할 법한 얘기를 나눴다. 가증스러운 나 자신이 탄로난 건 그 사람들을 찾아온 유럽인 여자였다. 한국어로 대화하는 우리, 특히 이 대화의 원인인 나의 앞에서 그녀는 초면임에도 무례하게 굴었다. 각자의 다음 날을 위해 자리를 뜨는 그들을 따라 나도 일어서려고 하는 찰나에 난 그녀에게 붙잡히고 말았다. 결국 한국어로 했던 얘기를 영어로 한 번 더 말해야 했다. 피곤, 피로, 긴장, 막막함, 짜증으로 이미 범벅이 된 나의 인내심이 점점 한계에 다다르고 있었다. 그리고 그 순간 그녀는 수비수들을 헤치고 점프해 덩크 슛을 날려버리듯이 나에게 한 마디를 던졌다.

"네가 원하는 게 있으면 그걸 잡으려고 하지 마. 그게 너한테 다가오도록 만들어."

그 말을 들은 순간 난 내가 그동안 정말 악을 쓰며 살아왔다는 게 느껴져 눈물이 쏟아졌다. 기계를 돌린 듯이 유려하게 쏟아져 나왔던 허울뿐인 말들이 드디어 멈췄다. 고장 난 기계는 멈추는 게 맞다. 그녀는 날 안으며 너무 애쓰지 않아도 모든 게 다 괜찮을 거라고 말했다. 난 생전 처음 보는 사람의 품에 안겨 엉엉 울었다. 그때 도대체 그녀에게 무슨 이야기를 했을까. 기억이 나지 않는다. 내가 어떤 말을 했건 중요하지 않다. 그저 날 모르는 누군가에게 삶의 양식을 간파당했다는 것이 당황스럽고 놀라울 따름이었다. 난 매번 간절하지 않았던 순간이 없어서, 도전이라는 화려한 말을 앞세우고는 하나하나 조건을 따져가며 잘 될 법한 '이것저것'을 쉬지 않고 했다. 이게 바로 나의 매너리즘이었다. 게다가 남들에게 간단히 설명할 수 없는 의무감이 오래도록 존재했다. 이건 나의 매너리즘을 뒷받침하는 명목이었다. 그리고 난 이 매너리즘을 언제 어디서나 적용해냈다. 그 결과, 난 설렘을 잊어버렸고 잃어버렸다. 수학을 그렇게 싫어했으면서 난 모든 일을 하기 전부터 쟀고, 방식을 만들어냈고, 다음 일을 대할 때 이 방식을 응용해 어느 정도의 성과를 남기기를 반복했다. 그러니 어느 순간부터 삶 속의 일정한 패턴이 눈에 그려지기 시작했다. 모든 게 재미없었던 이유가 바로 이 매너리즘 때문이었다. 어떤 어른은 내가 모든 걸 다 안다는 듯이 구는 표정을 짓는 자체에 질색했고, 어떤 어른은 이런 날 가소롭게 여겼고, 어떤 어른은 내가 성취증후군에 빠졌다며 비난

했다. 이런 힐책과 힐난에 마음은 쓰라렸지만, 생(生)의 곤란을 해결해 줄 행운을 마냥 기다릴 수 없기에 난 이 매너리즘에 스스로를 가뒀다. 이는 나의 의지였다. 내가 의지가 강한 어른이 되었으면 했다는 우리 엄마, 아빠의 바람은 어떻게 보면 이루어진 셈이었다. 그러나 삶의 어느 순간에 당도하면 인간의 의지로 이룰 수 없는 일이 생기길 마련인데, 그걸 포기하는 용기가 필요하게 되었다. 즉, 난 이 매너리즘이 실패를 일굴 때마다 심하게 좌절하고 자책했다. 의지로만 살 수 없었다. 용기가 있어야 했다. 그녀의 그 말 한 마디는 내가 미련했다는 걸 일깨워줬다. 난 잡고 싶은 물고기의 종류도 모르고 마구잡이로 그물만 던져대는 어부였던 것이다. 소설 '노르웨이의 숲'의 '나가사와 선배'는 이를 두고 노력이 아닌 노동이라 일컬었다. 그러고 보니 난 진심인 적이 있긴 했을까. 이 여행도 진심으로 원하기 했을까. 아니, 그동안 쌓아 온 매너리즘의 결과겠지. 진심으로 어떤 일 앞에 설렌 적이 있었느냐고 자문하고 싶었으나, 안 했다. 곪은 뿌리의 끝이 어디인지 가는 건 의미가 없었다.

속상한 마음을 달랠 길이 없다고 한국에 있는 오랜 친구에게 하소연했더니, 친구는 노래 한 곡을 알려줬다. 퀸(Queen)의 'Play the Game'이었다. 난 그걸 들으며 잠들었다. 그러다 갑자기 눈이 번쩍 떠버렸다. 흐릿한 눈으로 시간을 확인하니 새벽 네 시였다. 난 무언가에 홀린 것처럼 바깥을 보았다. 그리고 이제까지, 아니 앞으로 살면서 다시는 목도할 수 없을 것 같은 해돋이를 보았다. 자몽색 물감이 하늘색과 아로롱다로롱 섞여, 울창한 초록 숲과 어우러져 몽환적이고 황홀한 풍경을 자아냈다. 환상이라 해도 좋을 만큼 아름다워 눈물이 났다. 시드니가 아니라면 내가 이걸 어디서 볼 수 있을까. 그래, 난 여기 오길 잘 한 거야. 난 어느 순간 다시 픽 쓰러져 잠들어 버렸다.

그나저나 모험은 뭐고, 내가 원하는 걸 나에게 다가오도록 하는 방법은 당최 뭐란 말이야.

기대 / 숙소1

실망감
내려놓음

난 첫 해외 여행의 첫 숙소를 아직도 똑똑히 기억하고 있다. 아마 기대에 대한 대가가 무엇인지 뼈저리게 깨달은 계기였기 때문일 거다. 열여섯 살의 1월이었고, 여행지는 일본 도쿄였다. 처음 가보는 해외 여행의 여행 파트너는 부모님이 아니라 일본어를 같이 공부하던 친구였다. 당시는 지금처럼 인스타그램이 있는 것도 아니고, 중학생이 여행 숙박 사이트에 빠삭할 리도 없고, 또 해외 여행 경험이 전무하니 가고 싶은 곳은 우리가 정해도 숙소는 부모님의 걱정과 여행사의 추천이 가미되어 합리적인 가격에 안전하다고 판단되는 곳으로 결정되었다. 안타깝게도, 그 숙소는 여행에 대한 로망이 가득했을 어린 소녀의 기대를 단번에 무너뜨렸다. 다른 노선의 지하철로 한 번 갈아타야 했고, 숨이 턱 막힐 정도로 좁았으며, 창 밖에는 빽빽한 빌딩이 들어서 '뷰(view)'라고 말할 수 있는 것도 없었고, 냉장고 소음이 심했다. 게다가, 여행을 해야 하는 게 아니라 집으로 돌아가는 게 맞을 것 같다는 생각을 들게 하는 기운이 가득했다. 그 숙소가 나빴다는 게 아니다. 다만 내가 기대를 대하는 방법을 몰랐다는 거다. 나는 서러워서 울었다. 여행이 이렇게 거지같은 거였어?

난 기대와 숙소가 뒤엉킨 쓰라린 경험 이후에 운이 좋게도 호화스러운 호텔, 리조트, 료칸, 부티크 호텔 말고 나의 신세와 나이에 걸맞은 다양한 유형의 숙소에서 숙박했다. 열아홉 살 때 떠난 일본 연수에서 3인실 비즈니스 호텔(세 명이 쓰기엔 공간이 넉넉하진 않은 점이 신기하게도 호텔이 두 번 바뀌어도 같았다), 일본 전통 다다미 방에서 홈스테이(겨울이었는데 난방 기기가 너무 낡아 잘 때 동사(凍死)하는 줄 알았다), 시드니에서 전망이 탁 트인 사촌언니네 아파트(사촌언니 집에 들어섰을 때 나온 첫 마디가 '집이 왜 이렇게 좋아?'였을 정도로 내가 정말 애호했다), 사촌언니 친구들의 집(따뜻한 환대와 따스한 침대에 감사드린다), 교토의 호스텔에서 퀸 사이즈 침대가 있던 2인실(직원의 친절함과 전반적으로 깔끔한 호스텔 시설이 만족스러웠다), 도쿄 시부야의 호스텔에서 2층 침대가 있던 2인실(침대의 너비가 곧 방의 너비였으며 여자 둘이 서 있으면 공간의 여유가 없었지만 다행히도 방음이 잘 되었다), 도쿄 아사쿠사의 호스텔에서 20인 규모의 여성 전용 캡슐 도미토리 룸(하필이면 구석으로 자리를 받아서 캐리어 하나 펼치기 힘들었다), 그리고 에어비앤비로 현지인의 집(여름에 갔으면 정말 좋았을 텐데 아쉽게도 겨울이었다). 이만큼 나열해보니 참 구차하고 옹색하면서 여러모로 수고스러웠다. 객관적으로, 편하지 못했겠다고 자평한다. 앞으로 부티크 호텔, 료칸, 리조트, 세계적인 호텔 체인에서 숙박해보면 숙소에 대한 감상이 바뀔지도 모르겠으나, 어쨌든 지금으로선 내가 할 수 있는 말은 '숙소는 집이 될 수 없다'이다. 그 숙소가 괜찮고 아니고 여부를 떠나서 말이다.

숙소를 고르는 건 여행지, 항공사, 비행 스케줄을 결정하는 것보다 꽤 골치 아픈 일이다. 한번 돌이켜들 보시라. 마지못해 여행지를 선택하는 경우가 있었던가. 항공사나 비행 스케줄의 경우에는 비즈니스 좌석 아니면 이코노미 좌석, 메이저 항공사 아니면 중저가 항공사, 직항 아니면 경유처럼 선택의 수가 비교적 제한적이니 큰 고민이 필요 없다. 그러나 숙소를 정하는 임무 앞에서 쓰다듬으면 가시를 세우는 고슴도치가 되지 않기란 어려운 일이다. 숙소의 위치가 중요한 사람, 청결은 놓치고 싶지 않은 사람, 안전이 최우선인 사람, 숙소의 분위기를 신경 쓰는 사람, '가성비(가격 대비 성능의 비율)'를 으뜸으로 여기는 사람 등 누구나 가슴 속에 '까탈' 하나쯤은 품고 있지 않은가. 그 이유는 바로 숙소가 얼마간 잠자고 씻기 위해 머무는 공간 그 이상이기 때문이다. 우리는 하루에 일정 시간 눈을 감고 몸을 뉘어야 하는 인간인데, 낮선 환경에서 행해지는 여행 속에서 이 필수 조건을 유일하게 충족시킬 수 있는 요소는 숙소 바깥에는 없다. 노숙을 해도 괜찮다면 이 이야기가 상관없겠지만 말이다. 어쨌거나 생소한 시공간으로 일상 패턴이 깨진 상태인데다가 낯선 환경에서 긴장하고 여행에 설레느라 내내 붕 떠있는 마음을 토닥이려면 그 마음의 눈에 익숙한 무언가를 꼭 챙겨야 하는 법이다. 사람은 숙소에 관한 모든 것에 널널하고도 넉넉하게 굴기보다는 예민해지고 까다로워진다. 그래서 여행 전 숙소 검색을 할 때 눈에 불을 켜게 된다. 안타깝게도 우리 눈으로 직접 검토한 다음 숙소를 고른다는 것은 현실적으로 불가능하니까, 어떻게든 숙박 업체가 가린 결점에 '예민하고 까다로울 필요가 있다'. 가격대, 위치, 숙박 기간을 설정한 다음 사이트에 올라온 사진들과 옵션, 후기를 꼼꼼하게 살핀다. 사진은 숙소 내 구성이 어떤지 헤아리는 데 필요하다. 가령, 방의 크기, 침대 사이즈, 이불의 두께 정도, 샤워실과 화장실의 분리 유무, 휴게실의 크기 말이다. 옵션의 경우엔, 수건, 드라이어, 조식 제공 유무 이외에 숙소별로 큰 차이가 있는 걸 보지 못 했다. 이제부터가 실패 확률을 줄일 수 있는 유일한 기회다. 어차피 사용 흔적이 산적한 모습이 사이트에 올라오지 않으니까 내가 괜찮다고 생각하는 숙소의 현재 상태를 알 수 있는 방법은 최근 후기뿐이다. 이 팍팍한 현대 사회에서 정말 감동스러운 게, '이 숙소는 춥다', '화장실이 더럽다', '여자지만 혼성 도미토리 룸을 써도 생각보다 안전했다' 등 사람들이 후기를 참 소상히도 적어 놔서 어느 정도 분간하는 데 큰 도움이 된다. 이렇게 갖은 정성을 다해 숙소를 결정하고 나면, 거를 건 거르고 합리적인 선택을 했다는 생각에 은근히 기대가 차오른다. 한편으로는 왜 '메리어트' 같은 세계적인 호텔 체인이 탄생하게 됐는지 저절로 이해가 된다. 고객이 사사로운 노력을 들이지 않아도 그들은 자신을 선택했다는 이유만으로 고객의 기대에 부응하기 때문이다. 그러나 내가 주로 갔던 중저가 비즈니스 호텔과 호스텔은 브랜드가 아니니, 인터넷으로 염탐하며 얻은 '느낌적인 느낌'에 운을 걸어볼 수밖에 없는 노릇이었다.

여행지에 도착해 여행을 한 다음 숙소로 향하는 길은 내가 알 리가 없는 길이다. 반면, 집으로 가는 길은 익숙하다. 이리 가도 저리 가도 집이 어디인지 알기 때문에 헤매는 게 아니다. 하지만 집처럼 편안하길 바라는 숙소로 가는 길은 내가 가본 적 없으니 결국 그 길 또한 여행이 되고 만다. 여행지의 목적지로 가는 길에 목적지에 대한 기대감을 자연스레 품게 되듯이, 숙소로 향해 갈수록 숙소에 대한 기대감이 증폭되길 마련이다. 또 숙소 검색을 하면서 본 사진과 후기로부터 받은 기대에, 숙소에 가기 전까지 몸을 움직인 피로가 겹쳐 쉴 곳이 절실하다는 기대까지 더해진다. 이때 숙소에 대한 기대치는 집에서 느끼는 편안함을 바라는 지점까지 치솟는다. 그런데 기대라는 건 늘 그렇듯이 나를 가뿐히 배신한다. 아무리 사진과 후기를 봤다 한들 숙소는 여행지의 관광 명소나 정류장, 식당처럼 처음 보는 곳이나 다름없고, 어쩔 수 없이 몸과 마음이 쉬어야 하는 시점에 그 낯선 곳에 적응해야 한다. 난 사진 속에 들어가는 게 아니라 후기의 뒤를 이은 여러 여행자들의 자취와 시간이 점철된 곳에서 쉼과 잠을 맡기는 것이기 때문이다. 게다가 현실은 사진과 후기, 그리고 기대가 그려놓은 상상과 다르게 삐걱댄다. 상상을 초월할 정도로 좁은 방이나 다닥다닥 붙은 침대들은 도쿄의 비싼 땅값을 실감케 하고, 지인의 집에선 내 집처럼 편안하게 있을 수 없다. 공용 샤워실에는 누군가의 머리카락이 꼭 있고, 공용 부엌의 식기는 하도 끈적거려 제대로 닦이긴 한 건가 의심스럽다. 히터를 켜면 공기가 건조해 피부가 찢어질 것 같고, 이불은 날씨에 비해 충분히 두껍지 않다. 집이 편안하다고 느껴지는 건 바로 낯선 이의 손길과 흔적이 없어서다. 낯선 환경에 여행하느라 녹초가 된 몸과 마음은 당연하게도 익숙한 편안함, 편안한 익숙함을 찾지만, 숙소는 낯선 것투성이니 실망감이 자연스럽게 따를 수밖에 없다는 논리다. 난 끝내 이러한 기대와 숙소의 상관 관계는 곧 기대의 배반이 아니라 기대가 지닌 이치임을 받아들였다. 난 숙소에 관해서 조금은 얌전히 굴기로 다짐했다. 이곳은 내 집이 아니라 숙소니까, '아, 이럴 수도 있구나'. 숙소는 그저 숙소일 뿐 기대의 재현이 아니며, 기대는 상상에 가깝다.

에어비앤비 숙소를 떠난 다음, 멜번에서의 두 번째 숙소는 백패커, 이른바 호스텔이었다. 이 숙소는 좀 더 오래 살 숙소를 찾기 전에 머물기 위한 일종의 '임시 숙소'였다. 아마 나흘 정도 지냈던 걸로 기억한다. 그 전에도 호스텔에서 묵어봤지만, 이 멜번의 호스텔에 비하면 일본 호스텔은 정말 양반이었다는 걸 하루만 지내봐도 곧장 느낄 수 있었다. 내가 묵었던 방엔 창문이 없어 금방이라도 곰팡이가 슬 것 같은 습기가 너무 심했다. 숙소를 예약할 때 창문의 부재를 미처 살피지 못했던 나의 실수가 은근히 원망스러웠다. 아마 난방이 잘 안 돼서 그런 듯싶었다. 즉 방에 한기가 돌았다. 겨울이라 난방 정도는 어쩔 수 없다고 쳐도, 또 하나 예상치 못한 점이 있었다. 바로, 청결도. 화장실은 일반 지하철역의 공중 화장실과 다를 바 없었고, 대충 씻어 끈적거리는 조리 도구가 있는 공용 부엌은 솔직히 깨끗하다고 볼 순 없었다. 이럴 땐 깔끔함보다 더러움에 유독 예민하다는 게 너무 불리하다. 또한, 마약이나 누군가의 성적 욕구에 노출될 확률이 곳곳에 도사린다고 물적 증거와 함께 증언할 수 없어도 어찌 됐건 들은 말로는 존재하기도 했다. 개인적으로 이런 상황에서 헛웃음이 난다. 아무리 이런저런 숙소를 겪어봤다 하더라도 아직 더 겪어 볼 숙소가 한참은 남아 있구나 싶었다. 역시 인생은 계속 살아봐야 안다. 한기와 불결보다 신경이 쓰였던 건 여행자의 특성이었다. 여행자는 불시에 찾아오고 언젠가는 무조건 떠난다. 숙소에 머물다 보면 이 점이 마음에 너무나도 와닿는다. 자국이 아닌 타국, 집이 아닌 숙소에서 모르는 사람끼리 아리송하면서도 강렬한 정이 드는 건 어쩌면 순식간인데, 이 점이 무색하게 여행자는 각자의 일정에 따라 미련 없이 떠나버린다. 자고 나면 누군가 이미 떠나 있고, 나갔다 들어오면 누군가 새로 들어오는 걸 두 눈 뜨고 똑바로 보기 힘들었다. 누군가 오고 가는 건 여행에서 유독 두드러지는 특징이고, 난 사실 이전에는 이를 즐겼다. 가벼우니까, 혹은 모르니까. 그러나 이는 어쩌면 내가 오고 가는 당사자일 때만 해당될 지도 모르겠다고 생각했다. 난 누군가 떠나고 오는 걸 지켜보는 것이 괴로울 정도로 외로웠다. 그 호스텔에서 수개월 사는 몇몇 사람들이 정말 대단했다. 난 편안함과 익숙함에 대한 기대는 어떻게든 내려놓으려고 애썼는데, 예상에서 벗어난 복병인 외로움은 도저히 어떻게 다룰 줄을 몰랐다. 역시 기대를 뛰어넘는 무엇인가가 항상 존재한다는 여행의 불문율이 하필 외로움에 통했다.

보통의 기준을 찾다 보편의 기준을 찾다 / 숙소2

처연함

혼란스러움

'숙소는 집이 될 수 없다'는 여행 가치관이 뚜렷한 와중에 '살아보는 여행'을 위해 집처럼 살 수 있는 숙소를 구하려는 노력은 가히 모순적임에 분명했다. 이른바 목적과 소신의 충돌이었다. 그런데 여행에서 가장 먼저 버려야 할 태도는 고집이고, 가장 먼저 갖춰야 할 태도는 유연성이다. 그러므로 숙소가 집이 될 수 없는 건 그렇다고 치고, 난 멜번에서 살아보기로 마음먹었으니 집다운 숙소는 아니어도 집처럼 살 수 있을 만한 숙소를 구해보자고, 아니 구할 수 있을 거라고 스스로 속였다. 멜번에 가기 전에 많은 이들이 나에게 '집(나에게는 숙소)과 일을 구하기 힘들 거'라고 말했기 때문에, 난 '구해보자'는 시도보다 '구할 수 있다'는 희망과 가능성이 너무 고팠다. 이쯤에서 또 하나, 회의적인 사고는 날 먹여 살리지 않는다는 것도 여행에서 꼭 기억해 둬야 했다.

멜번에서의 둘째 날, 그러니까 멜번에 도착한 지 24시간이 막 지났던 시각부터 집을 빨리 구해야만 멜번에서의 생활이 안정에 다가설 것 같아서 하루 만에 집을 여섯 군데 이상 보았다. 그리하니 난 정말 '집'이 필요한 사람일지도 모르겠다는 생각이 들었다. 호주에서 일자리나 집을 찾아보기 위해 외국인들은 주로 '검트리'라는 사이트를 주로 이용하고, 한국인이 무난하게 사용할 만한 사이트는 지역마다 달랐는데 멜번에서는 '호주바다'라는 사이트를 사용하는 식이었다. 처음에 '검트리'로 외국인과 살 수 있는 쉐어 하우스를 구해 보려다가 혹여 나중에 문제라도 발생하면 외국인 관리자보다 한국인 관리자가 대화하기 편하다는 말을 들은 게 생각이 나 '호주바다'에서 찾아봤다. 대부분 쉐어 하우스의 디파짓(보증금)은 3주치였던 걸로 기억하고, 주당 125, 130, 140, 150, 160불 등 몇 가지 선택이 있었다. 이렇게 숫자로만 들으면 그다지 차이가 없을 것 같지만, 인스펙션(사전 답사)을 실제로 가 보니 그 5불, 10불의 차이가 매우 여실히 와닿았다. 돈을 아끼겠다는 생각에 처음엔 주당 125, 130불 정도(정확한 숫자가 잘 기억나지 않지만 하여튼 저 언저리였다)인 쉐어 하우스부터 둘러봤다. 그 이후엔 140, 150, 160불의 쉐어 하우스도 들렸다. 어떤 곳은 약간 오래된 건물 안에 상주해 있었고, 어떤 곳은 엘리베이터가 없었다. 어떤 곳은 낮이었는데도 햇빛이 잘 들지 않았고, 그래서인지 전체적으로 눅눅했고 온기가 적었다. 그때 머물고 있는 호스텔 탓인가, 아니면 내가 원래 추위를 잘 타서 그런가 습기와 한기가 가장 먼저 마음에 걸렸다. 또 한 곳은 아예 창문이 없었다. 그리고 어떤 곳엔, 집 안에 천막을 쳐 놓고 사는 사람이 있었다. 관리자에게 물어보니 천막을 쳐 놓고 사는 대신 주당 100불, 110불 정도만 받는 조건이었다. 그 밖에도 여러 결핍이 있었다. 사실 그렇게 살고 있는 사람에게 사정이 있겠지만, 개인적으로 충격을 받았다. 또한 인스펙션을 갔던 곳들에 이미 살고 있던 사람들에게 죄송하게도 그러한 나의 경탄이 표정으로 드러났던 것 같다. 한국에서 멜번으로 오기까지의 시간과 에어비앤비 숙소에서의 하루, 짐의 무게, 급작스런 추위, 사람이 바글거리는 관광지, 첫눈에 봐도 오래 있을 만하지 않은 호스텔, 그리고 인스펙션까지 쉴 틈 없이 이어진 여행 초반 중의 아주 초반 일정에서 난 느닷없이 생존권을 떠올리며 상념에 잠겨 인스펙션을 잠시 멈췄다. 마음이 복잡해지면서 처연한 기분이 들었다. 행복에 대한 기준은 제각각이고 모두 각자의 삶에 책임지고 살아가는 거지만, 한 인간이 건강하게 살아가기 위한 최소한의 기준이 보장되지 않는 현대와 현실을 보면서 마음 한 편에서 뭐라 이루 표현할 수 없는 먹먹함이 느껴졌다. 나의 고뇌는 자연스레 보통과 보편의 가치로 옮겨갔다. 난 은연 중에 '이 정도는 살아야지', 즉 보통의 기준을 맞추는 게 중요하다고 여겼다. 최고는 안 되더라도 중간은 유지해야 한다고 말이다. 그런데 난 한국과 호주의 삶에 규격의 차이가 존재하며, 자본주의의 논리가 진리까지 지배하는 세상이라는 걸 간과했다. 예를 들어, 가격이 보다 저렴한 쉐어 하우스의 바닥에는 카펫이 깔려져 있는데, 이 경우 집먼지진드기가 살고 있어 알레르기가 발생할 확률이 크다. 그래서 청소를 자주 해야 하거나 집에 습기가 있으면 안 되는데, 창문이 없으면 청소기를 돌려도 먼지는 빠져나가지 않고 햇빛이 들어오지 않으니 습기가 마를 수 없다. 인간이 생(生)을 살아가는 데 필요한 햇빛은 당연히 주어지는 게 아니라 몇 불 더 얹어서 사야했다. 난 창문세를 떠올렸다. 근대로 넘어오기 전의 영국엔 창문세가 있었다. 돈이 있는 자들은 창문세를 냈겠지만, 당시에 그런 이들이 많으면 얼마나 많았겠나. 창문세를 낼 여력이 없는 사람들은 창문을 없앴다. 인간은 광합성을 통해 면역력을 기를 수 있으니, 창문이 없는 곳에 사는 사람들 사이에선 결국 질병이 쉽게 퍼졌다. 이 창문세는 17세기 후반에 시작돼 19세기 중반이 되어서야 폐지됐다. 그런데 21세기가 18년이나 지났지만 난 멜번에서 창문세를 연상하고 있었다. '외국까지 나가서 왜 그렇게까지 살아?'라고 얘기하려는 게 아니다. 필수 요소가 결여된 곳이 존재하는 게 이 현대 사회에 합당한지 질문을 멈추지 말아야 한다는 요지다. 하지만 현실에서는 많은 이들이 보편적 기준이 보장되지 않은 곳에서 살고 있었다. 국적이 어떻든, 인종이 어떻든, 나이가 얼마든 상관없이 말이다.

혼란스러운 마음은 지워지지 않았다. 현현(懸懸)한 채로 '나는 운이 좋아'라고 (미친 듯) 되뇌며 마지막으로 '호주바다' 사이트를 한 번 더 살펴봤다. 새로운 쉐어 하우스는 계속 게재되었다. 그중, 외국인 룸메이트가 있으며 장판 여부, 창문 여부, 방 분리 여부 등 세부 조건이 (그때까지 본 것 중) 가장 준수한 쉐어 하우스가 눈에 들어왔다. 난 당장 연락을 했고 30분 뒤에 인스펙션을 갔다. 도착하기 전까지, 난 더도 말고 덜도 말고 생존권만 보장된 곳이었으면 좋겠다고 간절히 바랬다. 그리고 운이 좋게도, 관리자 분은 매우 친절하셨고 새 건물에 창문과 베란다, 나무 바닥이 구비되어 있었다. 관리자 분은 먼저 살고 있는 외국인 룸메이트들도 착하고 시끄럽지 않다고 전했다. 또 방이 나뉘어져 있었고, 거실이 있었다. 습기와 한기도 없었다. 건물 안엔 헬스장도 있었다. 무엇보다 엘리베이터도 있었다. 난 갑자기 전혀 다른 세상에 들어선 것 같았다. 그간 같은 가격이어도 옵션이 너무 천차만별이었기 때문이다. 단 한 가지 아쉬운 점이라면, 바로 입주할 수 없었다. 열흘 뒤에나 입주 가능했다. 이날은 멜번에서의 둘째 날이었고, 호스텔엔 3박 4일 정도 머물게 되어 있으니 일주일을 보낼 수 있는 곳을 또 찾아야 했다. 산 넘어 산이었다. 그런데 난 이 이상의 인스펙션은 그만하고 싶어 뒷일은 나중에 생각하고 집을 계약했다. 또 이보다 더 나은 집은 나오지 않을 것 같았다. 이제는 '숙소는 집이 될 수 없다'는 가치관도 호사처럼 느껴졌다. 이 둘째 날 너무 많은 일이 있었다.

발원, 발화 / 혼자 여행하기 1

"뜯어보지 않은 인생은 알 수가 없고, 다 뜯어본 인생은 구미가 당기지 않는 법이야. ***(The unexamined life is not worth living. But the examined one is no bargain.)***"

영화 '*카페 소사이어티*'* 中

햇빛이 이렇게까지 뜨거울 수도 있구나. 구글맵, 서구식 건물, 스트릿(St) 개념, 다양한 인종과 언어, 그리고 혼자 여행의 어지러운 향연 속에서 자꾸만 삐걱거리는 동선을 이어 나갔다. 마침내 하버 브릿지와 오페라 하우스, 그리고 눈이 시릴 정도로 새파란 바다와 하늘을 마주했을 때, 난 구름 한 점 거칠 것 없이 위풍당당하게 내리쬐던 햇볕에 정신이 아찔했다. 난 그날 생전 처음으로 영어가 흘러나오는 지하철을 탑승했고, 구글맵을 사용해 길을 헤매며 목적지로 걸어갔고, 길을 가다가 영어를 사용하는 어떤 남자로부터 시답잖은 추파를 당해 어설픈 영어로 거절했다. 도무지 자신 없는 환경

*감독 우디 앨런(Woody Allen). 영화 *카페 소사이어티(Café Society)*. 제작 Gravier Productions, Perdido Productions, FilmNation Entertainment. 2016.

에서 살면서 처음 해야 하는 모든 걸 처음으로 혼자 해 본 날이었다. 비록 고작 오페라하우스와 본다이 비치를 보러 간 것뿐이지만, 오래도록 동경한 바를 이룬다는 건 정신을 아득하게 할 정도로 비치는 햇빛처럼 강렬했다. 무언가를 이루는 건 손바닥을 마음만 먹으면 뒤집을 수 있는 것처럼 언제나 간단하다. 이루기 전까지의 과정은 험난할 뿐이다. 심지어 이뤄지는 건 찰나다. 그런데 이 찰나가 몹시도 눈부시고 아름답다.

혼자 여행하면 평소엔 생각지도 못할 별의별 일을 겪는다. 그중 가장 극적인 일은 시드니에서 해가 바뀌던 밤 혼자 씨티로 불꽃놀이를 보러 갔던 때였다. 사실 혼자 가는 게 크게 내키진 않았다. 시드니에 도착한 지 2주도 안 되던 때였고, 두 번 정도만 씨티로 나가 봤을 뿐만 아니라, 사촌언니네 집이 다섯 시가 조금만 넘어도 버스가 끊기는 곳에 있어서 늘 저녁이 되기 전에 씨티에서 돌아왔기 때문에 '혼자', '밤에', '씨티로', 그것도 12월 31일에 불꽃놀이를 보러 간다는 것이 너무 겁났다. 사촌언니 지인 모두 아이가 있는 부모여서 나와 동행할 수 있는 사람은 아쉽게도 아무도 없었다. 그런데 안 가자니 정말 이때가 아니면 언제가 기회일까 싶었다. 앞으로 또 언제 12월 31일을 시드니에서 보낼 수 있을지 장담할 수 없지 않은가. 지금까지도, 또 앞으로도 없을 일은 여행의 백미나 다름없으니 한번 태연하게 가보기로 했다. 지하철을 타고 씨티의 어느 역에 내리니, 내가 낮에 봤던 씨티의 모습은 온데간데없었다. 불꽃놀이를 보러 올 사람들을 위해 상점들은 일찌감치 문을 닫았고, 길 자체가 통제되었다. 그러니 구글맵도 소용없었다. 내 눈 앞에는 길 대신 인파만 빽빽했다. 난 오래 전 나의 일본어 선생님께서 알려주신 '길을 모르면 사람들이 몰려 가는 쪽을 따라 가라'는 여행 방법의 진리 중 하나를 기억해내어 사람들이 가는 방향으로 천천히 걸어가기 시작했다. 그 와중에 사람들은 어디선가 끊임없이 튀어나왔고 다들 흥분 상태였다. 나처럼 혼자 불꽃놀이를 보러 온 사람은 아예 보지 못했다. 어두운 밤과 왁자지껄한 사람들 속에 위축되어 있던 사람은 오직 나 혼자였다. 익숙하지 않은 도시에다가 다소 비이성적인 수준으로 들뜬 분위기 때문에 겁이 왈칵 났다. 어느 정도 걷자 사람들의 움직임에서 정체가 생겼고, 어느 순간부터 옆과 앞과 뒤의 사람과 부딪힐 수밖에 없었다. 그런데 갑자기 뒤에서 알 수 없는 언어와 낄낄거리는 소리가 들리더니 불쑥 내 몸에 누군가의 추잡한 손길이 느껴졌다. 신체 부위를 단순히 접촉하는 성추행의 정도를 넘어 겁탈에 가까워 난 경악하여 공포를 느끼곤 얼어붙었다. 뒤를 쳐다볼 엄두도 나지 않았다. 소리를 빽 질러버릴 생각도 감히 하지 못했다. 손길이 점점 과감해지자 난 겨우 정신을 차려 그 손을 한사코 저지하기 위해 누군지도 모를 그 사람의 팔을 있는 힘껏 치고 밀어냈다. 동시에 내가 있는 자리에서 벗어나기 위해 틈이 보이지 않는 사람들 사이를 비집고 빠져나가려고 갖은 애를 썼다. 그 지옥에서 가까스로 벗어나자 난 잠시 전의 사건이 믿기지 않아 황당하고 무서우며 어안이 벙벙했다. 이럴 때 동행자가 있다면 얼마나 좋을까 생각했다. 긴장감을 애써 누르기 위해 사촌언니와 엄마에게 전화를 하고 한국에 있는 친구들과 한 해의 마지막 날에만 할 수 있는 인사말을 카톡으로 주고받았다. 그렇다고 해서 겁이 가라앉지 않았다. 정처없이, 정신없이 발걸음을 옮기다 어느새 사람들의 행렬이 조금씩 멈추자 난 사촌언니가 '모르는 사람이 음료 주면 절대 마시면 안 돼'와 '혹시 무슨 일 생기거나 무서우면 가족처럼 보이는 사람들 옆에 붙어'라고 말했던 걸 떠올려 주변을 두리번거렸다. 난 내 나이 또래로 보이는 여자 둘을 발견했고 사람들 사이를 헤치고 그 둘 옆쪽으로 가 앉았다. 그러곤 그 둘에게 말을 붙였다. 그 둘은 내가 귀찮았는지 내가 던지는 질문에만 예의 바르게 대답했을 뿐 더 이상의 대화를 이어 나가려고 하지 않았다. 내가 할 수 있는 일이 끝나자 난 잠자코 있기로 했다. 1년 전에 영화 '보이후드'를 보며 '스무 살의 마지막 날은 꼭 특별한 곳에서 보내리'라고 이를 바득바득 갈았는데, 그로부터 1년 뒤 시드니에서 혼자서 불꽃놀이를 보러 와 봉변을 간신히 면하고 어느 나라에서 왔는지 짐작도 가지 않는 사람들 사이에 앉아 12시가 되길 기다리고 있다는 게 아무리 믿어보려 해도 믿어지지 않았다. 작년에는 그리도 초라했는데 올해는… 어느덧 12시가 되기 1분 전이었고, 나만 빼고 거의 대부분의 사람들이 서로에게 수고했다는 인사말이나 포옹을 주고받는 듯했다. 3! 2! 1! 새해가 되자 드디어 불꽃놀이가 시작됐다. 사람들의 환호가 들렸다. 난 즉석 카메라의 셔터를 네 번 눌렀다. 그리고 가만히 주시했다. 사실 그 불꽃놀이가 얼마나 길게 이어졌는지는 기억나지 않는다. 아마 그때 난 홀로 아주 옛날에 엄마, 아빠와 함께 에버랜드에서 본 불꽃놀이를 간파하고 있었을지도 모르겠다. 성냥팔이 소녀처럼 아스라이 사라지는 불꽃 속에서 구원(久遠)할 꿈이 보였다. 가장 화려한 세상 속 가장 외로운 존재로 만든 불꽃놀이가 마침내 끝나자 이거 하나 보기 위해 걷고 수모를 겪고 기다린 과정이 무색하게 여겨졌다. 별것 아니구나 싶어 실망스럽기도 했다. 의외로 허무했다. 한편으로는 더할 나위 없었다. 보면 끝이지, 뭐. 홀가분했다. 이젠 돌아가자고 나서려고 하자 웬 남자가 나보다도 서툰 영어로 어디서 왔느냐고 말을 걸었다. 자신은 말레이시아에서 왔는데 번호 좀 달라며 핸드폰을 자꾸 들이밀었다. 질색하는 내 모습이 보이지도 않는 건지 번호에 대한 미련을 못 버리길래 어쩔 수 없이 거의 쓰지 않는 이메일 주소를 알려줬다. 그러더니 자기와 사진을 찍어 달라고 했다. 암묵적 한계와 다름없는 세 번의 거절에도 끈질기게 굴자 난 포즈라는 구실을 대고 손가락 브이(V) 두 개로 얼굴을 거의 가리고 사진을 찍어 '줬다.' 이건 나름 현명한 처사였다. 왜냐하면 나중에 그 남자가 이메일로 페이스북 계정이 있느냐고 물어보길래 그날 찍은 사진을 올렸겠구나 싶어 얼굴을 가리기 잘했다는 직감이 들어 서둘러 차단했기 때문이다. 난 혼자였고 그 사람은 친구들처럼 보이는 여러 주변인들과 함께 있었다. 그 상황을 벗어나려면 최소한이라도 맞춰줄 수밖에 없었다. 정말 터무니없고, 기가 찼고, 12월 31일에 이어 1월 1일도 무서웠다. 끈질기도록 집적대는 남자로부터 어렵사리 벗어나자마자 난 내가 낼 수 있는 최대한의 속도로 걸어갔다. 뛰어가기엔 너무 총총(叢叢)했다. 걷고 뛰는 게 의미가 없었다. 분명 아까 왔던 길 그대로 가는 것 같은데도 어김없이 헤매고 있었다. 사람들의 수가 조금씩 줄어들자 난 그제서야 뛸 수 있었다. 그런데 이리 뛰고 저리 뛰어도 역이 보이지 않았다. 사촌언니가 동네의 역 앞에서 날 기다리고 있다는 문자를 보내니 더더욱 초조했다. 구글맵이라도 도움이 될까 앱을 열었지만 나의 공간지각력은 영 형편없었다. 설상가상으로 술 냄새가 진동하는 어느 백인 남자가 이름이 뭐냐며 말을 걸어왔다. 난 대충 둘러대며 도망치다가 더 이상 안 되겠어서 눈에 보이는 대로 사람들을 무작정 붙잡고 역이 어디냐고 묻기 시작했다. 클럽 가드들은 모른다고 답했다. 그 사람들은 모르는 게 말도 안 됐기에 짜증이 다 났다. 그 다음엔 어떤 모녀에게 물었다. 그 둘도 역을 찾고 있다고 말했다. 그러다 와인색 코듀로이 양복을 입은 남자의 뒷모습을 보았다. 자포자기하고 싶지만 강력한 귀가 욕구로 팔을 덥석 잡고 혹시 역을 아느냐고 물어봤다. 그는 안다며 자신이 데려다 주겠다고 말했다. 그 순간 힘차게 소용돌이 치던 내 마음과 뇌리는 비로소 진정이 됐다. 걸으면서 그가 중국인이라는 것과 관광 안내 일을 하고 있다는 걸 알게 됐다. 생각해보면 난 한 치의 의심도 없이 그를 따라갔다. 왜 그랬지? 심지어 불과 몇 시간 전만 해도 나쁘고 이상한 남자들에게 데인 전적이 있는데도 난 너무 순순히 안심했다. 그러나 다행히 그는 좋은 사람이었다. 날 무사히 역으로 데려다 줬기 때문이다. 난 고맙다는 의미로 나중에 커피라도 대접하고 싶다고 말하려다 말았다. 어쩌면 기회를 못 찾았거나 용기를 못 냈는지도 모르겠다. 난 왕복 총 몇 시간을 헤맸던 그 길을 나중엔 도합 한 시간도 안 되어 걸어 다녔다. 그때 알았다, 내가 어지간히 방황했다는 걸, 그리고 갈피를 잡으면 우왕좌왕할 일이 없다는 걸. 난 그 역에서 세인트 아이브스 역으로 가는 전철이 오는 플랫폼을 못 찾아 또 헤맸고, 이번엔 외국인 세 명이 동시에 달라붙어 도와줬다. 트레인은 40여 분을 달렸고, 난 사촌언니와 형부를 역에서 만났다. 긴장이 녹아버리는 순간이었다. 내가 본 사람이 엄마였으면 난 그 자리에 주저앉아 울었을 것이다. 그래도 사촌언니와 형부가 무질서와 혼잡에서 날 구해줄 천사로 보였다. 여기까지가 내가 한 해의 마지막 날을 특별하게 보내고 싶다는 소망이 쏘아 올린 작은 공에 관한 이야기다.

일단 추후 여행에서 만난 사람들이 얘기해 줘서 안 사실 하나. 정말 모든 국가가 그렇다는 건지는 모르겠지만, 여하튼 어느 나라에서도 12월 31일 불꽃놀이를 혼자 보러 가는 건 위험하단다. 내가 그날의 일을 자세히 말하자 사람들은 내가 운이 좋았다고 하나같이 깜짝 놀랬다. 무식하면 용감하다고 내가 그랬나 보다. 또 난 그러한 좌충우돌한 새벽을 보내고 정오에 일어나 사촌언니네와 본다이 비치로 놀러갔다가 현실 감각이 약간 뭉툭해지고 말았다. 언제나 1월 1일을 집에서 보내다가 태양이 근사하게 내리쬐는 해변가에서 홀연히 보내니 그 느낌이 너무 기이했다. 아무래도 그 12월 31일과 1월 1일부터 나의 기질이 현실주의자보다 이상주의자 쪽으로 1 정도 치우치게 된 것 같다. 한 마디로, 비현실적인 현실을 살고 있는 기분으로 살게 되었다. 게다가 주변의 상황이나 사람의 기운, 느낌에 조금 너무하다 싶을 만큼 예민해졌다. 그리고 사람들이 보통 눈을 반짝이는 일에 의아할 정도로 심드렁해졌다. 남들이 한다 해서 반드시 할 필요 없고, 똑같이 해본다고 해서 내가 좋아할 가망이 있지도 않다는 거다. 한편으로는 무언가를 이루는 건 시시하지만, 그렇다고 해서 절대 의미가 없다고는 할 수 없으며, 오히려 요원하던 것이 내 것이 되니 '뜯어보지 않은 인생은 알 수가 없고, 다 뜯어본 인생은 구미가 당기지 않는 법*(The unexamined life is not worth living. But the examined one is no bargain)*'인 싶은 심정이 났다. 만감이 교차함에도 난 그날 불꽃놀이를 보러 간 것에 대해 일말의 후회도 느끼지 않는다. 왜냐하면 그날의 혼자 여행은 그 후로 했던 여행과 앞으로 할 여행의 본질 중 본질이나 다름없기 때문이다. 혼자 여행하는 건 필연적으로 외롭고 긴장될 수밖에 없다. 이유는, 혼자니까. 그날 그랬던 것처럼 혼자 여행을 하면 정말 별별 나쁘고 이상하고 좋은 사람을 만나 별별 나쁘고 이상하고 좋은 일을 겪을 가능성이 농후하다. 곁에 누군가 없기 때문에 이상하거나 나쁜 일을 겪지 않기 위해 행운을 더더욱 바래야 하고, 언제나 주의하고 조심해야 한다. 반면 여러모로 더없는 자유를 만끽할 수 있다. 때론 무서워도 계속 걸어야 한다. 하지만 길을 만들어 갈 수 있다. 그 길과 그 길 위의 이야기는 의심할 것도 없이 오로지 내 이야기다. 혼자 여행의 묘미는 좋고 나쁨을 떠나 정말 예상치 못한 일들을 마주쳤을 때 내가 어떻게 대처하는지 스스로 지켜볼 수 있다는 점이다. 그렇게 함으로써 자신이 어떤 사람인지 알 수 있다는 건 혼자 여행의 특권이다. 고로, 삶 또한 이 혼자 여행의 틀과 요소를 크게 벗어나지 않는지도 모르겠다. 더 살아야 알겠지만, 그때부터 지금까지 늘 확신하고 있고 이 생각은 변치 않을 것 같다. 이 생각이 쉽사리 무너지지 않고 견고하길 바라기 때문에 난 혼자 여행을 깊이 탐구하고 탐색한다.

참고로 덧붙이면, 불꽃놀이 중 찍은 즉석사진 네 장 중 세 장은 실패였다. 오직 한 장만 그 불꽃놀이를 제대로 포착했다. 그 한 장만으로 실망이 감탄으로 전환되었다. 굳이 혼자 여행하며 인생은 타이밍이라는 걸 몸소 겪었다는 증거였다. 현대 도시인들이 물고 늘어지는 그 기회라는 건 결국 이미 자신의 손에 쥐어 있다. 다만 그 기회를 잡을 타이밍은 모름지기 당사자만이 결정할 수 있는 것이다.

알아가는 법 / 혼자 여행하기 2

"무언가를 바꿀 수 있는 유일한 방법은 모든 것을 천천히 들여다보는 것입니다."

영화 '*클레어의 카메라**' 中

교토에서 도쿄로 오는 여정이 꽤 고되었던 모양이다. 그 다음 날 난 결국 친구를 혼자 보내고 끙끙 앓으며 잠들고 말았다. 일어났을 때는 해가 중천에 떠 있는 오후였다. 아무것도 하고 싶지 않았지만 적어도 창 밖으로 차도만 보이는 숙소 안보다 어디 카페가 낫겠다 싶어 억지로 몸을 일으켜 외출했다. 그런데 어디의 어느 카페로 가? 겨울이라 해는 벌서 기울기 시작했고, 내가 있던 곳은 시부야 중심가로부터 15분 정도 벗어난 곳이었다. 그 유명한 시부야였지만, 그토록 유명한 시부야여서 내가 가지 않는 게 나을 듯했다. 그래서 난 어디로 가? 난 일본에 오기 전에 미리 읽었던 책에서 본 카페 중 한 군데를 떠올렸다. 구글맵으로 확인해보니 숙소와 그다지 멀지 않았다. 마침 내가 가고 싶던 모노클 숍도 그 근처였

*감독 홍상수. 영화 *클레어의 카메라(Claire's Camera)*. 제작 영화제작전원사. 2018.

다. 잘됐다 싶어 천천히 걸어갔다. 처음엔 구글맵을 끊임없이 들여다보며 길을 가다가 우연히 굉장히 괜찮아 보이는 조그마한 상점을 발견하고 구글맵에서 시야를 거두었다. 안에는 돈키호테나 무인양품의 물건들과는 결이 전혀 다른 센스 있는 디자인의 생활용품이나 독특한 상품들이 있었다. 그 상점이 기점이 된 것처럼 그 주변에는 방문하면 기분 전환이 될 만한 여러 상점과 서점, 카페, 식당이 좌르륵 펼쳐져 있었다. 간혹 들어가 책을 펼쳐 보기도 하고, 이런저런 접시를 구경하기도 하고, 예쁜 간판을 아이폰으로 찍으며 저기는 무슨 가게일까 즐거운 상상을 해보기도 했다. 길거리엔 또 왜 그렇게 배우 류승범 같은 멋쟁이들이 즐비했던지, 추위 때문에 겉에 롱패딩을 입은 스스로가 민망해질 정도였다. 찬찬히 걸으며 구경하다 보니 이 동네는 낮에는 어떤 모습일지, 어떤 사람들이 살고 있는 동네인지 호기심이 새록새록 솟아났다. 아무렇게 걷는 듯싶었는데 모노클 숍 앞에 당도했다. 매번 목적지를 찍어 두고 그리로 가는데 급급했던 나다. 그런데 이번에는 목적지로 걷지 않는 듯했는데 의도치 않게 도착한 셈이었다. 어리둥절하며 난 그 안에 들어갔다. 사람은 어딘가에 도착하기 전까지 그 목적지에 대한 어떤 관념을 갖길 마련인데, 나는 항상 목적지에 도착하고 나면 그전까지 기껏 가져온 관념을 순식간에 잊고 목적지를 보자마자 얻은 감상에 쉽사리 빠져버리곤 했다. 모노클 숍에 들어가 늘 실물로 보고 싶었던 잡지와 책, 브랜드 협업 제품을 구경하다가 평소에 모노클에 관해 파헤치고 싶었던 걸 잊고 말았다. 잡지와 책 외에 내 지갑이 감당할 수 없는 제품들에 기가 눌린 건지 싶기도 한데, 확실한 건 가려 잘 보이지 않던 안쪽 사무실의 고요하고도 고상한 분위기에 이끌렸고 곧이어 친절한 남자 점원이 일상에선 어떤 사람일지 궁금해졌다. 동시에, 그때 일본을 여행하면서 주로 했던 '난 뭐 해먹고 살아야 할까?', '난 어디서 살아야 할까?', '이곳에서 일하려면 어떻게 해야 할까?'와 같은 고민들이 어김없이 날 또 찾아왔다. 생각에 함몰되지 않기 위해 그곳을 나왔다. 나오고 나서 난 무의식적으로 '그래서 여긴 도대체 어디지?'라고 자문하고 말았다. 내가 어디쯤인지 전혀 알 수 없었다. 난 나에게 목적지가 한 군데 더 남았다는 게 떠올라 구글맵을 켜서 확인했다. 이번엔 이곳저곳 둘러보지 않고 그냥 곧장 가고 싶어 일정 거리를 걸으면 구글맵을 확인하는 식으로 목적지로 향했다. 목적지인 카페에 도착하기까지 5분 정도 걸렸던 것 같다. 그런데 그 카페가 정말 '핫'하긴 한 모양이었는지 도착한 건 고사하고 나 하나 앉을 자리가 없어 커피를 들고 밖으로 나와야 했다. 난 왠지 모를 허무함을 느꼈다. 앉아서 창 밖을 바라보며 쉴 카페가 간절해서 갔지만 쉴 수 없었고, 책에 쓰여 있던 것과는 달리 커피 맛은 특별하다고 하기엔 애매했다. 난 구글에 그 카페를 검색했을 때 어쩌다 본 어떤 이의 후기를 떠올렸다. 사람들이 왜 그렇게까지 그 카페로 몰리는지 잘 모르겠다며 그보다 훌륭한 커피를 하는 카페는 도쿄에 얼마든지 있다는 논리였다. 이럴 거였으면 그냥 그곳으로 가는 도중 본 카페로 들어갈 걸. 한눈에 봐도 근사해 보였는데. 힐끔거리다가 눈을 마주친 바리스타의 모습이 뇌리에서 쉽사리 지워지지 않았다. 아쉬웠다. 그렇다고 가서 아무렇지 않게 커피 한 잔을 더 마시기엔 컨디션이 딱히 좋다고는 할 수 없었다. 내일? 다음? 여행엔 그런 거 없다. 여행에선 모든 건 '그때'뿐이고 인생에서 모든 건 '지금'뿐이다. 또한, 어떤 이유로도 고대하던 목적지가 날 반드시 만족시킬 거란 보장은 없다. 내가 가고 싶어서 간다고 해도 말이다. 대신 난 목적지에 도착하는 걸 도중에 잊고 내 발길 닿는 대로 즐겼던 일을 떠올렸다. 보려고 급급하지 않아도 보이는 것들이 매우 예뻤던 여행이었다. 그 후 남은 일본 여행 일정에서 난 최대한 목적지를 정해두지 않고 걸었다. 운이 좋게 예쁜 우연을 많이 마주쳤다.

크게 의도한 건 아닌데 도쿄를 세 번이나 가니 하라주쿠, 신주쿠, 긴자 같은 중심가를 약간 벗어나도 자본주의의 손길이 크게 닿지 않은 '동네'를 구경할 수 있다는 걸 알게 됐다. 내가 보기엔 시모기타자와, 키치조지가 그런 곳이었고, 그곳에 갈 거라고 하자 당시 호스텔 리셉션에 있던 여자 직원의 얼굴엔 '왜 그런 곳에 가는 거지'라고 생각하는 것 같은 표정이 스쳐 지나갔다. 다음에 도쿄에 가게 되면 도쿄의 근사한 곳이라는 근사한 곳은 다 섭렵하겠다는 허울 좋은 취지를 세워 두고 읽은 책들이 무슨 약속이나 한 듯 하나같이 시모기타자와와 키치조지를 극찬했기 때문이다. 직접 가보니, 물론 기대가 촉발시킨 무언가가 있었겠지만, 바로 앞에서 언급한 볼거리 즐비한 관광지를 선호하는 여행자들은 가지 않는 편이 좋을 듯싶었다. 시모기타자와와 키치조지는 느긋한 마음이 동반되어야 하는 동네에 가깝기 때문이다. 이와 같은 결론을 내리게 된 데에는 우연히 마주쳐 이름도 모르는 어느 아틀리에의 추억이 큰 역할을 했다. 작은 가게 앞에 있는 화려하지 않은 반지와 머리 끈에 달려 있는 구부리고 뒤틀린 모양을 하고 있는 오브제의 소재는 은이나 구리였고, 사용한 흔적이 역력했다. 그 외에 조그마한 장식품은 시계의 부속품을 사용한 듯 보였다. 흥미로웠다. 안으로 들어가니 작은 공방이 있었고 미학적으로 단출한 겉모습을 지녔지만 내부는 분명 우주처럼 섬세할 것이라 예상되는 시계가 많았다. 시계의 부속품들은 시계 속에 없어도 그 모습 그대로 공예품이었다. 생소한 풍경과 다르게 가게 안의 분위기는 마음을 뭉클하게 하는 데가 있었다. 얕은 고민이 읽히는 여러 가게들이 시모기타자와와 키치조지에도 이어지자 '일본도 다를 바 없구나'라는 체념과 '여기도?'라는 놀라움을 번갈아 느끼며 피로가 누적되고 있던 참이었는데, 그 가게는 일본어로 표현하면 '혼모노(本物)'였다. 주인은, 아니 장인은 헝클어진 곱슬 머리에 베레를 쓰고 일명 '스티브 잡스' 안경을 쓰고 있었는데 뭐라 설명하기 마땅찮은 생동감이 뿜어져 나왔다. 견습생처럼 보이는 남자와 여자도 가게와 어우러지는 옷을 입고 장인과 비슷한 색깔을 냈다. 세 사람은 손님인 나와 친구를 친절히 응대하면서도 시계를 분해하고 조립하는 등 자신들의 일도 놓지 않았다. 그 모습이 꽤 감명 깊었다. 장인은 우리가 관광객처럼 보였는지 말을 친절하게 붙여 주었다. 난 노을처럼 저물어가는 일본어를 머릿속에서 끄집어내어 그와 떠듬떠듬 대화를 나눴다. 우리가 한국인이라 하자 이곳에 한국인 여자 배우가 찾아온 적이 있다고 말했다. 그러고는 자신과 자기 가게가 그분의 책에 실려서 그 책을 선물 받았다고 하며 우리에게 직접 보여줬다. 그 배우는 배우 고현정이었다. 내가 이 배우는 예전에 미스코리아였고 한국에서 매우 유명하다고 말해줬더니, 그는 그녀가 당시 같이 온 스태프들에게 벽에 걸려 있는 손목시계를 전부 선물해준 이야기를 들려주었다. 난 그에게 실례가 안 된다면 언제부터 이 일을 하게 됐는지 알고 싶다고 했다. 남들이 진로를 고민할 시기부터 그는 일을 배우기 시작했고……. 나머지는 기억나지 않는다. 난 열심히 살아도 닿지 않는 진로의 확실함에 목말라 여행 중에도 그 갈증이 괴로워 속으로 비명을 지르고 있던 터라, 어렸을 그의 결단력이 놀라웠다. 전공이 중국어여서 일본어를 많이 잊어버려 대화에 서툴어서 미안하고 이 점이 너무 속상하다고 하자 그는 센스있게 위로해줄 줄도 알았다. 일본의 마쯔리에 가면 맛볼 만한 사과사탕의 설탕 코팅과 다름없는 친절에 진저리를 칠 무렵에 눈 내리는 날에 마시는 코코아 같은 성의를 만나니 은근히 감격스러울 따름이었다. 게다가 열심히 사는 사람의 기운이 어찌 그리 건강하던지! 난 그와의 만남을 기억하고 싶어 반지를 샀다. 그는 이 반지는 시계에 쓰인 부속품으로 만든 거라고 하며 사이즈를 내 손가락에 맞춰 줄 수 있다고 했다. 손가락이 매우 가는 편에 속해서 기성품은 꿈도 못 꾸는 나는 우선 내 손가락을 빠져나가지 않는 반지를 마침내 살 수 있다는 점이 첫째로 기뻤고, 이 반지가 세상에서 하나뿐이라는 점이 둘째로 기뻤다. 무엇보다 장인이 수련한 시간의 아주 일부라도 그 반지에 담긴 거 같아 마음이 흡족했다. 그 뒤로 자주는 아니지만 그 반지를 낄 때마다 그가 '그만큼' 되기까지 쌓아 올렸을 노력과 상투적이지 않았던 자상함을 떠올리며 빙그레 미소 짓는다. 그리고 내가 다시 가지 않으면 영영 만날 수 없다는 여행의 진리를 투득한다. 일상과 다른 여행길 위의 인연은 한 번뿐이라 더더욱 애틋하고, 그렇기에 마음이 더없이 뭉클하다. 모두 천천히 걷지 않았더라면 몰랐을 것들이다. 그렇게 친절을 꼬박꼬박 마음에 새겨 발걸음을 늦춘다. 그리고 마음은 제 손바닥을 펴듯이 넓어진다.

숙소를 잡았던 아사쿠사는 낮엔 왁자지껄한 전형적인 관광지였어도 저녁이 지나고 밤이 되면 같은 장소가 맞나 싶을 정도로 어둡고 휑한 쪽에 가까웠다. 난 그걸 또 구경하고 싶어서 머무는 동안 밤마다 이리저리 쏘아 다녔다. 사람이 이렇게 많으면 제아무리 탁 트인 공간이어도 미어 터지겠다 싶을 정도의 관광지는 사람이 다 빠지면 그 나름대로 매력이 있다. 화장이 지워진 민낯 같은 느낌이다. 난 센소지를 산책하다가 어떤 연인을 보았다. 마치 홍상수 감독의 어느 영화처럼 둘은 텅 빈 공터 같은 그곳에서 키스를 하고 있었다. 그 둘의 키스는 (내 입장에서는) 약간 뜬금없으면서도 사람을 넋 놓고 바라보게 하는 기운이 존재했다. 그 둘을 바라보자니 이상하게 마음이 몽글몽글해지면서 깜깜한 밤과 사람의 기척이라곤 찾아볼 수 없는 거리가 촉발시킨 약간의 겁이 더 이상 느껴지지 않았다. '영화 같다'는 표현이 긍정적인 뜻을 내포하고 있다면, 난 영화 같던 그 둘 덕분에 꼭 영화 같던 거리를 걷는 듯했다.

그다지 큰 애정이 있는 것도 아닌데 어쩌다 보니 아사쿠사에 세 번이나 갔다. (영광 아닌) 영광이긴 한데, 세 번째가 되니 변화된 양상은 눈에 보이는데 그게 관광을 위한 명목인 걸 아니 그다지 큰 감명은 없다. 오히려 자연스레 나이 들고 애써 꾸미려 들지 않는 것들에 눈길이 간다. 그래서 친구가 떠난 다음 날 난 그 어떤 욕심도 버리고 무작정 걸었다. 그리 오래 걷지 않았는데 보기 좋은 매끈함과 거리가 먼 동네에 들어섰다. 동네 이름도 모른다. 정말 발길 닿는 대로 걸었더니 동네가 나왔다. 군데군데 작은 공방이 있었고, 그 외엔 딱히 특화된 무언가는 없는 '그냥' 동네였다. 이런 동네는 뭐라 표현해 전달하기 난감하다. 사람 사는 곳에서 우러나오는 평범함과 보편성 때문이다. 맨션, 작은 주택과 아기자기한 디자인 요소와 같은 일본이라는 특수성을 빼면 '우리네 사는 게 다 그렇지, 뭐'라는 말이 절로 나왔다. 인스타그램의 현대 생활 안착 이후 성행하는 '감성'과 그를 좇는 감성 사냥꾼이라면 분명 실망했을 법한 '비주얼'이기도 했다. 사실 처음에는 사람의 손때와 세월이 묻어난 동네가 나타나 적잖이 당황스러웠다. 그렇지만 '나 좀 봐 줘'라는 수선과 '돈 좀 쓰고 가 주겠니'라는 흑심이 동의어인 곳들 때문에 시각적 피로감이 쌓아가던 중 아무 사심도 노출하지 않는 곳을 공교롭게 마주치니 되레 신선한 느낌이 들었다. 브랜딩의 손길이 뻗지 않은 동네에는 그 동네 사람들이 일상적으로 드나들 세탁소와 그 동네 사람들이 일할 것 같은 작은 우산 공방이 있었다. 소소하네! 그렇다. 그 무엇도 거창하지 않았다. 난 그 호젓하고 누추한 동네를 조용히 구석구석 돌아다녔다. 그런데 정말 추워도 너무 추웠다. 손과 코가 빨개질 정도로 추워서 어디 들어가서 몸을 진중히 녹일 공간이 고팠다. 톺으며 걸어 다니겠다는 것도 결국 욕심이었나 보다. 그러다 자그마한 가게를 발견했다. 발견이라는 표현이 어울리는 게 무슨 가게가 간판 하나 없었다. 들어가 쉴 수 있겠다고 생각한 것도 안에 푸딩을 파는 걸 보았기 때문이다. 그것도 못 봤다면 휙 지나쳤을 것이다. 들어갔더니 이전에 본 시계 장인과 닮은 주인이 있었다. 난 푸딩 하나와 커피를 하나 사 자리에 앉았다. 날씨 덕분일까 내 마음 덕분일까 난 세상에서 제일 맛있는 푸딩을 먹었다. 앉아서 오가는 사람들을 구경했다. 그 푸딩 가게는 동네 장사를 했다. 브랜드를 좋아하면서도 끝도 없는 브랜딩의 향연에 약간 멀미가 나려고 하는데, 그 가게에선 그런 요소를 찾아볼 수 없었다. 그렇다고 인테리어나 의자와 테이블이 예쁘장한가? 전혀 아니다. 그저 깔끔하다고 표현할 수 있는 게 최선이었다. 하지만 우주의 평화가 그곳에 있었다. 여행자는 나뿐이었고, 모든 손님은 주인과 가벼운 인사와 간단한 대화를 나누고 푸딩을 사갔다. 아, 이곳 사람들은 이렇게 사는구나. 늘 기존에 보지 못한 전혀 새로운 풍경을 찾아 여행을 떠난다고 생각하다가 처음으로 평범한 것이 도리어 평범하지 않다는 생각을 했다. 그리고 헤맴이 이토록 근사한 일이라는 걸 몇 번의 경험 끝에 확신하게 됐다. 아니, 헤맨다는 표현은 어울리지 않는지도 모르겠다. 방랑이랄까, 탐험이랄까. 난 푸딩을 다 먹고 그 가게를 나가 다른 곳으로 갔다가 푸딩이 하나 더 먹고 싶어 다시 찾아갔다. 이땐 헤맨다는 표현이 어울리겠다, 왜냐하면 목적지가 있으니까. 아무래도 왔던 길을 그대로 가는 것도 아니었고, 그 가게가 구글맵이나 애플맵에도 등록되어 있지 않아서 찾는데 애를 먹었다. 목적지가 있으니 헤매는 동안 마주친 모든 길목이 짜증스러웠다. 추워서 더 그랬을 수 도 있겠다. 겨우 찾았을 때 난 이런 생각을 했다: 이름, 하다못해 간판이라도 있으면 덜 고생했을 텐데. 오후에 이미 왔던 손님이었던 나를 주인은 반갑게 맞이했다. 몇 마디 대화를 나누고 나서 난 정말 궁금했던 걸 질문했다.

"왜 간판이 없나요?"

정확하게 기억나진 않지만 주인은 이런 뉘앙스로 답했다.

"없어도 괜찮아요."

지도가 있으면, 이름이 있으면, 유명하면 아니, 지도가 있어도, 이름이 있어도, 유명해도 다 내 발길과 시선이 닿지 않으면 의미가 없다. 내가 존경했던 교수님은 이 말씀을 자주 하셨다, 세상은 '나'로 인해 존재한다고. 내가 닿는 발길에 내 시선이 무얼 포착해내는지가 관건이다. 중요한 건 거기 '있고' 여행자는 그저 천천히 걸으며 들여다보면 된다. 그럼 찬찬히 걸으며 마주하는 모든 것들이 나의 목적이 된다. 난 이제껏 목표를 목적이라 착각해 목적지라 불렀다. 늘 목표를 세워 두고 그곳으로 가는 데 급급하느라 진정 아름다운 걸 놓쳤다. 그리고 자꾸 어딘가에 도착하려고만 해서 가는 내내 지치고 힘들었나 보다.

난 멜번을 그렇게 알아갔다. 걸으며 들여다보기. 때론 너무 춥고 혼자 두리번대며 카메라를 드는 날 흘끗 쳐다보고 가는 시선이 무섭기도 했다. 그러나 이런 부차적인 것은 나만의 지도를 만들어가는 기쁨에 비하면 아무것도 아니었다. 내딛는 발걸음과 내던지는 시선은 내가 그곳에서 숨쉬었다는 흔적을 기억 속으로 생생하게 남긴다. 그 도시의 모든 건 내가 걸어서 알아가면 그만이다. 그 과정에서 도시의 내밀한 속내를 듣고 보며 나만 아는 그 도시의 모습을 포착한다. 있는 그대로를 담기도 하고 그에 상상을 더하면 도시는 나의 소유가 된다. 여행은 긴 생에 비하면 짧다. 그렇기 때문에 걸으며 들여다보는 건 그 짧은 기간에 비해 상대적으로 더 많은 걸 알아갈 수 있는 가장 여유로우면서도 실속 있는 여행 방법이다. 나중에 나는 여러 사람들에게 이런 말까지 들었다. 자기보다 짧게 머물렀는데 '그런 곳'은 도대체 어떻게 알았냐고.

잘하는 건 중요하지 않을 수도 있어 / 언어

회의감

해방감

긴장감

즐거움

말이 통하는 건 다른 세상으로 통하는 길을 걷는 기쁨이다. 이때 두 가지 전제 조건이 필요하다. 상대와 언어. 난 멜번에 가기 전까지 이 두 가지 여건 사이에 필요한 것이 한 가지 더 있다는 사실을 알지 못했다. 바로 진심이다.

솔직하게 말하자면 외국어에 대한 나의 애증은 나름의 역사도 있을뿐더러 기구하면서도 기특하다. 내가 다녔던 초·중학교엔 영어를 잘하는 친구들이 매우 많았다. 초·중학교가 위치한 동네 특성상, 일반적이라고 부를 만한 학교보다 외국에서 태어난 친구, 외국에서 살다 온 친구, 학교를 다니는 도중에 외국으로 유학간 친구, 영어를 한국어보다 잘하는 친구, 영어를 한국어만큼 잘하는 친구가 많아도 너무 많았다.

난, 특출난 것 없이 평범한 나는 무의식적으로, 매우 자연스럽게 그 친구들의 영어 실력을 절대적인 기준으로 삼고 그들을 뒤쫓듯이 영어 공부를 했다. 또 그 시절에 일본인, 인도인, 체코인이 나의 급우였던 덕분에, 영어 실력도 영어 실력이지만 영어 이외의 외국어와 외국 문화를 몹시도 갈망하게 되었다. 그래서 난 학원, 한국인 선생님의 문법 과외와 교포 선생님의 과외를 못 받더라도 피나는 자기주도학습을 멈추지 않았고, 중·고등학생 땐 일본어를, 대학에서는 중국어를 공부했다. 그러나 난 언제나 내 실력이 불만족스러웠고 스트레스가 심했다. 예를 들어, 학교에 영어 잘하는 애들이 너무 많아 분반수업을 했는데 여차저차 월반해서 우등반에 가면 CNN 뉴스를 듣고 거의 모든 빈칸을 채우는 친구들에게 기가 죽기 일쑤였다. 또한, 영어 단어를 기껏 죽으라고 외우면 다음 날 송두리째 잊어버렸다. 다른 친구들은 30분이면 외울 단어들을 나의 경우엔 두 시간은 족히 소요됐다. 그리고 이건 다 지나고 나서야 깨달은 건데, 외국어를 배우는 내내 머릿속의 언어구조와 논리가 꼬이거나, 한 언어의 실력이 늘면 다른 언어들의 어휘력이 퇴행하는 위험을 감수해야 했다. 그런데도 외국어를 왜 포기하지 않았느냐면 그 친구들을 '그렇게' 만들었던 원인이나 다름없는 외국의 문화를 아직 내 능력으로 직접 확인하지 못했기 때문이다. 게다가 초등학교를 뺀 나머지 학교 생활에 적응을 못하면서 또 다른 욕구가 마음 속에 자리잡았다. 바로, '말이 통하는' 친구를 사귀고 싶다는 욕망. 외국어 공부에 대한 열정은 곧 인정욕구였다. 스스로를 인정하고 싶고 남에게 인정받고 싶었다. 외국어는 나에게 생존이었다.

해외 여행에 가면 내 안에 내제된 소심함을 어떻게든 무시해가며 혼자 고군분투하며 익힌 외국어를 한 마디라도 쓰려고 애를 썼다. 그때마다 실력이 내 예상(혹은 기대)에 못 미친다는 걸 확인했고 망연자실했다. 실력 상승에 어려움이 동반되었던 건 내가 모르는 여러 가지 원인이 있겠지만, 사견으로는 동시적인 다국어 공부가 외국어 습득을 불안정하고 불완전하게 만들었다. 이렇게 생각하게 된 데에는 한 가지 사연이 있다. 부담감이 작용했겠지만, 멜번에 가기 전에 영어 공부 시간을 늘리고 영어로 레쥬메(이력서)와 커버레터(자기소개서)를 쓴 '덕분에' 중국어 회화 시험에서 경악스럽게도 그동안 배운 중국어가 입에서 한 마디도 제대로 나오지 않아 그 과목에서 C+를 받았다. 교수님이 나에게 전화해서 한 학기 동안 잘했는데 점수를 '그렇게' 줄 수밖에 없어 미안하다고 하셨다. 나는 그 과목에서 그 수업에서 좋은 점수를 받고 싶어 한 학기 내내 애정 같은 노력을 쏟다시피 했는데 그 노력을 증명해야 할 시험에서 정작 아무것도 발휘하지 못했다. 뿐만 아니라 그 점수로부터 육체와 정신 건강까지 다 바친 대학 생활의 유일한 전리품인 HSK 자격증이 결국 무용지물이었다는 걸 발견하고 말았으니 허무함은 이루 다 말할 수 없기도 했다. 하필 멜번에 가기 거의 바로 직전에 외국어에 대해 이런 좌절감을 느끼다니 착잡했다. 아니야, 차라리 잘됐다. 어차피 족쇄에서 벗어났으니까, 이제부터 온 열정을 영어에 집중시키면 되지. 난 부정적인 감정을 억지로 태세전환 시켰다. 중국으로 여행가지 않는 것이 어디냐고 나 자신을 애써 다독였다. 외국어에 대한 노력은 이렇듯 늘 시시포스의 굴레 같았다. 바위는 기껏 밀어 올려도 금방 굴러 떨어졌다. 난 그래도 바위를 밀어 올리는 걸 그만 둘 수 없었다. 내가 궁금해하고 날 궁금해했으면 좋겠는 곳은 '여기' 없었기 때문이다.

멜번에 발을 딛고 나서 뗄 때까지 단 한 순간도 영어·일어·중국어 구사에 긴장의 끈을 놓은 적이 없었다. 외국어로 이루어졌던 모든 대화의 듣는 부분은 꼭 영어 듣기 평가 같았다. 학교나 수능, 토익 문제집 듣기 평가에서는 미국식 발음만 거의 나왔다. 그러나 현실에선 미국식 외에 영국식과 호주식 발음, 어디 그뿐인가 인도식 억양이라던가 영어가 모국어가 아닌 국가에서 온 사람들의 억양 등 정말 갖가지 발음과 억양이 존재했고, 이외에 개인 언어습관이나 빠르기까지 더해지면 알아듣기 위해 촉각(觸覺)을 곤두세워야, 아니 '청'각을 곤두세워야 했다. 다행히 시드니 여행에서 세상엔 미국식 발음만 있지 않다는 점을 눈치채긴 했다. 그 덕분에 시드니 여행 후 한국으로 돌아가 그때까지 했던 영어 공부 방법을 다르게 바꿀 수 있었다. 문제집 대신 영화를 봤다. 영화를 볼 때 처음부터 영문 자막을 깔아 놓고 발음을 들으며 철자와 맞춰보는 데 집중하든가, 한글 자막으로 보고 난 다음 영문 자막으로 바꿔 내용과 뜻을 파악하는 방식이다. 원래 듣기 실력이 점수의 발목을 잡아서 듣기에 자신이 없었던 탓에 1년 정도 그렇게 영화를 보며 훈련하니 그제서야 예전에 내가 비교했던 친구들만큼은 아니어도 '영어를 못하진 않는다'의 범주 안에 겨우 들어서게 되었다. 시드니 여행과 멜번 여행 사이 공백만큼의 노력이 있었기에 멜번에서의 영어 듣기 '변수'가 시드니 때처럼 엄청 생소하진 않았지만 도리어 말을 바로바로 튀어나오게 하는 데서 훨씬 고생했다. 살면서 복병이 이리도 많다. 아직도 기억나는 게, 초등학교 4학년 때 외국에서 살다 온 친구들이 영어로 대화하기에 'Really?'라고 한 마디 던졌다가 나 빼고 그 세 명으로부터 폭소를 하는 비웃음을 당한 적이 있다. 이후로 죽, 영어를 잘하는 사람들이나 영어가 모국어인 사람들 앞에서 영어를 쓰는 상황이 오면 내 발음이 이상하진 않을지 내가 하는 말을 못 알아들으면 어쩌나 걱정부터 앞섰다. 살아보는 여행을 실천하기 위해 직접 발품 뛰며 레쥬메를 눈 앞에서 전달하는, 이른바 '핸드레쥬메'를 돌릴 때면 그 걱정과 긴장감은 배가 되었다. 아무래도 영어를 잘하면 잘할수록 유리할 테니까. 사실 구인 공고가 딱히 없는 가게에 들어가서 혹시 일자리 없느냐고 영어로 묻고, 일자리를 구하고 있다고 영어로 얘기하고, 간혹 돌아오는 영어 질문에 영어로 답하는 과정은 이론적으로는 꽤 간략했다. 그럼에도 난 자꾸 튀어나오려는 불안을 애써 꾹꾹 눌러 담아야 했다. 긴장을 풀려고 '잘할 수 있다'고 자기암시를 해보거나 얼굴에 억지로 미소를 장착해 봤지만 아마 그 불안이 행동거지에 티가 났을 것이다. 쉬운 말도 긴장감에 버벅거리고 'Pardon?'을 반복했으니 말이다. 내가 원했다면, 한국에서는 외국어 공부로부터 도피할 수 있었다. 도피는 내 의지에 주어졌지만, 도피하지 않았다. 하지만 멜번에선 영어로부터 도피하고 싶어도 도무지 도피할 길이 없었다. 사방이 영어를 쓰는 사람들이니 난 한국에서 공부할 때보다 더더욱 정면을 마주해야 했다. 내가 얼마나 영어를 잘 구사하느냐에 따라 멜번 생활의 질이 달라진다고 생각하니 영어를 잘하고 싶다는 욕심 이상으로 영어를 잘해야 한다는 의무감에서 비롯된 스트레스가 느껴졌다. 그놈의 '잘'이 언제나 문제였다.

그러나 가뭄 진 땅에 비 한 줄기는 그 자체만으로도 새로운 국면이 되는 것처럼 나에게 이 멜번 여행이 곧 그러한 존재가 되었다. 외국어 공부에 있어 스트레스와 긴장은 전부가 아니라 한 단면이 되었다는 의미다. 스스로도 아주 놀라웠다. 일단 혼자 여행하기도 하고 머물렀던 숙소들의 룸메이트가 모두 외국인이어서 그랬는지는 몰라도 한 마디 말하고 듣고 답하는 대화가 많았던 덕분이다. 대화를 할 때는 내 기대치만큼 좋지 않은 영어 실력에 대해 자책할 시간적 여유가 없었다. 학창 시절에는 단어 하나와 문법 하나에 점수와 등수, 등급이 달려 단어와 문법이 틀릴까 봐 과민했지만, 대화에서는 틀리는 건 있을 수 없었다. 그곳에서는 어떤 단어와 문법을 쓰든 말이 통하는 것만이 관건이었다. 문법이 어색하다고 지적하는 사람은 아무도 없었다. 새로운 단어를 또 외우는 것보다 머릿속에 넣어 놨던 단어를 꺼내 활용하는 일이 잦아졌고 자연스레 아는 단어들을 조합해 어떻게 하면 내가 하고 싶은 말을 전달할 수 있을지에만 집중할 수 있었다. 만약 특정 단어나 표현을 꼭 영어로 써야 할 때가 오면 그때그때 사전에서 찾아 사용했고 그렇게 하니 기억에 더 오래 남았다. 게다가 당장 나누는 대화에서 단어와 표현을 곧장 배우는 경우가 허다했다. 그래서 그전까지는 단어를 마침내 '외웠다'는 뿌듯함만 느꼈다면 멜번에서는 대화함으로써 단어나 표현을 저절로 '알게 되는' 기쁨을 깨우치게 되었다. 언어를 종이 위 잉크가 아닌 살아있는 존재로 접하는 것 같았다. 예를 들면, 호주에서는 'Thank you'라고 하면 'No worries'라고 답하고, 카드를 충전할 때 'top up'이란 동사를 썼다. 시간이 조금 지난 에피소드이긴 하지만, 시드니에 있을 때 사촌언니 친구의 아들을 데리고 블루 마운틴을 갔을 적의 일이다. 그 아이에게 뭐 먹고 싶은 거 있냐고 물어보니 'chips'가 먹고 싶다고 해서 편의점 같은 곳으로 데려갔는데 대뜸 성을 내는 것 아니겠는가. 난 어이가 없어서 그 아이 보고 직접 앞장서라고 했고 그 아이는 날 식당으로 데려가 '감자튀김'을 가리키며 'chips'라고 했다. 내가 저건 'french fries'지 어떻게 'chips'냐고 반문하자 그 아이는 '그냥 원래 그렇다'고 해서 당황스러웠다. 호주에서는 감자튀김을 'chips'라고 부른다. 이렇게, 단어를 단순히 외우는 건 전혀 중요하지 않았다. 그 나라 혹은 문화권에서만 쓰이는 생경한 표현을 알아갈 때마다 책상에 앉아 외우는 단어장의 부질없음을 느꼈다. 호주에 가지 않았더라면 내가 단어장을 벗어나서 어떻게 알 수 있을까. 또 굉장히 신선했던 건 호주에서는 크루아상을 '콰쌍'이라고, H(에이치)를 '헤이치'라고 발음했다. R 발음의 경우에도 호주식 R 발음은 미국식과 영국식 발음의 중간 정도인데 처음에는 이 미묘한 차이가 너무 신기했다. 나중엔 이 발음을 따라 해보기도 하고 트램에서 완벽한 호주식 억양을 구사하는 사람들이 대화하고 있으면 가까이 다가가 그토록 싫어했던 '영어 듣기 평가'를 몰래 자행하기도 했다. 발음 차이뿐만 아니라 같은 의미인데도 나라별로 어떤 식으로 다르게 표현하는지도 조금이나마 체득할 수 있었다. 가령, '놀라게 하다'를 미국에서는 'You scared me'라고 쓴다면 영국에서는 'You gave me a fright'이라고 하는데, 이런 배움을 얻으면 이 차이를 구분해내지 못할 정도로 나의 언어적 감각이 둔하다는 걸 깨닫기도 했다. 우리가 알고 있는 단어가 실제로 회화상 어떻게 쓰이는지도 배웠다. 한국인들은 'lovely'라는 단어를 '사랑스럽다'는 뜻으로 알고 그러한 존재들을 수식할 때 쓰는데, 내가 겪어본 바로는 'lovely'는 그 뜻과 상관없이 비격식 대화에서 대답으로 쓰이는 'good'처럼 사용됐다. 예를 들어, '내일은 일어나서 브런치를 먹으러 갈 거예요' 혹은 '덕분에 잘 지냈어요'라고 했더니 대답을 'Lovely!'라고 해서 깜짝 놀랬다. 'cheers'의 경우에도, 사람들이 격식 없는 문자 끝에 'Cheers, 누구누구'라고 남기는 걸 보고 이 단어의 쓰임새를 익혔다. 만약 이 모든 걸 한국에서 애를 쓰며, 아니 악을 써가며 공부했다면 난 외울 것들이 또 늘었다며 질색팔색했을 것이다. 영어를 이렇게 습득할 수 있다는 걸 단 한 번도 상상하지 못했다. 그래서 그런걸까, 영어를 호주에 와서 처음 배웠다는 외국인 친구들은 호주에서 산 기간이 기껏 세네 달 정도밖에 안 되었는데도 웬만한 의사소통을 다했다. 물론 어순이나 문법이 틀리기도 했고 때론 추측이 필요하기도 했고 단어를 모르면 (놀랍게도) 내가 알려줘야 했지만, 별다른 훈련 없이도 무난하게 영어로 말하는 그들이 나로선 너무나도 충격적이었다. 완벽하지 않아도 말이 통한다고? 잘하지 않아도 괜찮다고? 난 8살 때부터 별의별 방법으로 영어를 공부했지만 영어를 쓰는 게 두렵고 실력에 자신감이 부족했던 반면에 그 친구들은 완벽하지 않아도, 심지어 틀려도 나처럼 자책감을 느끼긴커녕 민망해하지도 않았다. 그 친구들의 모습에 도리어 부끄러움을 느낀 건 나였다. 내가 뭔가 단단히 착각하고 살았다는 걸 내 눈으로 확인했기 때문이다. 사실 그곳에 있으면서 영어를 잘한다는 말을 꽤 들었다. 살면서 그렇게 생각해 본 적이 없어서 처음 들을 때는 그저 예의 정도로 여겼다. 그런데 그런 말을 듣는 게 어느 정도 반복되니 난생 처음으로 내가 평생 간주했던 '잘한다'의 기준이 흔들리기 시작했다. 공교육의 방식과 외국어를 유학과 거주 경험으로 익힌 친구들을 기준으로 두고 날 괴롭혀가며 공부한 것에 대해 회의감이 들었다. 활을 쏠 줄 안다는 것에 기뻐할 걸. 왜 남들 따라 과녁에 선을 그려놓고 활을 쏜 위치에 스스로 점수를 매겼을까. 한편 혹독하게 채찍질하지 않았다면 여행을 다니고 멜번으로 올 욕심과 용기를 낼 수준까지 오를 수 있었을까 자문하면 무어라고 제대로 대답할 자신이 없었다. 나 자신을 향한 채찍질이 최선이었다고 말할 수밖에 없는 인생이라. 괴롭고 힘들었던 것에 청구서를 보낼 곳이 없다는 사실에 끝을 모르고 허탈했다. 나 자신에 대한 엄격함이 되레 언어적 줄기가 기를 펴고 자랄 기회를 막고 있었던 건 아닐까 생각하니 모래성을 쌓아 올리기 위해 한사코 모래를 움켜 쥐었던 손의 힘을 비로소 뺄 수 있었다.

그리하여 멜번에서 말을 쓰는 매 순간은 기분 좋은 긴장감이 곁들어진 즐거움이 되었다. 출세의 용도를 벗겨내니 언어는 소통의 수단으로 제 날갯짓을 했다. 예전에는 딱 필요한 말만 했지만, 멜번에서는 간단한 의사소통부터 속 깊은 대화까지 내가 먼저 하고 싶은 말이 점점 늘어났다. 그러다 보니 내가 그토록 궁금해했던 미지의 문화가 저절로 나의 세계로 편입되었다. 그다지 어렵지도 복잡하지도 않았다. 예를 들면 이런 식이다. 호스텔에서 인도네시안 룸메이트와 저녁을 먹었다. 같이 식탁에 마주 앉아 인도네시아 음식을 나눠 먹으며 인도네시아 음식에 대해 몇 마디 주고받으니 구태여 인도네시아에 가지 않아도 인도네시아 사람들이 무얼 먹는지 체험할 수 있었다. 그건 단순히 인도네시아 음식을 파는 식당에 혼자 앉아 음식을 시켜 먹는 것과도 다른 차원이었다. 한식당에 데려가기로 약속했을 때도 그들의 종교로 인해 할랄 인증을 받은 식당을 찾아야 한다고 대화를 주고받으면서 '할랄'이라는 단어를 애써 공부하지 않고도 할랄이 어떤 것인 것 체득할 수 있었다. 또 하나의 일례로, 중국어를 쓰는 외국인을 만나 중국어로 '대륙 사람이냐, 대만인이냐, 홍콩 사람이냐' 물었을 때 중국어로 '나를 그런 천박한 대만인으로 본 것이냐'와 '나는 그런 무식한 대륙 사람이 아니다'는 얘기를 듣는 건 참 황당했다. 그러나 그들의 감정의 골을 늘 신문에서만 보다가 실제로 보니 그조차도 참 신박한 배움이었다. 이렇게 실제 경험에 의한 배움이 늘어날 때마다 속으로 쾌재를 불렀다. 외국어로 이뤄진 대화가 마침내 나의 노력으로 일궈졌다고 생각하니 그 모든 대화들이 단순한 성취감이 아니라 앞으로는 초등학생 때의 친구들을 더 이상 부러워하지도, 의식하지도 괜찮다는 일종의 계시처럼 여겨졌다. 난 그저 외국어를 말하고 있다는 것에 감사했다. 하물며 그 '짧아진' 일본어로 일본인 룸메이트와 왜 호주에 오게 됐는지 말하고, 그 '짧은' 중국어로 알고 보니 홍콩 출신의 비행 기관사인 남자와 나눈 잠깐의 재미있는 대화까지도 기쁘게 받아들였다. 모든 대화는, 말의 길은 곧 다른 세계로 향하는 길이라는 걸 발견하는 순간들이었다.

어렸을 때 포켓몬 만화영화를 떠올려 보면 포켓몬은 은근히 뜬금없고 예상치 못한 타이밍에 진화했다. 살아보는 여행을 하니 여행을 온 연유나 꿈, 평소의 고민 등 여행 속에서 으레 이뤄질 법한 질의응답의 고리를 넘어서 전혀 생각지도 못한 대화를 나누게 된다. 누가 여행하면서 일제 강점기를 설명해야 하거나 평소 앓고 있는 질병에 대해 얘기하게 되는 순간까지 이르게 될 거라고 예측하겠나. 그런데 나에게 그런 일이 일어났다. 예전에 have, get만으로도 온갖 대화를 할 수 있다던 외국인의 사례를 들은 적이 있었는데, 내가 정말 겪어보니 have, get만으로도 웬만한 영어 동사를 어떻게든 대체할 수 있었다. 그러나 have, get보다 나의 상태나 감정을 더 명확하게 표현할 수 있는 대체할 수 없는 특정 단어를 쓸 일이 점점 잦아졌다. 모르면 입 다물면 되긴 했지만 도저히 피할 수 없는 일들이 꼭 존재했다. 예를 들면, 룸메이트가 울고 있어서 위로해야 할 때. 정말 진땀을 다 뺐다. 울고 있는 룸메이트를 휙 두고 갈 수도 없는 노릇이니 난 내가 알고 있는 온 영어를 다 쏟아내야 했다. 딱 하나 기억나는 게, 룸메이트가 자신과 같은 과거를 갖고 있는 여자가 더 이상 사랑을 하지 못하는 걸 보고 자신도 그렇게 될까 두렵다면서 엉엉 울길래 난 난감한 처지를 감추며 이렇게 말했다.

"You just found the similarity to her, which means you are not in the same situation. That's her story, not your story. You can make your own story. Don't be afraid. Because I know you have already done a lot of things since you were here in Australia. Everything is gonna be fine.(넌 그녀와 닮은 점을 찾은 것뿐이지, 그녀와 너가 같진 않아. 그건 그녀의 이야기지, 너의 이야기는 아니잖아. 넌 너의 이야기를 만들어 가면 돼. 그러니까 무서워하지 마. 호주에 와서 이미 많은 걸 해냈잖아. 다 잘 될거야.)"

그러자 그 친구는 진정하고 울음을 그쳤다. 그 후에도 이렇게 나와 대화를 하면 상대방이 우는 일이 종종 있었다. 거참 기묘한 경험이 따로 없었다. 그들은 심지어 나중에 내가 친절*(sweet)*하다며 한국에 돌아가지 않고 계속 같이 살았으면 좋겠다고 말하기도 했다. 이걸 들은 지인은 난 달다

*(sweet)*기보다는 오히려 신(*sour*) 편에 가깝지 않냐며 같이 웃어넘기기도 했다. 나도 내가 스윗하다고 생각해본 적은 없지만, 어쨌든 그런 말은 또 처음이어서 뿌듯했다. 어쩌면 외국어로 할 수 있는 말만 한다는 건 내가 평소에 쓸 만한 말부터 한다는 것과 같은데, 이렇게 함으로써 왠지 내 안의 또 다른 자아를 꺼낼 수도 있겠다 싶었다. 사실 예전에 내 친구가 나에게 내가 영어를 쓸 때는 조금 다른 사람이 되는 것 같다고 말한 적이 있어서 이런 일들이 재미있게 느껴졌다. 한편으로는 내가 그들이 말한 '그런' 사람일지도 모를 일이었다. 어떤 언어를 수단으로 사용하든 간에 그 모든 모습이 결국 '나'라는 걸 알게 됐다. 동시에, 나와 많은 대화를 나눈 룸메이트는 이런 얘기를 해주었다.

"네가 쓴 글이 궁금해. 언젠가 꼭 영어로 글을 써서 그 글을 나도 읽으면 좋겠어. 네가 한 모든 말이 좋아서 네가 쓴 글도 좋을 거 같아."

그 마음이 너무도 고마워서 난 순식간에 울컥했다. 결정적으로, 이 말이 나에게 마치 깨달음처럼 다가왔다. 그리고 느낌표처럼 생각했다.

'잘하는 건 중요하지 않을 수도 있어.'

그래, 잘하는 게 중요하지 않을 수도 있다. 진심이 있으면 기술이 매끈하건 아니건 다 통한다는 걸 깨우쳤다. 드디어 '잘'이라는 모호한 뜬구름에서 벗어나 명중하고 싶은 목표물을 찾았다. 앞으로 나의 목표는 어떤 언어로든 나의 진심을 표현할 수 있는 글을 쓰는 것, 그 친구가 나의 글을 읽을 수 있도록. 난 마침내 과녁에서 선을 말끔히 지워 버렸다.

현재, 영어는 여전히 수월하지 않다. 중국어는 심화학습을 중단한 상태다. 일본어의 경우, 복기하고 있다. 그러나 이 세 외국어는 이제 나의 언어의 일부다. 영어, 중국어, 일본어는 내가 할 수 있는 말 중 하나일 뿐, 남의 말이 아니라고 느끼기 때문이다. 잘하지 못해도 할 수 있다는 것만이 나에게 중요하다. 그러니 계속해서 노력하고 있다. 기술이 능수능란하면 좋겠고 그렇게 될 날이 언젠가 올 거라는 것도 알고 있지만 지금 나에게는 나의 진심을 알고 기꺼이 자신의 세상을 보여준 상대방과의 시간이 너무나도 소중할 뿐이다. 이 의미를 잃지 않으면 언젠가 꼭 적중하게 될 거라 믿는다.

요즘은 기술이 너무 '잘' 발달되어 구태여 외국어를 배우지 않고도 번역기만으로도 여행이 가능하다는 걸 나도 안다. 그러나 나는 어느 국가든 인사말이라도 배우고 가길 추천한다. 한 마디라도 좋으니 말이다. 왜냐하면 정말 보이는 세상이 달라진다. 근거는, 바로 앞서 늘어놓은 나의 이야기다. 날 한 번만 믿어 달라고 간곡히 청하는 바다.

여행은 당신을 구원하지 않습니다 / 로망

"당신의 인생이 왜 힘들지 않아야 된다고 생각하십니까?"
tvN *스타특강쇼* 10화 박신양 편* 中

역시 로망이 문제야, 라고 말하기엔 내가 그럴 자격이 없다. 여행 자체가 워낙 숙망이기도 했지만 어쨌든 나 또한 지금껏 수많은 여행자들이 그랬듯 여행에 대한 로망, 정확히 말하면 '여행을 가기 전에 여행에서 이루고 싶은 걸 생각하는 것, 혹은 이를 이루고 싶다는 소망'이 있었다. 바로 일과 삶의 균형을 맞춘다는 일명 '워라밸(워크 라이프 밸런스, Work-Life Balance)'이다. 멜번으로 떠나기 6개월 전, 난 어느 기관의 사무실에 앉아 있었다. 내 책상 위엔 노동청에서 받은 비닐 겉면에 '워라밸'이 적힌 휴지가 있었고, 난 여덟 시간 내내 사무실에 '쳐박혀서' 쉬는 시간 없이 손가락으로 마우스를 딸깍거리며 모니터에서 눈을 뗄 수 없었다. 퇴근하면 진이 다 빠졌지만, 여덟 시간의 근무와 한 시간의 점심시간 동안 내가 하고 싶은 걸 하지 못했기에 졸음과 피로가 쏟

*예능 프로그램 *스타특강쇼*, 10회 박신양 편. tvN. 2012년 2월 4일 방영.

아져도 집에 돌아와서는 꾸역꾸역 공부를 했다. 아무리 돈이 중요해도 그렇지, 없는 능력조차 발휘할 여지가 없는 그 일을 그런 식으로 한 달 했을 때 난 그만 병이 나고 말았다. 속앓이가 컸던 모양이다. 돈은 뭐고 일은 뭘까. 고민이 심오해질수록 나의 뇌리엔 멜번에서는 '워라밸'이 가능하다는 지큐코리아의 칼럼이 점점 선명해졌고, 나의 시선은 한적한 마을에서 단기간 호젓하게 한식당을 운영하는 TV 프로그램 '윤식당2'에서 떨어질 줄 몰랐다. 특히 최선을 다한 후 하루 끝에 맞는 이국(異國)의 노을이 몹시도 부러웠다. 평생 하겠다는 것도 아니고, 매끈한 영어 실력을 필요로 하는 것도 아니고, '저 정도'의 일이면 나도 할 수 있지 않을까 어림짐작했다. 어차피 그땐 앞으로 뭘 할지, 그러니까 진로가 너무 막막했기에 '저 정도'의 도망이면 꽤 가치도 있을뿐더러 배경은 외국이고, 쓰는 언어는 외국어이니만큼 나름대로 도전 아닌가? 사회에 제대로 나가기 전에 '워라밸'을 실현해 보는 경험은 훗날 어떤 식으로도 쓸모가 있을 것이 분명했다. 시드니의 하늘을 도무지 잊을 수 없던 나는 '윤식당2'의 배우들처럼 다시 호주의 땅 위에 서서 노을이든 뭐든 보고 싶었다. 그들이 일을 끝낸 후 본 노을에서 겪을 감정이 궁금했다. 그리고 한국에서는 하고 싶어도 도저히 안 되는 걸 여행과 새로운 환경 및 문화에서 자극받아 하고 싶기도 했다. 이렇게 난 로망이라고 고급스럽게 포장한 도피를 행했다. 무식과 용감은 한끗이라는데, 과연 난 어느 쪽이었으려나.

여행 도중 주워들은 말 중 잊고 싶어도 도저히 잊을 수 없는 말이 있다면 바로 이것이다.

"'헬조선' 피해 왔더니 '헬번'이더라."

그렇지 않아도 떠나기 전에, 짧게 갔다온다는 선전포고에 일을 못 구할 거라는 주의를 여러 차례 듣긴 했다. 그때마다 난 길고 짧은 건 대봐야 안다는 식으로 응수했다. 왜냐하면 그냥 로망을 실현하고 싶다는 작은 욕망 외에 나로서도 정당하게 할 말이 있었다. 시드니에 머물렀을 때, 사촌언니 친구가 일하는 아이스크림 가게에서 한 달이라도 일해도 괜찮다는 제안 아닌 제안을 받은 적이 있었기 때문이다. 그때 나름 이유가 있어서 일하진 않았는데, 이런 단기 일자리가 운 좋으면 있을 수 있겠구나 싶어서 과감하게 워킹 홀리데이 비자를 끊은 것이다. 물론 감사하게도 '난 너의 도전을 지지한다'는 응원도 들었지만, 어쨌거나 회의적인 시각에 겉으로나마 주눅들지 않기 위해 정신을 바짝 차려야 했다. 드디어 멜번으로 직접 가니 상황은 이래저래 나의 노력에 유리하게 돌아가지 않았다. 처음에는, 처음이어서 불확실성이라는 가능성에 도전하는 게 그저 재미있었다. 가게에 들어가 레쥬메를 넣고 나오면 뭔가 민망하면서도 '내가 언제 이런 걸 또 해보나' 하는 신박한 느낌이 드는 동시에 몹시도 어리둥절했다. 그런데 챙겨온 레쥬메가 점차 줄어들수록, 연락이 오지 않을수록 즉, 일을 구하기 힘들 거라던 기우가 사실이 되어 눈앞에 펼쳐지니 나로서도 더 이상 호기를 부리기 벅찼다. '오지잡(Aussie Job)', '한입잡(Job)' 가리지 않고 핸드 레쥬메, 회사 공고나 검트리 공고에 이메일을 넣는 등 여러 방면으로 애써봤지만 운이 잘 닿지 않았다. "'헬조선' 피해 왔더니 '헬번'이더라"는 말만큼 인상적이었던 '레쥬메를 100번 넣어도 연락 한 번 올까 말까'라는 말도 날 비껴가지 않았다. 내가 나에게 부여한 시간은 남들에 비해 짧은데 시간은 야속하게도 잘만 흘러가니 조바심이 나 미칠 노릇이었다. 그런데 조급함보다 사람의 넋을 뺐던 건 혹시 일자리 없냐고 물을 때마다 싹 변했던 사람들의 표정이었다. 모두가 그랬던 건 아니고 몇 명은 친절했지만, 사실 다수가 일자리에 대해 묻자마자 표정이 귀찮다는 듯이 차갑게 변했다. 역시 돈이 얽히면 국적을 불문하고 사람들은 예민해지는구나. 대부분 내가 손님인 줄 알고 처음엔 친절한 미소를 얼굴에 장착했다가 조심스럽고도 예의 바르게 일자리 있냐고 물어보면 'NO'를 너무 뻣뻣하게 대답하는 바람에 기분이 상하는 건 부지기수고 위축되어 갔다. 매몰차게 'NO'라고 받아치는 사람들 덕분에, 환경에서 비롯된 육체적·심리적 피로로 인해 늘 타인에게 뾰족하게 굴었던 나 자신에 대해 반성하게 되었다. 상대가 누구든 친절함은 절대 비싸서는 안 된다고 그때 배웠고, 기분이 태도가 되어서는 안 된다는 걸 뒤늦게 깨닫고 매일 수련 중이다.

그나저나 로망을 현실로 이루려고 씨름 중이었던 당시로 다시 이야기를 이어나가자면, 난 그렇게 핸드 레쥬메를 돌리다가 어느 가게의 매니저로부터 느닷없고도 터무니없는 무례를 당하고 나서 도망치듯 나의 세 번째 숙소로 헐레벌떡 돌아왔다. 아니, 그냥 도망쳤다. 그 순간 그 가게에 있던 모든 사람들이 날 쳐다봤는데 그건 둘째 치고 난 그 매니저의 말에 모욕감을 느껴 얼굴이 달아올랐던 걸로 '기억된다'. 또 바로 그때 날 사람들을 제대로 마주하지 못하게 막았던 트라우마(자세히 언급하지 않겠다)가 그 사람 때문에 다시 떠올랐고, 그 트라우마를 만든 기억들이 그 가게에서의 일과 겹쳐 난 전의(戰意)를 완전히 상실해 버리고 말았다. 잊혔다고 생각했는데 아니었다. 난 로망이고 나발이고 룸메이트 외에 다른 사람들을 만나러 밖으로 나가는 걸 관두고 얼마간 숙소 안에 스스로를 가뒀다. 하필이면 사람과 관련된 트라우마가 떠오르다니, 타이밍이 안 좋았다. 그리고 그 사람 덕택에 일반적으로 사람들이 극찬하는 경험이라는 것으로부터 날 보호해야 하는 순간이 있다는 걸 살면서 처음 알았다. 경험을 위해 스스로 상처받게 내버려 두는 건 옳지 않았다. 어느 적정선이 있다는 걸 미처 알지 못했다. 그 선을 넘기 전까지는 불사르고 그 선을 넘으면 자기 자신을 보호해야 함을 배웠다. 로망을 이루기도 전에 말이다. 하지만, 감히 말하건대, 좋은 배움이었다. 그때까지 늘 경험이 우선이고 내가 다음이었다면,

그때부터 날 우선에 두고 경험을 하게 됐다는 점에서 말이다.

옛날의 트라우마로부터 헤어 나오려고 애쓰는 며칠 동안 마음이 너덜너덜 헤져버렸다. 그 사이 세상에서 답이 절대 나오지 않는 질문 중 하나인 '나는 왜 안 될까'를 끊임없이 되뇌었다. 나는 왜 안 될까? 나보다 늦게 도착한 사람 중에 벌써 '트라이얼(trial, 시범적으로 일을 시켜보는 것)'에 들어간 사람도 있는데 난 뭐가 문제인 걸까? 서빙 같은 아르바이트 이력이 너무 부족한가? 머물 기간이 너무 짧아서? 아니면, 내가 믿음이 안 가게 생겼나? 혹은, 영어가 원어민만큼 유창(fluent English)하지 않아서? '나는 왜 안 될까'라는 질문이 별의별 형태로 바뀌어 갔지만 적당한 답은 역시 나타나지 않았다. 어쨌든 한 가지 확실한 건, 내 로망엔 당위성이 없었다. 즉, 내가 아무리 간절하다 한들 남들이 내 로망을 흔쾌히 이뤄줄 의무나 권리가 없었다. 이걸 알아차리니 난 더더욱 망연자실했다. 난 이미 멜번에 와 있고, 이대로는 돌아갈 수 없는데, 일자리를 못 구하면 나머지 여행 기간은 어떻게 되는 거지? 그러다 엉뚱한 생각을 했다. 안 되면 안 되는 거지, 이유가 어디 있어.

그즈음 난 멜번에 오자마자 처음으로 계약했던 쉐어 하우스로 네 번째이자 마지막으로 숙소를 옮겼고, 밖으로 나갈 엄두를 내지 못했던 기간 동안 세 번째와 네 번째 숙소의 룸메이트들에게 나의 로망인 '워라밸'에 대해 질문했다. 그들 모두 나보다 먼저 멜번에 와있었는데, 한 명만 레스토랑 서빙 일을 하고 나머지 모두 청소 일을 하며 학교를 다니거나 하고 싶은 일을 했다. 겉으로 봤을 때 완벽한 '워라밸'로 보였다. 시급이 센 편이라 그들은 너무 많은 시간을 일하지 않고도 그 시급에 적합한 생활을 영위하는 동시에 돈을 모으거나 놀러가거나 혹은 하고 싶은 일을 하긴 했다. 일이 사람의 진을 빼지 않는다는 면에선 멜번이 한국보다 '워라밸'이란 구실을 맞추긴 괜찮아 보였다. 물론 이는 일부의 이야기에서 형성한 나의 시각이다. 그래서 했던 질문:

"멜번에서는 '워라밸'이 가능해?"

놀랍게도 모두 한 치의 망설임도 없이 '그렇다'고 대답했다. 다만 그 뒤에 따라왔던 사연은 다양했다. 그중에서도 특히 심념하게 만드는 답변이 하나 있다.

"'워라밸' 가능하지. 그런데 대신에 내가 하고 싶은 일이 아닌 청소일로 가능해. 간단하고 쉽지만 하기 싫지."

결국 내가 어디에 살든 그곳만의 아이러니가 존재한다는 걸 일깨워준 한마디였다. 멜번에서 이루려고 애썼던 '워라밸'에 대한 로망이 얼마나 터무니없었는지 깨달았다. 삶은 그렇게 단순하지 않았다. 아니, 그보다도 현실이 복잡했다. 한 룸메이트는 일본에서 교사 자격증을 획득했지만 멜번에서 청소 일을 하며 영어를 배우고 있었다. 처음부터 청소 일을 구한 건 아니라고 했다. 그녀는 일본에서 이룬 것과 관련된 '의미'있는 일을 멜번에서 구하려고 노력했지만, 어쩔 수 없이 청소 일을 하게 됐다고 했다. 그러나 난 로망을 이루기 위해서 그 친구들처럼 청소 일을 해야 할지 확신이 서지 않았다. 불확신으로 인해 난 로망이란 포장지를 벗겨내고 나의 속내를 간파했다. 일의 의미와 이유를 찾고 싶다는 것. 이게 내가 미처 몰랐던 '워라밸'의 정의였던 것 같다.

'워라밸' 이외에 여행에서 이루고픈 또 다른 로망이 있었다. 뭐 이리 로망을 많이 품고 살았는지 싶다. 어쨌든 첫째는 요가 다니기. 한국에서 못 했던 건 아니었는데 학교나 일을 끝마치고 나면 녹초가 돼서 운동은 꿈도 못 꿨다. 따라서 멜번에서 다 해보고 싶었다. 일이 '워라밸'의 '워크(work)'에 해당된다면 요가는 '라이프(life)'가 되면 좋겠다고 막연하고도 절실하게 바랬던 것 같다. 또 그림도 다시 그리고 싶었다. 내 안의 그림 그리는 내가 항상 그리웠다. 일상에서 그림을 어떻게든 그리려고 노력해봤지만 손에 어떤 도구를 쥐어야 할지 감이 안 왔고, 결정적으로, 어떻게 무얼 그릴지 알 수 없었다. 그림만큼은 여행 특유의 사람을 고무시키는 점을 지렛대 삼아 다시, 도전하고 싶었다. 그런데 웃기게도 로망의 한 쪽이 붕괴되니 다른 쪽도 무너졌다. 일을 구하지 못할 거라는 불안감에 지갑을 닫고 통장 잔고에 예민해지면서, 내 주제에 요가는 무슨, 아파트 내 헬스장이나 제대로 다녀야겠다고 생각하게 됐다. 그리고 그림의 경우에는, 새로운 공간과 문화, 사람들이란 환경적 조건이 주어졌음에도 불구하고 간단한 낙서조차도 그리지 못했다. 난 불행히도 여전했다.

난 그저 0이 되고 싶었다. '워라밸'이든 요가든 그림이든 그 모든 걸 감싸안고 바랬던 건 한국에서와는 다르게 사는 것과 다른 사람이 되는 것이었다. 그래서 한국을 떠나는 공항에서 이런 글을 썼다. 다짐처럼 말이다.

비긴 어게인

모든 걸 다 가진 것처럼 보이는 예술가가 자신을 모르는 사람들로 가득찬 곳에 가서 스스로가 가진 전부인 노래를 부른다. 낯선 곳에 간 그 순간부터 그는 0이 되어버린 것과 마찬가지다. 0에서 시작한 그는 이런저런 걱정을 했지만 이내 자신의 음악을 사람들 앞에서 해내고 만다. 그저 그 순간 최선을 다해 자신의 것을 사람들에게 내주는데, 이때 중요한 건 그가 '자유롭다'는 사실이다. 그때 느끼지 않았을까. 사람들의 평가에 둘러싸이면서 어느새 잃어버렸던 소중한 무언가. 저곳에 간 그는 0이었지만, 0은 아무것도 없음 이상으로 한없이 자유롭고 무한한 수이기에 그 또한 자유롭게 된 동시에 무한하게 되었다. 그리고 그의 진심은 지나가던 사람의 발걸음을 멈춰 세웠다. 그는 그렇게 0에서 다시 시작한다(begin again).

시간은 중요하지 않다, 공간이 중요하지. 그럼 나는 어떤 0이 되어볼까.

내가 여러모로 무모했다. 준비된 사람은 없지만 갖춰진 사람은 있다고 생각했는데, 난 갖춰진 사람도 아니었다.

여행은 자구책은 될 수 있는데, 아쉽게도 자구책의 전부가 여행이 될 수 없었다. 내가 하고 싶은 말은, 상상과 현실을 함부로 일치하려 들지 맙시다. 왜냐하면 여행지는 우리가 모르는 곳이고, 아무리 쉬운 상상이라도 로망은 상상이기 때문이다. 당신은 지금 당신이 있는 자리에서 뭐라도 수월하게 이룬 적은 있나 여행을 떠나기 전 한 번쯤 질문해 보시길. 어느 곳이든 쉽지 않다.

그나저나 멜번에 오기 전에 주구장창 들었던 플레이리스트는 멜번에 와서도 바뀔 줄을 몰랐다. 특히 드라마 '나의 아저씨'의 ost인 'Dear Moon'은 들어도 들어도 나의 마음에 닳지 않았다. 그 노랫말처럼, 정말로, 왜 가까워지지 않을까.

It's up to you! (어떻게 할지는 당신에게 달렸다) / 날씨

변덕

확고함

무상함

비행기 경유를 위해 잠시 시드니에 내려 바깥 공기를 쐬었을 때 나지막한 찬사가 절로 나왔다. 시드니는 어쩜 이렇게 날씨가 좋은지! 겨울이어서 얼굴에 닿는 공기는 찼지만 몹시도 상쾌했다. 겨울을 좋아하지 않는 나는 이런 겨울이라면 견딜 가치가 있겠다 싶었다. 하늘은 이보다 더 청명할 수 없었다. 내가 그토록 바랬던 하늘이었다. 반전으로 멜번에 도착한 뒤 날 맞이한 건 날카로운 바람과 회색 구름 가득한 하늘이었다. 머리가 헝클어질 정도로 바람이 너무 세차서 웬 비명이 다 나왔다. 시드니나 멜번이나 다 같은 호주 땅인데 날씨가 어떻게 그렇게 딴판일 수 있는지 세계지리를 열심히 공부해 둘 걸 그랬나 장난스러운 후회가 스쳐 지나갔다. 멜번의 날씨는 특유의 극성스러움으로 악명 높다더니 첫 만남부터 그 유명세를 아주 제대로 맛봤다.

날씨가 우선인가 계절이 우선인가, 일상에서 누군가 이렇게 질문하면 난 '계절'이라 답했다. 아마 뚜렷한 사계절이 복이라고 여기는 나라에서 계절에 적합한 날씨를 만끽하며 자란 덕분일 거라 재미 삼아 추측해본다. 그러나 여행에 가면 얘기가 달라진다. 계절보다 그날그날의 날씨가 더 중요했다. 여행과 여행지에 갈 수만 있다면 그 국가의 계절은 그다지 문제되지 않았다. 정확히 말하면, 어쩔 수 없기 때문이다. 돈을 아끼고 모아서 여행을 떠나는 주제에 여행 자체가 감사할 뿐 계절을 따지는 건 나로서는 너무 과분했다. 그래도 날씨는 계절과 상관없이 그냥 좋고 나쁨의 문제 아닌가. 여행 기간은 내가 한국에서 살아온 시간보다 짧으니 여행하면서 날씨가 좋지 않으면 괜히 심통을 부렸다. 그런데 멜번은 10분마다 날씨가 바뀌는데, 그렇다고 해서 정말로 10분마다 심통 낼 노릇은 아니지 않은가. 멜번에서는 하루 안에 사계절을 겪을 수 있다는 과장이 지나치지 않다고 생각될 만큼 아침, 오전, 오후, 저녁, 밤, 그리고 새벽까지 24시간 동안 사시사철의 별 기상이 다 오갔다. 게다가 어떤 자연에 의한 연유인지 몰라도 하늘은 계절과 날씨에 관계없이 하루 종일 꾸리꾸리했고, 이 정도면 사실 무난하다고 볼 수 있었다. 이미 멜번을 다녀간 경험이 있었던 나의 지인 중 한 명은 내가 멜번에 간다고 하자 날씨 때문에 (개)고생할 거라고 경고했다. 나의 패기를 무색하게 할 만큼 변덕스러운 날씨는 이런 지인의 말을 끊임없이 상기시키며 나의 인내심을 시험했다. 이 정도 흐리면 괜찮을 것 같다고 방심하고 룸메이트와 약간 멀리까지 놀러 나갔다가 우박으로 두들겨 맞은 적이 있었다. 그래서 실내로 들어왔는데, 바로 우박이 그치고 무지개가 떠 있는 걸 보고 도대체 어느 장단에 맞춰야 할 지 헛웃음이 나왔다. 또 한 번은, 숙소에서 책을 읽다가 잠깐 고개를 들어 맑은 하늘을 확인하고 다시 책에 집중했는데, 10분 정도 지났을 때 뭔가 요란한 소리가 들려 책에서 눈을 떼고 창문 밖을 보니 갑자기 무슨 굵은 비가 사선으로 날리고 있었다. 하루에도 몇 번이고 유난스럽게 오락가락 하는 비 때문에 내 정신이 다 사나웠다. 어디 그뿐인가. 바람은 또 어떻고. 멜번의 기온은 단 한 번도 영하로 떨어진 적 없었지만 바람 때문에 춥지 않다고 느낀 적이 없었다. 겨울이라 바람은 그렇다 치려고 해도, 간혹 바람에 신호등이 휘청거리는 모습은 흔한 겨울 바람이 부리는 재주라 보기엔 조금 과한 것 아닐까. 그만큼 바람도 날씨처럼 극성스러웠다. 하지만 아주 가끔, 드물게 날씨가 굉장히 좋은 날들이 있었다. 햇빛은 따사롭게 내리쬐고 바람은 심하지 않고 원래도 좋은 공기가 더 쾌적한 날엔 난 무교지만 하늘에 감싸쥔 두 손을 들어올리며 '감사합니다'라고 절로 내뱉게 된다. 멜번의 날씨는 마치 평소엔 제멋대로 굴다가 딱 한 번쯤은 고분고분 말 잘 듣는 어린아이같았다. 말썽꾸러기여서 있는 골치, 없는 골치가 다 아프지만 미워하기 어렵고, 때때로 사랑스러운 아이 말이다. 이렇게 긍정적으로 평가하는 이유는, 사람 두 손 두 발 다 들게 하는 날씨의 변화무쌍함이 멜번 생활 중에 결국 나한테 뜻밖의 약이 되었기 때문이다.

날씨가 일관성이 없어서 그런가 사람들이 입는 옷에는 딱히 뚜렷한 계절이 없었다. 한 거리에 겉옷으로 재킷을 입은 사람, 후드를 입은 사람, 원피스만 입은 사람, 코트를 입은 사람 등 사람들이 옷 입은 걸 보면 여름까지는 아니어도 당시 계절이 겨울이라는 걸 못 알아챌 정도였다. 겨울이 되면 새까만 롱패딩 외엔 어떤 스타일도 찾아보기 어려운 한국의 길거리와 대조되는 풍경이었다. 겨울이라고 해서 멜번의 사람들은 패딩은 물론이고 코트도 무조건적으로 입지 않았다. 일단 감탄하기 전에 의문부터 들었던 게, 정말로 안 춥나? 코트나 패딩을 안 입고 그냥 후드나 재킷을 입는 건 그렇다 치고, 아니 어떻게 겨울에 맨 다리에 반바지를 입을 수 있지? 진심으로, 안 춥나? 무릎 아래로 오는 양말을 신지도 않은 몇몇 사람들을 보고 있자니 계절을 불문한 스타일을 향한 존경심이 새록새록 솟았다. 그렇지만 당시 멜번에 해당되는 계절이 아무리 겨울이라 해도 하루 안에 사계절을 느낄 수 있는 날씨가 어떻게 변할 거라고도 예측하는 건 사실상 불가능에 가까웠으므로, 어떻게 보면 오늘 날씨의 변화 양상을 예상하고 옷을 입는 게 무의미하기도 했다. 비가 올 거라 예상하고 우산을 들고 나온 사람보다 비가 심하게 내리지 않는 이상 그냥 '쿨'하게 맞고 다니는 사람이 더 많았다. 물론 공기가 깨끗해서 가능한 일이겠지만 말이다. 어쨌든 사람 약 올리듯이 변화해버리는 날씨에 비위 맞추듯이 옷을 입느니 오히려 날씨에 개의치 않고 입고 싶은 옷을 입는 편이 더 합리적인 듯싶었다. 이래 입나 저래 입나 하루 중에 한 번은 자신이 입고 나간 옷이 순간의 날씨와 어긋날 때가 오기 때문이다. 난 어떤 날씨도 반영되지 않은 옷을 입는 멜번의 사람들이 주체적으로 느껴졌다. 멜번이 패션의 도시라고 불리기도 한다는데, 내가 봤을 땐 그들이 패션에 대해 안다기보다는 어떤 날씨에도 굴하지 않고 입고 싶은 옷을 입는 사람 특유의 자신감이 그들을 유난히 돋보이게 했다. 난 뚜렷한 사계절과 사계절에 합당한 날씨를 보유한 한국에서 산 덕분에 늘 날씨에 어울리는 옷을 입으며 자랐다. 그게 맞다고 습득했다. 가끔 계절감이 없는 옷을 입은 사람들을 보며 '간지' 부리다 얼어 죽는다고 혀를 끌끌 차기도 했다. 또 난 오늘 오후에 비가 오겠다 싶으면 그걸 고려해서 옷을 입는 유형에 속하는 사람이었다. 그런데 멜번에 와서 날씨든 타인의 시선이든 눈치 보지 않고 자신의 스타일을 지키는 사람들을 보며 내가 굳이 그렇게까지 해야 했나 의문을 품었다. 오락가락하는 날씨에 기분이 시시때때로 오르락내리락했던 난 그즈음 좌절

된 로망을 품에 안고 기분을 소강 상태로 임명했다.

네 번째, 그러니까 가장 처음으로 계약했으나 결국 마지막으로 살게 된 쉐어 하우스는 전망이 꽤 좋았다. 창문조차 없었던 호스텔과 에어비앤비로 예약한 아파트 창문 밖의 공사 현장을 돌이켜 보면 네 번째 쉐어 하우스는 그야말로 궁전이나 다름없었다. 네 번째 쉐어 하우스에선 하늘과 기상의 움직임을 볼 수 있었는데, 이 점이 시드니에 잠시 살았을 적 사촌언니네 집을 떠오르게 했다. 자연의 드넓음과 하늘의 변화무쌍함을 마음껏 감상할 수 있었던 그 집에서 난 훗날 '윤식당2'에서 영감을 얻은 '워라밸'에 대한 로망의 근원이 되는 여러 환상적인 하늘을 마주했던 바가 있다. 한참 뒤이어 멜번에서도 하늘을 원없이 감상하게 되었다. 사실 시드니의 하늘보다는 덜 아름다웠고 덜 평화로웠지만, 멜번 하늘에 있어 중요한 건 아름다움도 평화로움도 아니었다. 그 집으로 막 이사 갔을 때가 로망 실현하려다가 우연찮게 끄집어낸 트라우마로 괴로워하다 회복하려 애쓰던 때였다. 어느 날, 문드러진 마음을 간신히 부여잡고 하늘을 멍하니 쳐다보면서 미처 몰랐던 사실을 깨달았다. 그동안 날씨에 신경질 부리다가 고개를 들고 하늘을 볼 생각도 안 해봤다는 것이다. 로망을 실현하기 급급해서 어찌 보면 또 다른 로망이라고 할 수 있는 쉼을 누릴 여유를 마음에서 끄집어내지 못 했다고도 표현할 수 있겠다. 트라우마와 여행 속 피로로 지칠 대로 지친 난 창 밖의 하늘을 무작정 망연히 쳐다봤다. 얼마나 집중했던지 룸메이트가 왔다갔다 하는 것도 알아채지 못했다. 그렇게 멀뚱하게 바라보고 있자니 땅바닥에서 걸어다닐 땐 성가셨던 날씨의 경과도 재밌었다. 특히 나의 눈길을 사로잡은 건 구름의 이동이었다. 그 모양도 제각각이었던 구름은 저마다 속도가 달랐다. 어떤 구름은 빨랐고, 어떤 구름은 느렸다. 그 모습이 꼭, 구름은 세상사가 어떻든 간에 제 속도를 알고 움직이는 것처럼 보였다. 아! 어쩌면! 각각의 구름이 자기 속도대로 흘러 가는 것처럼 나도 구름처럼 내 속도를 알고 흘러가면 되지 않을까? 살아가는 태도를 저 구름처럼 바꿔 보기로 마음을 다잡았다. 순간 내 마음이 용기와 여유로 가득 차는 게 느껴졌다: 남은 기간에는 일은 이메일로 지원하자, 안 되면 할 수 없지만 될 수도 있잖아. 난 나에게 'NO'라고 말하는 사람으로 하여금 'YES'라고 말하도록 그만 설득하고 싶었다. 대신 'YES'라고 말하는 사람이 있다는 걸 믿고 그를 찾고 싶었다. 일단은 그렇게 하는 동시에, '워크(work)'는 글 쓰는 걸로 하고 '라이프(life)'는 룸메이트와 살면서 건강한 삶을 시도하는 것으로 하자고 결심했다. 이렇게 해도 '워라밸'이 될 수 있다고 생각했다. 그래, 로망은 아직 산산조각 부서진 게 아니다. 아직 제대로 된 문장이 속에서 나오지 않았으니 난 충분히 0이고, 그림에 관해선 서두르지 않기로 했다. 아무렴 어때, 물러서지 말자. '윤식당2'의 그들처럼 나에게도 하늘이 있었다.

그 시기, 난 어떻게 해서라도 놓치고 싶지 않았던 인연을 끝내 놓치고 말았다. 상심하며, 늘 그랬던 것처럼, 내 기분을 설명해 주는 것 같은 노래를 방 안에 쳐박혀 듣다가 창 밖의 하늘과 날씨를 보니 문득 내 시간이 억울해졌다. 나 뭐하는 거야? 말 그대로 새로운 세상이 아파트로 내려가 나가면 바로 있는데 왜 방 안에서 슬픈 기분에 취해 있는지 멜번에 있는 나로선 알 도리가 없었다. 난 우울하면 우울한 노래를 듣는 습관을 그렇게 버렸다. 노트와 펜, 카메라를 가방에 넣고 나가며 아이폰으로 밝은 노래를 랜덤재생시켜 들었다. 그때 흘러나온 노래가 서영은의 '웃는 거야'였다. 그때처럼 노래 가사가 귀에 선명하게 들렸던 적이 없었다.

'별일 아냐. 흔한 일이잖아.'

아, 흔한 일일수록 지겹다며 지치는 일이 다반사였는데, 흔한 일일수록 별일 아닐 수 있겠구나.

'선물 같은 내일만 생각하면서.'*

그래, 지금은 선물이야. 낭비할 수 없어. 난 다음 노래로 아이유의 '이 지금'을 들었다.

스스로의 기분은 스스로 정하는 것이다. 이 지나치게 활달한 날씨가 아니었다면 차마 몰랐을 것이다. 비가 와도, 바람이 불어도, 햇빛이 내리쬐도 뭐 어떤가. 난 이미 나의 하루를 행복으로 정했는데 말이다. 날씨가 어떻든, 그 하루를 어

*작곡 김찬진. 작사 서영은. 노래 *웃는 거야*. 2006

떻게 보낼지는 날씨가 아니라 나한테 달렸다.

덧붙이는 글.

다채로운 날씨보다 더 다채로운 멜번 사람들의 옷차림을 길거리에서 마주치면서 그때그때 앉거나 서서 공책에 적어 두었다. 그 기록을 이리로 옮긴다.

짧은 금발 머리에 자기 어깨까지 오는 큰 가방을 들고 있는 꼬마. 짧은 숏컷 머리에 황토색 바지를 입고 있는 바리스타. 장미꽃 모양의 디테일이 있는 검정 베레모를 쓴 할머니. 선글라스와 베레모를 쓰고 지나가는 노숙자. 삐에로 가발을 쓰고 걸어가는 아저씨. 검은색 헤드셋을 쓰고 푸른 셔츠 위에 오버사이즈 검정 나이키 스웻셔츠를 입은 흑인 청년. 마틸다 머리에 핑크 보라 아이 섀도우에 넉넉한 호피 무늬의 봄버 자켓에 나뭇결 무늬의 이어폰을 착용한 여자. 갈색 체크무늬 블레이저에 그것보다 좀 더 옅은 색의 바지를 입어 톤온톤 매치를 한 할아버지. 턱선을 살짝 넘는 검은 단발 머리에 베이지와 회색이 섞인 니트, 핏 떨어지는 남색 코트를 입고 경쾌한 발걸음으로 걸어가던 여자. 탁한 파랑색 눈동자와 진한 파스텔 톤의 니트와 셀비지 청바지,

남색 뉴발란스, 연갈색 머리의 아저씨. 땋은 머리를 하고 프라이탁 같은 주황색 가방을 든 소녀. 회색 목도리와 코발트 블루 셔츠를 입은 아저씨. 포마드 헤어에 레옹 선글라스, 옅은 분홍색 셔츠에 남색 바지를 입고 핏을 드러낸 젊은 남자. 긴 가죽 코트를 입은 노신사. 손에는 커피가 든 텀블러, 트위드 치마에 끝을 살짝 안으로 말은 은회색 단발머리, 전체적으로 탁한 에메랄드 색과 그레이 컬러로 톤온톤 매치를 한 우아함을 내뿜는 할머니. 발끝까지 오는 검은색 코트에 초록색 가방을 매고 바삐 걸어가는 여자. 에메랄드 색 안경을 쓰고 나에게 미소를 지어준 여자. 투명 뿔테 안경을 쓰고 장미꽃 무늬 원피스를 입은 커리어 우먼. 컬을 강하게 말고 빨간색 가죽 코트를 입은 강렬한 분위기의 여자. 주머니에 책을 넣은 여자. 살구색 셔츠를 입은 온화한 분위기의 여자. 라이츄 모자를 쓴 남자. 검은 단발머리, 베이지와 회색이 섞인 니트, 핏 떨어지는 코트의 여자. 탁한 파란 눈동자-따뜻한 색의 진한 파랑 파스텔.

실험, 실천, 실전 / 여행자

기백(氣魄)

여행은 기회다. 본인의 노력과 역량에 따라 여행은 여러 기회로 변모한다. 혹은 여행 속에서 기회가 나타나거나 저절로 생성되기도 한다. 그중 다른 나 자신이 될 수 있는 기회는 여러모로 흔치 않다.

여행자는 여행 중에 자기 정체성의 혼돈을 겪을 일이 잦다. 기존과는 다른 환경에 마음이 당황하고 요동치는 것이다. 예를 들면 나는 원래 아침을 안 먹는 인간인데, 여행 중 호텔에서 조식을 제공하면 아침을 '챙겨' 먹게 된다. 그러고는 다시 일상으로 돌아가면 아침을 안 먹는다. 타성이라기보다는 관성이랄까. 변했다 싶다가도 원래대로 돌아가는 건 금방이다. 그런데 이는 기간이 그렇게 길지 않은 여행에 해당되고, 여행 기간이 일주일만 넘어도 기존의 자기 정체성이 동요하기 시작한다. 시드니 여행 후에 이 점을 분명히 느꼈다. 시드니의 사촌언니 집에서 지내면서 수면 패턴이나 식습관이 언니네를 따라 닮게 되었는데 한국으로 돌아오니, 변한 것 중 일부는 사라졌지만 일부는 신기하게도 그대로 유지되었다. 가령, 시드니에서 조카들 때문에 밤 일찍 자고 아침 일찍 일어났는데, 이 습관은 한국에 돌아와서도 한 달이나 지속됐다. 평생을 원체 올빼미 같은 삶을 산 터라, 바뀐 수면 패턴으로 한 달씩이나 살았다는 게 믿기지 않았다. 그 지독한 올빼미 삶은 영영 못 고치는 줄 알았다. 식습관의 경우, 수면 습관보다 더 극적이었다. 언니네가 탄산수를 마셔서 따라 마셨는데 처음엔 맛을 모르다 점차 그 텁텁한 맛에 푹 빠지는 바람에 한국에 와서도 한동안 탄산수를 그렇게 마셨다. 그나마 탄산수는 이제 거의 안 마시지만, 당시 매일 물을 2리터씩 마셨던 습관은 지금까지도 계속 이어지고 있다. 이 소소한 변화 덕분에 여행만이 줄 수 있는 기적에 살며시 눈을 뜰 수 있었다. 상황적 및 공간적 특수함, 즉 여행은 자기 자신을 자발적으로 바꿀 수 있는 기회를 준다.

세 번째 일본 여행을 꾀하면서 난 시드니를 여행하며 배웠던 변화를 또 한 번 일으키고 싶다는 생각을 했다. 게다가 이번엔 공간과 상황이 선사하는 수동적 변화 그 이상의 능동적 변화에 도전해보고 싶었다. 그래서 도쿄 여행 중 만나는 사람들에게 나를 소개할 때 글을 쓴다고 말하는 실험을 하겠다고 결심했다. 문제는, 결심은 늘 그랬듯이 간단했는데 막상 실천하려니 여러모로 쉽지 않았다는 것이다. 왜냐하면 글을 쓴다고 말하는 화자나 이를 듣는 청자 둘 다 '글을 쓴다'는 발언이 어색했기 때문이다. 하긴 21세기에 뭐하시는 분이냐는 질문에 글을 쓴다고 말하는 게 보편적이지 않긴 하지. 말하는 사람부터 워낙 민망해해서 듣는 사람이 그러지 않기가 오히려 어려울 듯싶기도 했다. 그나저나 난 여기서 두 번 창피함을 느꼈다. 첫째는 말 하나 당당하게 못 했다는 것과 둘째는 별다른 출판물이 없냐는 질문과 '글은 나도 써요'라는 응답에 어떤 식이라도 제대로 대응하지 못했다는 것이다. 취조 당하는 것도 아니니 증거물을 자진해서 제출할 필요는 없지만 일부 사람들의 증거물 요구에 난 적당한 대답조차 못하고 이리저리 얼버무렸다는 사실이 꽤 부끄러웠다. 난 아무래도 연습이 필요한 모양이었다. 뭐가 이리 어려울까.

멜번에 도착하고 나서 실험을 이어 가기 전, 아무래도 연습에 단계를 더하면 낫겠다고 발상했다. 그래서 우선 첫째 날부터 호스텔에서 마주치는 모든 사람에게 먼저 인사를 했다. 그저 'Hi!' 한 마디 하는 건데도 처음에는 쥐구멍에 숨고 싶을 정도로 너무 쑥스러웠다. 그러나 이내 곧 내가 먼저 웃으며 인사하면 상대방도 웃으며 화답해 준다는 점을 발견했다. 아마 민망해하는 속내가 겉으로 티가 났을 텐데, 인사를 받은 이들이 이 점을 간파했는지 몰라도 왠지 일부러 더 밝게 인사를 해주거나 흥을 돋우며 먼저 대화의 문을 열어 줘서 고마웠다. 용기를 내고 되레 용기를 얻은 격이었다. 용기에 대한 값어치를 용기로 돌려받아 뭉클했다. 시간이 흐를수록 용기가 눈처럼 차곡차곡 쌓여 상점에 들어가면 환영 인사에 질문이나 이런저런 말을 덧붙이는 점원을 부담스러워서 피하는 횟수가 줄어들고 말 한 마디 한 마디를 맞받아칠 수 있게도 되었다. 난 더 용기를 내어 길 위나 카페에서 말을 걸고 싶은 사람을 만나면 말을 걸었다. 나에게는 말을 걸고 싶은 이유가 있었지만, 내가 느닷없이 말을 거니 상대방은 얼마나 당황스러워 하던지. 그렇지만 다들 결국 웃으며 받아주었고 그때마다 난 속으로 안심했다. 내가 말을 걸었던 사람들은 모두 공통적으로 스타일이 뚜렷했는데, 다들 멋진 스타일을 갖춘 만큼 매우 친절했을 뿐만 아니라 나의 질문에 쾌활하게 답해주거나, 본인의 스타일을 사진으로 남겨도 괜찮냐는 나의 조심스러운 요청에 흔쾌히 응해주었다. 게다가 내가 먼저 묻지 않았는데도 낯선 나에게 자신에 대해 얘기해 주었다. 그들은 훌륭한 스타일을 지녔다는 것 외에 아무런 공통분모가 없었다. 비단 국적, 직업 등 무엇 하나 겹치지 않은 걸 떠나 그들이 들려준 본인의 이야기에는 일반적으로 여겨질 만한 노선이 없었다. 그 이야기들이 다분히 개인적이라 여기에 공개적으로 적을 순 없지만 우리에게는 정말로 정해진 길이 없다는 걸 육안으로 확인한 것이나 다름없었다. 그 사람들과 그들의 이야기는 학교를 졸업하면 또 학교를 가고, 학교 생활이 끝나면 직장 생활을 시작하는 관습이 아니라 타고나거나 주어진 조건에 개의치 않고 애초에 없는 길을 기어코 개척해낸 의지 그 자체였다. 난 어떤 우연을 떠나 내가 말을 건 사람이 이토록 대단한 사람이라는 자체가 굉장히 신기했다. 난 아무것도 모르고 그냥 그 사람이 궁금해서 말을 걸었을 뿐인데 말이다. 이즈음 그들 덕분에 난 우린 모두 평등한 사람이라는 신념을 갖게 되었다. 여행에 가면 '여행자'라는 이름 아래 남에게 피해를 주지 않고 불법적이지 않은 이상 우린 뭐든 할 수 있다. '여행자'라는 이름을 달면 우리는 일상에서 우릴 구속했던 관습과 편견, 선입견으로부터 자유로울 뿐만 아니라, '여행 중'이라는 상황을 공유함으로써 서로에게 동등하다. 만약 내가 한국에 있었다면, 궁금한 사람이 생겨도 스스로 먼저 학생이란 사회적 신분에 기가 죽어 말을 걸지 않았을 것이다. 그러나 사회가 내게 부여한 신분이 보이지 않게 나를 '여행자'라는 타이틀로 감싸 버리니, 그제야 성별, 국적, 지위, 종교와 관계없이 인간은 평등하다는 인식을 갖게 되었다. 사실 내가 무슨 죄를 지은 것도 아니고, 내가 말을 걸 사람이 훌륭하고 아니고 알기도 전에 굳이 위축될 이유가 뭐가 있는가. 우린 모두 그냥 똑같은 인간일 뿐이다. 그렇다면 미리 누구인지 예상하지 않고 아니, 재지 않고도 모든 사람들을 대등하게 우대하는 태도를 여행 후에도 지킬 수 있으려면 어떻게 해야 할까? 방법은 하나뿐이다. 그 태도가 몸에 스며들 수 있도록 실험을 미루지 않고 실천하는 것. 뱃속은 이미 자신의 이야기를 들려준 이들이 건네 준 용기로 가득 찼고 이제 내 것으로 소화하면 그만이었다. 바로 당당한 자세로 '글을 쓴다'고 나를 소개하는 실험을 마무리하는 것.

누군가는 내가 왜 굳이 이렇게까지 하는지 쉽사리 이해할 수 없을 것이다. 그러나 적어도 나에게는 '이렇게까지' 할 필요가 있었다. 극복하고 이겨내고 싶은 모습이 내 안에 있었다. 불안장애, 공황 장애와 우울증을 겪고 나서 사람들 앞에서는 것이 힘들어졌다. 모자로 시야를 일부 차단하지 않고서는 사람들이 많은 곳을 가는 게 버거웠다. 모자가 없을 때는 최대한 빨리 군중으로부터 벗어났다. 사람들이 많은 곳은 어떻게든 안 가도 상관없었지만, 대화 상대의 눈을 제대로도, 똑바로도 마주치기 점차 어려워지자 나는 이런 모습을 그냥 방치할지 말지 결정해야 하는 시기가 왔다고 판단했다. 나는 앞으로 평생 사람들을 피하고 살고 싶지 않았다. 그래서 모르는 사람에게 인사하고 말을 건네는 실험을 하자는 결단을 내린 것이다. 이 실험을 이행할 환경을 여행으로 정한 건 여행이 다른 사람, 아니 내가 평소에 되고 싶었지만 되지 못 했던 사람이 될 수 있는 최적의 환경임을 확신했기 때문이다. 여행지는 내가 모르고 날 모르는 사람들 천지다. 여행에선 웬만한 노력 없이 한 번 마주친 우연이 두 번째로 이어지기란 그리 쉽지 않다. 그러니 되고 싶은 내가 되는 실험을 마음껏 해보는 거다. 이왕이면 과감하게, 예의는 지키되, 법에 저촉되지 않도록 주의하며 말이다. 어차피 여행에서 스쳐 지나가는 사람들은 날 두 번 이상 마주칠 일이 없으니, 일상에서 그랬던 것처럼 여러가지를 염두에 놓고 처신하지 않아도 된다. 이상하다는 눈초리를 받을 염려도 없고, '그렇게 해서 사회생활은 어떻게 할 거냐'는 소리를 들을 걱정도 하지 않아도 된다. 이 점은 내게 큰 위안이 되었다. 이 환경적 조건을 활용하여 인사를 건네고 말을 거는 연습을 여행 내내 한 덕에 사람을 겁내는 면모가 많이 사라졌다. 더 극복해야 할 점이 존재했지만, 적어도 더 이상 사람을 무서워하지 않고 낯선 사람과의 일대일 대화를 피하지 않게 됐으니 당분간은 이만하면 충분했다. 그리고 나에게 있어 가장 큰 수확은, 만나는 사람들에게 나 자신을 글을 쓰는 사람이라 마침내 무사히 소개할 수 있게 되었다는 것이었다. 실험 초기에는 일본 여행에서 그랬던 것처럼 상대방의 반응에 조마조마했지만, 곧 몇 번의 대화를 거치고 나자 완전히 뻔뻔해졌다. 왜냐하면 내가 글을 쓰는 사람이고 멜번에 글을 쓰기 위해 왔다고 하자 다들 흥미를 보였기 때문이다. 나의 우려는 기우에 불과했다. 내가 누군가의 허락과 칭찬을 받으려고 사는 게 아니지 않나. 내가 누구인지 밝힐 때 상대방의 신경에 눈치 볼 이유가 애초에 없었던 것이다. 불운하게도, 내가 멜번에 오기 전 만난 사람들이 퉁명스러웠던 것뿐이다. 멜번에서 만난 모든 사람들은 내가 어떤 글을 쓰는지 질문하였고, 아직 책을 내지 못 했다고 하자 어떤 책을 내고 싶은지 물어보거나 잘 될 거라고 응원해주었다. 나는 이들의 친절함이 두고두고 힘이 될 거라고 대화 내내 자신했다. 존중받는 기분은 영원히 잊히지 않는 법이다. 나는 그냥 있는 그대로의 나 자신을 인정받는 게 절실했다. 이것이 바로 내가 굳이 사람들을 붙잡아 인사와 말을 건네고 스스로를 글을 쓰는 사람이라 소개한 이유였다. 이력서와 증명서가 상대방을 알 수 있는 최고의 증거물로 여겨지는 시대에 살고 있는 지금, 난 그 어떤 물질로도 날 평가받고 싶지 않았다. 난 누구에게 증명하기 위해 태어난 것이 아니다. 일상 아니, 속세를 고단하게 살아가느라 어느새 깊이 파묻혀 있던 날 억지로라도 끄집어내 다잡고 싶었다. 나 자신을 원하는 모습으로 소개한 건 일종의 자기 암시법이었다. 본인에 대한 정의를 몸소 내린다는 건 어떤 사람이 되고자 하는지 스스로 결정하는 행위이다. 많은 현대인들이 누군가의 누군가, 어느 소속의 어느 지위 등 항상 세상과 남이 주는 타이틀에 자신을 기꺼이 내어주는데, 과연 그것이 나를 설명하는 전부가 될 수 있을까? 나는 아니다. 가족이나 사회로부터 비롯된 신분, 소속, 지위를 나에게서 떼어냈을 때, 나에게 무엇이 남아 있던가. 개성과 다양성을 향한 존중이 21세기에 우리가 관심을 갖고 지켜야 할 가치이므로 우리는 더더욱 각자의 정체성(identity)를 직접 결정해야 할 필요가 있다. 그리해야 우린 그 어떤 상황에서도 우릴 잃지도, 잊지도 않을 수 있는 것이다. 이 점을 몹시도 잘 알기에, 다음 실험을 계속해서 실천해나갔다. '글 쓰는 사람'이라는 소개가 그저 자기 암시에만 머물지 않도록 난 멜번 여행 중 가방 안에 공책, 펜, 카메라를 넣지 않고는 단 한 번도 밖으로 나간 적이 없었다. 낯설지만 친절한 사람과의 대화 속에서 내가 누구인지 명확해지자, 그 발언에 책임지고 싶은 마음이 행동으로 저절로 우러나온 것이라 본다. 그전까지 나의 다른 모습들이 내가 아니라는 건 아니지만, 비로소 내가 누구인지 말할 수 있게 되자 그제야 좀 자연스럽고 좋았다. 무엇보다 편했다.

많은 이들이 생이 실전인 줄은 알지만, 그 점을 너무 잘 인지하고 있기에 일상 속 실험을 꺼린다. 하지만 반복 행동에서 벗어난 도전을 하지 않으면 삶은 우리가 달라질 여지를 주지 않는다. 그렇기에 오히려 여행은 나처럼 늘 마음은 굴뚝같지만 일상에서 행동으로 용감히 옮기기엔 사시나무 떨듯이 겁내는 사람들에게 적절한 실험실일지도 모르겠다. 여행자의 이름으로 여행에서 도전을 실천하는 건 절대로 단편적인 실험에 그치지 않는다. 왜냐하면 우리의 삶은 단편적이지 않고 연쇄적인 까닭이다. 우리의 삶은 한 사건 한 사건 계속해서 이어지기에 실험은 곧 실전이 된다. 삶이 너무 부담된다면 이렇게 계속 실험을 이어 나간다고 생각하면 된다. 실험이지만 사실상 실전을 살고 있는 것과 다름없다. 생은 결국 실험이자 실천이자 실전이다. 그러니 스스로에게 변화의 기회를 주는 적극적 여행자가 될 가치가 충분히 있다고 떳떳하게 주장하는 바다. 여행에서 내가 되고 싶은 내가 기꺼이 되고, 내가 되고 싶은 나로 되어버린 날 일상으로 가져오면 그뿐이다. 고로 여행자가 할 수 있다면 여행은 기회다.

사는 것도 아니고 머무는 것도 아닌, 살아 있음을 / 자유의지

자유로움

"언니, 언니가 보기엔 이곳의 장점은 뭐야?"

시드니 오페라 하우스의 정경이 눈앞에 저절로 담기는 카페 테라스에 앉아 수많은 사람들을 보니 질문이 자연스레 튀어나왔다. 나의 질문에 사촌언니는 한 치의 망설임도 없이 대답했다.

"여기는 내가 뭘 하든 사람들이 신경을 안 써. 내가 이 한여름에 모피를 입고 지나가도, 길을 가다가 갑자기 바닥에 철푸덕 주저 앉아도 아무도 이상하게 생각 안 해."

나는 아무래도 나에게 어떤 기대가 있었던 것 같다. 글 쓰는 사람이란 자의식을 겨우 찾고 나서 매일 노트와 펜을 끼고 살았건만 정말 한 줄도 못 쓰겠는 날이 태반이었다. 나의 어깨를 짓누르는 게 카메라, 노트, 펜을 넣은 가방의 무게인지, 자의식을 찾기만 하면 글을 술술 써 내려갈 거란 기대가 준 부담감의 무게인지 나로서는 알 수 없었다. 분명히 쓰고 싶은 게 많았다는 건 나의 착각이었던 걸까. 기어이 쓰고 만 글 한 줄은 처량하리만큼 형편없었다. 정신 차려보니 나의 바닥은 아쉽게도 낮았다. 바닥은 생각보다 깊지 않으니까 동아줄을 놓아도 된다는 글귀를 읽은 적이 있는데, 난 이 생각에 저항하는 바다. 바닥이 높았으면 좋겠다. 글 한 줄을 써도 제대로 쓰는 사람 말이다. 그러려면 바닥을 높여야겠지, 내가 직접.

난 맨리 비치(Manly Beach)를 시드니를 떠나기 바로 전날에 처음 가봤다. 다른 해변과 다를 바 없다고 해서 시간 있을 때 가지 않다가 그때 가보곤 왜 이제야 왔을까 싶을 정도로 그곳이 마음에 들었다. 떠나기 전날이라 마음이 가벼워서 그랬는지는 몰라도 눈을 마주쳤던 모든 것들이 유독 활기차 보였다. 해변을 맴도는 풍성한 분위기에 마음이 절로 넘실댔다. 그때 난 햇빛과 파도를 만끽하는 사람들을 보고 영원함과 뭔가 영원할 것 같은 마음을 엿보았던 것 같다. 경쾌한 발걸음으로 가뿐한 마음을 안고 눈에 보이는 모든 장면을 마음에 담을 즈음, 서툰 음악이 귀에 들렸다. 우리나라로 치면 초등학생 고학년 정도로 보이는 남자아이 세 명이 한 연주가 끝나면 약간 우왕좌왕하며 다음 연주를 준비하고는 조금 낑낑거리며 이어가곤 했는데, 그 모습이 뭐랄까 몹시도 기특하고도 귀여웠다.

"여기(시드니)에서는 아이들 자신감 키워준다고 학교에서 종종 저렇게 버스킹 시키곤 한대."

내가 신기하게 쳐다보자 사촌언니가 설명해줬다. 처음에는 그저 엄청 괜찮은 교육 방식이라고만 생각했다. 그러다 점차 그 아이들의 연주를 평가의 잣대를 내리고 구경하게 되었다. 그제서 오롯이 감상할 수 있었다. 아이들의 연주 실력이 아니라 그 아이들의 긴장, 떨림, 설렘이 눈에 들어왔고 그것들이 온전하게 담긴 선율이 몹시도 예뻤다. 심지어 그 서툼까지도 하나의 연주였다. 어느새 바글거릴 정도로 많은 사람들이 그 아이들을 둘러싸고 공연에 진심 어린 환호를 보내고 있었다. 그 아이들은 그때 열심히 준비하고 본인들이 보여주고 싶은 걸 선보이며 사람들로부터 받은 박수와 격려를 평생 기억하겠지. 그리고 몸으로 겪어낸 거니 잊지 못하겠지, '잘하고 못하고'의 실력에 좌지우지되지 않고 자신이 열과 성의를 다하는 걸 세상 밖으로 표현해내는 기쁨.

아니 이 꼭두새벽부터 웬 봉창 두드리는 아니, 색소폰 소리야? 공기가 맑아서 그런가, 호수의 얼음을 탁 깨트리듯이 공기를 가르는 청량한 색소폰 연주 소리에 가뜩이나 없던 잠도 달아날 지경이었다. 일찍 일어날 필요도 없는데 색소폰 소리에 아주 이른 아침부터 일어나게 되다니 어이가 없어서 웃음을 터트릴 수밖에 없었다. 한편, 조금 형편없어도 사뭇 감미로운 색소폰 연주에 다시 겪지 못할 낭만이라며 마음이 은근히 벅차올랐다. 비현실적인 현실이었다.

멜번엔 버스커(길거리 연주자)가 많아도 너무 많았다. 길모퉁이를 돌면 한 명, 또 한 번 돌면 또 한 명 이런 식이었다. 버스커는 장소와 때를 가리지 않고 존재했다. 굳이 한밤중에, 혹은 이런 곳에서, 그것도 아니면 이 궂은 날씨에 길거리 연주를 꿋꿋하게 이어 나가는 버스커가 대단히 존경스러웠다. 아무리 추위를 안 타는 사람이라도 바깥에서 오래 서 있으면 추운 법인데 그들은 정말 대단했다. 기온은 한국의 늦가을이나 초겨울 날씨와 비슷했는데 변덕스러운 기상이 워낙 변수인지라, 사람들이 얌전한 날씨 속에서 버스킹을 하는 걸 본 적이 없었다. 어떻게 보면 '그냥' 추운 날씨 속 버스킹이 그나마 양반인 셈이랄까. 그렇지만 이렇게 험난한 조건

속에서도 버스커들은 언제나 멜번 도심의 도처에 도사리고 있었다. 버스커들이 펼치는 공연은 단순히 기타를 연주하며 노래를 부르는 것에 그치지 않았다. 전통악기에 피아노, 일렉트릭 기타, 색소폰, 심지어 생수통과 플라스틱 박스 등 악기의 종류에는 한계가 없었다. 눈만 안 올 뿐이지 날씨가 한시도 쉬지 않고 그렇게 심란한데 그 어떤 버스커도 자신의 공연을 중단하는 법이 없었다. 내가 가장 인상 깊었던 버스커는 서늘한 날씨에 비까지 추적추적 내리는데도 플라스틱 박스에 앉아 드럼과 생수통, 드럼통 같은 걸 쳤는데, 어떻게 저럴 수 있는지 놀라울 따름이었다. 비가 오는데 어떻게 연주를 안 멈출 수 있지? 비가 오는 걸 알고 있는지조차 의심스러웠다. 그는 그저 자신의 연주에 몰두하고 있을 뿐이었다. 굉장히 결연해 보이기까지 했다. 날씨도 날씨인데, 사람들이 자신의 공연을 감상하지 않고 그냥 지나치는 걸 보고도 어떻게 의연하게 공연을 계속하는지 나로선 너무 의아했다. 사실, 버스커들의 실력은 내가 한국에서 본 '비긴 어게인'이라는 프로그램의 가수들처럼 뛰어나진 않았다. 그래서 솔직하게 말하면, 날씨도 안 좋은데 '저 정도'의 실력이면 그냥 공연 접고 들어가도 되지 않나 생각해보았다. 아예 고백하자면, 그냥 그 사람들이 너무 나 같아서 보기 싫었다. 버스커들의 뛰어나지 않은 실력, 개성 있는 공연, 고집인지 신념인지 모를 태도, 그리고 행인의 외면이 남일이 아니었다. 나도 그 멜번 길거리의 버스커들과 처지가 크게 다를 바 없었다. 어떻게 보면 자의식을 찾는 과정 속에서도 자의식을 밀어냈던 건 두려움이었다. 사실 예술가가 겪는 고뇌와 고통의 크기를 오래 전부터 모르지 않았고 그 속에서 끊임없이 겁을 먹었다. 그러나 내가 누구인지 더 이상 저항할 수 없기에 비로소 자의식을 인정할 때 마음을 굳게 먹었건만, 내가 누구인지 알게 되었다는 자긍심은 냉혹한 현실이라는 칼바람에 흔들려도 너무 흔들렸다. 왜냐하면, 어제 봤던 버스커가 오늘 안 보이는 것처럼 나도 그저 하나의 가능성으로 반짝하고 사라지지 않을까 무서웠다. 한편으로는 오히려 그 버스커들이 부러웠다. 나도 차라리 악기를 다루거나 노래를 부를 줄 알았으면 찬 바람이 불어도 바깥에서, 그러니까 사람들의 눈에 보이게 나의 예술을 펼쳐 볼 텐데, 슬펐다. 나도 그 사람들처럼 똑같이 예.술. 하는 사람이지만, 글을 쓰는 건 너무 개인적인 예술이었다. 글이라는 예술은 곧장 '남에게' 보여지는 퍼포먼스도 아니고 입체적인 물질도 아니다. 글은 수학 문제처럼 공식을 대입한다고 해서 뚝딱 나오지 않는다. 음악이나 그림처럼 하나의 작품이 나오기까지 만만치 않은 시간이 걸린다. 그런데도 지금 이 시대만큼 글의 가치가 가장 낮게 평가받는 시대가 없었던 것 같다. 고로, 자의식을 찾았다는 기쁨도 잠시, 글이 중심인 직업을 갖고 싶다는 소망이 죄스러웠다. 자의식은 곧 죄의식이기도 했다. 바람을 현실로 밀어붙이기엔 내가 책임져야 할 현실이 존재했다. 용기를 내는 것만큼 중요한 건 녹록치 않은 현실 속에서도 끊임없이 용감해야 한다는 진리였다. 죄책감에 함몰될 것 같은 기분이 들수록 난 영화 '라라랜드'의 미아(Mia)와 세바스찬(Sebastian), 파리에서 굶주림에 시달려도 글쓰기에 몰두한 어니스트 헤밍웨이, 그리고 프랑스 아를(Arles)에서 그림을 그리는 빈센트 반 고흐를 열렬하게 떠올리며 글을 쓰고 버리길 반복했다. 사회 속 굳어진 기준이나 도리, 의무에 얽매이지 않고 본인이 사랑하는 것에 열과 성의를 기울이며 세상에 자신의 예술을 각인하기 위해 악전고투(惡戰苦鬪)하는 그들을 상기하며 지금 내가 겪고 있는 감정과 상황을 받아들이려고 애썼다. 하지만 그러다 문득 영화 '소공녀'의 미소를 상기하면 지금, 그러니까 당시 글을 향한 나의 사랑과 열정이 너무 염치없는 것 같아 괴로웠다. 어떻게 보면 참 경제적이지 못한 여행임을 인정하지 않을 수 없었다. 가끔 나는 그때의 마음을 어떤 식으로도 명확하게 표현하지 못하겠다, 말을 잊어버리고 잃어버린 사람처럼.

나의 처지를 부각시키는 길거리 위 버스커들의 존재에 진절머리 치는 걸 관두게 된 건 안타깝게도 멜번에서 살 날이 적어지기 시작한 무렵이었다. 하도 봐서 정이 든 건지 아니면 적응이 된 건지 어쨌든 눈길에는 버스커가, 귀에는 연주가 들어오는 것이 점차 좋아졌다. 혹은 전우애일지도? 여하튼 버스킹 때문에 발걸음을 멈추는 횟수가 잦아지니 제대로 감상할 수 있는 횟수도 그만큼 늘었다. 그러니 감상 시간도 길어지고 그동안 싫어하느라 보지 못했던 걸 볼 수 있었다. 그 후 바로 감동이 찾아왔다. 그들은 사람들이 지나가든 말든 상관하지 않고 자신의 공연을 무조건 끝까지 해냈다. 누군가 동전을 던져주면 가볍게 미소 지으며 고맙다고 인사했으며, 연주가 끝난 다음에는 사람들의 박수에 진심으로 감사했다. 그들은 사람을 억지로 끌어들이려 하지 않고 오직 자신의 예술을 펼치려고 그 순간과 자신이 할 수 있는 것에 집중했다. 그들이 몰입하는 모습에 난 내가 그동안 뭔가 단단히 착각하고 살았다는 걸 깨우쳤다. JTBC 프로그램 '비긴 어게인'을 봤을 때도, 또 평소에도 늘 실력과 사람들의 주목이 연관된다고 생각했다. 그런데 나의 믿음이 틀렸다. 실력이 출중하다고 해서 관객을 끌어 모으는 게 아니라 누군가의 열정이 다른 이의 열정을 끌어당기는 것이다. 버스커의 다른 이름은 '꿈꾸는 자'였다. 멜번의 그 수많은 버스커들, 아니 비단 버스커 뿐만 아니라 길 위에서 마주쳤던 수많은 예술가들, 영상을 촬영하는 사람들이나 그림을 그리는 사람들 모두 자신에게 무엇이 중요한지 알고 있었다. 즉, 다른 사람의 이목에 개의치 않고 자신의 것을 마음껏 발휘하는 데 큰 의의를 두며, 다가오는 우연에 연연하지 않되 경쾌하게 감사하는 그들의 태도(attitude)로부터 '나도 앞으로 저렇게 살아가겠다'

는 다짐에 이르게 된 건 매우 자연스러운 결과였다. 원하는 걸 잡으려고 애타지 않고, 나의 열정이 사람들을 잡아 끌 수 있고 다른 이의 마음을 움직일 수 있다는 걸 믿어야 한다. 그 순간에 충실하면, 그래, 단지 그뿐이다.

정확히 어떤 계기로 이런 대화를 나누게 되었는지 기억나지 않는데, 내가 사소한 무언가를 시도하길 망설이고 있는 참이었다. 어쨌든 그 사소한 무언가가 나의 글쓰기와는 상관없었다는 걸 일러둔다.

"그런데 난 여기 사는(live) 것도 아니고 그냥 머무르는(stay) 건데 굳이 시도할 필요가 있을까?"

나의 이런 태도에 나의 룸메이트가 매우 답답해하며 대답했다.

"네가 여기 살든 머무르든 상관없어. 그냥 이 순간 여기 살아있는(alive) 게 중요한 거야. 그냥 해!"

그녀의 말이 옳다. 그래서 나도 그 길거리 속으로 합류했다. 내가 언제나 동경해 마지 않았던 '스트릿 포토그래퍼(street photographer)'처럼 카메라를 들고 길거리를 배회하며 감탄을 자아내는 스타일을 갖춘 사람들을 찍었다. 늘 인터넷 너머로 보기만 했던 진주 같은 사람들을 나의 카메라로 직접 포착하니 내게 있어 그보다 더한 영광은 없었다. 또 한국에서 볼 수 없었던 낯선 사물이나 정경을 담는 것도 매우 색다른 즐거움이었다.

사람들은 내가 카메라를 들고 자신을 찍든 말든 크게 개의치 않아 했고, 그렇다고 해서 날 딱히 의식하는 것도, 피하는 것도 아니었다. 카메라를 너무 들이대면 혹여 부담스러워 할까 봐 살짝 멀리서 카메라를 잡았는데 자신이 피사체가 된 걸 눈치 채고 맵시 넘치게 포즈를 취해주는 이도 있었다. 그 시원시원한 태도 아니, 배려에 울컥했다. 내가 원하는 대로 찍고 난 다음, 고맙다는 눈빛을 담아 고개를 끄덕이자 그는 여유 있게 미소 지으며 나에게 고개를 끄덕여 주었다. 이렇듯 사람들은 날 마치 버스커처럼 대했다. 버스커는 아니었지만 버스커의 입장을 겪어보니 길에서는 기본적으로 무시나 방어가 아니라 존중의 시선이 존재했다. 그 누구도 길에서 사진을 찍고 있는 날 이상한 눈길로 쳐다보지 않았다. 난 길거리를 배회하며 나의 예술을 펼치려고 노력하는 자로서 이 점을 편안하게 느꼈다. 내가 최대한 할 수 있는 한 멜번의 길거리를 묘사하자면, 사람들은 서로 남이 뭘 입는지, 뭘 먹는지, 길거리에 서서 뭘 하는지 관심을 가지지 않되 존중했다. 각자 어차피 스쳐가는 사람들이고 이들이 자신에게 있어서 크게 중요하지 않다는 걸 알지만, 길거리에서 펼쳐지는 일에 절대로 배타적으로 굴지 않았다. 자신이 중요하게 여겨야 할 것이 뭔지 아는 것 같았다. 즉 나의 열정과 닮은 사람을 보면 그에 동의할 줄 아는 의식이 실재했다. 버스커의 공연을 그냥 지나치나 싶어도 동전을 짤랑 던지고 가는 이들은 어김없이 있었다. 어제의 버스커가 오늘 나오지 않아도 버스커들의 수가 어떤 경우에도 줄지 않았던 이유가 바로 길거리 속 지나가는 누군가는 반드시 버스커의 진심을 알아줬기 때문이었다. 나 또한 무수히 많은 사람들이 오가는 어느 기차 승강장에서 헤드셋을 낀 채 원형 플라스틱 통 두 개를 깔고 앉아 드럼 스틱을 두드리는 어떤 예술가를 보고 시드니 맨리 비치의 귀여운 예술가들을 떠올렸다. 그리고 그를 카메라로 남겼다. 이전 같으면 '저런 건' 자기 집에서 할 수 있지 않나 괄시했겠지만 더 이상 그렇게 하지 않았다. 아니, 더 이상 그렇게 할 수 없었다. 난 그들을 마음껏 중시했다.

예술가의 무대에는 한계가 없었다. 자신이 갖고 있는 예술을 세상에 마음껏 펼치려는 마음은 무한했다. 또한, 예술가과 관람가의 상호관계도 존재했다. 이렇게 길거리의 순리(順理)를 이해하니 더 자세히 보였다. 내가 더 자세히 보였다. 길거리 위 사람들은 결국 내가 되고 싶은 사람이었다. 어떤 옷을 입고 뭘 해도 당당한 사람들. 버스커에서 시작해 또각또각 구두를 신고 염색하지 않은 긴 백발을 휘날리며 한 유명 패션 브랜드의 건물로 들어가는 노부인까지, 모두들 감히 따라할 수 없는 어엿한 태도를 갖추었다. 하다못해 럭셔리 브랜드가 즐비한 거리에서 구두를 닦는 청년도 바람에 고수머리가 자연스럽게 휘날리도록 내버려 두고 자줏빛 색에 중심을 둔 착장을 한 채 열심히 제 일을 하고 있었다. 모두 자신이 하는 일에 자신이 있었고 이 점이 곧 자유라는 생각이 들었다. 나도 그 길거리로 들어갔으므로 나의 존재 자체와 일로써 떳떳하게 자유롭고 싶었다. 그래서 8월은 거의 매일 밖으로 나갔다. 성실함만이 답이려니 싶기 때문이었다. 카메라로 사진을 찍는 건 재미있긴 했는데 뭔가 아쉬웠다. 분명 나도 스트릿 포토그래퍼처럼 사진을 찍고 있었고, 이렇게 하는 게 버스커들처럼 예술을 펼치고 있다고 생각했는데 성에 차지 않았다. 뚜렷하게 잡아낼 수 없는 부족함을 느끼는 걸 이어가던 나날 중 어느 날, 잠깐 뭔가를 살 요량으로 카메라를 둔 채 숙소 아래 편의점으로 나왔는데 하필 눈 앞에 굉장한 스타일을 갖춘 사람이 지나가는 것이었다. 카메라가 없다고 발을 동동거리다가 가방에서 펜과 노트를 꺼내 그 사람에 대한 묘사를 적었다. 생각해보면 가방 안에 그래도 아이폰은 있었는데, 내가 왜 그랬을까? 길에 서서 사람들의 옷차림을 노트에 무아지경으로 써내려 가다가 머릿속으로 느낌표가 반짝 떠오르는 걸 느꼈다. 이거다! 뭐든 따라 해보는 것만으로는 충분하지 않다. 자신만의 고유성을 찾아내는 것만이 대담한 태도가 부여하는 자유를 보장한다. 난 드디어 그 속에서 무한한 자유를 느꼈다. 길거리에 서서 사람들의 스트릿 패션을 사진이 아닌 글로 담는 것. 일단은 이 정도면 충분했다. 이게 앞으로 내가 길거리에서 펼칠 예술의 기반이면 된다. 그렇게 난 사람들 사이에 서서 혹은 트램 정류장 의자에 앉아 공책을 펴고 내 앞에 오가는 사람들을 적었다.

자의식을 뛰어넘어 특이점을 찾아내니 글에 대한 다른 고민들도 많이 열어졌다. 굳이 실내나 책상 앞이 아니더라도 어디서든 글을 쓸 수 있게 되었다. 뿐만 아니라, 글감에 대한 고심을 하지 않게 되었다. 길에서 보는 모든 것에 영감을 받아 카메라를 들고 펜을 드는 것처럼 일상이나 나의 견해에서 글거리를 찾았다. 그리고 매번 모든 것이 그렇듯 깨달음은 뜬금없이 찾아온다. 샤워를 하기 위해 욕실로 문득 들어갔다가 '아, 나 살아 있구나' 생각했다. 살아 있음이 저절로 느껴졌다. 매번 애쓰지 않아도 떠올라 날 괴롭힌 트라우마들이 처음으로 떠오르지 않았다. 이 점이 매우 놀라웠다. 길거리의 사람들이 날 지나가고 내가 길거리의 사람들을 지나가듯이, 결국 날 괴롭혔고 괴롭히는 것들도 지나간다는 걸 깨우쳤다. 살아있음이 이런 거구나. 재미있다. 행복하다. 책임감 이외에 그럴 듯한 에너지원, 즉 삶의 원동력을 찾지 못해 생기가 없던 내 안으로 활력이 마치 우물 속에서 솟아나는 물처럼 벅차올랐다.

나의 또 다른 룸메이트와 대화를 할 때면 희한하게도 똑같은 말로 끝마쳤다.

"We have to see. (지켜보자)"

시간을 가지면 잘 된다. 잘 되려면 시간을 가져야 한다. 멜번에서 살아 숨쉬었던 시간은 내 일생 중 가장 순수한 날들로 기억될 것이라 자부한다. 자, 오늘도 미아, 세바스찬, 미소, 어니스트, 빈센트를 위하여. 꿈을 꾸는 바보들을 위하여.

외전(外傳)

하긴 우린 부메랑이 포물선을 그리며 돌아올 거라는 걸 알고 부메랑을 손에 쥐고 곧 던지려는 순간에 집중할 뿐이지, 부메랑이 어떤 각도로 날아가 포물선의 어떤 지점에 머물고 오는지 아예 관여할 수 없지 않은가.

나의 부메랑은 그날 밤 내가 전혀 예상치 못한 포물선에서 날고 있었다.

난 늘 취업을 주제로 대화를 이끌어가는 어른들만 겪어봤지, 글을 쓰는 '나'를 주제로 나와 대화를 나누는 어른들을 그 밤 처음 만나 봤다.

"무슨 글을 쓰나요?"

"내가 예전에 이런 글을 읽었는데 … 해리 씨는 이런 점에 대해 어떻게 생각해요?"

"앞으로 어떤 글을 쓰고 싶어요?"

솔직하게 말하자면 이런 존중을 처음 받아보았다. 한국에서 난 늘 어른들로부터 취업 걱정을 '당했고', 그들을 안심시키는 말을 하는 게 스스로 너무 익숙해서 막상 이런 질문을 받으니 당황스러워서 매 질문에 말을 더듬거리며 대답했다. 하지만 분에 넘치게 행복하다는 생각을 했다. 특히, 이 말은 잊을래야 잊을 수 없다.

"돈은 나이를 먹어갈수록 어떻게 해도 모여요. 그런데 그 나이만이 가질 수 있는 열정은 그 나이에만 있어요. 때를 놓쳐도 돈이 보상해주지 않아요. 그러니까 돈에 너무 연연하지 말고 그 나이 때 할 수 있는 거 다 해 봐요. 난 그러질 못해서 후회스러워요."

눈물이 맺힌 눈으로 날 바라보며 우렁찬 동시에 흔들리는 목소리로 분명하게 말씀하셨던 그분을 내가 어찌 잊을까.

차라리 그 무렵 식사를 마치고 나왔으면 좋았으련만.

그보다 시간이 조금 더 지난 후 식당에서 나올 즈음, 내가 속하고 싶었던 무리의 사람들을 우연히 보게 되면서 옳고 그름에 대한 논리가 완전히 꼬여 버렸다. 내가 바라던 곳은 저쪽이었는데, 난 왜 여기 있지? 물론 그토록 훌륭한 '어른들'과 식사 자리를 가지며 몹시도

감사한 배움을 얻었지만 전혀 생각지도 못했던 배움이라 당혹스러운 와중에, 내가 소속되고 싶은 곳에 있지 못하고 왜 그와 반대되는 자리에 있는지 헤아릴 수 없어 혼란스러웠다. 저쪽이 내가 여기던 '보통'이고 '평범'이자 '일반'인데, 내가 지금 여기 있으면 내가 있는 곳이 '보통'이며 '평범'이자 '일반'이 되는 건가.

왜 나에게 이런 일이 일어나는 걸까.

왜 나에게 이런 일이 일어났을까, 일어나 달라고 바란 적도 없는데.

그 밤 난 숙소로 돌아가면서 허리를 젖히며 미친 듯이 웃어버리고 싶다는 충동에 사로잡혔다. 아니면 주저 앉아 울고 싶었다. 인생이 어디로 흘러가는지 알 수가 없어서, 가늠조차 할 수 없어서 난 그냥 너무 무서웠다. 뭔가 명확하게 꼬집을 수 없이 이상할 뿐이었다. 그날 밤 난 식당을 나오고도 밖에서 한참을 서성이다 숙소로 들어갔다.

Good Luck! / 시행착오

아무리 노력해도 실패로 돌아갈 때마다 그간의 일을 되돌이키면 또 저번과 같은 원인을 발견하게 되더라. 나름 최선을 다했다고 생각했는데, 같은 장소를 원을 그려가며 빙빙 돈 기분이 들었어. 그러다가 처음 출발했던 곳으로 오면 실망하지. 그런데 난 그 모든 발걸음에서 새로운 배움을 얻었으니까 내가 실패했건 아니건 매번 같은 곳에 있었다고 할 순 없겠지. 그래서 나는 원이 아니라 나선을 그렸던 걸지도 몰라. 같은 장소를 빙빙 도는 듯 보여도 조금은 올라갔거나 내려갔을 거야. 그게 좀 더 낫겠지. 아냐, 그것보다도 인간이 어쩌면 나선 그 자체일지도 몰라. 같은 곳을 돌아도 무슨 일이 생기면 위아래, 게다가 옆으로도 뻗어갈 수 있잖아. 내가 그리는 원이 커질 때 내 나선도 틀림없이 자라고 있겠지. 그렇게 생각을 바꾸니 조금 더 노력하고 싶어졌어.

영화 '*리틀 포레스트*(*Little Forest: Winter&Spring*, 2015)' 엄마가 이치코에게 쓴 편지* 中

*감독 모리 준이치(森淳一). 영화 *리틀 포레스트2: 겨울과 봄*(*リトル・フォレスト　冬・春*). 제작 ロボット. 2015.

여행은 쉽지 않다고 중학생 때 어른 없이 떠난 첫 해외 여행에서 느꼈다. 숙소 결정만 하면 끝날 줄 알았던 시행착오가 도쿄에 발을 딛은 다음 어디로 갈 것이냐는 고민거리로 발전하며 골치를 앓았다. 당시 여행사에서 준 조악한 여행책자의 달콤한 꾀임에 속아 넘어가 방문했던 곳곳 실망스러웠던 건 물론이거니와 그 속에 제대로 된 지도나 기본적인 교통 정보조차 실리지 않아 고생 좀 했다. 하지만 그렇게 된통혼이 난 덕에 여행을 만만하게 보지 않게 되었으니 그 여행은 결과적으로 손해가 아니었다.

그 후로 여행을 잘할 수 있는 비법을 얻고 싶었다. 현실도피와 대리 만족도 필요했다. 사실 여행책을 많이 읽게 된 건 순 우연이었다. 보통 제목을 보고 책을 고르는데, 주문한 책을 받고 나서야 내가 산 책이 가이드북이 아니라 여행책이라는 걸 뒤늦게 알아차렸기 때문이다. 읽기 경쾌한 책이길 바랬건만 내가 손에 쥐는 책은 내 마음도 몰라주고 진지하게 여행 철학을 논했다. 하지만 투정은 언제나 그랬듯이 잠시였다. 난 곧 읽는 족족 책에 빠져들었을 뿐만 아니라 내가 읽은 책의 작가처럼 나도 나에게 맞는 여행을 떠난 다음 여행책을 쓰고 싶다는 꿈을 갖게 되었다. 사람들의 책장에 내가 쓴 여행책이 꽂히면 얼마나 좋을까 상상만 해도 마음이 벅찼다. 그렇지만 그 책들에 감사한 이유는 비단 여행책을 쓰고 싶다는 꿈을 갖게 해준 것에만 그치지 않는다. 그 책들을 읽었기 때문에 여행 태도의 기반을 비로소 형성할 수 있었다.

1.

국내로든 해외로든 여행이라는 걸 가면 유명한 관광지에는 꼭 들르는 편이었다. 마음에서 우러나와 자발적으로 들려보고 싶었기보다는 유명하다길래 들렀다. 그냥 친구 따라 강남 간 거다. 유명한 데에는 다 이유가 있고 많은 사람들이 보는 건 나도 봐야 할 이유가 있겠거니 짐작했다. 그러나 중학생 때의 일본 여행과 열아홉 살 때 참가했던 일본 연수에서 사람들이 무난하게 관광 명소 앞에서 사진을 찍으며 하하호호 좋아할 때 나홀로 멀찍이 떨어져 아무런 감흥을 못 느끼고 심드렁하게 우두커니 서 있으면서 그 생각을 달리하게 되었다. 사람들이 좋아하는 걸 내가 좋아하지 않을 수 있구나. 여행 가서 사람들이 많이들 가는 관광지나 랜드마크를 반드시 가야 한다는 강박관념을 나는 그렇게 완전히 잃어버렸다. 그리고 여행은 단순히 구경하는 것만이 전부가 아니라는 생각이 그 자리를 대신했다.

2.

그렇다면 여행 가서 뭘 해야 할까. 난 이 질문의 답에 대한 실마리를 '여행의 순간'이라는 책에서 얻었다. 그 책의 작가는 여행에서 마주치는 작은 존재와 찰나에서 여행의 의미와 기쁨을 찾았다. 공항에서 나온 다음 맞이한 새벽의 도쿄, 뉴욕의 손때 묻은 가게의 형형색색 컵케이크, 포즈를 취해주는 꼬마, 해변가에 앉아있는 노부부, 세월을 간직한 간판을 콘탁스 아리아로 담아내며 도시 구석구석을 유유하게 사색하는 작가의 책이 암울하고 갑갑했던 고등학생 시절에 얼마나 큰 대리 만족이 되었는지 모른다. 작가의 여행을 머릿속으로나마 따라다니기만 해도 마음이 절로 차분해지고 가뿐해졌다. 현지인처럼 아침에 일어나 공원을 거닐고, 이따금 열리는 왁자지껄한 장터(마켓)에 가고, 박물관이나 미술관에 들려 그 나라를 알아가고, 지칠 때면 카페나 서점에 들려 한숨 가볍게 쉬어 가는 일상 같은 여행. 관광 버스 대신 지하철을 타고, 기념품 가게에서 관광상품을 사는 대신 자신의 취향을 닮은 편집숍이나 현지 브랜드 가게에서 본인이 필요한 물건을 고르고, 한국에서 챙겨온 컵라면 대신 현지인에게 물어 현지 식당에 가 현지인들이 먹는 음식을 먹는 여행. 그저 여행지 기존의 공간에 조용히 녹아 드는 여행. 그 책으로 인해 보채듯 움직이며 내가 좋아하는 것이 무엇인지도 모른 채 사람들이 좋아하는 걸 다짜고짜 좇고 보는 여행법을 내려 놓을 필요를 절감했다. 그러나 막상 실천하려니 '여행의 순간' 작가의 여행법은 쉽지 않았다. 그 여행법을 따르려면 여행자가 본인에 대해 소상히 파악하고 있지는 못해도 기본적으로 자신이 무얼 원하고 좋아하는지 정도는 인지하고 있어야 하는데 나는 이를 미처 간과했다. 그 외에도 내가 놓친 것들이 많았는데 그 전부를 시드니로 무작정 떠나고 나서야 하나하나 무엇인지 깨달았다. 즉, 여행에 관해 어떤 준비도 제대로 하지 않았다. 경솔하게도, 떠나기만 하면 다 해결될 거라 믿었다.

3.

시드니에 대해 아는 건 오로지 시드니와 오페라 하우스라는 이름, 사촌언니가 시드니에서 산다는 것뿐이었는데도 나는 내가 시드니를 알고 있다고 생각했다. 그런데 출국 전 막상 언니네 주소를 받아 들고 보니 그 위치가 시드니의 어디쯤인지도 가늠할 수 없어 그제서야 나의 '안다'라는 개념의 허점을 알아챘다. 뭔가를 알았다는 착각은 도리어 의지가 부재한 무지로 빠지는 길이었다. 사실 내 자신이 '될 대로 되라'는 식의 느긋한 사람이 아니라는 걸 알면서도 여행지에 대한 아무런 기초지식 없이 떠난 건 어디서 본 건 있어 가지고 한번 무턱대고 부딪쳐보고 싶은 마음이 더 컸기 때문이었다. 그러나 시드니에 뭐가 있는지 하다못해 대중교통이나 지리의 대강조차도 아예 모르니 처음 시드니 시내 한복판에 서 있을 때는 무슨 망망대해에 떨어진 기분이 들었다. 너무 막연해서 오히려 망연자실했다. 여행지는 여행자가 모르는 곳이다. 여행자에게 낯섦은 뗄래야 뗄 수 없는 존재이며, 그 낯섦에서 불안이 촉발된다. 낯설어서 불안한 가운데서도 여행자에게는 목적지가 존재해야 한다. 그 목적지가 유명한 곳이든 아니든 상관없다. 그 목적지의 존재가 갖춰져야 여행의 의미가 생겨나는 법인데 그때 나는 낯선 땅에서 발을 내딛어야 할 곳이 어딘지 몰라서 공포가 엄습했다. 그냥 땅으로 꺼져버리고 싶었다. 얼어붙은 내가 유일하게 선택할 수 있는 건 시드니에 관해 알고 있던 세 가지 중 한 가지인 오페라 하우스뿐이었다. 그나마 교과서와 정확하게 어떤 종류였는지 가물가물한 여러 매체를 통해 숱하게 건너봐서 그 이름과 모습이라도 학습되어 있어 다행이었다. 관광 명소에 갔을 때 만족했던 기억은 없었지만 시드니 땅 아무데나 주저앉는 것보다는 나았다. 형편없는 영어 실력과 미지의 공간에 갇힌 듯한 두려움에 발랄하게 사람들에게 길을 물어볼 엄두가 나지 않아 현대 문명에 감사하며 구글맵에 오페라 하우스를 입력했다. 엎친 데 덮친 격으로 공간지각능력이 영 좋지 않았던지라 가는 도중 같은 곳만 빙빙 도는 등 헤맬대로 헤매고 진땀을 뺐다. 그러한 과정 끝에 마침내 오페라 하우스가 눈 앞에 보이자 만감이 교차했다. 우선 방랑이 마무리되었다는 데서 반가웠다. 둘째로는 늘 교과서 속 사진으로만 봤던 존재를 직접 보니 감회가 남달랐다. 셋째로는 우여곡절이 많았지만 혼자만의 여행을 드디어 했다는 것이 은근히 감격스러웠다. 참 대단한 것도 아니었는데 난생 처음 겪는 문화와 그 실체 앞에 경험과 의지할 사람 하나 없이 오직 나 혼자였기 때문에 겁이 너무 났다. 그 광활한 하늘과 드넓은 땅덩어리에서 나만 너무 혼자였다. 더군다나 가는 길에 이상한 남자가 수작까지 부리니 경계심을 늦출 수 없었다. 하지만 이 여정도 역시 앞선 일본 여행들처럼 비록 맛은 썼지만 영양가 있었다. 여행은 애초에 선형적이지 않기에 과도한 혼돈 속에서 여행자를 바로잡아줄 건 여행지에 대한 기본적인 정보다. '여행의 순간' 작가의 여유로운 여행법에는 서두르지 않겠다는 마음가짐만 필요하다고 생각했는데 겪고 보니 그와 더불어 여행 준비 기간 동안 여행지에 대한 탄탄한 기초 지식을 다져 놓고 자신이 어떤 곳을 가고 싶은지 이미 알기에 그러한 유유자적한 여행이 가능했던 것이었다. 여행자의 여유는 적어도 지리 정도는 파악하고 있거나 갈 곳을 알 때 마음에서 우러나온다. 이는 다르게 말해, 개척자가 불안한 이유다. 바로 앞에 낭떠러지가 있는지 없는지 알지 못한 채 전례 없는 길을 스스로 만들어야 하기 때문이다. 우리는 인생에 있어 여행자인 동시에 개척자의 면모를 갖추고 있기에 여유와 불안을 함께 혹은 번갈아 가며 느낀다. 그러고 보면 여행은 인생의 비유라는 생각이 그때부터 비롯되었던 걸까, 덩달아 모험이라는 것도.

4.

안다고 생각했던 건 아는 게 아니었고 그마저도 바닥 나니 여행자로서 처지가 더욱 난감해졌다. 오페라 하우스 다음으로 어디를 갈지 거대한 파도 같은 막막함이 또 밀려오자 뭐라도 결단을 내리지 않으면 안 되었다. 나는 기념품 가게에 들어가 '론리 플래닛' 시드니 편을 샀다. 내가 아무리 가이드북에 관심이 없어도 배낭 여행자의 바이블과도 같다는 론리 플래닛 정도는 알았다. 가이드북에 대한 좋은 추억은 없었지만 기본적으로 책에 대한 굳건한 신뢰가 상주했기에 가야할 곳 외에도 아무것도 모르는 내가 필요한 건 인터넷 검색 대신 책이라는 걸 직감적으로 알았다. 마치 산 정상에 올라 마을 전체를 구석구석 관망하는 것처럼 시드니에 대해 전체적으로 두루두루 살피고 싶었는데 그러기 위해선 책만큼 좋은 것이 없었다. 책이라는 물리적 존재만이 줄 수 있는 것이 있는데 그것이 바로 맥락이며 맥락은 책장을 넘기는 행위로 하여금 머릿속으로 그려 나가는 것이 가능하다. 맥락으로 전체가 완성될 때 비로소 분별력이 생기며 이는 책이 훌륭하건 아니건 관계없이 독자만의 권리이자 능력이다. 나는 가이드북의 앞장부터 차근차근 넘기며 우선은 내가 놓쳤던 여행의 기본을 갖추려고 애썼다. 교통 수단에 페리가 있는 걸 보고 생각했다. 첫째, 세상은 알면 알수록 보인다는 것. 오페라 하우스 주변을 헤매고 있을 때 배를 봤는데 그게 '페리'라고 불리는지도 몰랐고 교통수단으로 쓰일 거라 상상도 못했다. 둘째, 만약 인터넷 검색을 행했다면 교통수단 대신 그저 지하철 노선만 검색했을 텐데, 가이드북에 적힌 페리를 보며 나의 생각 회로의 틈을 발견했다. 역시 나는 서적과 뗄래야 뗄 수 없다. 한편으로는 안도의 한숨을 내쉬었다. 가이드북을 읽고 혼자 오페라 하우스를 갔던 날 겁을 먹은 원인에는 생판 모르는 문화보다 한낱 모르는 거리가 주는 낯섦이 더 컸다는 걸 확인했기 때문이다. 홀로 여행을 나서기 일주일 전부터 사촌언니의 집에 머문 덕에 돈 단위라든가 차량 통행 방향 등 이런저런 문화적 요소에 대해 이미 듣기도 했고, 또 책이 일러주는 바로는 내가 크게 주의해야 할 생소한 문화적 요소가 없었다. 언니가 알려준 것들, 가이드북, 그리고 그 날의 기억을 통틀어서 보자면 내가 맛본 물질문화는 교과서로 대표되는 공교육으로 익힌 서양 문화권에서 드러나는 보편적인 문화적 요소였고, 다만 실제로는 처음 겪어 익숙하지 않은 것뿐이었다. 운이 좋았다. 완벽히 준비된 자는 없다지만 어찌 보면 멋모르고 무작정 행동으로 옮겼으므로. 그러나 일본을 갔을 때도 교과서로나마, 시드니에서는 말로 전해 받아 그것도 아는 거라고 여차저차 여행을 조금조금 해내어 가는 게, 적어도 나는, 장하다고 생각한다. 나의 앎이 박약해 아는 게 아는 것이 아니라고 생각했는데, 그래도 아는 건 아는 거였던 걸까.

5.

잇따라 책을 넘기며 당혹감을 느꼈다. 가야할 곳이 왜 이렇게 많아? 아니, 그냥 갈 만한 곳인건가? 이 많은 곳을 가이드북 저자가 가긴 한 걸까? 여행에서 엄수해야 하는 필수적인 한계인 시간과 예산을 지끈지끈 고려해야 하는 여행자에게 가이드북이 소개해주는 선택지는 많아도 너무 많았다. 그래 봤자 인터넷 검색 결과보다 턱없이 부족한 숫자겠지만 말이다. 어쨌든 곤란하기는 매한가지였다. 난 가이드북과 목적지에 관해 줄줄이 딸려 나오는 물음표에 지쳐서 일단 도심 기준 관광 명소 중심을 시작으로 가이드북이 소개하는 곳을 내키는 대로 골라서 가보기로 했다. 어떤 곳은 옛날 양식의 건물이었지만 알맹이는 어디서든 볼 수 있는 일반적인 쇼핑몰이어서 별다른 영혼을 찾을 수 없었다. 어떤 곳은 역사적인 공간을 재현했지만 딱히 특별한 감흥이 느껴지지 않았다. 어떤 곳은 어떤 상징이라는데 아쉽게도 어떤 이유에서인지 마음에 크게 와닿는 존재는 아니었다. 실망스러웠다. 착잡하기도 했다. 여전히 긴장을 잔뜩 머금은 채로 가쁘게 도착해버리고 만 목적지 앞에서 난 마음이 쓰라렸다. 낯선 곳을 통과해야 한다는 긴장과 목적지에 도착하기만 하면 만사 해결일 거라는 기대가 마구잡이로 뒤섞인 상태가 첫 일본 여행 때와 별반 다르지 않은 것 같아 시간, 돈 들여 이게 무슨 헛짓거리인건가 싶어 절로 시무룩해졌다. 그래도 이번엔 옛날처럼 특별히 가이드북의 잘못인 것 같지도 않았고, 그렇다고 해서 어디어디가 사람이 더 많은가 유명세를 따지고 간 것도 아닌데 왜 도착지가 마음에 들지 않은지 도저히 알 수 없어 부아가 치밀었다. 게다가 여행의 순간순간에서 무슨 돌발 상황이 왜 그리도 많은지 마음이 안정될 겨를이 없었다. 여전히 구글맵을 못 읽어 어떤 건물에 잘못 들어 갔다가 다행히 친절한 여성 분이 안내해줘서 건물 밖으로 겨우 길을 찾기도 했고, 가만히 길을 걷다가 갑자기 어떤 백인 아이들이 내 앞으로 나뭇가지를 던져서 발이 걸려 넘어질 뻔했는데도 대응을 어떻게 할지 몰라서 그들의 웃음 소리를 애써 뒤로한 채 아무렇지 않은 척 걸은 적도 있었고, 공원에서 치즈케이크를 야금야금 먹으며 겨우 한숨 돌리는 중 느닷없이 웬 인도인 남자가 말을 걸면서 같이 달링 하버에 가자고 제안하길래 그즈음 겪었던 아찔했던 경험과 주위 사람들의 주의가 떠올라 진의가 의심스러워 핑계 대고 그 자리를 얼른 떠나기도 했다. 치즈케이크도 차마 다 못 먹고 말이다. 나는 만약 나의 여행을 관장하는 신이 있다면 가서 따지고 싶었다. 이건 저와 합의된 상황이 아니잖아요! 이 총체적 난국에서 정신을 똑똑히 차리기 힘들었다. '여행의 순간'의 작가는 물론이고 내가 봤던 여행 관련 TV 프로그램들의 셀럽들 모두 잘만 다니고, 먹고, 구매하면서 즐거워하던데 내 여행만 유독 순탄하지 않은 거 같아 실의가 이만저만이 아니었다. 내가 생각했던 여행은 이게 아니었다. 꼭 우스운 행동만 일삼는 주인공이 되어 시트콤을 찍는 기분이었다. 실패 같은 여행 앞에 기가 죽은 나는 사촌언니 집으로 돌아가는 버스 안에서 긴장과 기대를 마침내 내려 놓고 마냥 늘어졌다. 그랬더니 갑자기 신기하게도 버스가 스쳐 보내는 모든 풍경이 눈에 들어왔다. 어릴 적에 차에 타도 책만 보는 나에게 엄마는 항상 밖을 보라고 말씀하셨다. 내가 참 그렇게 엄마 말을 안 들었는데 버스 창가에 기대 살가운 바람을 맞으며 햇빛이 대지에 부딪혀 찬란하게 부서진 후 빛을 남기는 모습을 보자니 엄마가 왜 창밖을 보라고 했는지 납득이 갔다. 집에 도착하기 전까지 버스 좌석에 편히 기대 바라본 모든 풍경들은 그 어떤 매체에서도 본 적이 없었다. 그 모든 건 그 누구도 아닌 내가 발견한 것들이었다. 그간 목적지에만 집중하느라 과정에는 마음을 쓴 적이 전혀 없었다가 목적지가 눈에 익은 공간인 집이라 마음에 힘을 빼니 유명하지도 않고 이름도 없는 것들에게 놀랍게도 마음을 뺏겼다. 그런 현상을 처음 겪어봤다. 그러곤 이내 씁쓸해졌다. 진작 알았더라면 얼마나 좋았을까. 나는 살면서 얼마나 많은 걸 지레짐작하고 그냥 스치기만 했을까, 나에게 소중했을지도 모를 것들을.

6.

예상치도 못했던 과정의 신비를 맛보고 나서 나는 과정이 순조로우면 목적지에 대한 감상이 달라질까 오해하기 시작했다. 그 무엇에도 노련하지 않은 내가 혼자 여행을 떠나니 하다못해 화장실로 향하는 아주 단순할 경로도 지나치게 삐뚤빼뚤한 것 같았다. 그래서 열아홉 살 때 연수를 다녀온 뒤로 아예 선호하지 않았던 패키지 여행을 가보기로 했다. 포트 스테판에서 모래 썰매 타기, 와인 양조장 구경, 돌고래 감상이 구성된 당일치기 패키지 여행이었고 때마침 사촌언니의 소개로 시드니로 여행 온 한 자매를 알게 되어 함께 갔다. 패키지 구성은 썩 마음에 들진 않았지만 그 정도면 무난하게 넘어갈 편에 속했다. 확실히 포트 스테판의 사막 위에서 모래 썰매를 타는 건 혼자 여행 가서 하기엔 뻘쭘할 법한 액티비티였다. 그런 액티비티만 두고 보면 패키지 여행은 갈 만했다. 차 면허도 없으니 아무래도 혼자 거기까지 가는 과정이 얼마나 험난할지 생각하면 고개가 절레절레 저어졌다. 패키지 여행에서는 그저 타라면 타고 내리라면 내리면 그만이니 지금 타는 버스가 맞게 가고 있는 건지 아닌지 전전긍긍하지 않아도 되어 느긋할 수 있는 것도 마음에 들었다. 그렇지만 타라면 타고 내리라면 내리고 먹으라면 먹어야 하는 원칙이 편리할 수 있어도, 자율성을 그 원칙과 맞바꾼 것 같아 영 찜찜했다. 아무리 작은 사막이라 할지라도 소설 '어린 왕자'를 좋아하는 나로선 의미가 있는 공간이었다. 만약 혼자 갔다면 모래 썰매는 못 타도 아니, 오히려 아무것도 안 하고 단지 서 있기만 해도 좋으니 더 오래 머무를 수 있었을 텐데 패키지 여행이다 보니 나의 감상을 가장 우선시할 수 없어 아쉬웠다. 게다가 점심으로 한식을 먹어야 한다거나 품질을 신뢰하기 애매한 조잡한 디자인의 관광상품을 파는 곳을 억지로 구경해야 하는 건, 물론 여행사와 한식당, 상점 입장에서는 상부상조이겠지만, 여하튼 마땅찮다. 유람선 위에서 돌고래를 바라보며 신기해하는 1차원적 감정을 실컷 누리다가, 내 의지로 할 수 있었지만 여건상 결국 하지 못했던 것들이 자꾸 눈에 밟혀 그마저도 관둬버렸다. 꽤 오랜 시간 여행을 대상으로 이래도 불만 저래도 불만이어서 펄떡펄떡 날뛰던 마음이 지쳐 비로소 차분해졌다. 그리고 요모조모 궁리했다. 패키지 여행엔 몸고생도 마음고생도 없다. 모든 일정은 계획 안에서만 이루어진다. 여행자 개인이 무슨 일이 있어도 스스로 헤쳐 나아가야 하는 돌발상황이 없다. 그러나 난 나의 자유가 끼어들 수 없는 부자연스러운 매끈함이 어색하기만 했다. 괴이하게 짜인 판이 꼭 트루먼쇼 같았다. 그 안엔 부족해도 마음껏 노력하는 여행자인 나는 부재했다. 난 그제야 능수능란하지 않아도 자유가 보장된 혼자 여행과 편안함은 보장되지만 행동 반경이 제한적인 패키지 여행 중 어느 쪽이 나에게 더 적합한지 깨달았다. 무얼 좋아하는지 알기 위해선 무얼 싫어하는지 먼저 알아야 했던 것이다. 결정적으로, 목적지가 개운하게 마음에 들지 않는 건 혼자 여행이나 패키지 여행이나 피차일반이었다. 그래서 반성을 했다. 과정과 도착을 분리해 나의 기대감에 착오를 야기한 점, 아무리 문명의 혜택에 따라 지도를 활용할 수 있어도 내가 모르는 길을 걷는 건 내 눈 앞에 미지의 세계가 그대로 펼쳐지는 것과 똑같아 당연히 겁이 왈칵 날 수 있음을 인정하지 않고 억지로 밀쳐가며 나 자신을 계속 채찍질한 점, 그리고 잘 드러나지 않으며 독자인 나는 모를 '여행의 순간' 저자만의 여행의 순간 속에서 겪었을 노력을 방관하고 오로지 저자 고유의 근사한 미감과 정갈한 설명이 보태는 책 특유의 정돈적 미학에만 눈이 멀기만 했다는 점을 말이다. 나는 다시금 파비안 직스투스 쾨르너의 책과 알랭 드 보통의 책을 떠올렸다. 정신차리자. 자랑하려고 여행하는 거 아니잖아. 여행이 완벽해야 할 이유는 없다. 난 사실 이를 꽤 일찍이 배웠다, 다만 이해하지는 못했을 뿐. '저니맨', '여행의 기술', '여행의 순간'까지 그 책들로부터의 체득한 가르침을 바탕으로 그 책의 작가들처럼 나만의 여행을 만들기 위해 여행을 온 거였는데, 나는 왜 이리도 어리석었나.

7.

이실직고하자면 나의 힘겨운 삶을 여행을 통해서 보상받고 싶었다. 여행은 일상보다 아니, 일상과 다르게 힘들지 않길 바랬다. 나의 일상이 이렇고 저런 것들에 쉴 새 없이 허덕여 이와 반대인 삶이 욕심났다. 삶을 잠시나마 이룰 수단이 나에겐 오직 여행이었다. 여행만큼은 고난 없이 그저 순조로운 과정, 초라하지 않은 목적지, 그리고 목적지에 도착했을 때 근심 없이 활짝 웃고 있는 나 자신을 보장하길 기대했다. 이 마음이 잘못되었다고 생각하지 않는다. 기대라는 건 자연스러운 감정이다. 기대를 막을 도리는 없다. 나는 다만 여행 또한 일상처럼 현실이라는 걸 미처 몰랐고 기대의 허상이 남기는 잔상을 기어이 떨쳐버리지 못해 미련과도 같은 실망에 시달리고 말았던 것이다. 여행은 낯선 환경이 선사하는 비(非)일상일 뿐이지 여지없이 현실이다. 실망스러운 건, 여행은 엉망진창인 일상보다 더하면 더했지 절대 덜하지 않는다. 일상은 가시적인 반복에 기대기라도 했지 여행에서는 그나마도 없다. 그런 일상도 감당이 안 되어 여행을 왔건만 여행은 여행대로 감당이 안 되었다. 평소에도 익숙한 길을 다녀도 왠지 길을 잃어버리거나 꼭 틀린 길을 걷고 있는 것 같은 기분에서 벗어날 수 없었는데, 여행에서 실제로 낯선 길을 수도 없이 잃어버리고 있어 좌절했다. 그리고 목적지는 그러한 나의 표류를 보상해주지 않았다. 하지만 웬걸 이제는 더 이상 도망갈 곳이 없었다. 그래서 동아줄 잡듯이 좋은 곳을 턱턱 가리켜 줄 것만 같은 가이드북도 뒤적거렸던 건데, 너무 간절해서 그만 가이드북을 맹신하고 말았다. 기대는 당사자로 하여금 그 기대에 부응해야 한다는 부담을 요구하는 한편 목적지는 기대에 부응해야 할 의무가 없다. 목적지는 나에게 있어 목적지일 뿐이지 목적지라는 임명장을 들어내면 그냥 고유의 존재를 갖는 한 장소에 불과하다. 나는 목적지가 기대에 부응하지 않는다고 여행 내내 원망했지만 마음을 차근차근 들여다보니, 가이드북에 실려 있는 소개장을 본 그대로 어떨 거라 머릿속으로 미리 박제해 놓고는 목적지에 당도하면 주관을 살려 나만의 감상을 매만지는 대신 무의식적으로 비교하려 들고 어떻게든 끼워 맞추려 드는 것이었다. 비교 대상이 있으니 실망할 수 밖에. 그러나 상식적으로, 나의 감상과 가이드북의 의견이 똑같을 리 만무하다. 가이드북도 사람이 만든 서적이니 결국 그 사람의 개인적인 의견에 지나지 않기에 절대적 진리가 될 수 없다. 오히려 여행자에게 있어 절대적 진리가 되어야 할 건 여행지라는 현장에 기어코 섰을 때 온몸으로 흡수되는 온갖 느낌이다. 이건 지극히 개인적일 수밖에 없고 그리해야 여행이 개성을 갖는다. 이 논리로 미루어 보면 여행은 내가 기대했던 바와 달랐지만 정상가도를 달리고 있었다. 냉정히 말해 내가 잘못했다. 일상 속에서도 내가 상상도 못하는 고난이 늘 마련되어 있는데, 여행이라고 해서 뭐 다를까. 내가 '저니맨'과 '여행의 기술'을 읽으며 배운 건 여행에 관한 특별한 지식이나 비법보다도 길을 잃고 찾고 감정이 한없이 불편했다가도 환희에 휩싸이지 않으면 여행이 아니라는 등식(等式)이었는데, 곱씹으니 나의 여행도 길을 잃고 찾고 감정이 한없이 불편했다가도 환희에 휩싸이고 있었다. 나름대로 여행 속에서 탐구하고 반성하고 심지어 그들의 여행에선 없었던 것들을 발견하고, 게다가 이해하기 어려웠던 '여행의 기술' 속 기대와 실망 간의 상관관계가 드디어 머리와 마음으로 이해와 공감이 동시에 되었다. 책을 통한 배움이 경험에 의한 깨달음으로 전환되는 순간 그 쾌감이란! 기분이 눅눅했다가 갑자기 상쾌해졌다. 아! 나 여행하고 있는 거 맞구나. 나 잘하고 있구나. 바닥을 뚫어버렸던 자신감이 엉겁결에 치솟았다. 틀려도 괜찮다는 건 얼마나 큰 위안인가. 여행이 암만 과정으로 편입되는 목적지의 연속이어도 궁극적으로 그 마지막은 집일 수밖에 없기에, 즉 몇 번이고 길을 잃어도 그 끝엔 집이 기다리고 있으니까 여행 위 모든 길은 필경 정답으로 향하는 길이다. 그러니 목적지 하나하나에 연연하지 않아도 괜찮았다. 오로지 목적지에만 모든 것을 거는 팔불출은 얼마나 무모한 도박인가, 성공하면 말로 표현할 수 없이 기쁘지만 실패하면 괴롭고. 어차피 닿을 목적지라면 목적지에 빨리 닿아야 할 이유가 없다. '여행의 순간' 작가도 나처럼 생각했을지는 모르겠지만 여행에서 여유로운 태도를 가능케 하는 건 목적지에 대한 미련을 버리는 데 있었다. 손에 힘을 빼면 팔에도 힘이 저절로 빠지는 것처럼 목적지에 닿기까지 세세한 과정에 수반되었던 사사로운 짜증도 더 이상 힘을 발휘하기 어려워졌다. 어쨌거나 결국 또 원점이구나. 그러나 난 내면 속 무언가 확연히 달라졌음을 느꼈다. 그간의 모든 경험들이 헛되지 않을 거야. 경험으로부터 우러나오는 자신감은 쉽게 지지 않는다. 내가 시드니를 떠나기 전까지 할 수 있는 건 오직 나아가는 것뿐이었다. 다시 말하여, 여행을 계속하는 것.

8.

블루 마운틴에 가겠다고 정했을 때 내심 걱정했다. 시드니의 대표 관광지로 손꼽힐 만큼 워낙 유명하다 보니 실제로는 유명무실할까 괜히 의심부터 되었다. 그런데 의심을 애써 뒤로 숨기고 싶을 만큼 그곳이 궁금했다. 그러니까 왜 유명한지보다는 도시 속 자연도 이토록 무성한데 시가지에서 멀리 떨어진 자연의 위상은 얼마나 대단할지 내 눈으로 확인하고 싶었다. 처음엔 관광지로 유명한 곳들은 패키지 여행처럼 관광버스를 대절해야 갈 수 있는 줄 알고 나는 못 가겠구나 했다가 사촌언니의 친구가 혼자서 기차와 버스를 타고 갈 수 있는 방법을 알려줬다. 이 여정의 문제 아닌 문제는 기차와 버스를 왕복 도합 여덟 번 갈아타야 했지만, 뭐 별 수 있나. 확실하게 선호하지 않는 방식보다는 선호 여부를 가늠하기 어려워도 한 번도 안 해본 방식을 택하는 것이 낫다. 간다고 결정했으면 두말없이 그냥 가는 거다. 하지만 여전히 속이 탔다. 언니 집에서 블루 마운틴까지 가는 데만 거의 세 시간 가까이 소요되는 여정이 가뜩이나 긴장되었건만 이 경로를 알려준 언니 친구의 아들을 동행자로 데려가야 해서 심히 부담스럽기도 했다. 버스가 일찍 끊기는 시드니에서 둘 중 하나라도 놓치면 하루가 완전히 틀어져 버릴 텐데, 나보다 어려도 한참 어린 아이를 거느려야 하는 주제에 시드니 와서 내내 길을 잃어버렸던 것처럼 기차라도 놓치면 얼마나 눈치 보게 되고 미안할까. 그러나 결론부터 말하자면, 피곤함은 이루 말할 수 없었지만 집에서 출발해서 귀가할 때까지, 심지어 버스를 놓칠세라 조마조마 졸였던 마음까지도 짜릿한 스릴로 느껴질 정도로 그날 하루를 충분히 즐겼다. 걱정이 무색하리만큼 여행이 순조로웠던 건 아니다. 경로가 워낙 복잡해서 긴장의 끈을 한시도 놓을 수 없었고, 시간과 어린 친구를 끊임없이 신경 써야 했고, 하마터면 기차역으로 가는 막차 버스를 아슬아슬하게 놓칠 뻔했다. 그럼에도 불구하고 그 모든 불안을 뛰어넘는 무언가가 매 순간 있었다. 버스와 기차를 갈아타며 오고 가는 동안 시시각각 바뀌는 바깥 풍경에 눈을 떼지 못하면서 나는 패키지 여행에서는 관광버스의 선팅에 밖을 온전한 색으로 보지 못했다는 걸 알아차린 동시에 요전에 사촌언니 집으로 돌아가는 길 위 버스에서 맛보았던 황홀한 감정을 또 다시 겪으며 목적지에 이르는 과정을 완전히 긍정하게 되었다. 버스와 기차를 갈아타며 짧지 않은 시간을 감내했기 때문에 도시 밖 사람들의 모습, 목가적 풍경, 오래된 기차역, 버스와 기차 안의 모습 전부 감상할 수 있었다. 그 하나하나의 아름다움이 여행만이 줄 수 있는 선물이었다. 여정이 쉽지 않을 수 있음을 수용하니 도리어 고생이 고생이 아닌 것처럼 느껴졌다. 나는 이 여행 전의 경험들이 내 안에 살아 숨쉬는 것 같았다. 그 경험들이 아니었다면 목적지에 당도하려고만 하는 압박감에 또 꼼짝없이 사로잡혔을 것이라 생각하니 아찔했다. 그나저나 가면서 웬 바다를 보았다. 블루 마운틴 대신 바다가 보일 수 없는데 당최 무슨 일인지 도착 전까지 어린 친구와 추리했지만 끝내 알아맞히지 못했다. 바다의 정체는 어리면서 똑똑한 친구가 블루 마운틴 내 시설에 설치된 소개문을 읽고는 알아냈다. 그 바다는 유칼립투스가 내뿜는 공기가 만들어내는 아지랑이였다. 우리는 그 바다 속을 원없이 샅샅이도 파헤치고 다녔다. 웅장하다고 여겼던 자연 속엔 한국에서는 한 번도 보지 못했던 생경한 식물들이 촘촘히 메우고 있었다. 어떤 식물은 세월을 가늠할 수 없을 정도로 거대했고, 어떤 식물은 막 새로 태어난 듯싶었다. 제아무리 번창한 자연도 결국 그 안은 섬세하기 짝이 없었다. 경이로웠다. 그 사이 나는 패키지 여행을 온 한국인 단체 관광객이 도착한 지 한 시간이 조금 넘자 다음 일정을 위해 관광버스를 이동하는 모습을 보았다. 들여다보면 들여다볼수록 신비로움투성이인데 저들은 그저 수박 겉핥기 식으로 훑어 보고만 간 것 같아 안타까웠다. 독립적으로 여행하겠다고 결심했던 나 자신이 더더욱 기특했다. 자립해서 여행했기 때문에 나만의 시선을 유지할 시간을 스스로 충분히 보장할 수 있었다. 또한 처음이어서 염려스러웠던 어린 친구와 단 둘만의 여행도 나에게는 둘도 없는 추억이 되었다. 신경은 적잖이 쓰였지만 전혀 고달프지 않았고 대화 상대로서, 때론 든든한 동행자로서 도움이 많이 되었다. 혹여 심심할까 봐 예의로나마 건넸던 대화는 어느새 나도 진심으로 여기게 되었고 덕분에 어린이가 해외에서 살아가는 게 마냥 녹록할 수 없다는 사실을 처음 느낄 수 있었다. 게다가 익숙하지 않은 공간과 언어 속에서 어리숙할 수밖에 없었던 나 자신이 연상되어 생면부지의 중국인들을 사진을 찍어 달라는 부탁을 시작으로 이러저러한 연유로 어찌어찌 도와주다가 까딱하면 놓칠 뻔했던 기차에 함께 겨우 올라타면서 이 여행은 심지어 유쾌하기까지 했다. 하나의 여행 속에 여러 성질의 여행이 포개어 있다는 걸 그날 처음 눈치챘다. 그날 집에 와서 잠들기 전 언니 친구가 자기 아들이 덕분에 정말로 재밌게 놀다 왔다며 고맙다는 문자를 보낸 걸 확인했다. 나야말로 고마웠다. 뭉클했다. 그리고 순간 내가 그리 나쁘지 않은 어엿한 여행자처럼 느껴졌다. 급박하게 솟아난 것만 같았던 자신감이 아직 그대로이며 여행자로서 한 발짝 더 나아갔다고 절실하게 믿고 싶었다. 왜냐하면 어느 때보다도 이번만큼은 관광지로 여겨지는 공간에서 으레 행할 법하고 또 관습적인 도착-얼마 간 구경-사진 촬영-이동으로 이어지는 여행 방식에서 한껏 벗어나 자유롭게 기존 공간 본연의 모습을 속속들이 들여다보며 존중-인정-질문-각성의 단계를 거쳐 비로소 여행지로 오롯이 인식하는 여행자였기 때문이었다. 여행에 있어 거부할 수 없는 매력은 나도 모르게 머릿속에 굳혀진 책, 가이드북, 혹은 기타 여행 관련 매체의 기성적 사진과 설명 및 상투적 평가를 내가 찍은 사진과 나의 온전한 감상으로 치환해버리는 데 있었다. 누가 뭐래도 내가 가고 싶으면 그곳이 기존에 관광지로, '핫플레이스'로 알려졌든 상관없이 그냥 내가 직접 가서 어떤 곳인지 확인하면 그만이다.

9.

나를 기준으로 두니까 잘 보였다, 내가 발걸음을 디딜 곳들이. 나는 목적지에 대해 더는 크게 고민하지 않았다. '갈 만한 곳', '핫플레이스'와 같은 꾸밈말이 붙은 명사나 '반드시 가야하는 곳 Top100'과 같은 줄 세우기 대신 국립공원, 유적지, 바다, 박물관, 미술관, 벼룩시장처럼 구체적 장소 명사를 행보의 척도로 여겼다. 가이드북에도 더 이상 얽매이지 않았다. 가이드북의 현지에 대한 의견을 존중하되 의존하지 않고 현지에 대한 안내를 참고했다. 여행 TV 프로그램, 블로그, 기타 여행 관련 매체와 '여행의 순간'의 단골 소재여서 궁금했던 벼룩시장에 가기로 결정한 것을 예로 들자면, 가이드북에서 어떤 벼룩시장이 어떤 요일에 어떤 곳에서 진행되는지 찾은 다음 지도를 참작해서 그 주변 지리를 최대한 머리에 담았다. 즉, 욕심 부리지 않고 꼭 보고 싶은 목적지 두 곳을 위주로 동선을 짠 다음 지도로 그 주변에 어떤 곳들이 있는지 미리 파악해서 여행길에 올랐을 때 목적지에 늦게 도착할지언정 주위를 찬찬히 둘러보는 시간을 늘렸다. 그 두 곳을 어떤 식으로 정했느냐 하면, 한 곳은 여행 관련 책과 매체를 참고해 관점을 성장시킬 수 있는 곳으로, 나머지 한 곳은 취향을 기준으로 지정했다. 벼룩시장의 경우,

여행 책이나 매체에서 보기 전까지 그 존재조차 아예 몰랐는데 어떤 물건이나 음식을 파는지 관찰하면서 현지인들의 삶을 엿볼 수 있다는 그들의 주장에 내가 배울 점이 많겠다는 생각이 들었다. 취향을 기준으로 한다는 건, 내가 평소에 좋아하는 걸 중점에 두고 갈 곳을 검토한다는 의미다. 미술관, 서점, 유적지, 박물관, 의상점은 나의 관심사가 있는 장소들이다. 그 외 여행의 빈칸들은 카페, 아이스크림 가게, 베이커리, 레코드숍, 영화관, 공원, 해변, 그리고 마트까지 길을 걷다가 눈에 들어오는 것들로 구석구석 채웠다. 들어갈 수 있는 곳들은 들어가고, 남성 이발소(barbershop)처럼 들어가기 난처한 곳들은 바깥에 서서 들여다보는 것이다. 특정한 곳이 목적지가 되는 것이 일반적이겠지만, 내 시선이 닿는 곳 모두 목적지로 삼으니 여행이 풍성해졌다. 무명의 공간들조차 목적지가 되는 여행에 겨우 이를 수 있었던 데에는 또 하나의 여행이 덧대어 있다. 바로 사촌언니, 언니의 가족과 친구분들, 그 친구분들의 가족과 함께 보냈던 시드니에서의 일상생활이다.

10.

내가 혼자 여행을 몹시도 염원했던 걸 차치하더라도 두 달 가까운 기간 매일 혼자 여행 다닐 수는 없는 노릇이니 언니의 일상에 동행하여 언니의 가족이나 친구분들과 함께 많은 나날을 보냈다. 처음엔 여행이 여행답지 못하다고 생각했다.

난 분명 여행을 왔는데 여행의 시간은 이민자이자 현지인들의 생활 공간과 일상에 쓰이기 일쑤였다. 따라서 어딜 가도 여행자는 나 혼자였다. 언니와 같이 조카를 미술학원에 데려다주고, 언니의 친구들과 함께 하는 식사자리는 잦았고, 한인 마트에서 장을 보고 한식을 주식으로 먹는 게 다반사였다. 어색했고, 불편했고, 이해할 수 없었다. 그런 방식으로 내가 발자국을 찍는 곳들은 여행자나 관광객을 위해 마련된 공간이 아니라 내가 기존에 살아왔던 곳이 그랬듯이 아니, 사람 사는 곳이 응당 그렇듯이 마냥 곱상하기는 쉽지 않은 살림과 생계의 손때가 묻어나는 평범한 곳이었다. 내가 생각했던 여행은 이런 게 아니었다. 나는 자꾸만 실망을 했다. 마치 태어난 김에 사는 것처럼 마침 시드니라는 곳에 가게 된 김에 지내 듯이 시드니 생활에 우호적인 감정을 곧잘 붙이지 못하다가 어느 날을 변곡점으로 내가 시드니에서 보내는 시간 전부가 여행이라고 확실하게 못 박게 되었다. 그날, 여느 때처럼 언니네와 언니 친구들의 가족이 삼삼오오 모여 저녁을 먹은 후 그 동네를 구경하러 바깥으로 나갔다. 그 무렵, 언니가 들려주는 이런저런 동네 설명에 귀를 기울이며 어떤 동네를 가든 자세히 관찰하기를 시도하던 차였다. 조용한 동네의 적막을 이따금씩 깨는 건 노을이 적시는 마을을 조금이라도 더 사진으로 담으려는 나의 아이폰 카메라 소리였다. 내가 갔던 동네 모두 개성이 겹치지 않았고, 그 동네에도 마찬가지로 어디에서도 볼 수 없었던 생소한 미(美)가 있었다. 해가 어떻게 저렇게 질 수 있고 보랗게 지는 해와 마을이 어쩜 이토록 어울릴 수 있을까 감탄하며, 나도 모르게 한탄스러운 어조로 나지막이 혼잣말을 토해냈다. 매체(미디어)가 담지 못하는 세계가 너무나 많구나. 그 혼잣말을 계기로 오래 전 날 찾아왔지만 외부의 소음에 의해 기를 펴지 못했던 마음의 소리에 다시금 귀를 기울였다. 여행은 평면적인 구경이 되어선 안 된다. 여행자의 임무는 표면이 아닌 내면 속 참된 값어치를 주체적으로 찾는 것이다. 영화 '월터의 상상은 현실이 된다(The Secret Life of Walter Mitty)' 속 대사를 잠시 빌리자면, 아름다움은 관심을 바라지 않기 때문이다("Beautiful things don't ask for attention"*). 그렇게 나는 자줏빛 노을이 찬찬히 녹아드는 마을의 한복판에서 일정 공간이 아닌 생활이란 관념 속에서도 여행자가 되기로 다짐했다. 수면 아래 보물을 찾아내는 건 흡사 고국과 이국 생활이라는 두 얼개 속 '다른' 그림 찾기 같았던 눈에 확연히 띄는 점들, 예를 들어 아직도 열쇠를 사용한다는 점, 12세 이하의 아이를 혼자 집이나 차 안에 두면 절대 안 된다는 점, 신호 정지선을 꼭 지킨다는 점을 단순히 인식하는 것과는 차원이 확실히 달랐다. 물론 마음가짐 하나 달리 먹는다고 하루아침에 사람이 달라질 수는 없는 노릇이었다. 그래도 의

*감독 벤 스틸러(Ben Stiller). 영화 *월터의 상상은 현실이 된다(The Secret Life of Walter Mitty)*. 제작 Samuel Goldwyn Films, Red Hour Productions, New Line Cinema, TSG Entertainment, Big Screen Productions, Down Productions, Ingenious Media. 2013

미 있게 보낼 수 있었지만 희망사항과 다르다고 무의미로 퉁쳐 버린 나날들이 아까워서라도 남은 날들은 성심성의를 다해 보물을 발굴하고 싶었다. 그래서 반복되었던 생활을 그대로 되풀이하기를 그치고, 달리 살아 보기 위해 애써 호기심을 가지려고 노력했다. 언니와 같이 조카를 미술 학원에 데려다주며 그 상가 건물 안에 해외 거주 한국인들이 어떤 사업체를 운영하는지 살폈고, 언니의 친구분들과 함께 하는 식사자리에서 대화를 고이 들으며 해외에서 아이를 키우는 어머니의 노고를 발견했고, 타국에서 모국의 음식을 해 먹는다는 게 얼마나 큰 위안일지 조심스레 헤아렸다. 사소한 행동이 사소한 의미를 형성한다고 생각했는데 사소한 의미가 사소한 행동을 낳는 모습이 차츰 눈에 보였다. 그러한 사소한 일상과 휴식이 이루어지는 공간은, 꼭 한국의 일반 식당을 그대로 옮겨 놓은 듯한 한인 식당부터 분명 산골짜기로 들어가는 길을 탄 것 같았는데 막상 도착한 곳은 부호들의 요트가 모여 있는 한적한 강가까지, 주거지가 시드니라는 공통점을 지닌 사람들이 찾는 곳들이었다. 즉, 표면을 생성했던 건 이면이었고, 이면이 이루는 표면은 삶의 현장이었다. 시드니 사람들 삶의 안팎이 구성되는 원리를 제대로 인식하니 세간에 인습적으로 떠도는 여행에 관한 고정관념을 타파하는 사고의 전환이 일어났다. 사람들이 즐겨 말하는 '반드시 가야할 곳'이라든지 '맛집'이나 '핫플레이스'가 나에게 매력을 완전히 잃어버린 배경이 바로 여기 있다. 일례로, 어느 날 어느 벼룩시장에 갔다가 점심을 때울 마땅한 곳을 육안으로 찾지 못해 구글맵으로 검색해 '맛집'이라고 소개된 한 팬케이크 식당을 찾았다. 때마침 바로 근처여서 주저없이 갔다. 식당 바깥까지 길게 늘어선 줄엔 사람을 안심시키는 구석이 있었다. 실제로도 사람들이 많이 찾는 식당이면 인터넷상뿐만 아니라 현실에서도 맛있는 식당이라 공인된 것처럼 보였기 때문이다. 그런데 팬케이크가 주력 메뉴인 식당에서 팬케이크 맛은 그저 그랬다. 나만 이런 맛인 건가 주변 반응을 살피려고 소심하게 두리번거렸으나 사람 표정을 읽는 건 여간 쉬운 일이 아니었다. 평소 같으면 그냥 군말없이 먹었을 맛이었는데, 괜히 '맛집' 타이틀이니 대기 줄이니 그럴싸한 것들에 홀려 도대체 뭐가 특별한 거냐고 속으로 어지간히도 툴툴거렸다. 하루의 여행을 마치고 집으로 돌아가면 언니에게 오늘 하루 어디를 갔고 뭘 했는지 얘기하곤 했는데 그 팬케이크집에 대해 말하니까 놀랍게도 언니도 거기가 맛없다는 데 동감하더랬다. 더 놀라운 건 언니의 친구들도 이구동성으로 그 팬케이크집이 맛없다고 동의하였다. 그중 한 분이 덧붙인 소견: "거긴 유명한데 맛은 없어." '유명하면 맛있다'는 명제가 노상 참은 아니라고 산산이 부서져서 나는 '맛있는 식당'에 대한 인식을 다시 세워야 했다. 시드니 생활 여행에서는 언니와 언니 친구들과 함께하니 내가 애쓰지 않아도 맛있는 식당에 갈 수 있었고, 비록 처음 접해봐서 맛이 낯설었을지라도 맛있었다. 식당에 가면 우리만 동양인인 적도 있었고 서양인과 섞여 있기도 했다. 허름한 식당에 가기도 했고 고급 호텔 뷔페에 간 적도 있다. 유명세 같은 건 신경 쓰이지도 않았다. 난 자연스레 내가 먹을 음식이 맛있을 거라는 걸 알았기 때문이다. 음식의 맛을 보장해주는 건 언니와 언니 친구들이 내가 시드니에 오기 한참 전부터 다녔을 식당에서의 식사 경험이었다. 물론 간혹 다 같이 맛없다고 느끼는 경우도 있었는데 그럴 땐 언니와 언니 친구들은 이렇게 입을 모아 말하곤 했다: "여기 원래 맛있는데 왜 오늘은 맛이 없지?" 혹은 "왜 저번이랑 맛이 다르지?" 경험이 있는 분들이 경험을 담보로 보장하는 식당을 자꾸 가니 난 내가 알 수 없는 익명의 누군가나 심지어 나와 아무런 관점상, 취향상 접점도 없는 유명인이 추천한 식당을 신뢰해도 괜찮을지 확신이 서지 않게 되었다. 결론은, 내가 가려는 식당이 맛있을지 없을지 아무도 모른다. 제아무리 현지인이라도, 단골이라도 그날 식당 음식 맛은 그날의 날씨처럼 알 수 없다. 하지만 어쩌면 사람마다 입맛은 다 다르다는 게 더 결론적인 결론일 수 있겠다. 설령 맛이 일정한 식당도 공교롭게 어떤 이유로도 내가 간 날만큼은 맛이 없을 수도 있고, 한 식당이 '맛집' 타이틀을 달게 된 데 전문가 100명의 평가가 있었다고 해도 그 전문가들의 입맛에 내가 동의하지 않을 수 있는 것이다. 게다가 만약 우연찮게 첫 번째부터 100번째 사람까지 맛있다고 판단해도 그 뒤 101번째부터 아무도 맛있다고 판단하지 않는 식당에게 '맛집' 타이틀이 임명되는 인과 과정은 과연 어떻게 설명되어야 할까. 아니, 무엇보다도 100명의 의견을 존중해 그 식당을 '맛집'이라 불러야 할까, 101번째 사람부터 일정 차례의 사람까지의 의견을 존중해 '맛집'이라 부르지 말아야 하나. 이 추리 과정에서 난 여행자가 충분히 품을 수 있는 욕심이 보였다. 바로, 돈과 시간을 투자한 만큼 내 발걸음이 당도한 곳이 내가 원하는 만큼 보답해줬으면 하는 욕심 혹은 욕구다. 이것도 여행 목적지에 있어 기대와 실망 사이의 상관관계가 적용되는 용례나 마찬가지였다. 또 한 번, 목적지를 결국 어디로 삼을 거냐는 논제로 귀결했다. 하지만 이번엔 시드니 일상 여행 덕분에 논제 자체를 아예 이해하게 되었다. 즉, '목적지를 어디로 삼아야 하는가'라는 논제 자체보다도 논제의 하위 개념을 우선 파악해야 했다. 첫째로, '무얼' 기준으로 목적지를 정할 것이냐. 난 사람이 됐든 매체가 됐든 간에 그들이 공들여 작성한 여행지에 관한 정보를 무시할 생각이 없다. 세상엔 아직 '쇼윈도'되지 않은 아름다움이 많다는 선험을 터득했을뿐더러 실생활과 현지가 앞서거니 뒤서거니 조력하는 시드니 일상을 여행하니 그들의 언어가 제대로 들렸다. 바로, '꼭 가야 합니다'가 아니라 '가도 괜찮다고 생각합니다'이다. 그리하여 난 매체를 의존 대상이 아니라 참고 대상으로 인정함에 따라 매체가 가리킨 곳을 내가 좋아할까 기대하느라 안달난 마음이 지닌 체력을 온통 나의 직감에 쏟게 되었다. 웃자고 하는 소리지만, 모로코에 가도 길 한가운데 서서 구글에 '모로코 맛집'을 검색할 수 없는 노릇 아닌가. 아프리카에 가도, 파추픽추에 가도 '맛집' 검색할 건가? 그러므로 여행자에게 필요한 능력은 목적지를 알아볼 눈썰미와 같은 직감이며, 난 일상 여행에서 언니가 날 데려가는 식당에 들어서기 전 식당의 외양, 분위기, 그 안 손님들을 관찰한 바를 음식의 맛 정도와 연결시켜 나만의 맛집을 발견하는 법을 연습해 혼자 여행에서 실천했다. 그리고 이어서 둘째는 '어떠한 기준으로 정한 목적지에 실제로 당도했을 때 나의 목적에 부합하는가'보다도 '어떠한 기준으로 정한 목적지에 실제로 당도했을 때 맞이할 감정을 여행자 본인이 책임질 수 있는가'이다. 즉 사람이든 매체든 추천이나 직감으로 선택한 곳이 나의 마음에 들면 그보다 더한 다행은 없겠지만, 그렇지 않다면 나의 선택과 그에 따른 마음을 어찌 감당할 수 있을까. 목적지에 도착해서 중요한 것은 그곳에 도착했을 때의 여행자 본인을 책임지는 것이다. 여행에선 좋은 기분만 느낄 수 없다는 의미다. 그래서, 나는 행복했나.

11.

나에게 있어 행복이란 기분이 좋다는 뜻이 아니다. 나에게 있어 행복이란 삶을 즐기고, 웃을 권리를 보장받고, 좌절을 겪어도 다시 거뜬히 일어서는 행동에 가깝다. 그런 의미에서, 여행이 여행답지 못하다고 생각했다, 내가 하도 웃질 않아서. 나는 이 시드니 여행에서 나의 바닥을 봤다. 나도 몰랐던 내가 시시각각 불쑥불쑥 튀어나와 곤혹스러웠다. 그건 여행을 오지 않았다면 전혀 인지할 수 없었던 나였다. 언니네와 해변에 놀러갈 때마다 어릴 적 엄마, 아빠와 지금은 정확히 어디인지 기억도 못할 곳으로 떠났던 나들이가 기억의 수면 위로 떠올랐다. 형부가 조카들에게 화려한 솜씨로 밥을 차려주는 모습을 볼 때마다 젊은 아빠가 소풍날 김밥을 싸 주면 친구들에게 자랑하느라 도시락통을 가장 마지막으로 비웠던 게 생각났다. 언니와 합심해서 집안일을 할 때면 홀로 방을 닦고 설거지를 하면서 아이인 내가 종알종알 떠드는 말에 대꾸해주는 젊은 엄마가 기억났다. 그건 노스탤지어가 아니었다. 결핍이었다. 언니네와 친구들, 지인들 일상에서도 나는 매번 본연을 상실한 나를 보았다. 언니와 언니 친구들의 끈끈한 사이에서 제대로 된 관계 맺기에 실패하고 우정 쌓기에 부담을 느끼는 나를 보았다. 언니와 언니 친구들의 아이들이나 그곳에서 만난 유학생으로부터 환경 조건으로 진로가 번번이 좌절되어 기존의 환경에 억지로 적응하기 위해 버둥거리는 나를 보았다. 그런 내가 가족들끼리 행복한 모습, 친구들끼리 행복한 모습, 본인이 속한 환경에 잘 적응해 행복한 모습 앞에 어쩔 줄 몰라 한다는 건 알고 있었다. 그 모습을 앞에 두고 어떻게 반응해야 할지 모르는 나 자신이 그때그때 바로 고스란히 느껴져서 틈만 나면 움츠러드는 스스로를 무시할래야 무시할 수가 없었다. 그런데 그뿐이면 그나마 내가 덜 비참했을 것 같은데 내가 모르는 부분이 있었다. 그때마다 표정이 굳거나 웃지 않고 싸늘하고 뻣뻣하게 군다는 건 미처 몰랐다. 그런 나 때문에 언니가 불편했던 적이 있다는 걸 알게 됐을 때는 미안한 마음과 어찌 할 줄 모르는 마음이 서로 교차해 억장이 무너져 내리는 줄 알았다. 나는 존재 자체로 완벽하게 불편하고 거북하구나. 그러한 사소한 순간들이 쉬지 않고 시드니에서의 시간을 채우니 돌아버릴 것 같았다. 나에게 사소함이란 세게 한 방 맞은 뒤 파동처럼 몰려오는 잔통증이다. 그래서 남들에게 별것 아닐지라도 내게 사소함은 너무 사소해서 오히려 숨 쉴 여유없이 더 아팠다. 녹다운된 지 오래였지만, 몇 번이고 몸을 일으키고 싶어도 사소한 통증이 몰려오는 통에 그러질 못해 빈번히 서러웠다. 시드니에서의 약속된 시간이 다 되어갈수록 홀로 여행은 처음보다 수월해지는데 나의 마음은 내 속도 모르고 평소에 외면당해 외면해온 것들인 사랑, 우정, 안정을 툭하면 잘도 찾아냈고 난 속수무책으로 무너져 내릴 수밖에 없었다. 그러므로 난 시드니 일상 여행에서 행복하지 않았다. 아니, 행복할 수 없었다. 즐기지 못했고, 웃지 못했고, 극복하지 못했다. 시드니 혼자 여행에서 맛보는 성취감도 날 구원하지 못했다. 그러나 분명히 하건대, 절대로 불행하지 않았다.

12.

왜냐하면 여행다운 여행이라는 것도 다 주입된 선입견에 불과했고, 그런 건 애초에 있을 수 때문이었다. 여행자가 여행자를 위한 공간에 있으면 여행자 그 이상 그 이하도 될 수 없었는데 여행자가 현지인의 생활에 들어가니 여행자인 동시에 이방인까지 되었다. 이방인의 존재를 결정짓는 기준은 '낯선' 공간이 아니라 이방인이 아닌 자에게 '익숙한' 공간이기에 이방인은 정확히 말해 '익숙한' 공간에 들어선 '낯선' 존재다. 그 이방인은 여행을 통해 현지인에게 '익숙한' 공간에 들어서고, 그 여행의 표면은 여행의 이면인 삶이 만드는 형상이다. 여행자이기도 한 이방인은 삶 자체를 '낯선' 존재로서 여행하는 격이다. 그리하여 나는 시드니 일상을 여행하며 사람은 언제나 웃을 수는 없다는 걸 받아들였다. 여행자가 여행자 아니, 사실상 관광객을 위해 특별히 마련된 공간만 가게 되면 예쁘장하게 포장된 외양만 보게 된다. 본래 목적 대신 관광이란 명목으로 주목을 받는 건축물과 왠지 그 나라, 그 도시의 관광처의 의도가 뻔히 보이는 자본의 힘으로 조성된 관광지, 10년 뒤에도 똑같은 모습일 것 같은 관광 상품, 관광객이라면 도가 텄다는 듯한 장사꾼들에게도 미덕이 필경 있겠지만서두 그 하나하나가 그곳에 처음 온 사람들을 그저 관광객으로만 그치게 하는지 아니면 여행자가 되게끔 하는지 확신이 서지 않는다. 이를 테면 이런 거다. 열아홉 살 때 갔던 일본 연수에선 도쿄와 나라의 유명하다는 관광 명소는 웬만큼 갔는데, 당시 나의 시선은 관광 명소와 실제 현지인들 공간의 분리를 포착했다. 스카이트리에 올라가서는 높고 먼 곳에서 도쿄를 한눈에 조망하며 속으로 결국 가까이 다가가지 않으면 이게 무슨 소용이람 궁시렁댔고, 개인적으로 두 번째로 가는 것이었던 아사쿠사에선 다들 센소지와 그 주변 상권을 즐거이 구경하는 한편 난 어떻게든 관광지의 전형에서 벗어날 궁리를 하다가 길이라도 잃으면 골치겠다 싶어 얄짤없이 관광 무리에 합류하기도 했다. 관광산업이 그 지역 사람들의 생계 수단에 좋은 영향을 끼친다면 다행스럽다. 하지만 그 지역도 결국 관광지이기 이전에 사람 사는 곳인 건 매한가지인데, 다만 현지인들도 그 관광 구역을 일상적으로 드나들어 관광 상품을 일상적으로 구매하는지, 아니면 관광객만 일방적으로 방문하는지, 아니면 기념품 개념으로 그 상품을 사 가긴 하는지 알 재간이 없긴 하다. 나는 '관광'이란 이름 아래 이루어지는 모든 것에서 본래 그곳을 살아오고 있는 현지인들의 일상과 삶의 본질이 숨쉬고 있나 들추기를 멈추고 싶지 않다. 현지인의 삶을 구경거리로 삼자는 요지가 아니다. 나는 다만 가이드북이나 매체에 잘 알려지지 않아 관광객이 곧잘 보이지 않는 국립공원, 바닷가, 리조트, 그리고 너절한 곳부터 호화스러운 곳까지 다양한 외양을 갖췄지만 내실은 인간의 삶이 공고히 진행되는 동네에서 시드니 생활을 보내며 우리 안의 관습적 여행법, 바로 관광법이 도리어 얼마나 굳건한지 느꼈고, 예쁘장하고 그럴듯한 것만 간단히 누리려는 관광법을 조금은 애써 경계해야 할 필요가 있음을 동시에 깨달은 바다. 여행의 중반기에 다다를 때까지 인간의 생애와 사람들의 생활상이 눈에 뻔히 보이는 걸 온 힘을 다해 무시하고 싶었다. 다른 사람들은 어떨지 몰라도 난 인간사 희로애락과 먹고 할일하고 자는 일과가 항상 지긋지긋했다. 삶의 '모짊'이란 속성에 진절머리가 나서 산다는 걸 곱게 쳐다본 적 없었다. 사람들이 으레 로또 당첨을 바라는 것처럼 내 삶에서 날 꺼내 줄 기적 같은 이벤트를 언제나 학수고대했고, 언니의 초대로 여행 기회를 맞게 되자 기적을 앉아서 기다리느니 여행 가서 내가 직접 마주치거나 찾는 게 더 빠르다 여겼다. 그런데 한국에서 멀리 떨어진 곳까지 와서 비단 언니네 가족뿐만 아니라 그곳에서 만난 모든 사람들의 일상을 보고 듣는 것만으로도 모자라 함께 보내기까지 하니 내가 평소에 극도로 싫어하는 삶이 어떤 이유로든 삶의 주인공에게 솔직해질 수 있는 면모까지 가감없이 보고 듣고 겪게 되었다. 야심, 모멸감, 희열, 애틋함, 애잔함, 노여움, 설움, 절망감, 감격, 공허함, 보람, 수심, 안심, 무기력감, 의욕, 이 변화무쌍한 감정들을 그들과 직간접적으로 관계를 맺으니 나도 끝내 느끼고 말았다. 여행지도 결국은, 사람 사는 곳이었다. 먹고 할일 하고 자는 건 어딜 가나 똑같았고 그 속에서 희로애락은 생생히 살아 있었다. 모두에게 사정이 있었고 이야기가 있었다. 누구든 쉽게 친절했고, 고민했고, 의기양양했고, 알량했으며, 일상과 대화, 관계, 크고 작은 사건과 소동, 그리고 꿈 앞에서 울고 웃었다. 그러므로 그들의 삶이 보내지는 곳들이 아름다웠다. 거대한 역사와 자본이 아니라 평범한 이들이 자신의 삶을 다지고 쌓고 들어올려 지켜내는 이야기들이 얽히고 설켜 숨쉬었다. 이토록 아름다운 인간이어서 내가 여행한 일상의 장소들이 몹시도 아름다울 수 있었던 것이다. 그 아름다움을 느끼자 같은 장소와 관계가 되풀이되기만 했던 일상이 얼린 나 자신과 내 삶이 녹아내렸고, 난 있는 그대로를 마침내 마주할 수 있었다. 그렇게 나는 여행 중 끊임없이 나를 보았다. 나는 혼자였다. 누군가와 함께였어도 그로부터 나를 발견했기에 결국에는 늘 혼자였다. 누군가에게서 꿈만이 날 구원해줄 거라 믿었던 나를, 다른 누군가에게서 엄마와 아빠가 전부였던 유년 시절의 나를, 또 다른 누군가에게서 먹고사는 문제에서 헤어나오질 못하는 나를 보았다. 또 누군가와 함께였어도 그들의 행복은 내가 누린 지 오래였기에 함께 할 수 없어 혼자일 수밖에 없었다. 언니와 언니 친구들의 화기애애한 대화에서도, 이웃 간의 저녁 식사 자리에서도, 가족이 가족끼리 단란하게 보내는 매 순간의 어디에서도 나를 보지 못했다. 여행을 떠나니 내가 어떤 사람이었고, 어떤 사람인지 비로소 나타났고 그 모습은 꽤 실망스러웠다. 어딜 가서 뭘 해도 엉망인 내면으로 즐기지 못했고, 웃지 못했고, 극복하지 못했다. 그 '어디'와 '무엇'이 상상도 못했던 특수한 것이 아니라 사람의 결이라면 마땅히 머물러줘야 할 사소한 기쁨이라서 너무 서글펐다. 혼자 여행이어서 이 감정들 모두 홀로 책임져야 했다. 분노, 슬픔, 허무, 외로움이 담긴 감정들을 누구에게도 털어놓지 않고 오로지 스스로 감당해내며 예상치 못하게 발견한 것은 어느새 나 자신에게 솔직해지고 있다는 점이었다. 시드니에 오기 전 난 학교와 집, 부모님과 사람들간의 인간관계, 원하지 않은 환경 속 공부에 대한 노력과 도피의 뫼비우스의 띠에 갇혀 단 한 번도 나의 감정을 세심하게 짚어낸 적이 없었다. 그런데 여행은 삶의 굴레를 들어내줬고 낯선 환경과 타인의 삶을 통해 인간의 삶이라면 마땅히 만끽해야 할 것들이 무엇인지 깨닫도록 했다. 더 나아가, 용기가 내 안에 있음을 확인시켜 주었다. 내가 여행간 곳의 모두에게 사정과 이야기가 있었다. 그래서 그들은 때론 치사했고 때론 절박했고 때론 정다웠다. 혹은, 그럼에도 불구하고 그들은 때론 치사했고 때론 절박했고 때론 정다웠다. 더러는, 그렇기 때문에 그들은 때론 치사했고 때론 절박했고 때론 정다웠다. 다들 먹고사는 일과를 부단히 해내며 주관과 신념, 꿈으로 자신만의 삶의 양식을 이루고 있었다. 일례로, 조카 아이가 다니는 미술 학원이 있는 동네는 마치 시드니의 한인타운 같았다. 한국을 벗어나고 싶어 호주에 온 건데 그 동네에 가는 횟수가 은근히 잦았으니 호주에서도 한국과 아주 밀접하게 산 셈이다. 건물은 근대식 서양풍에 속하는데 간판엔 한국어가 써 있고 그 안엔 (마트보다는) 큰 슈퍼, 칼국수 식당, 정육점, (베이커리보다는) 빵집이 있는 친숙한 분위기의 상가가 들어서 있었다. 뒤돌면 외국인이 아닌 한국인이 있었다. 왜 외국에서 고국의 끈을 놓지 못하는 걸까 궁금했다. 그런데 그 답은 모르겠어도 감탄이 나왔다. 사는 건 정말로 숭고한 거구나. 나로선 전혀 헤아릴 수조차 없는 노고가 담겨있을 테지. 남의 맨땅에서 이만큼 작은 한국으로 쌓아 올릴 때까지 얼마나 많은 사람들의 시간이 담겨있을까. 그곳은 그곳을 살아온 사람들의 삶 자체고 의지였다. 계획대로 안 되는 세상과 다름을 쉬이 용납하지 않는 세계 속 시드니에 정착한 이들의 땀과 손길이 한결같이 이어져 세워진 결실이었다. 그건 어떤 마음이었으려나. 한국을 잊지 않으려는 마음? 한국인의 정체성을 유지하려는 마음? 감정이 하나가 아니듯이 그 마음도 하나가 아닐 것이다. 다만 분명한 건 시드니 땅에 한국이 있다는 것, 그 노력을 내가 감히 어찌 가늠할까. 나에겐 그곳이 아니, 시드니에 사는 한국인의 집과 동네, 김장과 떡국, 늦은 밤 심각한 대화와 가족을 이룬 친구들끼리의 새해전야 모임, 즉 그들의 삶이 숨을 불어넣는 모든 것들이 '오페라 하우스'

고, ‘본다이 비치’고, ‘블루 마운틴’이다. 이러니 사람들의 삶이 우선이지 않은 곳들은 재미가 없어졌다. 난 적나라한 것까지 기어코 안으려고 하는 사람인 것이다. 맞다, 난 시드니에서 행복하지 못했다. 다시 한번 말하지만, 즐기지 못했고 웃지 못했고 좌절을 극복하지 못했다. 누군가 상처를 건드리기만 하면, 하물며 나조차도 무의식적으로 상처를 누르면 눈물만 울컥 쏟아내거나 어디서부터 뭘 말해야 할지 몰라 입을 앙 다물어버렸다. 그런데 나에게도 그들처럼 사정이 있고 이야기가 있다. 누구에게나 그러하듯이 나에게도 말이다. 이런 나에게 언니와 언니 친구들, 그리고 그 가족들의 시드니 일상은 ‘그래서, 그럼에도 불구하고, 혹은 그렇기 때문에 살아낼 수 있다’고 토닥이는 따스한 손길이었다. 그래, 일단 살아보는 거야. 사람은 원래 이렇다는 거잖아. 그로써 시드니 여행은 날 불편하게 만드는 부정적 감정을 포용하게 만든 계기가 되었다. 수용하게 됐다고 해서 회복한 건 아니었다. 그래도 내 눈엔 먹고사는 평범함 말고도 다른 무언가도 보였기에 견뎠다. 간혹 평범함이 지겹다고 여길 무렵 나를 찾아와 잠깐이나마 반짝거렸던 행복이다. 둘째 조카 아기가 내 품 안에서 잠들면, 언니랑 언니 친구와 같이 밤하늘 별을 바라보며 10년 전엔 상상조차 못했다고 얘기하면서, 노느라 고단했던 잠든 아이들을 차에 태우고 언니와 형부와 소곤소곤 대화하는 걸 들으며 집으로 돌아가면 행복의 불씨가 아예 꺼진

게 아니었다고 느꼈다. 이는 곧 내가 시드니 여행을 불행하지 않다고 결정한 이유다. 먹고 할일 하고 자기를 반복하는 사람 한 명 한 명이 특별한 이유는 각자 주관, 신념, 심지어 꿈을 놓지 않고 본인만의 삶의 양식을 만드는 용기가 있기 때문이라고 내 눈으로 똑똑히 목격한 것 또한 위안이었다. 난 그 누구의 삶도 상상하지 못했다. 이따금 직접 어떻게 이곳에 정착하게 되었는지 혹은 스쳐가게 되었는지 질문했지만 인간의 삶이란 과연 예측 가능한 성질의 것이 아니었다. 비자가 만료되었는데도 어찌어찌 살아가는 사람, 남편이 프로포즈하지 않았다면 여기 살지 않았을 거라 농담을 하는 사람, 만나서 반갑지만 다시 만나는 것에 부담 갖지 말자며 호화선에서 신나게 춤췄던 휴가를 들려주는 사람 모두 자신만의 방식으로 삶을 개척하고 있었다. 그 모두의 삶이 나도 지금까지와는 다른 방식으로 살아갈 수 있다며 용기내라고 말해주는 것 같았다. 지금과는 다른 삶이 있다고 넘어져 있던 내 손을 잡아 일으켜주는 느낌이었다. 내가 그들의 삶을 상상하지 못하듯 나도 내 삶을 상상하지 않아도 괜찮을까 살면서 처음으로 믿고 싶어졌다. 한 가지는 확실히 믿게 되었다, 시드니 여행은 내가 날 온전히 사랑할 수 있게 된 여행의 첫 걸음이다.

13.

어차피 출국 스물네 시간 전은 준비하느라 정신없을 테니 그 전날에 마지막으로 가고 싶은 곳이 어디냐는 언니의 질문엔 나는 주저없이 오페라 하우스라고 답했다. 언니는 아주 오랜만에 큰 아이는 물론 작은 아이까지 형부에게 맡기고 게다가 차까지 놓고 나와 전철을 탔다. 시드니 도심을 걷는 것도 오랜만인 언니가 길을 헷갈려 하자 내가 이젠 지도도 안 보고 오페라 하우스를 갈 수 있다며 언니를 안내했다. 사실 처음 오페라 하우스를 간 뒤로 두 번째였지만 그 주변을 하도 헤매서 오히려 지리를 몸소 익히게 되어 오페라 하우스 위치를 알고 있었다. 길을 헤매기를 그토록 질색했는데 끝내 이렇게 도움될 줄 누가 알았겠는가. 기분이 이상했다. 이상한 기분을 품은 채로 언니와 오페라 하우스 앞에 당도하니 그만 울컥해지고 말았다. 순전히 처음 갔던 곳이라든지 가장 좋았던 곳을 다시 가고 싶었다든지 그런 것이 아니었다. 나는 내가 보고 싶었던 것이다. 처음에도 오페라 하우스를 보게 되어서 반갑고 안도했기보다는 오랜 염원 끝에 외국이란 곳에 혼자 온 나 자신을 마주해서 마음이 뭉클했던 것이 더 정확하다. 오페라 하우스는 나에게 오페라 하우스 그 자체가 아니라 외국과 여행을 왔다는 사실로 대변되는 상징이었다. 궁극적으로, 혼자 여행에서 내 발길이 붙잡은 곳들은 전부 나였다. 내가 목적지로 선별한 곳들은 나의 마음과 생각이 우선이었고 그곳들에 대한 순수한 호기심은 그 다음이었다는 것이 확실해졌다. 미술관에 간 건 미술을 어쩔 수 없이 손놓아야 했던 내가 잊히지 않아서였고, 벼룩시장에서 허탕쳐도 다른 벼룩시장을 계속해서 찾아간 건 시드니에 와서 타인의 삶이 궁금하게 된 나 때문이었다. 그리고 마지막으로 오페라 하우스를 온 이유는 내가 발전했음을 스스로 인지하고 있었다는 데 있었다. 뿌듯한 마음을 안고 언니와 오페라 하우스 앞에서 사진을 찍고 근처 카페에서 고디바 음료를 마시면서 난 참 편하다는 생각을 했다. 첫날엔 지나가는 사람들한테 사진 찍어달라고 부탁했는데 언니가 있으니까 그런 부탁 안 해도 되고, 혼자 들어가기 무안했던 카페도 너무 쉽게 척척 들어가니 어른이, 동반자가 곁에 있다는 게 이리도 안심되는 줄 몰랐다. 특히 언니와 있으니 페리를 타는 것조차 용이해서 혼자 페리를 타려는데 알맞게 하고 있는 건지 몰라 쩔쩔맸던 내가 생각나 쓴웃음이 나왔다. 여러모로 혼자 모든 걸 해결해야 했던 혼자 여행의 첫째 날보다 훨씬 편리했다. 진작 처음부터 언니가 함께였다면 이 다층적이고도 심층적인 시드니 여행이 완전히 달라졌을까. 괜스레 허탈했다. 사진 찍고, 페리를 타고, 아무 카페나 들어가 간단하게 음료를 주문하는 여행의 과정이 손쉬워진 연유가 언니가 동반자로 있어서였을까, 내가 애당초부터 혼자 여행을 통해 익숙해졌기 때문인 걸까. 적어도 처음 오페라 하우스를 보러 나온 날 혼자가 아니라 곁에 언니가 있었다면 카페에서 문장으로 된 영어로 음료를 주문하는 법도 배웠을 거고, 페리의 존재뿐만 아니라 페리를 타는 법까지 쉽게 알 수 있지 않았을까. 그럼 그 뒤에 혼자 여행을 한다고 해도 늦은 건 절대 아니었을 텐데, 내가 처음부터 영어와 여행에 능숙하지도 않은데 괜히 혼자 여행에 나서 가지고 위험한 상황에 제 발로 빠지는 것까진 아니더라도, 자칫 안 좋은 꼴을 당할 뻔하고 필요 이상으로 긴장하면서 스스로를 고생시킨 건 아닐까. 쉽게 할 수 있는 걸 공연히 사서 고생한 것 같아 울적해졌다. 바로 그때, 내가 엄마의 반대에도 무릅쓰고 언니의 초대를 받아들여 시드니 여행을 강행하는 데 일조한 여행책이 또 한 권 떠올랐다. 셰릴 스트레이드의 '와일드.' 구체적으로는, 여정 위 지치고 지친 그녀에게 한 여행자가 해준 말이다. 핵심은 '당신은 서툴지 모르나 아무도 당신을 대신할 수 없으니 잘하려고 너무 애쓰지 않아도 괜찮다'는 것. 서툴기도 어지간히 서툴었던 혼자 여행에서 솔직히 나는 몹시도 생생했다. 난 한국에서 오랜 시간 감정을 숨기고 살았다. 감정이 나도 모르게 표정에 드러나거나, 참았던 감정을 표출했을지언정 그건 어디까지나 부정적인 감정에 지나지 않았다. 그런데 여행길 위에선 난 감정의 스펙트럼을 넘나들었다. 어떤 감정은 말로 도저히 설명이 안 되었다. 예전과는 다른 감정으로 눈물을 흘린 적도 있었다. 기쁜데 말로도 표정으로도 표현할 줄 몰라 내가 얼마나 긍정적인 감정에 굶주렸는지 감지하기도 했다. 여행에서 마주치는 모든 것들에 예민하게 반응하는 매 순간 나 자신이 매우 형형하게 느껴졌다. 혼자 여행은 결국 홀로서기였다. 페리 타는 법, 영어 문장으로 주문하기 같은 건 시간이 흐르면 자연스레 익힐 수 있는 기술이라면, 시간에 도전하더라도, 혹여 내가 시행착오가 주는 필연적인 심적 괴로움에 필적해야 할지라도, 악의와 의도치 않았던 오해가 준 상처를 먼지처럼 털어내고 본연의 본인을 되찾아 주체적인 사고를 가진 인간으로 우뚝 설 수 있는 기회를 움켜잡기 위해 여행이란 행위를 몸에 입혀야 했다. 나만의 시드니 여행은 애초에 그 무엇과도 바꿀 수 없었던 것이었다. 당장 이겨내지 못하면 좀 어떤가, 내가 상처받은 나 자신까지도 사랑하겠다는데. 더군다나 회복 가능성을 엿본 것만으로도 희망적이었다. 그러니까 페리 타는 것이 더 이상 아무렇지도 않게 된 까닭은 언니가 내 옆에 있었기 때문이 아니라 스스로 페리의 존재를 가이드북으로 배우고 요란스럽게나마 페리 타는 법을 깨우쳤기 때문이다. 그렇게 승선한 페리로 나와 언니가 오페라 하우스 다음으로 간 곳은 그전까지 가보지 않았던 맨리 비치였다. 원래 갔던 곳들을 마지막으로 한 번만 더 가볼 계획이었지만 난 희한하게 마지막임에도 불구하고 내가 가지 않았던 곳을 가고 싶은 충동이 들었다. 그것도 언니가 접때 가봐서 아는데 아마 내가 별로 좋아하지 않을 것 같다는 곳을 말이다. 그러한 예상을 뒤집고 그곳은 내 마음에 들었다. 그곳엔 유독 축제 같은 분위기와 해변 특유의 느긋함이 감돌았다. 난 언니와 그곳에서 바닷가와 벼룩시장을 구경하고, 출출해서 햄버거를 먹고, 꼬마 밴드의 공연을 흐뭇하게 관람했다. 맨리 비치에서 난 몹시 즐거웠다. 목적지가 마음에 들고 안 들고는 아무도 모르는 일이다. 서큘러 키로 돌아가는 페리 위에서 오페라 하우스를 보았다. 오페라 하우스는 그러고 보면 어디에서나 잘 보였다. 타롱가 동물원에서도, 하버브릿지를 달리는 버스 위에서도, 오페라 하우스와 멀리 떨어진 곳에서도 오페라 하우스는 참 눈에 잘 띄었다. 내가 시드니 여행을 하며 듣고 본 말 중 하나를 인용하자면, 비극적이게도 출처를 도무지 기억할 수 없지만 어쨌든, '*Life seems a little less fragile when you can depend on a special place to always be there for you*. (삶은 당신을 위해 언제까지나 그 자리에 있을 특별한 장소가 존재할 때 조금 덜 위태롭다.)' 난 내가 어찌할 줄 모를 때마다 오페라 하우스를 멀리서라도 바라보았다. 혼자 여행의 첫째 날과 종지부를 찍는 날 모두 오페라 하우스를 만나러 갔다. 결정적으로 힘차게 물살을 가르는 페리 위에서 오페라 하우스를 보니 이 시드니 여행이 무슨 일이 있어도 떠나지 않고 항상 그 자리에 우뚝 서 있을 오페라 하우스처럼 내 안에 자리잡을 거라는 직관이

들었다. 마음이 더없이 든든했다. 시드니에서 여행했기에 나 자신에게 더 솔직해질 수 있었으며, 내가 겪은 모든 감정을 숨길 필요 없었고 그래서 불편하고 부정적인 감정조차 미워하지 않고 받아들이게 되었다. 혼자 여행에서든 일상 여행에서든 나는 고통스러울지라도 아무것도 피하지 않았다. 돌이켜보면, 모든 감정은 필연이었다. 그러므로 난 여행이 선사하는 유익한 불편함까지도 논하고 싶었다. 여행책을 쓰고 싶은 꿈을 꿨던 내가 쓰고 싶은 주제와 하위 소재가 무엇인지 알게 된 것만으로 시드니 여행의 전부라 해도 좋았다. 그리고 시드니를 떠나기 스물네 시간 전 난 큰 조카를 유치원에 데려다 주었고, 또 내가 모르는 동네에서 내가 모르는 분과 언니와 점심을 먹고, 저녁으로는 언니네 가족과 서양 음식이 아닌 떡만둣국을 먹고, 밤엔 언니의 친구분과 카페에서 코코아를 마셨다. 나는 미지의 세계와 인간의 정을 마지막까지 동시에 챙기고 싶었다. 내가 시드니로 떠났던 기간 동안 시드니는 겨울이던 한국과 달리 여름이었고, 내가 살았던 내내 천국이 있다면 날씨가 이러지 않을까 싶을 정도로 날씨는 최고였고, 그 마지막 밤까지 나에게 따스했다. 겨울 중 만난 여름은 참 좋았다. 그 다음 날 난 열 시간을 날아 한국으로 돌아왔다. 한국은 당연히 겨울이었다.

14.

그렇게까지 여행했으면 나는 내가 좀 나아질 줄 알았다. 시드니를 다녀온 지 2년 만에 떠난 일본 여행에서 난 그전까지의 여행에서 깨우친 것들이 무색해질 정도로 속절없이 원점을 만났다. 어쩌면 일본으로 여행 간 그 자체가 실수가 아니었을까, 혹은 심신의 건강이 너무 나약해진 상태에서 여행을 밀어붙인 것이 실수였던 걸까, 아니면 10대 때 이미 두 번씩이나 가봤음에도 기어코 일본으로 여행 가도록 조장한 미련을 못 버렸던 걸 실수라고 할 수 있지 않을까. 여행이 실수여서 여행 속 구석구석까지 실수로 메워진 걸까. 나는 끔찍이도 그전에 했던 숱한 실수들을 또다시 범하고 말았다. 첫 번째 여행을 통해 난 실망을 여행 태도로 전가해 여행 동반자에게 실례하지 말자고 다짐했건만 같이 여행 온 친구에게, 심지어 친구가 된 지 10년이 넘은 친구인데도, 그만 짜증을 내비치고 말았다. 아무리 기억을 되감아봐도 짜증낼 일이 있었는지 모르겠다. 학기가 끝나고 거의 바로 떠난 터라 난 한 학기의 스트레스와 한 해 동안 누적된 피로를 전혀 풀지 못해 여행의 하나부터 백까지 신경이 바짝 곤두서 있었다. 그래도 적어도 짜증은 내지 말았어야지, 그러지 않도록 최선을 다했어야지 다그치기를 친구가 한국으로 돌아가고 혼자 남은 일본에서 십수 번이었다. 두 번째 여행에선 내가 원하는 풍경이 나오지 않는다고 해서 어떤 불만이나 실망을 갖지 말고 그저 여행을 왔다는 사실에 감사하자는 걸 배웠지만 관광지다운 풍경이 출연만 하면 속으로 부아가 치미는 걸 가라앉히느라 애를 먹었다. 세 번째 여행에서는 구불구불한 여정의 시행착오를 즐기는 단련을 수도 없이 거쳤음에도 불구하고 지하철의 시간이 늦거나 길을 헤매도 나의 착오를 뉘우치지 않고 노기를 띄었다. 그 와중에 새로운 실수까지 잘도 해냈다. 난 여행 계획을 절대 바꾸지 않는다. 계획이 깨지는 게 너무 싫지만 변수가 많은 여행 현실을 받아들이지 않으면 안 되어 계획을 최대한 느슨하게 짜서 변동을 용납하되 최종 목적지에는 기필코 도착하도록 스스로 타협을 내렸다. 이 여행 방식이 나에게 잘 맞는다고 믿었으나, 2년 만에 다시 떠난 여행에서 믿음은 산산이 깨졌다. 시드니를 여행하며 활용했던 론리 플래닛을 포함한 몇몇 가이드북은 시드니에 대한 일부 기초 지식을 쌓거나 목적지 후보를 찾는데 도움이 되었지만 그건 어디까지나 시드니가 내가 처음 가는 곳이었으니 유효한 얘기일 뿐, 일본은 내가 지하철 타는 법도 물어가며 습득했던 첫 여행 덕분에 이래저래 익숙했고, 학습된 지식조차도 두 번째 여행인 연수 중 홈스테이와 행사를 통해 경험으로 치환한 곳이니 교과서 같은 가이드북은 더 이상 무의미하다고 여겼다. 이번만큼은 배움을 위한 관점을 성장시킬 수 있는 곳보다는 취향을 심화시킬 수 있는 곳 위주로 여행 다니겠다고 벼렸던 터였다. 그러니까 드디어 '여행의 순간'에 나온 작가의 센스 넘치는 목적지 목록을 참고할 때가 왔다는 것이었다. '여행의 순간'과 더불어 여행과 여행 사이 공백기 동안 잡지와 '여행의 순간'만큼 미감 넘치는 책을 읽으며 '여행의 순간' 작가처럼 나도 나만의 목적지 리스트를 작성해두기도 했다. 게다가 그간의 여행은 전부 혼돈에 가까웠고 내 삶 또한 그러하니 모든 고생을 이 일본 여행을 신나게 즐김으로써 단단히 보상받겠다는 심보가 강했다. 그런데 그런 나에게 배신이 기다리고 있었을 줄이야. 나까지 나를 배신할 줄이야. 난 또다시 뭐가 문제인지 모르는 지경에 이르렀다. 일단 장소라는 최종 목적지에 완전히 이르기 전 그 장소가 있는 동네나 구역에 먼저 들어서면 시드니 여행의 혼자 여행에서 그랬던 것처럼 궁금하면 들어가보고 사진 찍으며 찬찬히 둘러보다가 최종 목적지를 포기하고 싶을 만큼 마음이 끌리는 곳을 발견해 계획 자체를 산산이 무너뜨리거나 나를 무력화시켰다. 어떻게 감히 최종 목적지를 변경할 마음을 들게 하는지, 그것도 한두 번이어야지 어떻게 열흘 간의 여행 중 매일일 수 있냐고 난 또다시 여행을 관장하는 신이 있다면 따지고 싶었다. 왜 나에게는 일말의 편안이 허락이 안 되는지 억울했다. 내가 최종 목적지로 삼은 곳은 모두 나에게 미지인 동시에 미지가 아니었다. 왜냐하면 이미 알고 있는 곳들이기 때문이었다. 직접 봐서 안 것이 아니라 내가 오랫동안 좋아해서 신뢰한 책과 잡지에서 간접적으로 접했고 내가 오랫동안 좋아했으니 그들이 추천한 곳들도 신뢰할 수 있다고 판단한 끝에 최종 목적지로 정한 곳들이었다. 내 눈 앞에 보이는 곳들도 좋지만 내가 아는 존재들이 추천하는 곳들도 좋을 거라 생각해 끝내 놓지 못했다. 눈 앞에 흥미를 단숨에 끈 카페를 내버려두고 책과 구글이 추천한 카페를 갔을 땐 사람이 너무 많아 원래 목적인 휴식도 못 이뤘을뿐더러 이미 마음은 딴 곳에 가 있었다. 도중에 우연히 마주친 곳이 몹시 좋아 최종 목적지를 잊은 적도 있었다. 시계 장인의 공간이 좋아 대화를 곁들여 한참을 있다가 반지까지 사고 나오니 날이 어둑어둑할 무렵이었고, 난 친구에게 이만하면 됐으니 슬슬 돌아가자며 구글맵을 켜 역을 검색해 길을 나서려는 참에 한 도넛가게와 한 단추가게가 눈에 띄었다. 난 가벼운 마음으로 도넛 가게에서 도넛을 사 먹고 단추 가게에 들어가 아기자기한 디자인의 단추들을 구경했다. 그런데 어딘가 눈에 익은 느낌을 지울 수 없어 잠시 생각해보니 도넛 가게는 '뽀빠이(Popeye)'라는 일본 잡지에서, 단추 가게는 '여행의 순간'에서 눈여겼던 장소였다. 도넛은 맛있고 예쁜 단추는 좋은 눈요깃거리였지만 만약 이것만 바라보고 왔다면 실망했을 것이라 장담한다. 오히려 우연으로 만났기에 도넛이 맛있고 단추가 예쁘다고 느낄 수 있었던 것이라 확언한다. 난 최종 목적지 앞에서 기운 빠질 뻔했지만 다행히 발생하지 않은 일을 두고 나도 모르게 뜻 모를 한숨을 내쉬었다. 돌아가는 여정에 하위 목적지로 마주쳐서 망정이었지 나중에 왜 딴 곳에 들리느라 안 갔을까 자책했을 가능성도 배제할 수 없는 노릇이었다. 사실 따지고 보면 잡지든 책이든 내가 정말로 '안다'고 할 수 있나. 또 앎에 대해 착각을 일으켰다. 여행은 정말 아무도 모르는 일이었다. 여행은 마음에 들고 안 들고 예측조차 할 수 없었다. 여행은 여행자가 자만할라 치면 발에 돌이 걸리게 해 쳐든 고개를 땅으로 기어이 숙이게 했다. 여행은 하면 할수록 느는 게 아니었다. 실력에 상응하는 것 따위가 아니었다. 난 원점 앞에서 실컷 망연자실했다.

15.

늘 그럴듯한 조급함에 시달리는 건 내 쪽이었다. 당장 행복하지 않아서, 불안과 불행에서 얼른 벗어나 행복하고 싶어 행복의 가능성이 조금이라도 보이면 조급해지고 마는 것이었다. 나는 그냥 행복하고 싶었다. 매번 그뿐이었다. 그러니까 시드니 여행을 다녀오고 나서 적어도 1년여간은 아주 약간의 희망에 차 있었다. 그 희망으로 내가 처한 상황의 일부를 바꾸려고 편입이라는 나름의 도전까지 했지만 보기 좋게 실패했고 다시 절망에 빠져 1년을 버텼다. 그 1년은 내가 일본 여행을 떠난 해였고, 연초 난 처음 공황 증상을 겪은 후 1년 내내 시달렸던 동시에 우울 증세까지 덮쳐 공황 장애와 불안장애 약을 복용했으며, 면역력과 체력이 떨어져 길에서 구급차로 실려간 적도 있었다. 엉망인 내가 행복할 길은 여행밖에 없다고 믿었다. 너무 절박해 여행은 행복을 보장하지 않는다는 진리를 잊고 말았다. 행복하고 싶다는 마음이 너무 앞서 나의 직감을 100% 믿지 못했고, 행복하자고 떠난 일본 여행에서 기어코 탈이 난 것이다. 책과 잡지를 충분히 따라해도 좋지만 아니다 싶으면 최종 목적지로 선택한 곳을 버렸어야 했다는 자조가 아니다. 다만 나는 최종 목적지로 선택한 그곳이 별로일 거라는 예상에 마음이 움직인 게 아니라 눈앞의 이곳에 직감적으로 끌려 최종 목적지를 기꺼이 변경하는 결단력이 부족했다는 사실이 너무 아쉬웠다. 여행 위 모든 길은 내가 자신감 있게 선택한 것이 아니라 자초한 것 같아서 스스로가 애달팠다. 여린 심정과 복잡한 심경으로 친구와 여행을 다니다가 친구가 한국으로 돌아간 후 난 계획대로 시부야에서 아사쿠사로 숙소를 옮겨 비로소 혼자가 되고 나서야 원래의 침울한 기운을 되찾았다. 현실상이나 관념상이나 완벽히 혼자이길 그토록 바랬건만 실제로 혼자가 되니 사무치게 외로웠다. 고립된 기분이었다. 불친절한 직원과 교토와 시부야의 숙소에 비해 별로인 시설을 보유한 아사쿠사의 숙소로 결정하는 데 지대한 영향을 끼친 잡지가 원망스러웠고, 두 번이나 왔는데도 그다지 좋아하지도 않은 아사쿠사로 숙소를 잡은 내가 더더욱 원망스러웠다. 이왕 온 김에 구경 나간 아사쿠사의 명물인 센소지는 주변 관광 구역이 세련되게 변했을지라도 그대로였다. 그런 센소지가 낮엔 꼴도 보기 싫어 밤에 간 게 그나마 자꾸 튀어나오려는 그 전 여행에서의 나에 대한 기억을 꾹꾹 누를 수 있었다. 그럼에도 내 눈엔 여지없이 그 유명한 운세 뽑기가 보였다. 열여섯 살이 된지 얼마 되지 않아 떠났던 첫 해외 여행에서 '최악'이라는 운세를 뽑았더랬지. 미신이려니 했는데 이곳을 근 6년 만에 오기까지 단 한 번도 진심으로 행복한 적이 없어서 사람 마음이 혹했다. 그래서 운세를 뽑지 않았다. 난 그런 사소한 것조차 무서웠다. 관광지로 널리 알려진 아사쿠사답게 관광객이 많았고 그중 한국인도 많았다. 하지만 나처럼 혼자 여행 온 여자 한국인은 좀처럼 보기 힘들었다. 친구들끼리 여행 온 여자 한국인들이 유독 눈에 밟혔다. 친구들끼리 코트에 원피스에 구두에 단장하고 호스텔 문 밖을 까르르 나서는 모습이 은근히 부러웠다. 문득 난 2주 동안 여행한다고 롱패딩에 청바지에 운동화만 가져오고, 그것만 돌려 입는 내가 초라하게 느껴졌다. 내가 사랑해 죽고 못 살던 청바지도 행복에 겨운 타인 앞에서 볼품없는 것 같았다. 난 내가 청바지를 입은 모습을 늘 사랑했는데 말이다. 그렇지만 그들과 같아지길 바란 건 아니었다. 난 보잘것없는 기분이 든다고 해서 청바지를 내다 버릴 생각은 전혀 없었다. 사실 그 누구와도 같아지길 바란 적이 없었다, 단 한 번도. 나는 그냥 내가 조금이라도 더 웃길 바랬다. 언제나 그냥 내 식대로 행복하고 싶었다. 오직 그뿐이었다. 행복 앞에 자꾸 쪼그라드는 내가 최종 목적지 하나 시원시원하게 바꾸지 못하는 나보다 더 우스워졌다. 항상 기분에 따라 태도를 정하고, 내가 결정한 기조를 과하게 의심했었지, 다 행복 때문에. 난 타인의 행복을 탐한 적 없었으나 결과적으로 나의 바깥에 있는 행복을 욕심냈던 것이다. 나를 행복하도록 변하게 하려면 행복하지 않은 나 자신을 인정해야 했다. 시드니 여행에서 배운 것처럼 나를 우선 사랑해야 했다. 틈만 나면 다급해지는 날 괜찮다고 다독였고, 추운 겨울에 길을 끝도 없이 헤매도 토닥였다. 난 '여행의 순간' 작가를 따라하느라 손이 시려워도 절대 놓지 않았던 아이폰 카메라까지도 마침내 내려놓았다. 내가 나를 따르다 보니 알게 된 건데, 내 눈으로 세상을 먼저 보고 그 짧은 찰나에 마음이 덜컹 움직이면 그제야 카메라를 들어 그 순간을 담아도 전혀 늦지 않았다. 개선과 동시에 새로운 시도도 꾀하였다. 낮이 아닌 밤에 아사쿠사의 센소지와 그 근처를 천천히 걸으며 관광 구역 속 숨겨진 진면모를 찾기 위해 노력했고, 아사쿠사에서 내가 못 본 곳이 있을까 싶어 걸어서 중심가로부터 멀리 걷기도 했다. 호스텔에서 처음 만난 사람과 하루 여행을 다니기도 했고, 도쿄의 근교인 바닷가로 여행을 떠나기도 했다. 그리고 네 번째 여행의 최종 숙소를 집으로 바꿨다.

16.

그나저나 일상은 나를 망치는가. 여행은 일상에 도움이 되었는데 일상은 여행에 폐만 되는 것 같은 기분을 지울 수 없었다. 여행에 일상을 넣어 언제나 그랬듯이 내가 자발적으로 확인해야겠다 싶었다, 시드니에서 일상을 여행했지만 그건 엄밀히 말해 나의 일상은 아니었으므로. 나의 여행과 나의 일상을 결합하지 않으면 도저히 답을 얻을 수 없을 것 같았다. 그러나 난 이내 나의 발목을 무겁게 해서 걸음을 잡아 세웠다. 외할아버지께서 말씀하셨던 것처럼 여자애가 아무 연고도 없는 곳에 가서 산다는 건 결코 만만한 일이 아니다. 특별한 기술도 없고, 영어도 완벽하지 않고, 졸업도 하지 않은 상태고, 외지인이다. 멜번으로 혼자 떠나는 게 무섭지 않았다면 거짓말이다. 그만두면 되잖아. 그만두면 간단할 텐데? 호락호락하지 않은 바깥을 향해 단단한 내면이 방패처럼 무장하고 있어도 시원찮을 판에 속앓이가 심했다. 게다가 나도 모르게 반복할 수 있는 실수들이 벌써 귀찮고 싫었다. 뭐라도 실수할 게 뻔했다. 매일 숨이 찼던 나에게 종종 나를 뺀 다른 사람들은 이상한 눈초리를 보내곤 했다. 그들도 나름의 이유가 있었겠지만 여하튼 내가 그들에게 물어보고 싶었던 것이 있다. 당신이 노력하고 노력해도 제자리로 돌아온다면 '또' 노력하고 싶은 욕구가 생길까? 멜번 여행은 앞선 여행들과는 확연히 다를 거라고 충분히 예상 가능했다. 나의 일상은 매번 힘겨웠고, 사람의 일상엔 구질구질한 면이 존재했다. 그것도 모자라 의지할 데 없고 변수가 난무하는 여행까지 더하겠다고? 그동안의 여행들에선 실수가 있었지 그 자체는 실수가 아니었다. 그 여행들은 철저히 일상과 분리된 여행이었으니까. 하지만 멜번 여행은 일상이 될 예정이었다. 그 자체가 실수가 될 수 있다는 의미다. 난 모든 걸 내던지듯 보여도 사실 그런 적은 없었다. 안전한 곳에 한 쪽 발을 담가두고 미지의 영역으로 발을 최선을 다해 뻗는 겁쟁이거나 비겁한 자였다. 그 미지도 무지의 미지는 아니었다. 솔직히 내가 왜 하필 시드니와 일본으로 갔겠어. 일본은 첫째로는 내가 일본어를 배워서고 둘째로는 교과서와 드라마, 영화로 일본을 공부했기 때문이었고, 시드니는 사촌언니가 있어서 갔지 아니면 갈 일 없었다. 그런 내가 잡지 칼럼에서 거론된 '워라밸'에 논리적인 이유 대신 마음이 끌려서 멜번을 가겠다고? 가이드북과 잡지의 말을 믿고 갔다가 실패했던 경우가 성공했던 경우보다 많은데 이 멜번 여행은 애초에 불합리함이 틀림없다고 여행자가 될 당사자인 나도 회의적으로 생각하기 쉬웠다. 두려움에 눈이 질끈 감겼다.

17.

여행은 나에게 과분했다. 여행을 내 안에 담기엔 여행이 너무 벅찼다.

18.

고등학생 때, 오로지 희망만 바라보고 살았던 그때, 나는 '저니맨'이라는 책을 읽었다. '저니맨'의 작가 파비안 직스투스 쾨르너의 여행은 내가 읽은 여타 여행책 작가의 여행과 확실히 다른 구석이 있었다. '다르다'는 표현만으로는 부족했다. 그러니까, 독보적이었다. 사람들이 으레 우러러보는 여행지나 쉬운 즐거움이나 편안은 거의 없었다. 대신 생소한 여행지나 꾀죄죄한 환경, 불편, 더할 나위 없는 자유, 고진감래(苦盡甘來), 허무함과 동시에 찾아오는 깨달음이 풍족했다. 그리고 무엇보다도 변화가 실재했다. 그 변화는 여행자가 여행지에서 일으키는 작은 변화이기도 했고 여행자 본인에게 가져다 주는 깊고도 큰 변화이기도 했다. 여행이 그저 스쳐 지나가지 않고 저리도 능동적이고 주체적일 수 있구나. 나는 몹시도 감명받아 내가 느낀 바를 서툰 영어 솜씨로 써 이메일을 보냈다.

"나도 당신처럼 나만이 할 수 있는 여행을 가고 책을 쓰고 싶어요."

기적처럼 답장을 받았다. 마음이 벅찼다. 그리고 단 한 번도 잊히지 않았던 말.

"I promise you will never regret it. (절대로 후회하지 않을 거에요.)"

그래, 가야지. 가서 내 여행을 하고 책을 쓰기로 나와 약속했잖아. 여행책 덕분에 내가 위안과 응원을 얻은 것처럼 여행을 가고 책을 써서 사람들에게 용기를 주고 싶어 했잖아. 실현할 때야.

19.

이제 알겠다. 눈을 뜨고 걸으려면 눈을 감아야 할 때가 있어야 한다.

20.

난 항상 궁금했다. 뭔가를 다시 할 때마다 분명 해본 건데 왜 꼭 처음 하는 것처럼 실수를 하고 먼젓번과는 완전히 다른 방식으로 해내는지 스스로도 이해하기 어려웠다. 멀리 갔다고 생각했는데 왜 원점을 또 만날까? 모른다. 어쩌면 원점을 거듭 마주치는 원리를 영영 알 수 없을지도 모르겠다. 하지만 괜찮다. 평생을 갖다 바쳐도 정답을 알기 어려운 진리를 깨우치는 데 시간을 쓰는 대신 지금을 즐길 현답을 찾는 인과관계를 당장 고민하고 싶어졌기 때문이다. 그러니 왜 원점을 마주치는지 알지 않아도 괜찮다고 본다. 원점을 하도 마주하니까 원점의 의미를 도리어 알게 됐으니 더 잘됐다. 원점은 곧 초심이다. 초심은 어떤 행동을 시작하게 된 가장 첫 번째 이유다. 이유는 목적이다. 원점을 만날 때마다 난 묻는다. 처음에 이걸 왜 하려고 했어? 그럼 난 지쳐 있다가도 흠칫해지는 거다. 질문을 곱씹으며 목적을 되살린다. 목적을 알면 절대적인 수단이 없다는 걸 자연스레 인정하게 되고 시도와 도전이 는다. 원점을 계속해서 만날 수 있었던 원동력은 내가 멈추지 않고 행동했기 때문이다. 즉, 내가 살아있어서다. 살아있는 건 행운이다. 살아있으면 뭐든 되는 법이고 그게 행운이야. 내가 다시 여행을 갈 수 있었던 건 삶이란 행운 덕분이다. 물론 삶은 고난과 역경으로 가득하다. 그러나 삶을 살아감에 따라 사람은 그 고난과 역경을 돌파하는 요령이 생기는 혜택을 갖는다. 여행의 요령은 과거의 여행들에 의해 생겨난다. 요령껏 여행을 해나가다 보면 자연스레 잊히고 상기되는 게 있겠지. 멜번에 오기 전 사촌언니에게 자문을 구하고 여러 '워홀러'의 블로그를 구독하며 두려움의 강도를 줄이려고 애썼다. 자연스러운 감정이기도 한 두려움을 억지로 없애는 쓸데없는 노력은 하지 않았다. 교통 수단에 관해선 구글맵을 적극 활용했다. 가이드북을 사기 전엔 현지인에게 우선 멜번에 대해 직접 질문했고, 여러 서점을 돌고 돌아 직원의 추천을 고려한 후 가이드북을 샀어도 우선 지도만 참고하고 여행부터 행했다. 그러고는 추후 가이드북을 펴서 나의 유람과 감상을 가이드북의 것과 대조하며 나는 놓쳤지만 가이드북은 잡은 멜번의 특징적 요소를 흡수하고, 가이드북에 없는 건 내가 발견했다고 대견스럽게 여기는 재미를 만끽했다. 계획대로 여행이 흘러가지 않아도 그 안에서 여행의 목적만은 한사코 간직했다. 지난 여행들을 통해 익힌 여행 태도인 낯선 자에게 먼저 친절하게 상대하는 자세를 자꾸 내 안에서 꺼내려고 주력했다. 일상 여행 속에서 실컷 구질구질해 보고, 내가 누릴 수 있는 호사는 놓치지 않았다. 슬퍼지면 슬퍼했고 그리우면 그리워했다. 우울에 더 깊이 들어갈 것 같으면 내가 여행 온 이유를 기억해냈다. 그러니까 원점을 만나러 갔다. 맞아, 여행을 하고 글을 쓰러 왔지, 글 쓰러 나가자. 그럼에도 다 포기하고 싶어지면 내가 스스로 무얼 깨달았는지 기억해내는 데 매진했다. 여행은 일상에 대한 보상이 아니다. 여행은 보상의 논리로 접근해서는 안 된다. 여행은 포상 휴가가 아니기에 일상의 보상이 될 수 없다. 난 여행을 위해 일상을 양보하고 싶지 않았다. 다시는 일상을 여행에 양보하지 않으리. 둘 다 제대로 해내리. 또, 그렇다고 해서 여행은 그 전의 망친 여행들에 대한 보상도 더더욱 아니다. 그저 실패들이 쌓이고 쌓여 날 전진하게 만드는 자부심이다. 또 다른 여행으로 기꺼이 떠나도록 해주는 자부심이다. 어디로 갈지 고민하고, 공항을 통과하고, 이동 시간을 견디고, 낯선 세계에 당황하고, 익숙함을 찾아 헤매고, 새로움을 발견하는 여행의 윤곽은 바뀌지 않는다는 걸 안다. 그러므로 그 윤곽의 속을 더 많이 웃고 행복할 수 있는 미지(未知)로 다가가는 노력으로 채울 수 있다. 그렇게 내가 여행에서 한 번이라도 더 많이 웃으면 그 여행이 성공이 아니라 이렇게 날 웃게 만든 시행착오가 담긴 수많은 여행들이 확실한 성공이 되는 것이다. 그러니 실패들을 사랑한다. 그리고 언제나 원점을 기꺼이 만날 준비가 되었다, 어떤 질문은 답이 중요하지 않으므로. 난 계속 질문한다.

왜 여행을 시작했나?

여행은 트루먼 쇼가 아니다. 트루먼의 일거수일투족에 맞춰 돌아갔던 세상이 끝내 멈춰져야 했듯이 여행이 내 마음대로 되지 않는 것이 당연한 일이다. 여행자가 통제할 수 있는 건 아무것도 없다. 심지어 여행에선 아무것도 보장되지 않는다. 웃기 위해 떠났지만 어떤 이유로든 내내 울다 올 수 있는 것이 여행이다. 애써 도착한 곳엔 행복이 황금처럼 기다리고 있지 않다. 오히려 내가 지금까지 해온 여행을 통해 매순간 행복하지 않아도 '멀쩡'하다고 배웠다. 그래서 행복하다.

그저 오늘의 여행길 위에서도 더 많이 웃길, 마음에 들지 않아도 대수롭지 않게 넘기길, 적당하게 고민하길, 따뜻한 시선을 유지하길, 미소를 잃지 않길. 그러니까 Good Luck! 이 'Good Luck!'은 오늘의 여행이 어떻든 간에 부디 무사히 끝나 내일도 여행을 이어 가길 바란다는 의미다. 오늘의 여행이 오늘의 이전인 어제까지 그랬던 것처럼 운이 좋길 소망한다. 오늘은 어제의, 내일은 오늘의 자부심이다.

그리하여 멜번에서는 하루하루 다른 배움을 엮어 나갈 수 있었다, 내가 이전에도 그랬던 것처럼. 나의 실패는 나의 자부심이기에 어떤 여행 앞에서도 도저히 물러서고 싶지 않았다.

외전(外傳): 어떤 운은 운이 되어선 안 된다.

가이드북과 여행지 탐사를 번갈아 하면서 약간 안도되면서도 조금 씁쓸했다. 혼자 여행 다니는 동시에 사촌언니네 집에 머물러서 언니나 형부에게서 이런저런 말을 듣기도 했고, 완전히 낯선 문화 대신 한국인에게 어딘가 익숙한 문화가 시드니 기저에 깔려 있어 내가 크게 주의할 건 없었다. 그러나 내가 혼자 시드니를 여행 다닐 때마다 느낀 거지만, 왜 가이드북에는 캣콜링(catcalling) 대처법이나 여자 혼자 가면 위험할 수 있는 곳들, 인종차별과 관련한 언급이 일절 없는지 개인적으로 아쉬웠다. 물론 론리 플래닛의 타겟 독자층이 한정되지 않아 보편성이 중심이 되었을뿐더러 여러 이유가 있겠지만, 혼자 여행 다니며 어리고 영어 구사가 완벽하지 않은 아시안 여자로서 여행 다니는 곳곳 따라다니는 시선이나 캣콜링, 인종차별적 언사, 심지어 강도 및 납치 괴담은 마냥 가볍게 넘길 수 없어 이와 관련해서 일언반구라도 반영되어 있었다면 가이드북을 보는 독자들이 누가 되든 간에 이러한 사정에 조금이라도 관심을 갖고 안전한 여행 문화가 전파되는데 일조할 수 있지 않았을까. 누가 어떤 여행을 하든 안전이 최우선이 되어야 한다. 사실 여행을 다닐 때마다, 그렇게 대단한 여행이 아님에도 주변 사람들로부터 대단하다는 말을 자주 듣는다. 혼자 이곳저곳 잘 다니니

기특하다고들 하신다. 이리 적으니 첫 여행 때 들었던 어른들의 걱정이 떠오른다. 일본의 공항에서 처음 보고 한국의 공항에서 또 다시 마주쳤던 한 부부는 여행 기간 동안 우리가 머문 호텔 근처에서 여성 살인 사건이 일어났다는 뉴스를 보고 여행 내내 어른 없이 난생 첫 해외 여행을 왔다던 생면부지인 나와 친구를 걱정했다고 하셨다. 한국 공항에서 만나 무사한 모습을 확인해 마음이 놓였다고 말해 주셔서 정말 감사했다. 또한 당시 영어 과외 선생님은 내가 돌아오자 자신이 일본에 갔을 때 술 취한 일본 남자들에게 끌려갈 뻔한 얘기를 해 주시며 내가 친구랑 단둘이 여행 간다고 했을 적에 걱정을 많이 했다고 말씀하셨다. 그러고 보면 그 걱정들은 대략 10년 전에 들었는데 왜 아직도 혼자 여행 갈 궁리를 사람들에게 말할 때마다, 더러는 혼자 여행 간다고 얘기할 때마다 똑같은 말을 들어야 하는 걸까. 앞서도 기술했지만 여행할 때 운, 굉장히 중요하다. 그러나 안전은 운에 걸어야 할 문제가 아니다.

모든 정착인은 곧 여행자이며 모든 여행자 또한 정착인이다. 마치 동전의 양면과도 같은 건데 여행을 할 때마다 마음이 복잡해진다. 그러니까 여행하기 적절한 도시가 곧 정착인들이 살기 안전한 도시라는 생각이 들어서다. 위험한 곳을 골라서 가는 건 절대 아니지만 제아무리 그곳 또한 사람 사는 곳이라 스스로 안심시켜도 내심 불안함을 시종일관 감출 수는 없는 노릇이

더라. 결국 정착인인 동시에 여행자인 인간 모두가 노력해야 할 사안이다. 가이드북에 어떤 여행자가 경험할 가능성이 있는 위협과 불편함이 한 줄이라도 적히면 뭐가 달라질 것 같냐는 회의적 질문을 듣는다면 나는 '달라지지 않을 건 뭐냐'고 대답하련다. 여행은 단 한 사람의 이야기가 아니다. 여행자와 마주치는 모두가 여행의 일부가 된다. 자신이 편리하게 여행할 때 누군가는 겪을 수 있는 불편을 글로나마 인식하고 다른 사람에게 이를 말하게 되는 과정이 반복되면 이야기가 퍼지게 되기 마련이니 긍정적인 변화가 일어날 거라 믿는다. 사회가 성숙해지는 길은 늘 인식부터 시작되었다. 인식이 의식이 될 때까지, 여행자의 발 닫는 곳이 한계가 없는 그날까지 지구상의 모든 여행자와 정착인이 안전하길 바란다. 또한 그동안 낯선 이에게 무조건적으로 차별적인 시선은 보내지 않길. 더불어 정착인과 여행자 상호 간의 신뢰와 배려가 당연한 세상이 오길.

그냥 나를 사랑할래요? / 여행지1

해방감

충족감

자유로움

자아존중감

"왜 문 안 열어줘?"

쿵쿵 문을 두드리는 소리에 뻣뻣하게 굳은 날 보며 사촌언니가 말했다.

"응?"

난 도리어 이상하다는 듯이 대답했고, 보다 못한 언니가 문을 열었을 때 문 밖엔 언니의 이웃이 살가운 미소를 띈 채 서 있었다. 정신을 퍼뜩 차린 순간 긴장이 사르르 풀렸다.

"아, 여기는 호주였지. 언니네 집이지. 우리 집이 아니지. 문 열어줘도 괜찮지."

누가 찾아와도 문을 절대 열어 주지 않고, 초인종 소리만 들어도 얼어버리는 난 시드니에서도, 멜번에서도 아무렇지 않게 문을 잘 열었다. 여행이 일상의 장막을 걷어내면 비로소 내가 드러난다. 내가 드러난다 함은 여행지가 지닌 특성을 통해 여행자 자신의 본모습을 각성하는 걸 의미한다. 곧, 자각이다.

멋을 좋아하는 나는 참, 알게 모르게, 혹은 대놓고 얌전하기를 강요받으며 자랐다. 만화영화에서 케이프 코트를 입은 여주인공의 모습을 보고 차이나칼라의 청자켓을 가장 윗단추만 잠근 채 어깨에 걸친 초등학교 2학년생인 나에게 담임 선생님은 '옷 똑바로 입으라'고 지적하셨다. 난 꼼짝없이 소매에 팔을 끼워 넣어야만 했다. 나는 '이게 멋이에요, 선생님'이라고 당당하게 반론할 분위기의 교육환경에서 자라지 못했기 때문이다. 한국의 학교에선 선생님은 이의를 거론할 상대가 아니었다. 중학생 땐 한 국어 선생님이 아침엔 머리를 묶었다가 오후엔 머리를 푼 날 두고 기회주의자라고 부르곤 머리를 묶든 풀든 하나만 선택하라고 강요하셨다. 그 이후로 수많은 시간이 지났지만 검은 직모의 단발 머리를 하나로 묶었다가 푸는 것이 어떻게 기회주의자와 연관되는지 나는 아직까지도 잘 모르겠고 아마 평생 모를 것 같다. '이런저런' 일들로 이미 속이 문드러진 난 두발 단속, 교복, 그리고 튀지 않는 것을 미덕으로 여기는 사회 분위기 속에서 움츠러들게 되었다. 그렇다고 해서 내가 옷을 못 입고 다녔던 건 절대 아니었다. 옷을 좋아하는 사람에게 그다지 반갑지 않은 환경과 여러 경제적 제약 속에서도 최선을 다했다고 자신할 수 있다. 그런데 그 최선이 서럽게도 멜번 사람들의 사이에서 흔들렸다. 금발을 아리땁게 틀어 올리고 핫핑크 색의 코트를 입고 마젠타 핑크색의 플랫 슈즈를 신고 가는 여자를 보며 초등학교 저학년 때 한창 입고 다녔던 약간 탁한 분홍색 울 코트가 생각났다. 심심하게 생각나는가 싶어 경미하게 넘기려고 했는데 카페에 앉아 노트북을 펴고 일하는 남자의 양말을 보고 정신이 퍼뜩 들었다. 멜번 멋쟁이들의 옷차림을 단순히 감탄만 하고 넘길 일이 아니었다. 남자는 격식을 차린 와중에도 개성과 멋을 놓지 않았다. 전체적으로는 남색 계열로 맞춘 데다가 재킷엔 가느다란 흰색 체크가 들어가 있었는데 그 옷차림의 재미는 빨강색, 짙은 파랑색, 기타 푸른 계열의 색이 기하학적으로 섞인 양말에 있었다. 난 이때 호피무늬 앙고라 비슷한 소재의 스웨터에 청바지를 입고 검은색 마린 캡모자를 걸쳐 쓰고 검은색 뉴발란스 신발을 신고 있었는데, 그의 양말을 본 순간 너무나도 마음에 걸려 확인해본 내 양말은 굵은 실의 짜임이 들어간 검은 니트 양말이었다. 얼핏 의문이 들었다. 왜 검은색이지? 왜 검은색이어야만 했지? 물론 반지와 옅은 베이지 줄의 금색 케이스의 시계로 디테일을 더한 옷차림이긴 했는데, 위트가 가미된 그의 옷차림에 비하면 좀 얌전한 느낌이었다. 내가 언제부터 검은색 양말을 신게 됐더라? 자문해도 답은 모르겠는데, 공란에서 대신 어릴 때 옷에 관한 기억들이 유전처럼 터져 내가 어렸을 때는 뭘 어떻게 입었는지 똑똑히 알게 됐다. 나에겐 알록달록 색이 섞인 부츠 디자인의 운동화가 있었고, 따뜻한 갈색의 코듀로이 멜빵바지가 있었다. 7부 소매의 땡땡이 셔츠에 빨간 타탄체크 자켓을 입었다. 짧은 치마엔 무조건 무릎까지 오는 검은 레이스가 달린 검은 양말을 신었고, 겨울엔 안감에 기모 처리가 된 버뮤다 데님 팬츠를 입고 무릎 위로 올라오는 양말을 신었다. 그러니까 교복을 입기 전까지는 옷을 참 재미있게 입었다. 자신감이 넘쳤고, 좋아하는 옷이 참 많았다. 다섯 살 언저리엔 종아리 길이였지만, 나이가 둘째 자리에 들어서는 즈음엔 무릎 위로 치마가 낭창낭창 흔들렸던 반팔 청원피스를 아직도 잊을 수 없다. 난 어린이집의 원생일 때도 내가 좋아하는 옷을 입지 못하면 어린이집에 가서도 울었다. 엄할 땐 엄했던 엄마가 나한테 입힌 옷은 시원한 갈색과 베이지 줄무늬 여름 니트 민소매에 마로 된 9부 와이드 팬츠였다. 지금은 그렇게 입고 싶어도 못 입는데 내가 그땐 그런 톰보이 스타일은 그다지 선호하지 않았다. 어쨌든, 그런 나였다. 그런 나였는데, 멜번의 한 카페에서 맞은편에 앉은 남자의 형형색색 양말 앞에선 내가 참 딱해졌다. 그때의 나에 비하면 잘못된 건 없었다. 더불어 재미도 없었다. 내가 입고 있던 호피무늬 스웨터가 회심의 일격이었는데 재미를 앞세우니 자신이 없어졌다. 이 호피무늬 스웨터는 이 멜번 여행 전의 일본 여행에서 구매했다. 연말을 맞아 시즌 할인으로 합리적인 가격에 산 데다가 평소 호피무늬가 들어간 옷을 입고 싶어했는데 드디어 입을 수 있어 몹시 기뻐했더랬다. 그 여행에서 난 옷 한 벌을 더 샀다. 셔츠 깃이 달린 크롭 맨투맨이었다. 마찬가지로 옷이 마음에 들기도 했고 가격이 쌌다. 돌연 옷 한 벌이 더 생각난다. 바로 빈티지 가게가 즐비한 동네에서 본 짙 초록색 시스루천과 니트의 짜임이 절묘하게 어우러진 드레스 같은 원피스다. 그 원피스는 영화 '어톤먼트'에서 배우 키이라 나이틀리가 입은 초록색 실크 슬립 드레스와 영화 '아가씨'에서 배우 김민희가 입은 단추가 달린 초록색 드레스의 자태를 품은 나의 야심에 불을 질렀다. 가격도 70000엔도 아닌 무려 7000엔으로 나쁘지 않았고 무엇보다 그 고상함에 감히 눈을 뗄 수 없었다. 내가 한참을 서서 바라만 보고 있으니 가게 주인이 입어 보라고 권유했지만 난 망설였다. 입어 봐서 마음에 들면 분명 살 텐데, 때때로 난 너무 무서울 정도로 날 잘 알았다. 드레스 같은 원피스를 입고 갈 TPO(Time 시간·Place 장소·Occasion 상황)가 나한테 없다고 지레짐작해 결국 입어 보지도 못했다. 게다가 이 옷을 훗날 얼마나 잘 활용해서 얼마나 오랫동안 입을 수 있는지도 확신할 수 없었다. 그 원피스를 두고 몸은 떠난 지 오래건만 마음은 아직도 그곳에 있다. 그땐 예쁘지만 쓸데없는 곳에 돈 안 썼다고 자찬을 했는데 이제 와서 왜 안 샀을까 자책을 하는 이유는 그깟 양말이 뭐라고 은연 중에 숨긴 내 마음이 탄로 나서다. 그러니까, 지금까지 나는 자꾸 눈치를 봤던 거구나.

내가 계속 나도 모르게 눈치를 살피고 있었구나. 선택의 기준을 실용성에 두고 무용(無用)한 건 사치라고 여기며 자라야 했던 영향이 컸다고 말하고 싶지 않다. 세상을 살아갈 순간의 해답엔 의지와 용기 말고도 포기나 유예도 있으니까. 그러나 선택이 불가능했다면 모를까, 난 선택할 수 있는 조건들을 앞에 두고도 나의 본색을 감추도록 훈련되어 있는 것처럼 행동했다. 이 선택이 나 아닌 타인에게 납득 가능한가, 이 질문이 바로 선택의 기준이었다. 그나마 순수한 기호(嗜好)를 기준으로 선택했다고 믿었던 호피무늬 스웨터와 크롭 맨투맨도 사실 충분히 예상·수긍·공감이 가능한 것에 불과했다. 나에겐 너무 엄혹했던 규율과 지금 따져보면 부조리한 명령 아래 나의 겉옷이, 실내화가, 심지어 머리를 묶고 푸는 여부까지 허락받아야 하는 교육환경 속에서 하루 최대 열네 시간을 보내고, '학생은 단정해야 한다'라는 엄마의 엄격한 권고에 무릎 아래 길이의 교복 치마 하나를 무릎 바로 위로도 속시원히 줄이지 못하며 스무 살까지 살아야 했던 생활이 개성은 일단 접고 보는 습관을 생성하는 데 영향을 줬을 거라 추측한다. 너무 강력하게 훈련되어 있어 내가 좋아하는 것이 필요한 존재라고 남을 납득시킬 생각도 차마 못했다. 그러고 보면 내가 왜 날 억누르면서까지 남의 공감을 얻어야 하지?

엄밀히 말해, 그건 공감이 아니라 허락 아닌가? 내가 필요로 해야 하는 걸 억지로 좋아하는 대신 내가 좋아하는 게 나에게 필요하고 필수적이라고 남을 설득시킬 생각도 못 해볼 정도로 자신감이 결여되어 있었음이 확실하다. 현재로선 초록색 원피스를 입고 갈 TPO가 없다고 일찍이 단념하지 않고, 입고 갈 상황을 당장 만들진 못해도 적어도 평소에 어떻게 활용해서 입을지 머리 쓰는 것도 꽤 괜찮았을 텐데, 나는 몰랐다. 한 마디로, 나는 그냥 두려웠던 거다, 내 안엔 언제나 어떤 이유도 당연했는데 그 이유가 바깥에서 '또' 지적과 참견을 당할까 봐. 항상 최선을 다했다고 자부했는데, 결국 최선은 최고가 되지 못했다. 그리고 다분히 역설적이게도, 묘한 카타르시스를 느꼈다. 미안하지만, 나를 소중하게 여기지 않았던 사람들의 틈에서 버둥대며 만들었던 최선을 나는 최고로 치고 싶지 않다.

"너 진짜 날씬해!"

이 말을 들었을 때 나는 '그럼 그렇지'라고 속으로 되뇌었다. 앞으로 사람 사는 어디를 가도 이 말을 듣는 건 필연임이 분명한 것 같아 한숨을 내쉬려다가 급히 들이켰다. 바로 뒤이어 들은 말이 한숨과 어울리지 않았기 때문이다.

"그래서 네가 더 예쁜 것 같아!"

듣도 보도 못한 발언에 아연실색한 표정을 내비치다가 이렇게 가만히 있는 건 실례라고 생각되어 나조차도 생전 처음 들어보는 목소리로 고맙다는 대답을 했다. 그리고 예쁜 말에 나름의 보답을 하고 싶었다.

“난 널 보자마자 네 눈이 참 예쁘다고 생각했는 걸.”

정말이었다. 말로 꺼낼 작정을 그전에 안 했을 뿐이었다. 어쨌거나 처음엔 나에 대한 살가운 말을 나에게 마냥 베푸는 예의이자 호의인 줄만 알아 대수롭지 않게 넘겼다. 살다 보면 한 번쯤은 마주칠 법한 우연이라고만 여겼다. 그런데 놀랍게도 그게 끝이 아니었다.

“네가 그래서 말랐구나!”

구운 연어, 샐러드, 구운 양파, 계란, 콩과 옥수수 그리고 익힌 양배추를 즐겨 먹는 내가 또 그대로 먹고 있으니까 그 모습을 본 나의 룸메이트가 말했다. 난 또 약간 의기소침해져서 그런 말을 하는 까닭에 대해서 물었다.

“나도 너처럼 그렇게 건강하게 먹어야 하는데! 그리고 너 항상 천천히 먹잖아. 난 맨날 공룡처럼 먹어대는데!”

전혀 예상치 못한 귀여운 답변에 웃음이 터졌다. 난 깔깔거리며 대화를 이어갔다.

“지금 네가 뭐 어때서 그래!”

“살을 조금 더 빼고 싶거든.”

“난 지금 네 모습도 좋은데. 다이어트 하는 걸 말리는 건 아닌데, 난 그냥 지금 네 모습도 충분히 예쁘고 매력 있다는 것도 알았으면 좋겠어. 무슨 말인지 알지?”

"당연히 알지. 고마워. 그리고 네 식단을 좀 참고해야겠어."

"그렇게 말해주니 나야말로 고마워. 다이어트 꼭 성공하길 바랄게."

얼마 후 그 룸메이트는 정말로 나의 식단을 참고해 자신만의 건강 식단을 만들었다. 이런 일은 처음이었다.

"나, 네가 하는 화장 마음에 들어. 입술만 빨갛게 바르는 거 말야."

나는 또 생전 처음 들어보는 말에 또 얼떨떨한 표정으로 나의 다른 룸메이트를 바라보았다. 나는 좀 민망해하며 대답했다.

"아, 내가 사실 피부가 약해서 피부 화장을 전혀 못 하거든. 그래서 대신 얼굴을 환하게 밝혀줄 수 있는 립 제품을 좋아해. 어쨌든, 고마워."

"입술 바를 때 어떤 립스틱 쓰는 거야? 나도 옛날에 너처럼 빨간 립스틱 바르는 거 좋아했는데! 지금은 안 쓰지만 아직도 갖고 있거든. 다음에 보여줄게!"

그리고 그녀가 나에게 자신의 빨간 립스틱들을 보여주게 된 경위는 엉뚱하게도 내가 길 한복판에서 어떤 이유로 급작스레 공황 발작을 느껴 정신을 부여잡고 숙소로 허둥지둥 돌아왔던 어느 오후였다. 그 시각 숙소엔 그녀와 남자 룸메이트가 각자 자기만의 시간을 보내고 있었다. 그 사이 나는 마치 누군가에게 쫓기는 것처럼 허겁지겁 숙소 문을 열고 들어와 쓰러지듯이 거실의 소파에 눕고는 호흡을 바로 하려고 애썼다. 그러고는 그 두 명에게 잠시만 아무 소리 내지 말고 조용히 해달라고 했다. 둘은 내 말이 심상찮게 들렸던 건지 내가 부탁한 대로 아무 말도 하지 않았고, 그 중 한 명이었던 그녀는 나에게 다가와서 뭐라 말을 건넸지만 나는 기억이 나지 않는다. 기억이 나는 건 오로지 내가 그녀에게 잠시만 손을 좀 잡아달라고 청했던 것이다. 10분, 20분이 흐르자 헐떡였던 숨은 겨우 제 속도를 되찾았다. 나는 이제 진정이 됐으니 손을 놓아도 괜찮다고 말하며 고맙다고 했다. 나는 발작이 끝나면 공황 증상에 대한 자괴감에 늘 휩싸이곤 했고 이번에도 어김없이 자책하며 멍하니 있자 그녀는 갑자기 자기 방으로 들어가더니 자신의 화장품 파우치를 가져오고는 느닷없이 자신의 빨간 립스틱들을 보여주며 그것들에 얽힌 이야기를 했다. 처음에 나는 그녀가 난데없이 왜 이러는 건지 의아하기만 해 혼란스러운 표정을 띤 채 그녀가 무슨 말이든 하도록 잠자코 내버려뒀다.

"이거는 내가 카지노에서 일했을 때 좋아했던 건데 말이지……이거는 네가 바르는 거랑 색이 좀 비슷한 거 같아……아, 이건 샤넬에서 산 건데 지금은 좋아하지 않아."

나는 묵묵히 지켜보다가 나의 얼굴에서 멍한 표정이 지워져가고 인간의 생기를 되찾고 있음이 느껴졌다. 나는 아무

대답도 않다가 그녀에게 다시 한번 고맙다고 하며 공황 장애를 앓고 있다고 고백했다. 사람이 너무 많은 곳에서 압사당할 것 같은 기분을 느끼는데 가끔 통제하려는 노력이 통하지 않고 그때마다 공황 발작을 겪는다고도 밝혔다. 그녀는 특별히 놀란 표정을 짓지 않고 나에게 '다 괜찮으니 걱정하지 말라'는 말을 남기고 본인의 집안일을 마저 한 뒤 일하러 나갔다. 나는 완전히 진정됐음을 확인하고 같이 있었던 남자 룸메이트에게 놀라게 해서 미안하다고 말했다. 또한, 그녀에게 그랬던 것처럼 왜 그런 행동을 했는지 사정을 털어놓았다. 희한하게도, 그 친구 또한 딱히 놀랄 게 없다는 기색으로 미소를 띄며 오히려 나에게 '이제는 괜찮냐'고 물었다. 그러면서 나와 같은 방을 쓰고, 그와 친한 친구이기도 한 또 다른 룸메이트도 나와 같은 질환을 앓았다고 알려줬다. 그러곤 그는 더 이상 자세히 묻지 않았다. 나처럼 공황 장애를 앓았다던 룸메이트는 알고 보니 브런치를 좋아하는 취향이 나랑 겹쳤고 어느 날 그녀가 잘 아는 브런치 카페에 가서 우리는 브런치를 먹으며 이런저런 대화를 하다가 공황 장애를 주제로 얘기를 나눴다. 나보다 두 살 어린 그녀는 내가 처음 공황 발작을 겪은 나이보다 한참 어린 10대 때 공황 장애를 앓았다고 했다. 나는 너무 놀란 반면 그녀는 매우 차분하고도 담담하게 얘기를 이어갔다. 그녀는 학교와 엄마, 할아버지의 도움으로 전문가에게 치료를 받았고 그 과정에서 엄마와 할아버지가 큰 힘이 됐기에 결국 극복할 수 있었다며 본인처럼 나도 공황 장애를 이겨낼 수 있을 거라고 응원해 주었다. 같은 처지를 공유하고 있던 그녀는 나에게 왜 공황 장애를 앓게 됐는지 사사로이 묻지 않고, 그저 다 이해한다는 눈길로 나를 바라봐 주었다. 내 마음은 놀라 덜컹했다가 감동으로 울렁거렸다. 우린 즐거이 브런치를 먹으며 자연스레 다른 대화 주제로 넘어갔다. 그리고 나의 화장법이 마음에 든다고 말해 주고 발작이 가라앉을 때까지 묵묵히 기다려 준 룸메이트는 후일 나에게 왜 공황 장애를 앓게 됐냐고 물어봤다. 나는 대답하기를 망설이다가 '사실은 그 병을 앓도록 만든 여러 사정들이 너무 복잡하게 뒤엉켜있을뿐더러 나는 아직 그 사정들을 남에게 아무렇지 않게 말할 준비가 되어있지 않다'고 술회하고는 미안하다고 끝맺음을 했다. 그랬더니 그녀는 놀랍게도 이렇게 말했다.

"괜찮아. 말하지 않아도 돼. 네가 말하고 싶을 때 말하는 게 중요한 거지."

나는 내가 잘못된 줄 알았다. 정확히 말하면 멜번에 오기 전까지, 나는 잘못된 줄 알았다. 그런데 그게 아니었다. 나는 잘못된 게 아니었다. 멜번에 와서 난 내가 잘못되지 않음을 알았다.

난 내가 잘못된 줄 알았지. 그러니까 나는 그물에 잡혀 경매장에 올려지고 끝내 도마 위에서 썰려 인간의 입에서 씹히는 물고기처럼 한참을 살았던 것이다. 한편으로는 수족관이나 어항 속의 물고기나 다름없었다. 하도 내 의지와 전혀 관계없이 재단(裁斷)당하거나 예단(豫斷)당하며 살아서, 처음 바다에 퐁당 떨어졌을 땐 무슨 영문인지 몰라 자유를 몰라봤다. 나는 정면에서 다음과 같은 말을 들으며 컸다:

"그렇게 말라서 뭘 하겠니?", "너무 말라서 징그러워", "팍팍 좀 먹고 살 좀 찌워", "얼굴에 화장 좀 해", "왜 화장을 안 해?", "넌 왜 이렇게 예민하니?", "그냥 대충 살아", "네가 먼저 잘못한 거야", "왜 말랐는데 샐러드를 먹어?", "걘 왜 저래", "걔 좀 이상해", "그냥 넘어가", "네가 잘못됐어", "너 그렇게 살면 안돼", "너 일부러 그러는 거지?", "책을 참 조잡하게 읽었구나", "옷 가지고 유난 좀 떨지 마", "그것 좀 나중에 하면 되잖아."

한꺼번에 옮겨 적으니 알겠다, 진절머리 나게 들은 이런 말들에 난 단 한 번도 익숙해진 적이 없었다는 사실을. 들으면 들을수록 마음에 칼이 꽂히는 기분만 명료해진다. 어렸을 땐 일일이 말로 반박하기도 했다. 나, 당신이 생각하는 그런 사람 아니라고 말이다. 그런데 그럴 때마다 불운하게도 내 꼴만 우스워지는 것 같았다. 풀어 말해, 입을 다물면 나의 뜻은 억측과 오해에 잠식되고, 입을 열면 꼭 변명하고 해명하기 급급해 보였다. 따라서 나의 선택을 홀로 책임져야 하는 나이를 먹으면 먹을수록 행동 제약으로부터 해방되고 있음을 더

더욱 느꼈고, 이젠 말 대신 행동으로써 보이면 되니 내가 자의적·타의적으로 입을 다물고 있는 것에 대해서는 무신경해지긴 했다. 그러나 날 곡해하는 말은 들어도 들어도 도저히 무신경해질 수 없었다. 빙하가 녹듯 마음이 녹아내리는 날은 언제 그칠지 몰랐다. 그리고 또 하나의 잊을래야 잊을 수 없는 말:

"넌 입은 웃어도 눈은 절대 안 웃어. 눈이 왜 이렇게 슬퍼."

많은 이들은 그랬다:

"다 그렇게 살아."

정말일까? 정말 다들 슬픈 눈을 갖고 사는 걸까? 난 알 수 없는 의도의 손가락질에 밀리고 밀려 문 밖으로 밀쳐 났고 소외감을 느끼며 그쪽 세계의 문을 닫을 수밖에 없었다. 씁쓸함을 안고 뒤를 돌았을 때 내가 마주한 건 바다였다. 모두 다르게 아름다워도 모두 똑같이 소중한 생명체들이 자유로이 헤엄치는 곳이 바다다.

세상을 '미운 오리 새끼' 개념으로 바라보면 안 된다는 가치관은 변한 적이 없었다. '미운 오리 새끼'는 크게 '나랑 다르면 비정상이야'와 '알고 보니 백조였다'라고 명명되는 두 가지 측면으로 볼 수 있다. 일단, 둘 다 옳지 않다. '나랑 다르면 비정상이야'는 누가 봐도 그릇된 사고(思考)임을 알아차릴 수 있지만, '알고 보니 백조였다'에선 어느 부분이 그릇된 건지 알아차리기 쉽지 않다. '나랑 다르면 비정상이야'와 마찬가지로 '알고 보니 백조였다'도 극과 극인 사유 방식을 유도한다. 백조의 새끼와 오리의 새끼가 다른 건 유전적으로 당연하며 둘 다 어느 쪽이 더 우월함을 재면 옳지 않은 존엄한 생명체이다. 그런데 '알고 보니 백조였다'는 백조 외에 다른 동물들, 이야기상으로는 오리보다 백조가 더 우월하다는 식으로도 이해 가능하다. 즉, '알고 보니 백조였다'라는 얘기는 한 쪽은 긍정됨에 따라 다른 한 쪽이 자연스레 부정된다고 해석된다. 알고 보니 백조? 오리가 뭐 어때서? 오리는 백조보다 결함 있는 존재가 아니다. 그러나 이 '미운 오리 새끼'는 흔히 어떻게 인용되는가. 주변으로부터 놀림받던 아이가 알고 보니 특출한 존재였다? 더러는, 타고난 대로 놀아야 한다? 분명히 하자, 누군가를 따돌리고 음해하는 건 명백히 잘못된 행동이지만, 그렇다고 해서 그 누군가를 따돌리고 음해한 자들이 결함 있는 존재는 절대 아니다. 또한 백조는 백조대로 살고 오리는 오리대로 사는 것보다 더 중요한 건 자신의 선천적 재능을 받아들이되 자신이 되고 싶은 모습으로 살 수 있도록 이롭게 발휘하는 것이다. 따라서 세상은 존재 가치로서 무조건적 우위를 점하는 것에 관한 '미운 오리 새끼' 대신 다름을 평범함으로 보는 '도리를 찾아서'에 부합해야 한다. '니모를 찾아서'의 '니모'의 친구인 '도리'는 단기기억상실증을 앓고 있으며 니모는 한쪽 지느러미가 작다. 그들에겐 다리가 일곱 개인 문어와 근시가 심한 고래 상어가 친구로 있으며, 그 밖의 친구들도 각자 다름을 품고 있다. 도리와 친구들이 사는 세상, 바다에선 다름은 어떤 일을 해결하는데 불편한 장애나 다수의 공통점으로부터 구분되는 지점이 아니다. 바다에서 다름은 흥미로운 방식으로 세상을 살아갈 수 있는 방식이다. 도리는 단기기억상실증 덕분에 존재 이유를 찾기 시작했으며, 단기기억상실증은 방금 보고도 바로 잊는 것이 아닌 단기 집중력이 높은 것뿐이다. 그와 친구들은 상처로 작용됐던 '다름'이 개성이자 능력이 되도록 서로서로 격려하며 결국 각자의 사명을 해내고 바다로 나간다. 그런 '도리를 찾아서'를 보았을 때 난 세상은 저러해야 한다고 직감했다. 그리고 저러한 세상이 드디어 내 눈앞에 펼쳐져 있었다. 그렇게 나는 멜번에서 유독 마음이 편했다. 물론 오직 나 자신만 한정해서 보았을 때만이다. 그래도 나는 자유로웠다. 거리낌없이 나 자신을 표출해도 아무도 나를 이상하게 보지 않았다. 내가 '글을 쓰러 멜번에 왔다'고 하면 다들 긍정적인 시각으로 바라보며 여행책을 쓰겠노라는 꿈을 응원해주었다. 최선 중에 최고로 골라온 옷들을 입고 싶은 대로 입었다. 눈치 보지 않고 샐러드와 비건 음식을 만끽했다. 실컷 생각하고 고민했다. 거리의 의자에 앉아 오고 가는 사람들의 스타일을 공책에 적어 내렸다. 걷다가 멈춰 남의 시선을 신경쓰지 않고 내가 찍고 싶은 존재들을 마음껏 카메라에 담았다. 말

걸고 싶은 사람이 있으면 정중히 말을 걸었다. 어떤 친구를 만나도 나눌 수 있는 마음이 있었다. 섣부른 판단과 악의 대신 애정과 예의 있는 의견을 들었다. 인정 있게 직시할 줄 아는 사람들 덕분에 존재의 장점을 부각시키는 방식을 배웠고, 덩달아 삶을 즐기고 꿈을 거침없이 추구하는 사람들로 인해 나 자신을 표현하고 싶은 욕구가 자꾸 꿈틀거리고 있음을 감지했다. 멜번에서 나는 매순간 몹시도 '나'였다. 매순간 '나'일 수 있어서 기뻤다. 나는 자유로웠다.

나에게도 특별하게 예쁜 양말이 없었던 건 아니다. 있었다. '아이헤이트먼데이'라는 양말 브랜드를 좋아했지만 양말에 만 원 이상 쓴다는 건 무리였던 그 시절, 세일 가격으로 기어이 쟁취해낸 흰색과 검정색 땡땡이 무늬가 짝을 이루는 발목 양말과 내가 그 브랜드 양말을 좋아하는 걸 알던 나의 또 다른 사촌언니가 선물로 준 적당한 굵기의 꽃분홍색 테두리가 있는 목이 긴 회색 양말이었다. 검은 양말투성이의 서랍장에 앙증맞은 무늬와 고운 색깔이 들어서니 마치 먹구름투성이 하늘에 짠 하고 나타난 무지개를 보는 것 같은 기분이 들었더랬다. 두 켤레라도 나에겐 큰 기쁨이었다. 일주일에 두 번이나 예쁜 양말을 신을 수 있다는 건 보장된 행복이었다. 얌전하기를 강요받았던 좁은 사회 속 시계와 함께 내가 누릴 수 있는 몇 안 되는 특별한 멋이었다. 내 발에 내가 가진 것 중 최고로 여기고, 순수하게 원하는 양말이 신겨 있다는 건 무엇과도 대체할 수 없는 즐거움이었다. 그래서 멜번 거리의 사람들이 신은 양말의 무늬나 색깔이 때론 요란하거나 납득하기 어려워도 그 모습조차도 즐거이 우러렀던 이유는 나에게 있어 그 어떤 패션 아이템보다 양말이 유독 최선보다는 최고였기 때문이다. 어쩌면 또다른 대안이 존재할지 모르는 최선 대신 타협이 불가능한 최고 말이다. 저들은 분명 본인 최고의 모습을 보여주고 있구나 생각할 수밖에 없었다. 특히 단정한 양복 차림에 어우러진 현란한 색과 무늬가 섞인 양말을 보노라면 그 마음이 헤아려져서 뭉클한 바가 있었다. 내가 멜번으로 갖고 간 양말의 전부가 단순한 검정색도 아니고 그 속에는 하늘색과 흰색 털이 씨실과 날실로 엮인 양말도 있었고 크리스마스 느낌을 내는 무늬의 양말도 있었다만 내 눈엔 최고가 아니라 최선일 뿐이었다. 얼마든지 대체가능함은 물론이고 타인의 눈에 쉽게 수긍 가능한 것들이었다. 난 비로소 나의 최고가 무엇인지 깨달았다. 숨기지도 않고, 억지로 꾸미지도 않으며, 대체불가능하기까지 한, 있는 그대로의 본모습이 나의 최고였다. 나는 그저 언제 어디서든 진정 '나'이고 싶었다. '전해리'이고 싶었을 뿐이다. 그러므로, '나를 그냥 사랑해줘요'라고 말하고 싶지 않다. 내가 누군지 상관 말고 맹목적으로 사랑을 달라는 식으로 구걸하고 싶지 않다. 대신에 '그냥 나를 사랑해요'라고 말하고 싶다. 있는 그대로의 내 모습 자체를 사랑하면 안 되냐고 요구하는 바다. 나는 이미 당신을 사랑할 준비가 되어 있다. 사랑은 이토록 참으로 간단함을 멜번에서 깨달았다. 그러니 사랑은 들켜야 하고, 증오는 없애지는 못할 망정 평생 숨겨져야 함이 옳다.

퀸 빅토리아 마켓으로 장을 보러 가기 전 산책이나 할까 싶어 아침 일찍이 나왔다. 느긋하게 어슬렁거리다가 트램을 타기 위해 정류장에 서 있는데, 누가 말을 걸어왔다. 무의식적으로 몸이 또 굳었는데 나한테 말을 건 사람이 아이들을 대동한 어머니라는 걸 확인하고 긴장을 풀었다. 무슨 일이냐고 하자 본인과 아이들은 퍼스에 살고 멜번에 처음 와서 그러는데 퀸 빅토리아 마켓으로 어떻게 가는지 아느냐고 묻길래 사실 나도 멜번에 온 지 얼마 안 되어 길이 익숙치 않아 마침 구글맵으로 찾는 중이라고 대답했다. 그랬더니 그분이 하는 말이,

"오! 몰랐어요. 여기 사는 분인 줄 알았어요."

처음 들어보는 이 말이 이렇게나 듣기 좋은 줄 몰랐다. 나는 미소를 숨기지 못하며 고맙다고 말했고 같이 퀸 빅토리아 마켓으로 향하는 트램에 올라탔다. 최고의 모습만을 띄고 있는 사람들이 가득한 이곳에 내가 어울리지 않는 사람은 아니라는 마음이 내 안을 가득 채웠다. 감사했다. 진심으로 감사했다.

*당신이 필요한 여행의 요령 맛집과 서로를 알아가는 법

우선, 맛집의 정의가 유명세가 딸린 식당보다는 소박하게 맛만 있는 식당에 가깝다고 가정했을 때, 여행 중 오늘만큼은 운에 걸지 않고 맛집에 가고 싶으면 사람들에게 질문을 던진다. 그 사람들은 나와 비슷해 보이는 사람들이다. 믿기 어렵겠지만, 자꾸 사람들을 바라보는 연습을 하면 사람마다 갖고 있거나 제 자신도 모르게 풍기는 분위기가 느껴진다. 그 분위기에서 나와 닮은 점이 보이는 사람에게 묻는다. 그때 '이 근방에서 가장 맛있는 곳이 어디냐'는 질문은 사실 조금 모호하다. 이유는 두 가지다. 첫째, 질문자가 대답자에게 질문을 할 때, 대답자는 대개 무의식적으로 질문의 요점을 파악한 후 질문자를 기준에 두고 답을 한다. 즉, 대답자가 질문자에 대해 잘 안다면 '이 근방에서 가장 맛있는 곳이 어디냐'는 질문의 답은 질문자의 음식 선호도에 기초해서 하면 된다. 하지만 그 대답자와 질문자가 아예 생판 모르는 남이면, 그 질문의 답이 질문자가 원하는 답이 될까? 둘째, '이 근방에서 가장 맛있는 곳이 어디냐'는 질문의 해석은 여러가지로 갈릴 수 있다. 대답자 입장에선 본인은 별로 선호하지 않지만 대중적으로 유명한 식당을 얘기해줘야 할지, 본인은 좋아하지만 대중적으로는 유명하지 않은 식당을 얘기해줘야 할지 등 생각이 여러모로 복잡해지는 법이다. 그래서 요모조모 그만 따지고, 그 순간 가장 중요한 질문은 이렇게 해야 조금 더 깔끔하고 정확하다.

"당신이 배고플 때 가는 식당이 어딘가요?"

사람의 원초적 욕구 중 하나인 시장기를 달래 줄 곳은 본인만이 가장 잘 아는 법이다. 그러니까, 자신과 비슷한 사람이 즐겨 찾는 식당이면 자신도 좋아할 확률이 높다. 물론 다짜고짜 이렇게 물으면 너무 이상해 보일 테니, 앞뒤 사정을 잘 설명해야 한다. 예를 들면, 길을 물어 보고는 하나 생각났다는 듯이 맛있는 식당을 물어보면서 마지막에 '당신도 그곳에 자주 가나요?'라고 덧붙이는 식이다. 혹은, 나와 미적 관점이 비슷해 보이는 가게에 들어가 구경한 후 (이왕이면 뭔가를 하나 구매하면 호감도가 높아질 것이다) 점원에게 '배가 고파 그러는데 이 주변에 당신이 좋아하는 식당이 있나요? 당신이라면 왠지 맛집에 관해서 빠삭할 것 같은데요!'라고 말하라. 개인적으로 선호하는 방법은 여행지에서 살고 있는 사람과 친구가 되어 밥 약속을 잡는 것이다. 그때도 이 질문을 하는 거다.

"당신이 자주 가는 식당에 가요! 아니면, 좋아하는 음식이 뭐에요?"

이쯤에서 미식가 브리야 사바랭(Brillat-Savarin)의 명언을 빌린다.

"당신이 먹은 것이 무엇인지 말해달라. 그러면 당신이 어떤 사람인지 말해주겠다."

나는 아직 음식에 조예가 없어서, 물론 크게 집착하는 편이 아니기도 해서 나와 같이 밥을 먹은 사람이 어떤 사람인지 아주 철학적으로 말할 수는 없지만, 나는 그저 나와 새로이 친구가 된 이 사람은 배고프면 이런 식당에 오고, 좋아하는 음식이 무엇인지 알게 된 것만으로도 족하다. 그것만으로 배부르다. 그렇게 맛집과 서로를 알아간다.

그런데 이렇게까지 했는데도 맛이 없다면? 한 끼 정도 맛없는 거 먹는다고 세상이 멸망하진 않는다. 이번에 맛없는 거 먹으면 다음에는 맛있는 거 먹게 되니 걱정하지 않아도 된다. 정말이다.

한 곳에 쏟아질 때 다른 곳엔 쏟아지지 않는 비를 어찌 멈출쏘냐 / 외로움

"…… 사람마다 죄다 사정이라는 게 있다는 거야. 그 사정 알기 전까진 이렇다 저렇다 말하면 안 된다는 거고. …… 남들은 도저히 이해 못해도 너는 그렇게밖에 할 수 없었던 어떤 거. 그러니까 남의 일에 대해선 함부로 이게 옳다 그르다 말을… (하면 안 된다는 거야.)"

드라마 '*청춘시대*' 시즌1* 中

저 사람은 왜?

동정하지 마라, 궁금증을 반기는 대답은 냉정하기가 따로 없었다. 일단, 내가 궁금증을 가진 존재는 '홈리스(homeless)', 이른바 노숙자였다. 내 생각엔 멜번에는 노숙자가 많은 편은 아니었지만, 언제나 도심 속 드문드문 포진해 있었고 바람이 매서운 밤이 되면 그 수가 늘어났다. 그 면면은 각양각색이었다. 간혹 지나가는 사람들을 붙잡고 돈을 달라고 하는 노숙자가 있어 그나마 바닥에 누워만 있는 노숙자는 양반이었다. 어떤 노숙자는 출근 시간에 사람들로 복작거리는 길

*극본 박연선. 드라마 청춘시대 시즌1. 8회, "희망, 그 빌어먹을 놈의 희망". 연출 이태곤. JTBC. 2016년 8월 13일 방영

거리가 전혀 방해되지 않는다는 듯이 너무나도 태연하게 잠을 잤고, 어떤 노숙자는 그 신세에 강아지를 안고 있었고, 또 어떤 노숙자는 길바닥을 거실의 소파라고 생각하는지 아주 편안한 자세로 누워 책을 읽고 있었다. 내 옆에 있던 동행자는 내가 그런 노숙자들에게 의문과 안타까움의 시선을 보내자 나는 아예 몰랐던 노숙자들의 사정을 아주 몰인정하게 설명해 주었다. 저들 중 일부는 사람들에게 구걸해서 받은 돈을 모아서 호스텔에서 씻고 편히 자는 등 체류하는 데 쓰고 그렇게 며칠 지내고 다시 길거리로 나간다고 한다. 그 호스텔이 여행자들이 주로 묶고 심지어 나도 묶었던 호스텔이라는 얘기를 듣고 조금 놀랐다. 그러니까 나의 룸메이트가 노숙자였을 수도 있다는 건가? 또, 노숙자가 강아지를 데리고 있는 이유는 체온 유지도 체온 유지지만 반려견을 보살피는 데 지원되는 세금을 받기 위해서라나? 사실이라면, 이걸 정말 영리하다고 해야 할지 기가 찰 노릇이라고 해야 할지 모르겠다. 게다가, 그 사람 주장의 요지이자 화룡점정(畵龍點睛)은 이 나라에서 제공하는 노숙자 지원 제도를 굳이 마다하고 본인의 선택으로 무얼 해보고자 하는 의욕도 없이 길거리에 그저 앉아있는 노숙자들을 동정할 이유가 없다는 것이다. 하지만 나는 도리어 받아치고 싶었다, 당신이야말로 아는 척하지 말라고. 인간에겐 남을 동정하고 말고 결정할 권리가 없다. 설사 당신이 하는 말의 전부가 진실이라 해도 당신은 저들이 저렇게 노숙자가 될 수밖에 없고 노숙자에서 벗어날 수 없는 이유를 전혀 알 수 없으며, 저 찬 바닥에서 찬 바람을 견디고 자야 하는 건 당신이 아니라 저들이라고도 덧붙이고 싶었다. 인간은 서로를 아는 척할 수 없고, 그래서도 안 되는 존재이기 때문이다.

별것 아닌 일 앞에서 사람은 오히려 이를 악물어야 한다. 네번째 이사 준비를 하다가 손가락에 상처가 생겼다. 이까짓 게 왜 이렇게 아픈지 신경이 쓰였다. 그러고 보니 몸에 성한 구석이 없었다. 도대체 짐을 어떻게 옮겼길래 허벅지 안쪽에는 보기만 해도 얼굴이 찌푸려질 만한 피멍이 들어있었다. 그 피멍은 3주가 지나서야 아주 고맙게도 사라질 기미를 보였다. 그런데 사실 그 피멍은 조금 약과였다. 그러니까, 그 피멍은 신기하게도 눌러도 전혀 아프진 않았던 반면, 원인을 알 수 없는 크고 작은 멍들은 조금만 스쳐도 너무 아팠다. 멍만 날 아프게 했으면 좋았겠지만 야속하게도 그러진 않았다. 멜번으로 신발을 고작 두 켤레만 가져와 돌려 신으니 가뜩이나 어떤 신발을 신어도 불편함을 느끼는 발이 나날이 퉁퉁 부어갔다. 그래서 어쩔 수 없이 겨우 마음에 드는 신발을 찾아 신었더니 발뒤꿈치가 까져 피가 났다. 그 밖에도, 일찌감치 튼 두 손은 핸드크림을 발라도 발라도 나아지지 않았고, 한 쪽 손바닥에 생긴 굳은 살은 약간 갈라지다 못해 벌어지기까지 했다. 실수로 뜨거운 물 몇 번 댔다고 손등 살이 살짝 찢어져 쓰라린 일도 빈번했다. '정말 가지가지 하는구나'라는 말이 입에서 절로 나왔다. 사소한 것뿐인데, 너무 사소해서 더욱 지쳐갔다.

사소함은 외로움이다.

어느 날은 자주 가던 카페에서 해가 진 저녁에 파티를 한다고 해서 놀러 갔다. 작은 카페 안에서 여러 명의 바리스타들은 자체적으로 라떼 아트 경연 대회를 열어 시끌벅적하고도 허물없이 웃고 떠들며 진정 커피 자체를 즐기는 듯 보였고, 그 외에도 그 바리스타들로부터 초대받아서 온 사람들이 한 손엔 캔을 들고 그윽한 조명과 흥을 돋우는 음악이 있는 카페를 가득 메우고 있었다. 카페의 문을 막 넘었을 때는 '이런' 게 너무도 처음이라 신기해서 구경하기 바빴다. 라떼 아트 하나만으로도 저렇게 신나게 노는 사람들이 신통했고, 처음 접해보는 '이러한' 파티 문화가 흥미로웠다. 그런데 시간이 가면 갈수록 '이러한' 분위기에 대한 어색함이 강해졌을 뿐만 아니라 갑작스레 내 안에 깊이 박혀 뿌리째 뽑기 어려운 외로움이 뼈저리게 감지됐다. 그들만의 크고 작은 견고한 세계가 신참내기에 불과한 나로서는 도저히 넘을 수도, 뚫을 수도 없는 벽인 것 같아 막막했다. 주위를 둘러봤더니 그들은 서로서로 면식이 있어 보여 내가 혼자여도 너무 혼자라는 기분이 커갔다. 나는 중고등학생 시절 반이 바뀔 때마다 속으로 '친구는 어떻게 사귀는 거더라?'고 읊조렸는데, 무의식적으로 그 혼잣말을 다시금 떠올리고 말았다. 사람 많은 곳에 가면 불시에 튀어나오는 공황증상을 조금이라도 다스릴 수 있는 방책인 모자를 혹시 몰라 쓰고 있었는데도 기어이 숨이 막혀옴을 느끼게 되자 나는 더 이상 이곳에 있으면 안 되겠다고 판단 내려 카페 아니, 그 세계로부터 도망쳐 나왔다. 속으로는 몇 번이고 그냥 피로가 쌓여서 갑자기 민감해졌을 뿐이라고 되뇌면서 말이다. 숙소로 돌아가니 일하고 돌아온 룸메이트가 요리를 하고 있었다. 어딜 갔다 왔냐길래 작은 파티에 초대받아서 라떼 아트 경연 대회를 구경하고 왔다고 했다. 그녀는 내가 조금 피곤해 보인다면서 그 라떼 아트에 나왔던 라떼는 왜 안 가져왔냐고 물었다. 나는 그 라떼들은 그냥 경연용이어서 다들 경연이 끝나면 버리고 아무렇지 않게 바로 다음 경연에 임하곤 했다고 대답했다. 그랬더니 그녀는 농반진반으로 그게 무슨 낭비냐며 '아깝다'고 지탄했다. 나는 그 라떼들을 내가 못 마셔서 피곤해 보이는 것 같다고 농담 같지도 않은 농담을 하고 방으로 들어갔다.

어울릴 수 없다는 어색함은 외로움이다.

어느 날은 곧잘 으르렁 대고 변덕을 일삼던 날씨가 웬일로 몹시 얌전했다. 화창하고 따습고 바람은 부드러운 축에 속했다. 마침 미술관에서 흐뭇한 시간을 보내고 나왔던 차에 나는 미술관 근처 소규모 마켓에서 비건 컵케이크를 사서 소풍가는 기분으로 주변 공원으로 걸어갔다. 시드니에서도 그랬지만 멜번에 와서도 느끼는 건데 도심 속 자연이 어쩜 이렇게까지 경이롭고 웅장하기까지 한지 한 걸음씩 내딛을 때마다 생소한 식물에 감탄하기 바빴다. 감탄에 감탄을 나지막이 이어가다가 난 이 아름다움 자연을 한눈에 조망할 수 있는 한 언덕에 올라가 잠시 숨을 돌리기도 했다. 간지러운 바람과 짝이 맞는 포근한 햇빛, 그리고 울창하고 푸르른 녹지와 대비되는 저 너머 회색 마천루, 완벽하게 아름다울 수 있다는 게 이런 걸까. 여행 중 축적된 고단함과 속상함이 저절로 녹아내리는 듯했다. 벅찬 마음을 얻고 멀리 둔 시선을 가까이 돌린 찰나 내 눈에 들어온 건 사람들이었다. 가족, 연인, 동료, 친구 등 공원에 있는 사람들 모두 혼자가 아니었다. 다들 화목해 보였고 그래서 행복해 보였다. 저들이 누리는 행복은 나와 다른 성질의 것으로 보였다. 순간, 저들처럼 내가 사랑하는 사람이 지금 바로 내 곁에 있다면 얼마나 좋을까 간절했다. 거리낌없는 자유가 문득 족쇄처럼 느껴졌다. 난 황홀했던 기분을 아끼려고 자리를 얼른 박차고 일어섰다. 그런데 들어올 땐 쉽던 길이 나가려고 하니 미로가 된 것 같았다. 공원을 나가는 길은 너무도 어지러웠다. 난 그 길을 빠져나가느라 한참을 애먹었다.

사랑하는 이가 곁에 없는 외로움엔 탈출길이 막연하다.

멜번에서 지내면서, 혹은 온 여행을 통틀어 별다르게 부럽거나 하는 감정에 신음한 적이 없었는데, 딱 하나 예외가 있다면 바로 유학 온 자들을 볼 때였다. 새로 유학 온 학교가 기대된다며 설레하는 친구, 뉴욕의 모교를 얼마나 열정적으로 다녔는지 설명하는 친구, 학교에서 내준 영어 숙제에 끙끙대는 하는 친구가 부러웠다. 어쩌면 그들의 사정이 나의 현재 혹은 과거가 됐을 수도 있다는 가여운 가정법이 또 속절없이 내 속을 휘젓고 떠났다. 그 가정법 속, 이룰 수 있었지만 결국 이뤄지지 않았다는 현실이 하염없이 허전했다. 무지갯빛 소망에 유독 비협조적이었던 현실이 더는 원망스럽지는 않았지만, 행복한 학창시절은 살아가면서 얼마나 큰 자산이 될까 상상하며 내가 꿈꿨던 바를 이루고 있는 친구들을 남 일처럼 쳐다볼 수밖에 없었다. 한 치의 오차도 없는 소외감이 날 덮쳐도 난 무력하기를 택한다, 벗어나 봤자 지나간 현실은 바뀌지 않기에.

소외감은 외로움이다.

모든 사람이 물리적으로 항상 곁에 있을 순 없다. 사랑하는 이가 바로 옆에 없을 때마다 주저앉을 수는 없는 노릇이 곧 생(生)이어서 여행을 통해 그러한 진리를 몸으로 익히고자 한다만 쉽지 않다. 꼭 그런 날이 있다. 차곡차곡 모아둔 외로움이 제 무게를 못 견뎌 끝내 무너지고 내가 그 아래로 깔릴 때 난 다급하게 한국에 있는 사람들에게 전화를 걸지만, 꼭 그런 날 다들 일이 있어 내 전화를 놓치거나 자기 얘기만 하고 끊는다. 그치, 꼭 내 전화를 받을 필요도, 내 이야기를 들을 이유도 없지. 내가 내 외로움을 앞세워서 미워하면 안 된다는 걸 알지만, 알고 있어도… 서운함을 감출 길이 없다. 아는데 잘 안 된다.

서운함은 외로움이다.

꼭 그런 날이 있다, 오늘만큼은 절대 외국어를 쓰고 싶지 않은 날, 모국어로만 말하고 싶은 날. 외국인 룸메이트를 피해 바깥으로 나가도 온 사방이 외국어를 쓰는 사람이다. 어딘가 들어가 앉아 있으려 해도 영어를 쓰지 않으면 안 된다. 그럼, 현지에서 만난 한국인은 어떤가. 많은 이들이 여행에서 처음 만난 사람에겐 어떤 말이든 털어놓을 수 있다는 법칙은 알지만 다들 정작 그 만남이 몇 번 애매하게 지속되면 그러기 어렵다는 법칙은 잘 모른다.

여러모로 말이 통할 수 없다는 답답함도 외로움이다.

그런가 하면 표현이 불가한 외로움에 꼬박 앓아버리는 날이 있다. 어느 날은 룸메이트와 케이크를 만드는 데 필요한 재료를 사러 버스를 타고 한 시간 거리에 있는 대형 쇼핑몰에 갔다. 그 쇼핑몰이 그렇게 큰 줄 알았으면 애초에 가지 않았을 텐데, 가보지 않으면 알 리가 있나. 간략하게 말해, 사람이 많아도 너무 많은 그곳에서 난 공황 증상을 느꼈고 그 한복판에서 발작을 일으키지 않기 위해 모자를 깊숙이 눌러쓰고 호흡을 다스려야 했다. 내가 유일하게 할 수 있는 건 공황 증상에 못 이겨 소리를 지르거나, 그럴 가능성을 차단하기 위해 아예 입을 다무는 것 둘 중 하나였고 난 입을 다무는 쪽을 택했다. 가끔 눈치가 없어도 너무 없는 룸메이트는 이런 내 사정을 눈치 못 채고 그 쇼핑몰을 장장 다섯 시간을 쏘다녔다. 정말 탈진하기 직전 아주 고맙게도 그녀는 이제 숙소로 돌아가자고 했고, 겨우 잡아탄 버스는 콩나물 시루처럼 중국인이 꽉 차 있었다. 시장 한복판을 그대로 옮겨 놓은 것 같은 버스가 한 시간을 달려 역에서 멈췄을 땐 장대비가 쏟아지고 있었고 트램을 타는 곳까지 걸어갈 수 없어 전철을 타야 했다. 숙소가 바로 역 앞인 점은 불행 중 다행이었다. 그렇게 한숨 돌리나 싶었는데 숙소로 들어가니 웬 클럽에 온 줄 알았다. 다른 룸메이트가 클럽에 간다고 한 시간 넘게 방과 거실을 헤집어 놓았고, 나와 쇼핑몰에 갔던 룸메이트는 케이크를 만든다고 부산스럽게 움직였다. 나는 정적이 고팠다. 그들은 흥에 겨워 음악을 끊을 생각도 안 했고 난 제발 소리 좀 줄이자고 거의 애원하다시피 했는데 자비롭게도 아주 조금 줄였다. 숙소에 들어오자마자 약을 복용했지만 주위 환경으로 인해 내 안엔 진정될 기미가 보이지 않았다. 그리고 최악이 찾아왔다. 생각이 또 바늘비처럼 내려 날 때렸다. 난 비 내리는 먹구름에 갇혀 비를 맞았다. 그동안 여러 번 겪었지만 이런 바늘비구름은 가히 처음이었다. 엄마와 아빠가 이랬을까. 자신을 세상으로부터 막아줄 얇은 문조차 없다는 느낌이 나와 같았을까. 적막, 그 끔찍했던 적막이 너무

긴했다. 학교에 다녀오면 야박한 세상과 생계와 현실에 지쳐 쓰러져 잠에 빠진 엄마와 아빠가 있는 집에서 난 뼈가 시리도록 찬 적막에 몸을 기대 입을 틀어막고 울곤 했다. 그 적막을 증오했다. 그렇게 증오했는데, 그리워하게 될 줄 상상도 못했다. 문 바깥에선 여전히 귀를 멍하게 하는 음악 소리가 쿵쾅댔고, 건물 바깥에선 기차가 오가는 소리와 빗소리, 그리고 여러 소음이 끊임없이 울렸다. 난 소리들에 갇혀 모두 클럽이나 파티에 가 마침내 아무도 없게 된 숙소 안에서 혼자 흐느꼈다. 나는 아직도 공황 증상이 찾아오면 멈출 수 있는 방법을 몰라서 오직 멎길 기다리며 울 수밖에 없었다. 그러다가 불현듯 파우치를 열어 약의 개수를 확인했다. 약의 개수가 줄어가고 있는 건 알았지만 그 개수가 한 손 안의 다섯 손가락으로 셀 수 있는 정도라는 건 그제야 알았다. 그러니까, 거의 유일하게나마 나를 진정시켜줄 수 있는 약의 수가 바닥을 치고 있다는 의미다. 격앙된 감정 속에 겁이 피어올랐다. 잦아든 울음이 다시 격렬해졌다. 그 뒤엔 기억이 없다. 그렇게 엉엉 울다가 지쳐 잠들었을 것으로 추측되는 바다. 살면서 가장 외로웠던 날이었다. 이해될 수 없는 외로움을 정통으로 맞았다. 피할 방법도 없었지만, 피한다고 해서 그 바늘비가 멈추는 건 아니기에 난 차라리 빗속에서 가만히 맞으며 지나가기를 기다렸다. 이 외로움엔 늘 예보조차 없었다.

늘 외로워 죽을 것 같은 느낌을 어떻게 형언할 줄 몰라 답답했는데 멜번 여행을 기점으로 알았다. 외로움이라는 건 어떤 상황도, 누구도 날 구원해줄 수 없음을 깨닫는 것이다.

개운하다.

*당신이 필요한 여행의 요령
기념품 구매하는 법

여행을 다녀온 사람들을 동경과 부러움의 눈길로 바라보던 시절에는 그들이 기념품 삼아 사온 '기념품'이 부러웠다. 예를 들면, 코알라 인형이나 디즈니랜드 키링 같은 것 말이다. 그래서 나도 여행 가면 꼭 '기념품'을 사야겠다고 벼린 세월이 있었는데 막상 여행을 갔더니 각오가 무색하게도 '기념품'에 대한 구미가 뚝! 끊어져버렸다. 그러니까 실제로 보니 그만의 미적 매력과 별개로 공산품 특유의 허술한 느낌이 그다지 마음에 와닿지 않았다. 처음에는 어디서 본 건 있어서 다른 건 몰라도 엽서만큼은 꼭 샀지만 집에 가면 들여다보지 않게 되어 그조차도 다 부질없다는 생각에 '기념품' 엽서에도 흥미가 뚝! 떨어졌다. 그러나 사람이란 응당 물질적으로 손에 쥐어지는 게 있어야 기억회로를 돌릴 수 있는 쪽에 가까워서 여행을 기억할 만한 물건을 소유하고 싶어한다. 따라서 나는 기념품의 의미를 스스로 재정의해보기로 했다.

여행을 단순히 기념하는 의미도 좋지만 난 여행에서의 나 자신을 간직하고 훗날 떠올릴 수 있도록 하나의 장치를 만들고 싶었다. 한편으로는, 나로 하여금 변화를 이끌어준 여행지를 추상할 만한 쓰임새도 있길 바랬다. 거기다 평상시의 쓸모까지 있으면 금상첨화(錦上添花)겠다 무릎을 탁! 쳤다. 고로, 멜번에서의 날 기억하기 위해 향수를 구입했다. 평소 흠모했던 호주 현지 브랜드의 향수다. 풀냄새와 쌉싸름한 향이 바람처럼 나는 향수다. 그 향수를 뿌릴 때마다 멜번에서 내가 어땠으며, 여행하며 어떻게 변화했는지 상기할 수 있을 거라 생각했다. 장소를 향으로 기억하는 것만큼 감각적인 게 어디 또 있을까! 여행에서 돌아와서, 여행 위의 나의 태도가 절실할 때마다 나는 그 향수를 뿌렸다. 과거 멜번의 나를 현실의 나에게 입혔다. 또 하나는, 줄무늬 티셔츠다. 멜번의 다채로움을 영영 잊고 싶지 않았고, 알록달록한 색이 일품인 줄무늬 티셔츠가 그런 나의 마음을 대변하고 있는 것 같아 보였다. 이렇게 기념품을 마련하면서 여행을 간직한다.

그런데 나는 항상 유용한 것만큼 무용(無用)한 아름다움도 사랑했다. 무용한 것들을 유용하게 만들어보고 싶은 욕망이 언제나 잠재되어 있었다. 사진이 그러하다고 믿는다. 사진을 무용하게 둘지 유용하게 사용할지는 사진의 주인에 달렸다고 본다. 아무래도 구매하지 않은 엽서의 빈자리가 너무 허전해서 여행 중 찍은 사진을 엽서로 만들어 그 자리를 채웠다. 사진에는 사진 주인의 시선이 담긴다. 나의 시선은 시간이 흘러도 기억 속으로 사라지지 않고 내 손에 쥐어져 있다.

아침이 밝았습니다 / 여행지2

생동감
동질감

여행지의 진정한 면모를 보려면 그 여행지의 밤을 봐야 한다는 말을 누가 처음 했을까? 여하튼 간에 그 말은 여행자가 여행 다니면 한 번쯤은 듣는 소리라서, 또 내가 밤이 워낙 친근한 탓에, 한때는 여행지의 밤을 쏘다니려고 어지간히 용쓴 바 있다. 그런데 여러모로 아귀가 잘 안 맞았다. 올빼미 기질은 변수가 많은 여행 일과와 낯선 환경에서 뜻하지 않게 기를 못 폈다. 혼자 어슬렁거리려니 어둑어둑한 구석이 환한 구석보다 당연히 많은 밤의 여행지에 겁이 났다. 조명이 번쩍거리고 음악이 갇혀 울리는 클럽이나 어두운 밤을 뒤로 벌어지는 왁자지껄함의 재미도 한두 번이고, 게다가 꽤 안타깝게도 망가진 정신적 매커니즘으로는 그 재미를 두 번 다신 못 누리게 되었다. 여행지의 밤은 좋은 사건일지 나쁜 사건일지 모를 쪽을 호시탐탐 노리는, 도저히 속을 알 수 없는 맹수 같은 기운이 있었다. 그런 여행지의 밤이 영 익숙해지지 않아 거북했다. 여행지의 진정한 면모를 보려면 그 여행지의 밤을 봐야 한다는 말을 한 그자가 누군지 여전히 오리무중인 반면, 여기 어떤 말은 주인이 분명하다. 여행지의 진실과 진심을 보려면 그 여행지의 아침을 봐야 한다. 난 아직 누가 이렇게 말한 건 못 들었으므로 이 말을 처음 한 사람은 나다.

난 늘 아침이 싫었다. 아침에는 세상 만물이 다 들통나는 것 같고, 조용할 틈도 없고, 관습적으로 인간의 하루가 시작된다. 그런 아침에 일찍 일어나 뭐한담? 난 분주한 아침보다 적막한 밤이 좋았다. 아침에 일어나면 하루가 너무 막막해 보이지만, 동틀 무렵 잠들고 오후 늦게 일어나면 하루가 훨씬 타이트하게 느껴져 보다 더 경제적으로 보낼 수 있다는 게 나의 주관이다. 아니, 나의 주관이었다. 평생 아침을 증오하고 밤을 찬양했던 내가 멜번에서 지내면서 아침의 매력에 눈을 떴다. 난 나 빼고 세상 사람들이 아침에 잘 일어나는 건 알았는데 멜번이 '이 정도'일 줄은 몰랐다. 다들 어떻게 이렇게'까지' 일찍 일어날 수 있지? 호텔 청소일을 하는 룸메이트들은 일 특성상 일찍 일어날 수 있다고 치더라도, 식당 서빙하는 룸메이트는 도대체 왜 8시 전에 출근하는 걸까? 식당 문을 이렇게 일찍 연다고? 식당문이 일찍 닫히는 비결이 바로 이거였나? (멜번에서는 많은 식당들이 문을 일찍 닫긴 했다. 거기서 만난 한 셰프에 의하면, 자신들도 쉬어야 하지 않겠냐고.)

룸메이트들이 아침 일찍 일어나 출근 준비를 하는 소리에 나의 옅은 잠귀는 도무지 무뎌질 줄 몰랐고, 그들 모두 출근하고 나면 억지 기상의 여파로 그저 바깥만 멍하니 바라봤다. 그런데 그렇게 바깥을 관찰하니 내가 비단 룸메이트들의 출근 준비 소리 때문에 잠에서 깬 건 아니었구나 싶었다. 창문에서 내려다보니 아침 여덟 시가 무슨 낮 열두 시인 줄 알았다. 출근하는 사람들은 물론이고, 관광객, 학생, 버스커, 노숙자, 가게를 여는 사람들, 서던 크로스 역에서 쏟아져 나오는 사람들로부터 묻어나오는 분위기는 단순히 '와글와글하다', '활기차다'는 표현으로 충족되지 않았다. 다들 얼굴이 밝았다. 이 아침이 달갑지 않다는 표정은 어디에서도 찾아볼 수 없었다. 한편으로는 무심하고 한편으로는 생기 넘치는 사람들의 면면(面面)과 움츠러들지 않은 몸짓이 그려내는 동선은 엄청난 원동력을 자아냈다. 그 가운데 얼굴을 찌푸린 건 오직 하늘과 날씨, 그리고 나뿐이었다. 나의 올빼미 기질이 다소 머쓱해졌다. 이 아침부터 뭐가 있길래, 난 아침 일찍 나갈 채비를 했다.

서두를래야 서두를 수 없었다. 나 말고 트램 말이다. 시드니와 멜번이 육안으로 크게 구별되는 점은 트램이었다. 트램을 보았을 때 나는 무슨 평생 말이나 마차를 타고 다니던 사람이 자동차를 보았을 때 느꼈을 센세이션을 고스란히 느꼈다. 이런 게 굳이 왜 있지? 저 트램이 과연 어디까지 멀리 갈까 호기심을 품기도 했고, 경제성이나 효율성 측면에서 의미 있는 운영일지 수상한 눈초리를 보내기도 했다. 뭔가 이래저래 헷갈려서 안 타도 무방한 거라면 트램을 두고 그냥 걸어가기도 했다. 그러나 적응되니 이만한 교통수단이 없었다. 일단, 과속할 수 없는 운행 매커니즘이 감명 깊었다. 급정거랄 것도 없었다. 세 보지 않았지만 많은 수의 트램이 제각기 복잡한 노선 위로 안정되게 시내 곳곳을 쏘다니는 모습이 인상적이었다. 시드니에선 배차시간이 길고 일찍 끊기는 버스 때문에 골머리를 앓았고, 도쿄에선 무료 환승이 안 되는 전철에 기겁했고, 한국에선 과속과 끼어들기가 만연한 운전법이나 콩나물 시루가 되는 버스에 널덜머리가 났더랬다. 적은 좌석수로 인해 앉을 수 있는 자리가 없어도 트램은 일정한 속도로 움직여서 그런가, 서서 가도 큰 무리가 없었다. 트램 수는 많고 배차 간격도 좁아 아깝게 눈앞에서 놓쳐도 금세 다음 트램이 오곤 했으니 망했다고 자책하며 발을 동동거릴 이유가 없었다. 트램이 서두르지 않아서 나도 서두르지 않아도 되었다. 제 속도를 벗어나지 않는 트램 덕분에 사람들은 무단횡단을 눈치껏, 재주껏, 요령껏 했다. 이런 희한한 암묵적 합의가 하나 더 있다. 시내를 벗어나면 트램은 무료 운행이 아니어서 '마이키(myki)' 카드(멜번의 교통카드)를 '탭(tap)'해야 하는데 (한국에선 왜 '태그'라고 하는지 모르겠지만), 종종(은 아닐 것 같지만) 사람들이 무임승차하는 경우가 있다. 이 트램 타는 법은 단박에 이해되지 않았는데 어쨌든 요지는, 나의 도착지 혹은 내가 있는 곳이 무료운행 구역이 아니면 타고 내릴 때 마이키 카드를 탭해야 한다는 것이다. 그런데 우리나라야 버스든 지하철이든 무임승차면 잡혀가겠지만, 사실 멜번에서도 열차는 무임승차가 안 되지만, 트램에 관해서라면 가슴에 손을 얹고 사람들이 한두 번은 무임승차했다고 단언할 수 있다. 물론 무임승차했다가 운이 좋지 않으면 단속반에 걸려 요금의 몇 배나 되는 벌금을 문다고는 하는데, 모두에게 '혹시 내가 걸리겠어' 하는 사람 심리가 적용되고 있는 게 분명했다. 하여튼 무단횡단도 그렇고, 무임승차도 그렇고 사람의 양심에 믿고 맡기는 듯한 무언가가 트램과 함께 잘 움직이고 있었다. 재미있었다. 상당히 묘했다. 굉장히 단순해 보이기도 했다. 난 항상 어딜 가도 교통수단을 잘 이해하지 못했다. 이건 또 뭐지? 그런데 이 멜번의 트램은 미묘하게도 설득력 있었다. 덕분에 멜번은 나에게 정류장 같았다. 멀미와 진절머리 나는 버스와 전철을 타다가 도저히 안 되겠어서 하차한 정류장이었다. 그 큰 정류장은 알고 보니 소규모 정류장 중 하나이기도 했다. 난 트램을 갈아타며 그 정류장이 속한 곳 내 또 다른 작은 정류장들을 이상한 나라의 앨리스처럼 참 잘도 빨빨거리며 돌아다녔다.

도시가 아니라 마을에 온 줄 알았다. 오순도순 살아가는 마을 말이다. '오즈의 마법사'에 나오는 사자와 허수아비의 외양을 섞어 놓은 듯한 부랑자와 정열적으로 운동을 막 끝낸 듯 팔과 다리를 시원하게 드러낸 남자와 그들 뒤로 카메라를 든 채 목도리를 칭칭 감고 걸어가는 내가 같은 공간에 있어도 전혀 어색하지 않았다. 역 개찰구 앞에 앉아 헤드셋을 끼고 드럼 연습에 몰두하는 소년, 라이츄 모자를 쓴 남자, 직장인, 관광객 무리, 히잡을 쓴 사람들 모두가 서로서로에게 자연스러웠다. 추운 날씨에도 번화가엔 '빅 이슈(The Big Issue)' 잡지를 파는 장애인들이 상주했고, 은빛 머리를 휘날리며 멋들어진 하이힐과 연륜이 묻어나는 정장 원피스 차림을 갖춘 채 직장으로 보이는 건물 안으로 들어가는 노부인들이 더러 눈에 띄었다. 스케이트를 타는 소년들, 그 모습을 촬영하는 그들의 친구들과 환경 인식 개선을 촉구하는 예의 바른 소규모 시위대에게 길거리는 각각 적절한 무대가 되어주었다. 길거리의 구성원들이 이토록 서로에게 허물없는 데에는 다양한 음식점, 개성 넘치는 지역 상점, 개인 사업장들의 존재가 꽤 한몫했다. 멜번에는 중식당, 일식당, 한식당은 물론이고 할랄 음식점, 케밥 가게, 베트남 음식점 등 여러 문화권의 음식을 맛볼 수 있는 곳이 모였고, 식당에 가는 것만으로도 세계일주를 할 수 있겠다는 우스갯소리가 절로 나왔다. 가짓수에 다양성이 있어서 고유성도 그만큼 다양했다. 연식 있어 보이는 카드 가게는 문 밖에 가게의 역사를 일러주는 카드를 아예 상비해 두었고, 톡톡 튀는 아이스크림 가게는 책을 만들어서 아이스크림을 만들게 된 결심부터 그 가게 고유 아이스크림 만드는 법까지 알려주었다. 길목을 돌고 또 돌아도 나오는 새로운 카페들은 천하의 스타벅스가 기를 못 폈다던 풍문의 실체였다. 두 군데 정도 있었던 스타벅스는 예의상 혹은 명목상 존재하는 것처럼 보였다. 어느 카페를 가도 그만의 매력이 있어서 방문하는 재미가 상당했다. 롱블랙, 플랫화이트 등 커피 메뉴는 같아도 자신의 취향에 따라 선택할 수 있는 원두가 카페마다 달라서 커피 맛에 대한 감각을 깨울 수 있었다. 게다가 커피에 들어가는 우유의 옵션에 일반 우유, 저지방 우유, 무지방 우유, 락토프리(lactose-free) 우유가 준비되어 있었고, 그 락토프리 우유의 종류로는 두유(soy milk), 아몬드 우유, 마카다미아 우유, 코코넛 우유, 일반 락토프리 우유가 있어서 나의 기호대로 커피를 마실 수 있는 즐거움을 누리는 것이 가능했다. 선택이 가능하면서도 보장되어 있다는 건 형언 불가능한 기쁨이었다. 마트에 가면 쌀 우유와 일반 우유, 일반 달걀과 방목(放牧)된(cage-free) 닭이 낳은 달걀을 가격 차이 없이 살 수 있었다. 같은 값이면 친환경적인 쪽을 택할 수 있다는 점이 정말 최고라고 생각했다. 그러니까, 배려가 돋보였다. 어딜 가도 비건(Vegan)을 위한 옵션이 있었고, 샐러드 가게는 힘들게 찾아가야 하는 위치에 있지 않아서 얼마든지 편하게 찾아갈 수 있고, 글루텐 프리(gluten-free) 식품을 찾는 건 크게 무리가 아니었다. 음식에 대한 넓은 선택의 폭은 곧 존중을 의미했다. 한국에서 플렉시테리언(Flexitarian: 채식주의 식사를 하지만 경우에 따라서는 육류나 생선도 먹는 사람)의 생활을 하다가 지치고, 밀가루를 일주일 간 끊었다가 먹을 걸 찾을 수 없어서 성격 버리는 줄 알았던 내가 까다롭고 까탈스러운 게 아니라, 비건이든 글루텐 프리든 그저 사람 취향의 일부일 뿐이라는 걸 덕분에 깨달았다. 그 누구도, 그 무엇도 구분하고 분리하려고 들지 않고 다양성을 존중하려는 자세가 내장되어 있는 인상을 받았다. 다양성이 왜 중요하냐는 질문에 이 도시 자체가 우리 모두 함께 살아가기 때문이라고 대답하는 것 같았다. 에어비앤비를 했던 집에서 식사를 했을 때 저녁 메뉴가 놀랍고 반갑게도 비건 카레와 샐러드여서 왜 채식을 하냐고 그 댁 아들에게 물어본 적이 있다. 그는 동물과 함께 살아가는 인간으로서 채식은 당연한 윤리이며 호주에서 많은 젊은이가 비건이라고 답했다. 또한 환경을 위해서도 이렇게 먹는 게 좋다고 믿는다며 말이다. 환경에 관해서 말인데, 마트나 시장에 갈 때는 대부분의 사람들이 장바구니를 들고 가고 카페에서는 많은 사람들이 텀블러를 들고 올 만큼 환경에 대한 인식이 높아 보였다. 마트와 시장에는 필요한 만큼만 골라 구매할 수 있도록 저울을 구비해 놓았고 사람들은 바로 옆에 비닐봉투가 있어도 굳이 쓰지 않았다. 쓸데없는 건 없었고 착한 먹거리에 대한 고심이 눈에 띄었다. 길거리에서는 빨대와 플라스틱 컵을 사용하지 말고 텀블러를 애용하자는 포스터를 줄곧 포착할 수 있었다. 플라스틱 물병에는 100% 재활용된 플라스틱으로 만들어졌다는 문구와 함께, 이왕 사서 마실 거면 자기네 물을 사 먹으라는 문구도 적혀 있었다. 인상 깊은 점이 하나 더 있자면, 친환경과 동시에 로컬(Local), 곧 지역색을 강조한 곳들이 눈에 띄었다. 어느 햄버거 가게는 지역 농부로부터 시작되어 가족 경영으로 운영된다는 점을 자랑스럽게 여겼다. 또 모든 재료가 유기농이며, 스트레스를 주지 않고 키운 소의 고기를 사용했다. 심지어 그 가게에서 콜라를 먹고 싶으면 코카 콜라 대신 그 지역에서 나온 콜라를 먹어야 했다. 맛은 건강했고 달지 않아서 좋았다. 그리고 이런 이야기를 전부 신문처럼 만들어서 가게의 손님들로 하여금 볼 수 있게 했다. 그 밖에도 지역 커뮤니티를 강조한 컵케이크 가게, 지역 커뮤니티를 기반으로 운영되며 동물과 식물을 친환경적으로 기를 수 있는 공원, 노숙자들의 자립을 돕는 카페도 있었다. 공존과 비즈니스를 분리하지 않아서 놀라웠다. 요즘 세상에도 이렇게 살아가는 게 가능하구나. 거리의 사람들과 거리 위 가게들은 서로의 신념과 모습을 대변하고 있었다. 상생이었다.

그런가 하면, 도시 전체가 인간에게 마련된 축제의 장이나 다름없었다. 드라마 '미안하다, 사랑한다' 때문에 유명해진 그라피티(graffiti) 구역이 있다는 건 알고 있었고, 애초에 일부러 찾아갈 생각도 안 해봤지만, 멜번 도시 구석구석에 그라피티가 널려 있어 내가 굳이 애를 쓰지 않아도 고개만 돌리고 돌려도 흔히 볼 수 있었다. 이 사람들은 도시를 스케치북으로 여기나 싶어 탄복하지 않을 수 없었다. 해석할 수 없는 문양부터 어마어마한 크기의 그림까지 온갖 그라피티가 구석진 골목의 남루한 벽부터 큰 건물 외벽까지 가리지 않고 펼쳐져 있었다. 처음에는 그 기막힌 양에 놀라 관찰할 엄두조차 못 냈지만, 관람객들이 조금이라도 적은 미술관에서 그림을 감상하고 싶어 이른 아침에 외출한 날, 미술관이 열리길 기다리며 산책 삼아 골목에 골목으로 들어가면서 조용히, 혼자, 거리낌없이 그라피티를 자세히 들여다본 적이 있다. 멀리서 보면 뭉텅이로만 보였던 그라피티에 다가섰더니 양에 압도당했던 마음이 붓놀림 하나하나의 세세한 결에서 뿜어나는 섬세함에 매료되었다. 아주 가까이 들여다본 그라피티는 파도의 물결이었다. 정교함과는 거리가 멀었고 대가의 작품다운 맛은 없었지만 계산되지 않으며 대단히 즉흥적이고 확장되는 힘이 있었다. 모든 그림은 그 어떤 고정 관념에도 따르지 않은 모습이었고 제각각 구별될 정도로 개성이 넘쳤다. 이런 곳에서도 그림을 남길 수 있을까 의심되는 곳까지 뻗어 있는 그라피티에서 난 그림 주인의 열정을 고이 느낄 수 있었다. 미술관 개장 시간에서 삼십여 분이 지났음을 확인한 나는 미술관으로 향한 다음 그로부터 세 시간을 미술관에 있었다. 정말 운이 좋게도 꼭 내 눈으로 직접 보고 싶어 했던 그림들을 마침내 보아서 감격스러웠다만, 세 시간의 감상은 막상 내가 바랬던 것만큼 신나지는 않았다. 그러니까 내가 그 그림들을 실제로만 안 보았을 뿐이지 책이나 인터넷으로 너무 많이 접한 탓에 그림 관람의 매력 중 하나인 예측불가성이 심하게 결여되는 느낌이었다. 과도한 견문(見聞)이 독이 될 수도 있음을 뼈저리게 체감했다. 서글펐다. 그러나 덕분에 처음 보았지만 처음 본 건 아닌 그림 대신 사람들의 관람 태도를 주시하게 되었다. 미술관은 쉬운 공간이 아니다. 처음부터 끝까지 감상하는 동안 이해가 계속 안 되기 때문이다. 미술관이 이래서 약간 괴롭다. 물론 이는 당연하다. 화가는 창작물로 본인의 관념을 구현하는데, 우리도 본인 마음을 늘 정확히 알지 못하면서 타인의 마음이야 뭐 알까. 따라서 관람객의 몫은 착실히 이해하려고 공부하거나 애쓰는 것보다는 그냥 그림을 따라가는 감각에 본인을 맡기면 될 일이다. 미술관 관람객 중 상당수가 이를 따르고 있었다. 저게 도대체 뭐길래 저토록 흐뭇한 미소를 띄고 한참을 바라보고 있는 걸까? 저 학생들은 삼삼오오 모여서 저 작품의 무엇에 관해 속닥거리고 있는 걸까? 해설문이 아닌 그림만 보고서도 뭘 저렇게 적어내려 갈 수 있을까? 관람객들이 사유하는 모습은 내가 가장 선호하는 그림이 되었다. 물론 몇몇 관광객이 그림은 안 보고 해설문만 찰칵 찍고 휙 떠나버린다거나,

다 같이 감상하는 그림 앞에서 유난스레 사진을 찍어서 주변 관람객들로 하여금 오히려 본인들을 배려하게 만드는 관람 방법은 방법대로 존중하지만, 왜 가만히 서서 사유하는 좋은 방법이 바로 도처에 있는데도 활용할 생각을 하지 않을까 안타까울 뿐이었다. 또한 그 전엔 왜 미처 몰라봤을까 한탄스러울 정도로 관람객들이 미술관을 유유히 걷는 모습도 관망하기 즐거웠다. 당연한 소리지만, 미술관은 넓고 관람객들은 부단히 이동을 한다. 새삼 놀랍게도 그 모습이 너무도 다양했다. 걸음폭이나 걸음 자세는 물론이고, 친구들끼리 우르르 움직이거나 아빠를 쪼르르 쫓아가는 여자아이까지 다들 아름다웠다. 그 미술관에서 가장 새로운 아름다움은 어린아이들을 위한 해설문에 있었다. 눈높이에 맞춰 꽤 낮은 곳에 써 있는 해설문을 읽기 위해 나는 매번 허리를 구부려야 했다. 그 내용은 어른들이 읽는 해설문을 쉽게 풀이해 놓은 것에 그치지 않았다. 마지막엔 이런 문구가 덧붙여져 있었다.

"만약 너라면 어떻게 했을 것 같아?"

내가 그 화가였다면 이 주제를 어떻게 표현했을까, 그 상황에 처했다면 어떤 그림을 그려낼 수 있을까 이런 식으로 꼬리에 꼬리를 무는 사색을 가능케 하니 이런 문구 한 줄이 사색하는 태도를 길러내는구나. 대단했다. 세상엔 두 가지 분류의 사람이 있다, 발견되는 사람과 발견하는 사람. 발견되는 거나 발견하는 거나 똑같이 어렵다. 이 미술관은 발견되는 사람이 되기 전 발견하는 법부터 가르치고 있었다. 그것도 꽤 어린 나이의 관객을 상대로 말이다. 훗날, 아주 오래된 도서관 안 전시회를 갔을 때 내 관점으로부터의 이 미술관의 미덕에 대해 제법 확신하게 되었다. 중국인 관광객들이 우르르 몰려와 감상은 배제한 채 오로지 사진만 덜렁 찍고 나갈 때, 멜번에서 상당히 오래 산 듯한 분위기를 풍기는 나이든 노부부가 해설 하나하나와 전시물 하나하나를 아주 정성껏 감상하고 있었다. 이 미술관은 내게 알려고 덤벼 들기 전에 찬찬히 들여다보라는 아주 고귀한 가르침을 주었고, 바깥으로 나갔을 때 나는 세상이 꽤 달리 보였다. 모두가 예술로 보였다. 내가 존중하고 오롯이 받아들여야 하는 예술이었다. 그리고 그라피티에 대한 감상을 하나 더 추가했다. 무작정 이해하지 마라, 당신도 이들처럼 할 수 있나 자문하고 나서 감탄해도 늦지 않으니. 그저 무엇이 느껴지는지 그걸 느끼는 것만이 중요하다. 그렇게 멜번은 나의 머릿속에 축제를 열어준 것이다. 관념의 폭죽에 지금 막 점화를 했다.

나는 적당히, 혹은 적절하게 사는 게 무엇일까 파악해 보려고 왔지만 멜번 사람들은 이미 알고 있는 듯했다. 본인들은 그러한지 알까 모르겠지만 말이다. 어느 도시 혹은 문화권마다 이방인은 절대 알 수 없는 틀을 보유하고 있는 것처럼 이 멜번에는 과연 어떤 틀이 있을지 관찰했다. 조사하진 않았다. 내가 탐구한 결과 멜번 사람들은 주로 이 다섯 가지를 이용했다, 넷플릭스·스포티파이·우버·에어비앤비·이케아. 매체를 통해서만 접했던 그 위상은 실제로 보니 그 위력이 제대로 발휘되고 있었다. 한국에서는 넷플릭스만 사용해 보았지 나머지는 사용할 기회가 딱히 없었던 나는 멜번 사람들이 이 다섯 가지를 아주 적절하게 활용하는 모습을 보고 입이 떡 벌어졌다. 가령, 일과 학교를 끝마치고 온 룸메이트는 자려고 눈 감기 직전까지 넷플릭스에서 '가십걸'을 보았고, 다른 룸메이트는 스포티파이를 극찬하며 그걸 틀어 놓고 샤워를 했다. 에어비앤비에서 예약한 머문 가정집의 노부부는 에어비앤비 호스트였고 그 댁의 포토그래퍼 지망생 아들은 우버를 통해 돈을 벌고 있었다. 우버 잇츠(Uber Eats) 배달원들이 건물 1층에서 음식을 건네주려고 기다리는 건 정말 숱하게 볼 수 있었다. 에어비앤비로 근사한 숙소만 예약하는 줄 알았는데 사실상 쉐어하우스도 찾아볼 수 있었다. 물론 쉐어하우스라는 언급은 없었지만 말이다. 내가 세번째, 네번째로 지낸 쉐어하우스의 침대와 식기, 기타 조립식 가구들은 전부 이케아였다. 살면서 글로벌(global)이라는 단어가 이렇게 날것으로 다가온 적이 없었다. 넷플릭스·스포티파이·우버·에어비앤비·이케아, 이 중 그 어느 것도 멜번, 더 넓게는 호주의 브랜드가 아니었다. 사람들이 즐겨 사용하는 표준이 그 자국의 것이 아니라 국제적으로 통용되는 것이었다. 즉, 적응되는 데 한참 걸리는 낯선 문화 대신 많은 이들이 전

세계적으로 공유하고 있는 문화가 멜번의 틀이었다. 그 틀 위에서 꿈에 대한 시동을 걸어보려는 이들이 지구 방방곳곳에서 날라왔다. 내가 멜번에서 만난 사람들은 꿈에 있어 사뭇 당당했다. 꿈이라는 게 꼭 대단한 업적이나 직업이 아니라 그저 하고 싶은 것이면 그만인데 그들은 그것도 이미 알고 있는 것 같았다. 꿈이 있냐는 질문에 다들 척척 대답해냈다. '이걸 어떻게 이루지?'와 같은 불확신이나 걱정이 없었다. 전전긍긍하는 대신 그 꿈을 위해 자신이 할 수 있는 모든 일을 다 했다. 멜번에선 진이 빠지도록 돈을 벌지 않아도 높은 최저시급 덕에 생계비를 제외하고 남은 돈으로 영어를 배우기 위해 학교를 다니거나 하고 싶은 걸 할 수 있었다. 즉, 화려한 삶은 아니어도 '그 정도면 살 만한' 삶이 존재했다. 모두에게 사치 말고 여유가 있었다. 따라서 그들에겐 꿈이 남의 세상 이야기가 아닌 것처럼 보였다. 간호사가 되어서 치료가 필요한 이들을 위해 봉사하고 싶다는 사명을 지닌 친구는 파트타이머로 일하면서 열심히 공부해서 나를 만난 날 병원에서 면접을 보고 왔다는 소식을 알려주었고, 에미레이트 항공사에서 승무원으로 일하고 싶다는 친구는 더 큰 경험을 위해 레스토랑에서 파트타임으로 일하며 학교에서 경영 수업을 듣고 주말에는 브런치 카페와 클럽에 가면서 자신의 삶을 아주 열정적으로 즐겼다. 유치원 선생님이 꿈인 룸메이트는 청소일과 학교 수업, 그리고 유치원 실습 교사 일 모두 훌륭하게 해냈다.

아이들에게 읽어줄 동화책을 찾는다며 서점을 여러 군데나 돌아다니며 아동도서 코너에서 한참이나 머물고, 실습을 다녀오면 자신이 돌보는 아이들이 얼마나 귀여운지 얘기하느라 들뜨곤 했던 그녀에게서 자신의 꿈을 얼마나 사랑하는지 그 열정이 눈에 보였다. 멜번에서 영어를 배워가서 자국에서 꿈을 펼치는 데 도움이 되도록 하겠다며 호텔 청소일을 묵묵히 하고 저녁엔 성실히 학교를 나갔던 룸메이트와 자국에 있는 아이들에게 돈을 보내주기 위해 웃으면서 일을 하던 룸메이트의 친구도 있었다. 영어를 배운 지 얼마 안되었지만 구글에서 번역기를 사용하면서까지 건축가가 되고 싶다는 꿈을 열심히 설명했던 룸메이트의 서툰 영어가 그 누구의 영어보다 자랑스러웠다. 그 외에도 일본에서 와서 누구보다 멜번을 사랑하며 행복하게 일하는 바리스타 친구도 있었고, 바리스타로 일하지만 뮤지션으로도 활동하는 친구도 있었다. 그들을 보며 나는 알았다. 꿈은 내내 없다가 갑자기 어디서 튀어나와 현실로 이뤄진 다음 끝인 동화가 아니라 내 손 안에서 꾸준히 빚어지고 있는 도자기라는 걸 말이다. 우리 모두 꿈에 관해서라면 도공이었다. 우린 모두 꿈을 형성해낼 줄 아는 도공이었다. 모두에게 각자 주어진 도자기가 있었고, 각자 소신대로 능력껏 도자기를 빚고 있었다. 현재에 만족하며 미래에 설레는 그들에게 나의 '글을 쓰러 멜번에 왔다'는 말이 통한다는 사실만으로도 묘한 동질감과 동지애가 들었다. 그 뿐만

이 아니었다. 이 도시는 사람들을 꿈만 바라보게 하지는 않았다. 제대로 사는 법까지 익히게 했다. 아침 여섯 시까지 클럽에서 놀다가 숙소로 돌아와서는 열 시에 일어나 운동을 가거나, 아파트 내 체육시설(gym)에서 깜박하고 '덜' 한 운동이 있다며 숙소에서 요가 매트를 깔고 마저 운동을 하는 등 운동을 거르지 않는 의지가 대단히 인상적이었다. 룸메이트들이 끼니를 대충 때우는 모습은 본 적이 없었다. 피곤하면 대충 사 먹을 만한데도 꼭 요리를 해 먹었다. 양배추를 썰고, 브로콜리를 볶고, 닭고기를 데치고, 밥을 지었다. 꿈이 뭐든 간에 다 밥 먹고 살자는 건데, 꼬박꼬박 끼니를 챙겨 먹고 건강을 챙기는 게 제대로 사는 거였다. 다들 삶의 균형을 알고 잘 유지해 나아갔고, 그 광경이 굉장히 갸륵했다. 그리고 그 무엇보다 중요한 건, 멜번은 다양한 국가에서 온 사람들을 친구로 만들고 룸메이트로 생활하게 하며 상호 간에 배려하는 법을 배우게 했다. 모두의 국적이 다른 만큼 각자의 기질도 다른 데다가 개성도 그만큼 뚜렷했다. 어느 순간부터 '도대체 왜 그래'는 곧 '그럴 수도 있겠구나'로 변할 정도로 이해의 폭이 넓어졌다. 인도네시아에서 온 친구는 아이를 임신했지만 학업에 대한 열정으로 멜번으로 유학 왔다. 서로에 대해 더 잘 이해하기 위해서 자국의 음식을 같이 먹으러 갔고, 영어가 능숙하지 않아도 서로를 포기하지 않고 어떻게든 소통을 이어가는 노력을 계속했다. 룸메이트들 중 한 명은 게이였으며, 그는 자기 여동생이 오기 전까지 그의 여자 사람 친구와 같은 방과 침대를 공유했다. 그렇게 다양한 이야기를 가진 사람들을 만나면서 사람을 함부로 판단하지 않고 받아들이는 법을 익히게 되었다. 또한 전혀 새로운 깨달음도 만날 수 있었다. 내가 손으로 글씨를 쓰는 걸 본 슬로베니아인 룸메이트는 네모와 동그라미로 된 글자로 사람들이 소통을 하는 게 가능하냐며 놀라워했는데, 덕분에 나는 나의 캘리그라피에 대한 아이디어를 얻을 수 있었다. 게다가 내가 언젠가 꼭 영어로 글을 써서 자기도 읽었으면 좋겠다면서 꿈의 범위를 넓혀주었다. 더불어 다양한 직업을 가지고 타지에서 용감하게 살아가는 여러 한국인들을 보고 자부심과 우정을 느꼈다. 내가 과연 멜번이 아니면 이 모든 걸 겪을 수나 있었을까. 멜번이라는 정류장은 여행자가 가야 할 다음 정류장이 어디인지 고찰하도록 도왔다.

아침부터 여행지를 봐야 하는 이유는 아침에는 밤과 달리 해가 하늘에 떠있기 때문이다. 따라서 그 어떤 모퉁이도 어둠에 가려질 수 없다. 가감없이 모든 걸 볼 수 있다. 그렇게 아침 댓바람부터 여행지를 탐험하고 나서야 나는 여행지를 비로소 알아가고 있다는 자신감이 들었다. 그러니까 이곳 또한, 어떤 여행지도, 지구상 그 어떤 곳도 에덴동산은 아니라는 거다.

외전(外傳): 질문을 한다는 것은, 질문을 할 필요가 없다는 것은

멜번에서 만난 많은 이들에게 나는 이런 질문을 했다.

"지금 행복하세요?"

내가 한국에서도 똑같이 질문했을 때 사람들이 당혹스러운 기색을 보였던 것처럼 그들 또한 당황하긴 매한가지였다. 그런데 차이가 있었다. 멜번에서 만난 사람들은 질문 자체보다는 '지금 행복하냐'는 질문을 받은 자체에서 약간 놀란 듯했다. 그러고는 고심하지 않고 금세 대답했다.

"행복해요."

그 모습엔 감히 의심할 수도 없는 위풍당당함이 묻어났다. 모두에게 행복한 이유가 있었다. 그러나 이상하게도 그 이유들이 전혀 기억나지 않는다. 그리고 이상야릇하게도 나는 그때그때 그들이 행복한 이유를 어디다 적어 놓을 생각조차 안 했다.

나는 직감을 늘 믿는다. 마음이 내게 속삭이는 소리를 하나라도 놓칠세라 귀를 기울이고, 내 마음이 움직이는 대로 움직인다. 마음이야말로 온갖 불순물이 해칠 수 없는 존재이기 때문이다. 이에 말미암아, 내 마음

은 그들이 행복한 이유를 기록할 이유가 애당초 없다는 것을 이미 알고 있었던 것 같다. 행복의 이유는 굳어질 수 없다. 행복의 이유는 언제든지 달라질 수 있다. 그러므로 그보다 중요한 건 행복하냐는 질문 자체의 필요 여부다. 스스로가 지금 행복하면 질문이 필요없다. 그렇다면, 본인이 행복한 이유를 굳이 손가락으로 세어볼 필요도 없다. 그들은 순간 의아했으리라, 행복을 애써 의식하지 않을 정도로 행복해서 '내가 지금 행복한가' 하고 자문한 적이 없는데 내가 질문했으므로.

따라서 질문의 무의미성은 질문을 채 하기도 전 그 질문의 목적이 이미 충족되어 있음을 의미한다.

*당신이 필요한 여행의 요령
선물을 장만하는 법

선물 받는 사람에겐 미안하지만, 선물 주는 사람 입장에 선 여행 선물은 너무 어렵다. 애초에 여행 가면 '내 코가 석자'인데 누가 누굴 챙기는지 잘 모르겠기도 하거니와, 선물로 줄 만한 마땅한 물건이 여행지에 깔린 것도 아니다. 그래서, 매몰차게 보일 수 있겠지만, 여행 가서 주위 사람들 선물을 잘 안 사게 되었다. 물론 선물이 마음에 들고 아니고는 받는 사람 마음에 달렸지만, 또 그걸 내가 통제할 권한은 없지만, 다 떠나서 그냥 너무 서운하다. 나는 정말 고민에 고민을 해서 골랐는데 상대방이 그 선물의 값어치를 몰라주거나 깎아내릴 때 내가 여행지에서 그 상대방 생각을 왜 했나 후회되었다. 물론 다 어쩔 수 없다. 그러나, 어쩔 수 없다손 치더라도, 선물을 고르는 과정에서 상대방의 만족도를 최대치로 높일 수 있는 노력은 얼마든지 할 수 있다는 점은 여간 다행이지 않은가. 관점을 달리 하면, 상대방이 기뻐하고 선물 주는 나도 기뻐할 만한 선물을 얼마든지 줄 수 있다. 선물 장만

시 핵심은 '짐작은 금물'이라는 거다. 그 사람은 어떤 걸 좋아할까? 이렇게 질문형으로 예상하는 건 그 사람을 나로 대입해도 대답이 어렵다. 좋아할까? 안 좋아하면 어쩌지? 이렇게 물음표를 붙이면 전전긍긍하게 된다. 고로, 내 생각엔 이렇게 하면 조금이나마 쉬워진다. 바로,

'이거 그 사람과 어울리겠다'.

사랑하는 마음을 더하면 쉬워진다. 내가 평소 그 상대방을 생각했을 때 어울릴 만한 것을 사 간다. 예를 들어, 패션 감각이 뛰어난 친구에겐 친환경적이면서 멜번 사람들이 잘 들고 다니는 텀블러를 사다 줌으로써 환경 인식까지 겸비하면 더 멋있는 사람이 될 거라는 의미를 전달하고, 평소 지갑 없이 카드만 덜렁 들고 다녀서 보는 나로 하여금 노심초사하게 만든 친구에겐 옷의 어느 주머니에도 가뿐하게 들어갈 수 있는 작은 카드 지갑을 현지 가게에서 사서 선물하면서 카드 분실을 유의하라고 일러주는 식이다. 이렇게 상대방에게 어울리는 선물을 주면 내가 상대방을 얼마나 생각하는지 보여줄 수 있다. 경험상, 이 방식은 타율이 꽤 괜찮다. 가끔, 어떠어떠한 선물을 갖고 싶다고 분명하게 일러주는 사람들이 있는데 그땐 아주 고맙고 편리하게도 콕 찝어 말해준 그걸 사다주면 된다. 그런데 그땐 선물의 묘미 중 하나인 '서프라이즈'의 맛은 덜하겠지만 말이다. 그리고 참고로, 상대방과 어울릴 만한 선물을 여행 중 찾다 보면 그 상대방이 나에게 얼

마나 소중한 사람인지 깨닫게 되는 건 덤이다.

어쨌든 선물 받는 사람이라면 이 점만큼은 꼭 기억해달라. 선물을 주는 사람은 당신을 기쁘게 하고 싶어서 정말 애썼다.

안목과 한계 / 여행 경비

"예쁜데 비싸서 못 산 가방이 왜 없었겠어요. 하지만 딱히 억울하지도 않았고 그게 당연했던 나이였다고 생각해요. …… 자신의 어리고 예쁜 나이를 망각하지 않았으면 해요!"

'미닛뮤트' 대표 전수린*

여행 온 것만으로 감사하라니까 그게 잘 안 된다. 난 평상시보다 여행에서 유독 나란 인간의 간사함을 느낀다. 일상 속 무의미한 반복성에 대항해 인내하는 내면을 다스리던 세월이 무색하게도 내가 전혀 예상치 못했던 난관이 여행지 속에 많아도 너무 많았다. 이 멜번은 유달리 난항이었다. 쓸데없는 잡초 같은 불안들도 너무 성가신 가운데 여행지를 돌아다니며 옷이 눈에 들어올 때마다 나의 욕망에 붙은 불을 잠재우느라 야단이었다. 나의 욕망에 불이 난 것이 아니라는 점을 확실히 해 두고 싶다. 가뭄 든 욕망에 불이 붙은 것이다.

여행 온 지 일주일이 딱 지나자 가져온 옷들을 이리저리

*'미닛뮤트' 대표 전수린. 개인 블로그. 2017

섞어 입고 겹쳐 입는, 이른바 '옷 돌려막기'를 하지 않을 수 없었다. '옷 돌려막기'를 한 지 한 달 남짓의 시간이 흐르자 인내심이 한계에 다다랐다. 가뜩이나 멜번에 온 뒤로 옷에 대한 나의 욕망은 내내 로컬 패션 브랜드든 빈티지 의류든 옷만 보면 입맛을 다셨던 터라 날이 갈수록 이래저래 옷 때문에 환장할 지경이었다. 갖고 온 옷들은 신물났고, 돈도 돈이지만 뭐라도 사자니 엄청나게 끌리진 않았다. 그렇다고 옷이 눈에 들어오는 걸 구태여 막지는 않았다. 왜냐하면 내 눈에 보이는 브랜드의 옷들이나 빈티지 의류는 평소에 보고 싶어도 내가 사는 도시엔 없어서 못 보는 것들이어서 언감생심(焉敢生心) 사진 못해도 그 옷들의 디자인, 소재, 색감을 실제로 가까이서 접할 수 있는 것만으로도 감격스러웠기 때문이다. 나는 그 옷들을 마치 영화 '티파니에서 아침을'의 주인공 '홀리'가 유리창 너머 티파니의 보석들을 바라보는 것처럼 바라보았다. 그렇게 욕망을 어찌어찌 잘 타이르다가 여행을 끝맺게 될 줄 알았는데 구경 삼아, 또 재미 삼아 들어갔던 한 레트로 스타일의 옷 가게에서 그만 호피무늬 크롭 퍼 재킷을 발견하고 말았다. 큰일났다는 걸 직감했다. 나는 뭔가에 홀린 듯이 입어봤다. 늘 그랬던 것처럼, 또 우려했던 것처럼 마음에 들었다. 사실 그냥 마음에 든 정도가 아니라 나의 오랜 욕망이 해소될 것만 같은 경지였다. 호피무늬 퍼에 대한 욕망은 내가 영화 '여배우들'에서 배우 김민희가 화장기 없는 얼굴에 호피무늬 퍼를 입은 모습을 본 이후부터 품어왔고, 눈에 불을 켜고 그녀가 입은 것과 조금이라도 비슷한 퍼를 찾아보았지만 늘 그랬듯이 찾기 너무 힘들었다. 그런데 내 눈앞에 드디어 내 욕망을 뒤흔드는 퍼가 나타난 것이다. 하지만 엄밀히 말해 길이라든가 두께 면에서 완전히 달랐고 옷에 관해서라면 크롭 길이를 선호하는 나의 취향이 한껏 두드러진 옷이었다. 어쨌든 걸신 들린 사람처럼 달려들어 시착하긴 했는데 막상 사려고 결심도 하기 전에 나의 욕망은 하나의 절대적 질문에 막혔다.

네가 궁극적으로 원하는 게 이거 맞아?

솔직히 아니었다. 내가 원하는 디자인이 아니었다. 내가 찾던 게 분명 아니었다. 그럼에도 나의 욕망은 나에게 까짓것 일단 사고 보라고 필사적으로 속삭였다. 만약에 몇 주 전 내가 일반적인 추위와 내적 투쟁으로 시려 오는 추위에 지지 않고 패딩을 사지 않았더라면 살 수 있었을 것이다. 정말 그때 패딩을 안 샀더라면 이 호피무늬 크롭 퍼 재킷을 샀을 거라고 확신한다. 그런데 이미 옷을 구매했다는 것도 변하지 않은 사실이자 현실이었고, 한 푼이라도 아쉬운 여행자가 낮지 않은 가격대의 옷을 하나 더 산다는 건 부담스러웠다. 하지만 내가 조금이라도 비슷한 옷은 고사하고 나의 취향에 필적할 만한 옷을 찾아 헤맨 것도 사실이자 현실이었다. 그러니까, 내 눈 앞에 있는 이 호피무늬 크롭 퍼 재킷도 어쩌면 기회일지도 모르는 일이었다. 기회라는 생각에 욕망의 귀가 솔깃해졌다. 그래도 내가 원했던 것은 정확하게 아니라는 생각도 동시에 들어 너무 답답한 마음으로 가게를 나와버렸다. 그렇게 옷이 갖고 싶으면 차라리 내가 감당할 수 있는 가격 선 안의 옷을 사는 게 나을 것 같아서 자라(Zara), 에이치엔엠(H&M)과 같은 저렴한 가격대의 옷가게에 갔다. 얼마든지 살 수 있는 옷은 많았지만 내가 돈을 흔쾌히 내고 살 만한 어떤 매력이나 가치도 볼 수 없었다. 그야말로 '아무' 옷들이었다. 돈이 있어도 갖고 싶지 않은 옷들이었다. 더 이상 어찌할 줄 모르는 마음이 들자 급기야 나를 좋아해주는 사람들이 나에게 해준 고운 말들을 떠올리기 시작했고 그제야 자꾸 설쳐대는 욕망을 진정시킬 수 있었다.

실은, 뭐든 충분했던 적은 없었다. 오히려 부족한 쪽에 훨씬 가까웠다. 나는 욕심이 많았고 배움이 느렸지만 나를 둘러싼 환경은 나를 따라주지 못했다. 그런 환경이 적응되기는 커녕 고통스러웠다. 나는 어떤 기회든 눈 앞에 올 때마다 간절했지만 끝내는 잡지 못했다. 뭐가 부족했던 걸까 따지는 건 시간낭비라고 생각했고 기회를 놓치면 또 다른 기회로 달려들었다. 한편으로는 자잘한 기회를 포기하고 또 포기해서 도저히 포기할 수 없는 기회를 잡았다. 문제는, 자잘한 기회든 도저히 포기할 수 없는 기회든 소중하지 않은 건 없었다. 이 또한 시간이 지나면 지날수록 기꺼이 받아들여지기는커녕 마음이 미어지기만 했다. 한 번쯤은 내가 원하는 것들을 다 가질 수는 없을까? 혹은, 어떻게 다 가질 수 있겠어. 그러나 아홉 가지를 포기해서 쟁취한 한 가지가 소중한 이유는 내가 아홉 가지를 포기한 데 있지 않았다. 내가 아홉 가지를 아끼고 아껴서 한 가지를 선택한 데 있었다. 이는 살아내면 살아낼수록 더욱 분명해지고 있다. 그 아홉 가지를 포기하고 쟁취해낸 한 가지로만 연결된 인생을 되돌아봤을 때 그 어느 한 가지라도 빠지면 지금의 내가 성립이 되지 않았다. 불가사의한 건 결정하는 당시는 모르지만 나중에 회상하면 그 아홉 가지가 나에게 그다지 중요하지 않았다는 걸 알게 된다는 점이었다. 나는 언제나 내가 원하는 것이 무엇인지 정확하게 알고 있었고, 손에 잡힐 때까지 그와 비슷한 것들이 날 유혹해도 참아냈고, 결국 손에 넣곤 했다는 사실과 현실 또한 시간과 덩달아 뚜렷해졌다. 실은 이 멜번 여행도 같은 맥락이었다. 모든 걸 다 가질 수 없는 환경이어서, 그리고 도움을 바랄 수 있는 환경이 아니어서 나는 인내하고 또 인내했다. 먹고 싶은 것이 있어도 참았고, 갖고 싶은 것이 있어도 참았고, 보고 싶은 사람이 있어도 참았다. 그렇게 오게 된 멜번이었다. 참고 참은 것들이 삶의 이유를 찾으려는 노력에 필적하지 않았기에 그렇게 했다. 후회하지 않는다.

하루는 시간은 우리를 연민하지 않는다. 하루는 시간은 무섭게도 모두에게 공평하게 주어져 정직하게 흘러간다. 내가 원하지 않은 공부와 환경으로 시간을 소진한 입장으로서 이 점에 관해서는 최대한 철저하려고 한다. 고로, 멜번에서만큼은 난 필요한 경험과 필요하지 않은 경험을 구별해내려고 부단히 애를 썼다. 나의 시간을 소중히 여기고 싶어서 멜번에서의 시간 표준을 글쓰기에 두었고, 덕분에 난생 처음 나의 젊음과 시간을 소중히, 그리고 오롯이 날 위해 제대로 써봤다. 글쓰기에 지독하게 매달렸다. 혹여 하루 종일 매달렸는데도 글 한 줄조차 쓰지 못해도, 며칠 간 쓴 글을 갈아엎어버려도 스스로를 원망하지 않았다. 너무 오랫동안 표현하고자 하는 바를 숨기고 살았기에, 제대로 표현하기 위해서는 엉망이라도 무너지고 일어서고를 반복하는 걸음마 과정을 겪어야만 한다고 믿었다. 그러나 한편으로는 너무 고통스러웠다. 왜냐하면 화가들이 붓을 수없이 놀리고, 무용수들이 몇 번이고 넘어지면 일어나는 것처럼 글을 쓰는 사람에게도 시도하고 틀리는 연습이 필요한데 당장 눈에 보이는 사회적인 성과가 없으니 때론 내가 너무 바보 같고 다른 사람들을 만나면 내가 쓸데없는 일을 하고 있는 게 아니라고 증명해야 하는 것 같아, 급한 경우가 아니면 사람들을 마주하는 일을 최대한 피한 적도 일정 기간 있었다. 바보 같은 일도 아니며 쓸데없는 일도 아니라는 걸 누구보다 잘 알고 있었지만, 알고 있었어도, 나 또한 한때 작품에만 매진하는 고흐와 어니스트 헤밍웨이를 잘 이해하지 못했던 때가 있었으므로 사람들을 기피했다. 내가 유일하게 할 수 있는 건 그냥 쓰고 또 쓰는 것이다. 그러다가 술술 써내려 갈 때가 찾아온다. 마치 수도꼭지를 튼 것처럼 단어와 표현들이 콸콸 쏟아질 때가 온다. 그때마다 카타르시스를 느꼈다. 누구에게도 빼앗길 수 없고 어떤 것에도 비견할 수 없는 궁극적인 기쁨이었다. 그때만큼은 나의 모든 인내가 자랑스러워진다. 이 경험이야말로 나에게 필요했다. 그렇기에 이 경험을 가장 필두로 두고, 방해될 경험들을 골라냈다. 내가 하지 않았던 경험들이 나에게 소중하지 않았다고 해서 남들에게 소중하지 않을 리는 없다. 하지만 온전히 나 자신으로 미루어 봤을 때, 나에게 의미가 없을 경험이나 물질적 욕망에만 충족되는 경우를 위해 내 시간을 할애할 순 없었다. 나는 이젠 더 이상 기회를 위해 기회를 썼다고 핑계 대고 싶지도 않았고, 기회를 기다리느라 지쳐 기회를 아무렇게나 수습하고 싶지도 않았다. 기회를 잡기 위해 기회를 아끼는 나날들이 멜번을 채웠다.

누구에게든 한계가 존재할 수밖에 없다. 그렇기에 여행에서도 한계는 마땅히 존재한다. 그 한계는 대개 여행 경비에 해당된다. 여행 경비에 따라 여행의 질이 달라질 수 있다는 건 모든 여행자들이 알 것이다. 하지만 호화스러운 여행을 위해 경비만 모으다간 세월이 다 가기에, 본인이 판단했을 때 어느 정도의 돈이 모이면 여행을 떠나야 한다는 것 또한 모든 여행자들이 알 것이다. 따라서 여행 경비라는 한계 안에서 여행을 즐길 줄 아는 것이 여행자의 몫이다. 지난 일본 여행부터 들이고 있는 여행 요령인데, 난 하루치 여행 경비에 미니멈(최소한도)과 맥시멈(최대한도)를 정해 놓고 지킨다. 미니멈보다 적게 쓰는 날엔 남은 돈을 그 다음날로 이월해 맥시멈을 늘린다. 미니멈을 정하는 이유는 내가 최소치로 즐길 수 있는 정도를 알아야 하기 때문이다. 행복 유지비를 얼마든지 늘릴 수 있는 데 초점을 둔다면 소비가 자신의 행복을 결정하게끔 내버려두는 것이다. 한편, 혹시 몰라서 통장을 하나 더 구비해 놓는다. 이는 바로 비상금이다. 이왕 여행왔는데 내 눈앞에 진심으로 원하는 경험이라든가 물건이 있으면 놓치긴 아깝진 않은가. 그럴 경우를 대비해서다. 그렇다면 그때는 내가 진심으로 원하는 게 무엇인지 알아야 쓸데없는 돈 낭비를 막는다. 이를 위해 평소에 안목을 키우는 연습이 필요하다. 좋은 물건일지 좋은 경험일지 알아보는 안목이 아니라 '나'다운 물건일지 내가 놓쳐서는 안되는 경험일지 알아보는 안목 말이다. 판단이 잘 서지 않을 땐 나를 아껴주고 사랑하는 사람들이 나에게 해준 말들과 나를 아껴주고 사랑하는 이유를 기억해 내야 한다. 이 관점에 근거하면 호피무늬 크롭 퍼 재킷도, 나의 허기진 욕망, 특히 옷에 대한 욕망을 채울 '아무' 옷들 전부 필요 없었다. 그래, 솔직히 말하면, 돈이 얼마든지 많아서 크게 고민 안하고 덥석 사면 좋겠지. 그러나 소비가 나를 대변하진 않는다. 그러니 억울하게 생각하지 않는 쪽이 맞다. 내가 가진 한계들이 소중하고, 나를 아껴주고 사랑하는 사람들이 나를 아껴주고 사랑하는 이유는 나에게 안목과 한계가 있기 때문이다. 선별하고 또 선별해서 보았던 지적 산물에서 비롯된 나의 생각들과 표현들, 참고 또 참아서 결국엔 내가 원하는 바에 부합하게 된 옷들과 그 옷들의 합인 스타일이 나의 안목과 한계다. 지금 당장 원하는 결과를 보지 못한다고 해서 실망하지 않기로 몇 번이고 다짐했다. 나에겐 기회를 잡기 위해 기회를 아끼는 시간들이, 남들이 보기엔 아무것도 아니라고 해도, 몹시도 소중했다. 그렇게 아홉 가지를 감내하면 그 아홉 가지와 바꿀 수 없는 한 가지를 잡을 날이 오리라는 걸 지금까지의 경험으로 안다. 늘 그랬듯이, 나에게 궁극적인 기쁨을 가져다줄 기회의 날이 온다.

그리고 멜번을 떠나기 위해 공항 의자에 앉았을 때, 그 호피무늬 크롭 퍼 재킷이 그다지 결정적인 물건은 아니었음을 확실하게 깨달았다. 나중에 정말 원하는 걸로 살 날이 오겠지, 뭐.

시간이 지나면 다 알게 된다. 시간이 지나면 다 알게 될 걸 난 항상 호되게 앓아낸다.

*당신이 필요한 여행의 요령
다시 다짐하는 법

누구에게든 여행을 통해서 이루고자 하는 것들이 있다. 하지만 이루고 싶은 것이 무엇이든 간에, 그 결심은 여행 속에서 부지기수로 흔들리고 또 희석된다. 그럴 때마다 다시 다짐해야 한다.

영화 '인셉션'에서 주인공은 팽이를 돌린다. 팽이는 꿈과 현실을 분간해주는 장치인데, 그런 장치를 영화에선 '토템(totem)'이라 부른다. 팽이가 쓰러지지 않고 계속 돌면 꿈이고, 팽이가 돌다가 쓰러지면 현실이다. 꿈과 현실 사이에서 '토템'은 주인공이 스스로를 잃지 않도록 지탱한다. 여행에서도 이런 '토템'이 필요하다. 꿈과 현실을 구별해내는 용도가 아니다. '토템'은 내가 원하는 것이 무엇인지 다시 다짐할 틈을 준다. '토템'은 물건 자체만으로는 그 의미가 있다기보다는, 원을 그리면서 돌거나 돌다가 쓰러지는 행동의 결과로 인해 '토템'으로서의 의미를 지닌다. 따라서 여행 속 '토템'도 존재 그 이상으로 행동 자체에 기준을 둬야 한다. 영화에선 '토템'은 동전처럼 일상적인 물건 대신 팽이, 주사위, 체스의 비숍처럼 독특한 물건이어야 한다고 하는데, 단순하지 않되 특별하면서도 자기 자신만이 알 만해야 한다는 의미다. 가령, 시드니에 있었을 때 형부는 출근하고 큰 조카는 유치원에 가고 나면 사촌언니와 아침으로 카푸치노와 아몬드 크라와상을 먹으며 작은 조카를 돌보곤 했던 시간이 마음에 따뜻하게 남아 있어, 여행에서 아몬드 크루아상과 카푸치노로 나에게 따스한 기운을 불어넣으려고 시도한 적이 있다. 그런데 매번 실패했다. 아몬드 크루아상이 없거나, 맛이 없거나, 혹은 그때 그 맛이 전혀 안 났다. 물체 자체와 그 물체에서 비롯되는 단순한 행위가 그다지 크게 도움되지 않았다. 멜번에서도 '토템'이 없었다. 다시 다짐하는 건 끈질긴 트라우마와 난폭한 무의식의 존재를 박차고 목적에 정진하는 행위로 이어진다. 다시 말해, '토템'은 활력소이다. 그렇지만 그 '토템'이 멜번에서도 없어서 여행자인 나는 여행의 처음부터 끝까지 요동쳤다.

글에 있어 자유로워지는 것, 내가 쓸 여행책에 대한 토대를 마련하는 것, 삶에 대해 파악하는 것이 멜번 여행에서 이루고 싶은 것들이었다. 그리고 그 이상으로 이루고 싶었던 건, 솔직하는 것.

멜번에서만큼은 이루고자 했던 것을 완전히 이뤘다. 끊임없이 흔들렸어도 목적이 희석되지 않을 수 있었던 이유는 내가 다짐을 하다가 실패하는 행위를 거듭했기 때문이라고 믿는다. 결국 '토템'이 될 수 없었지만 멜번에서 살았던 내내 '토템'으로 작용되길 바라는 마음으로 했던 것이 있다. '토템' 삼아 이 노래를 불렀다.

바람 불어와 어두울 땐 당신 모습이 그리울 땐
바람 불어와 외로울 땐 아름다운 당신 생각
잘 사시는지 잘 살고 있는지
보이시나요 저의 마음이
왜 이런 마음으로 살게 됐는지
보이시나요 저의 마음이
왜 이런 마음으로 살게 됐는지*

단순함은 '토템'의 조건이 될 수 없다. 이 노래를 몇 번이고 읊조렸지만 기분은 나아지지 않았다. '토템'으로서는 실패였다. 그래도 희박하게나마 '토템'의 기능이 발휘될 수 있었던 까닭은 황량한 마음까지도 수용하려고 했기 때문이다. 다짐이 실패해도 다음에 다시 다짐 삼아 이 노래를 불렀다. 쓸쓸하고 슬픈 마음으로도 내가 여행에서 원하는 것을 했다. 즉 실패해도, 또 실패하더라도 실패를 쌓아 그저 앞으로 나아갔다. 기분에 관계없이 태도를 지켰다. 따라서 실패와 실패 사이, 감정보다도 감정을 아우르는 행동이 '토템'의 존재 이

*감독 홍상수. 영화 밤의 해변에서 혼자(On the Beach at Night Alone). 제작 영화제작전원사. 2017

유 중 하나인 성취에 이르도록 도운 것이 아니었을까.

그렇지만 다음 여행부터는 '토템'을 지니고 있길.

조금 더 밝은 마음으로 더 많이 웃으며 덜 흔들리며

여행에서 이루고 싶은 것을 이룰 수 있는 다짐을 하길 바란다.

지금, 사랑할 수 있는 존재가 있는 곳에서 살고 있습니까 / 숙소3

거리감

의리감

공허감

후련함

묘함

나는 실수로라도 절대 숙소를 집이라 부르지 않았다. 어딜 여행 가도 숙소를 숙소라고만 불렀다. 숙소는 집이 아니다.

숙소를 집으로 여기고 산다는 건 마치 차가운 물로만 빨래가 가능한 세탁기 같은 느낌이었다. 아니면, 열쇠가 잘 들어맞지 않아 문 딸 때마다 사람 애먹이는 열쇠 구멍인 줄 알았다. 혹은 히터를 아무리 틀어도 도저히 따뜻해지지 않는 방 안에 있는 기분이었다. 더러는 이 세 가지 비유 전부 다 해당되었다. 사실은 비유적 표현은 아니다. 나한테는 다 현실이었다. 세탁기는 찬물 빨래밖에 안 되었고, 열쇠 구멍에 문제가 있어 열쇠는 툭하면 어긋났고, 히터는 틀어도 보일러만큼의 몫은 못 되었다. 이 (악)조건의 현실이 내가 살았던 숙소였다.

네 번째 숙소로 바로 들어갈 수 없어 세 번째 숙소에서 일주일 정도 지냈다. 첫 번째, 두 번째 숙소에 비하면 세 번째 숙소부터는 집'급(級)'이었다. 첫 번째는 에어비앤비로 이른바 '남의 집'이었고, 두 번째는 호스텔이었으니 말 다했다. 여전히 집이라고는 절대 말 못하지만 남의 집과 호스텔에 있다가 쉐어 하우스라도 가니 숨통이 좀 트이는 듯했다. 내가 아무리 대가를 지불했어도 남의 집은 남의 집이었고, 호스텔에선 방음은 꿈도 꿀 수 없고, 추위와 습기 때문에 아늑함은 바랄 수도 없었고, 무방비 상태에서 시도때도 없이 출몰하는 사람들이 주는 낯섦 때문에 마치 스물네 시간 내내 길가에 내쫓긴 느낌이었다. 그래서 세 번째 숙소인 쉐어 하우스에 들어갔을 때 멜번에서 처음으로 안정감(安定感)을 느끼긴 했다. 쉐어 하우스는 굉장히 아담했고 전체적으로 냉기가 돌았다. 카펫 바닥이라 드디어 신발과 양말을 벗어도 되었다. 가구와 부엌 용기는 전반적으로 멀쩡했다, 호스텔과 달리, 또 남의 집처럼. 크지 않은 쉐어 하우스의 부엌 겸 거실엔 이층 침대가 하나, 탁자, 캐비닛, 그리고 건조기가 있었고, 하나 있는 방엔 붙박이장과 이층 침대가 두 개 있었다. 원래는 이 내부 구성에 대해 아무런 생각이 없었다. 룸메이트는 처음에 두 명이었다가 내가 숙소에서 나올 때쯤 세 명이 되었는데,

나까지 포함해서 세 명일 때는 숙소가 좁다는 느낌이 안 들었다가 네 명이 되니 좁다는 느낌이 들기 시작했다. 숙소 자체가 넓지도 않은데 집주인은 어떻게 이 안에 이층 침대 세 개를 들일 의중을 가지게 됐는지 어처구니가 없었다. 물론 주인 입장이나 나처럼 세 들어 사는 사람 입장이나 모두 더 많이 벌고 덜 쓰려면 어쩔 수는 없겠지만, 사람이 살 만한 환경이라는 게 정말 뭘까 싶어서 인스펙션에 이어 혼란은 더욱 가중되었다. 그러니까, 개인적인 공간이 있을 수 없었다. 숙소에서 살면서 오롯이 혼자 있을 수 있는 공간, 곧 개인적인 공간의 존재가 얼마나 귀중한지 체감할 수 있었다. 나는 거실에서 자는 룸메이트의 이층 침대에 왜 담요가 텐트처럼 둘러져 있는지 알 도리가 없었다가, 한국에서처럼 늦게 자고 글이든 공부든 탁자를 써야 하는 입장에서 그 룸메이트가 무척 신경 쓰이자 그때 알았다. 다른 룸메이트가 자기 때문에 거실을 못 쓸까 봐 자신의 이층 침대에 담요를 둘러놔 빛을 차단한 것이었다. 누군가는 자야 하는 공간에 누군가는 할 일을 해야 했고 심지어 같은 공간 안에 부엌과 화장실도 있었으니 공간 분리가 없어서 서로를 배려하지 않으면 살 수 없었다. 그 조건에서 룸메이트들과 생활 패턴이 안 맞아도 너무 안 맞았다. 그 룸메이트와 또 다른 룸메이트는 청소일을 하느라고 아침보다는 새벽에 가까운 시각에 일어났는데 나는 아니었으니 내가 자는 시간에 룸메이트들은 일어났다. 그곳에서 지내는 일주일 동안 이곳이 세 번째 숙소여서 다행이라는 생각을 했다. 왜냐하면 네 번째 숙소는 넓어서 잠자는 방과 거실, 부엌, 화장실이 겹치지 않았다. 게다가 내가 좀 놀랐던 건, 집주인이 아무 언질도 없이 문을 벌컥 열고 들어온다는 것이었다. 집주인 얼굴을 그때 처음 봤던 나는 웬 낯선 중년 남자가 들어와서 순간 질겁했다. 그런 점을 생각하면 그 숙소는 오래 살 만한 곳이 못 되었다. 그렇지만 룸메이트들을 떠나는 건 아쉬웠다. 일본, 남미의 어느 나라, 그리고 베트남에서 온 그녀들은 참 친절했다. 비록 다들 영어를 멜번에 와서 처음 배우는 모양인지 소통이 그리 원활하게 되진 않았지만 그건 그다지 중요한 사안은 아니었다. 오랜만에 일본어를 써서 좋기도 했고, 일본인 룸메이트는 내가 처음 들어왔을 때 자신이 만든 도시락인 오니기리를 주었고, 남미에서 온 룸메이트는 내가 나갈 때 자신이 먹는 아침이라며 시나몬 바나나 팬케이크를 대접하기도 했다. 베트남에서 왔다는 룸메이트는 첫인상이 몹시 귀여웠는데 하필 내가 나가기 바로 직전날에 와서 별다른 얘기를 많이 못해봤다. 어떤 말을 하든 친절함이 묻어났는데 다들 더 친해지지 못해 아쉬울 따름이었다. 여차저차 무난하게 흘러갔던 일주일 후, 또 파란만장 끝에 난 마지막 숙소로 피신할 수 있었다. 그 숙소의 날들은 참 다이내믹(dynamic)했다, 부담스러울 정도로. 바로 이사 갔을 땐, 바로 직전 숙소에 비해 안정감(安靜感)을 느낄 수 있었다. 공간 분리 말고도, 내가 자는 방 안엔 암막커튼도 있었고, 히터를 굳이 안 켜도 될 만큼 숙소 자체가 춥지 않았다. 또 처음으로 건물 안에 헬스장(gym)이 있었다. 그리고 무엇보다 전망이 확 트였다. 건물 바로 앞의 서던 크로스(Southern Cross) 역 지붕이 장관이었다. 물결 같은 모습이 파도 같았다. 룸메이트들은 처음엔, 얌전했다. 얌전하다는 표현 외에 딱히 어울릴 만한 것이 없다. 하긴 이방인이 끊임없이 유입되는 멜번인데 전학생이 뭐 그리 새로웠을까. 내가 그들을 처음엔 얌전했다고 묘사한 이유는, 첫째로, 처음 보는 사이인데 같이 살게 됐기 때문이다. 생면부지였던 사람들끼리 예의를 지킨 것이기도 하고, 다들 밖에 나가 일을 하고 학교도 다니고 나보다 훨씬 먼저 멜번에 와서 한 마디로 대외적으로 바빴다. 그래서 초기엔 딱히 필요 이상의 말을 할 일이 없었다. 세탁기가 찬물 빨래밖에 안 된다거나 따위의 말들 말이다. 내가 기대한 쉐어하우스의 분위기는 이런 것이 아니었는데 뭐 별 수 있나. 억지로 친해지고 싶진 않았다. 친해질 만하면 친해지겠지. 시간이 갈수록 그들과 따로따로 공교한 친분 관계가 형성되기 시작했다. '따로따로'라는 의미는, 한편으론 내가 그들을 처음엔 얌전했다고 묘사한 두 번째 이유는 내가 오기 전 몇 달을 이미 같이 산 그 네 명이 3:1로 사이가 갈라져 있었다는 걸 처음엔 몰랐기 때문이다. 겉으로 봤을 땐 아무렇지도 않아 보였는데, 같이 살게 된 룸메이트란 이유로 왓츠앱 단체 채팅방에 들어간 이후 그들이 나누는 대화를 읽으면서 나를 제외한 나머지 사람들끼리 내가 모르는 무슨 일이 있었던 것이 분명해졌다. 그 또한 일부러 캐진 않았다. 좋은 일처럼 보이진 않았고 시간이 지나면 자연스레 알게 될 것 같았다. 어쨌든, 사이가 은근히 껄끄러운 한 명과 세 명 '덕분에' 나 포함해서 최대 네 명끼리 대화를 한 적은 있어도 다섯 명이서 다 같이 뭔가, 예를 들어 어딜 놀러 간다거나 밥을 같이 먹는 등 사람끼리 의미가 있을 일을 한 적이 없었다. 그다지 아쉽진 않았다. 사이가 이미 떠버린 사람들과는 뭘 하는 게 아니다. 게다가 난 사람끼리 복작거리는 실랑이에 일찍이 이골이 나서 멜번에서만큼은 옥신각신으로부터 어떻게든 멀어지고 싶었다. 여하튼 난 제각각의 룸메이트와 따로따로, 서서히 친해졌다. 나는 그들 개개인과 타이밍이 맞아 떨어질 때마다 시시콜콜하게 오늘 하루 있었던 일부터 왜 멜번에 오게 되었는지, 꿈이 무엇인지 등 대화를 했다. 가끔은 두 명이서 같이 장을 보러 갔고, 세 명이 돈을 나눠서 음식을 해먹었다. 가장 좋았던 건 최선을 다해 사는 룸메이트들을 보며 동지애와 동질감을 느꼈던 것이었다. 그런 일도 그렇고, 동시에 숙소 자체에 내가 적응하면서 미약하게나마 안정감을 유지했다. 아침이면 나 혼자 글을 쓸 수 있는 시간을 가질 수 있었고, 저녁에는 운동 하러 헬스장으로 갈 수 있었다. 냉장고도 좁지 않았고 찬장 공간도 넉넉했다. 낯선 사람이라 기껏 해 봤자 룸메이트의 친구인 사람들이 다짜고짜 찾아오는 경우가 없었고, 같이 산 지 얼마 안 되어 그들의 생활 패턴을 간파해서 샤워와 빨래 시간이 겹치지 않았다. 이렇게 논리만 보면 저렇게 사는 것도 참 좋아 보이는데, 감정을 넣으면 그럴 순 없다. 거기에다가 돌발 상황까지 포함된다. 숙소는 집이 될 수 없다. 결정적으로, 숙소를 구성하는 가장 밑바탕엔 본인 의지 부재가 위치하고 있다.

좋은 것만 안고는 살 순 없는 노릇이다. 여행도 마찬가지다. 좋은 것만 취할 순 없다. 완벽한 계획이 여행에서 애초에 통할 수 없는 이유는 여행자로선 전혀 상상할 수 없는 크고 작은 돌발 요소나 상황이 도처에 도사리고 있기 때문이다. 여행자는 어쩌면 아무것도 대비할 수 없다. 그저 준비하거나 임기응변할 뿐이다. 좋은 것만 취할 수 없다는 의미는 그런 반갑지 않은 돌발 요소와 상황에 들어맞는다. 그렇다면 '좋은 것'은 여행자가 그나마 통제할 수 있는 것일 테다. 그게 바로 숙소다. 숙소는 제한적 공간이다. 변화무쌍할 수 없으며 여행 전 이미 선택이 끝난다. 이때 숙소 선택엔 여행자의 의지가 들어가지만 사실 잘 생각해보면 의지가 아예 반영되지 않는다. 예시를 들어 보자. 부유한 사람들이 왜 비싼 호텔, 호화 리조트에 갈까? 물론 좋은 숙소가 여행의 질을 좌우하지 않지만 한번 따져 보자. 그건 바로 일종의 보장이다. 내가 이만큼의 돈을 냈으니 이에 상응하는 고정된 세련됨과 안전을 책임지고 내가 원하는 서비스를 제공해달라는 뜻에 부응하는 보장이다. 숙소가 '좋은 것'일 때 그 안에서 내가 여행자의 필수 자질인 감내는 굳이 필요 없어진다. 그러나 숙소가 '좋은 것'이 아니라면? 그 안에서 감내하고 감수할 일이 많아진다. 가장 안타까운 건 숙소의 질이 떨어진다. 숙소의 질이 떨어지면 무슨 일이 생길까? 숙소 선택에 의지가 아예 반영되지 않는다는 말은 내가 그 숙소의 구성 요소에 대한 선택권이 없다는 의미다. 숙소 구성 요소는 원래 고착되어 있고 여행자는 그 제한된 가짓수에서 선택하는 것이다. 따라서 숙소의 질이 좋다면야 숙소에 사람에겐 꼭 필요하지 않지만 편리함과 황홀한 기분을 선사하는 것들이 많겠지만, 반대로 숙소의 질이 좋지 않다면 숙소엔 필수 요소만 있고 그 중 대부분은 이미 퇴화 과정에 있을 것이다. 여기서 퇴화란 식기엔 파리가 붙어 있고, 테이블은 아무도 닦지 않아 끈적이고, 화장실은 숙소 화장실인지 공원의 공중 화장실인지 모를, 그런 것들. 필수 요소라 해도 고장나 있거나 나는 필요한데 숙소 입장에선 제공할 의무가 없어 뭐가 없는 경우도 허다하다. '이런 것도 없나?' 혹은 '이것도 안 돼?'라고 여행자들이라면 여행하면서 한 번쯤은 한숨처럼 내뱉어 본 적이 있을 거라고 장담한다. 물론 잘 찾아보면, 아주 잘 찾아보면 신축 숙소가 있고 좋은 시설을 갖춘 곳도 많다. 하지만 그 와중에 사진과 실제가 다를 수 있다. 사진으로 봤을 때 전반적으로 깨끗하고 새 가구를 갖춰서 갔는데, 막상 당도하니 가구는 새 것이긴 한데 방 안에 짐 가방 두 짝은 무슨, 사람 두 명이 들어가면 공간이 꽉 찬다거나 하는 경우 얼마나 기가 차던지. 그렇다면 이러한 경우에 어느 쪽의 책임일까? 손님이 묵는 방에 난방기가 작동이 잘 안 되거나 식기가 제대로 설거지 되어 있지 않아도 모르쇠하는 숙소? 혹은 이걸 모르고 온 손님? 손님이다. 어쨌든 많고 많은 선택지 중 손님이 (하필) 그걸 선택했기 때문이다. 여행이 길지 않다면, 또 좋게 얘기하자면 경험 삼아, 온갖 숙소에 머무는 건 나쁘지 않은 배움이다. 묵으면 얼마나 묵는다고 그냥 좋게 좋게 넘어가는 거다. 그런데 만약에 그 숙소를 집처럼 살아야 한다면, 살아보는 여행을 하는 거라면 얘기가 좀 달라진다. 그래서 내가 피곤함이 도통 가시지 않았다, 집처럼 살아야 할 숙소가 집의 조건에 부합하지 않아서. 이쯤 되면 내가 정말 말도 안 되는 것에 도전하고 있었음이 보이지 않나. 왜냐하면 사실 여행과 일상 생활은 본디 피차 모순이다. 여행은 도발적이고 돌발적이고 즉흥적인 쪽에 가깝지만 일상 생활은 반복적이고 안정적이고 취향 존중적인 쪽에 가깝다. 그래도 난 동시 진행이 불가능하지 않다고 믿고 그 믿음으로 경험을 이어오고 있다. 불가능하지 않다만, 충돌은 피하기 어렵다. 멜번 여행의 경우, 내가 일상 생활의 요소를 여행에 끌어오니 자꾸 충돌했다. 즉 나도 모르게 자꾸 낯선 곳에서 익숙함을 뒤졌다. 익숙함을 투정하면서 무언가 어그러졌던 것 같기도 하다. 좌우간 익숙해져야 했는데 끝내 익숙하길 포기했다. 부차적인 것들을 애써 도외시하고 글에 매진하는 여행을 하는 건, 그것도 타지에서, 꽤 불안한 행복이었다. 버텨야 한다는 마음 옆에 페이스 메이커로 불안이 있었다. 아! 우울함도 함께 말이다. '좋은 것'은 참으로 간단하고 단순한 건데, 그런 게 거의 없다시피 한 여행인 가운데 '좋은 것'이 되어 마땅할 숙소가 '좋은 것'이 되지 못했다. 정리하자면, 글 쓰는 데도, 살기에도 끝내 물리적으로 좋은 환경이 아니었다. 일단 나의 글쓰기에 필요한 물건들이 없었다. 당연했지만 글쓰기에 몰두할수록 난 그 물건들이 점점 절실해졌다. 프린터, 사전, 클립, 파일, 책장, 책, 잡지, 신문, 그 외 내가 모은 참고물이 그 물건들에 해당된다. 그리고 내가 한국말로 글을 쓰는데도 간혹 '이게 말이 되나?', '이런 말이 있었나?', '이러이러한 뜻의 한국어 단어가 뭐더라?'고 물었을 때 대답해주는 사람도 없었다. 숙소 구성 요소로 이야기를 이어나가자면, 글 쓰는 사람에게 가장 중요한 건 시력 관리인데 집으로 쓰이는 외국의 건축 양식 중 하나인 주홍 불빛은 눈을 피로하게 했다. 거실에 테이블이 있어 아침만 지나면 룸메이트들이 수시로(당연하지만) 내 앞을 왔다갔다하고 나한테 말을 거는 등 정신을 산란하게 했다. 숙소에 묵는 날이 길어질수록 부족한 것이 태반이라는 걸 통감했다. 휴지, 세제, 불 하나 나간 화장실, 고장난 식기나 가구뿐만 아니라 앞서 말했듯이 열쇠 구멍이든 세탁기든 없으면 없는 대로 부족하면 부족한 대로 살림을 해나가는 게 점차 힘에 부쳤다. 그때 난생 처음으로 한국의 반찬 문화를 숭배했다. 내가 말하고자 하는 건 반찬을 여러 개 가져다 먹는 문화가 아니다. 냉장고에 할머니가 손수 담그신 김치 하나라도 있으면 그것만으로도 세상의 전부가 될 수 있다는 걸 뼈저리게 느꼈다. 차라리 이렇게 고장나거나 부족한 것만 있으면 내가 조금이나마 덜 고단했을 것 같은데, 참으면 되니까, 당연지사 고장나거나 부족한 것만 있지 않았다. 고장나고 부족한 것이라는 예상치 못했던 돌발 요소와 이성적 논리 위에 사람의 감정이 있었다.

사는 건 참 번거로운 일이다. 게다가 사람이 끼어들면…… 난 이 문장을 마치지 않고 그저 고개를 절레절레 흔들기만 하련다. 집에 사람이 있으면 피곤해지는 선천적인 이유는 그 사람이 내 뜻에 맞춰주지 않기 때문이다. 여기까지만 하고 다시 멜번에서의 여행으로 돌아가자면, 룸메이트들과 어느 정도 친해지자 그들은 배려 이외의 것들도 하기 시작했다. 내가 가장 피곤했던 게 고래 싸움에 새우등 터졌던 일이었다. 나와 같은 방을 쓰는 룸메이트 둘은 이미 몇 달 전부터 다툼을 축적해놨던 상태였고, 둘 다 다른 한 명이 없으면 그 상대방 욕을 나한테 했다. 참 난감하기 이를 데 없었다.

그 두 명은 같이 한 공간에 있기 싫어해서 타이밍이 맞아 같은 시각 둘 다 집에 있는 날이면 한 명은 방에, 한 명은 거실에 있었다. 그런 성가신 일도 있었고, 문화적으로 부딪치는 일도 종종 있었다. 머리를 매일 감는 나한테 수도세 많이 나온다나 뭐라나 머리를 매일 감는 게 한국 전통 문화냐고 물으면서 자신은 삼일에 머리를 한 번 감는다고 말하는 룸메이트 앞에서 어떤 말을 해야 할지 도통 알 수 없었다. 개인적으로 경악스러웠다. 한편으로는 나의 사소한 행동 하나가 한국인의 스테레오타입(stereotype)으로 굳어질 수 있겠다는 생각에 처신을 잘해야 한다는 일종의 부담감을 느꼈다. 실은 어떻게 보면 그 정도는 애교 수준이었다. 왜냐하면 나는 신발을 신고 집안을 돌아다니는 서양 문화가 도무지 납득이 안 되었기 때문이다. 그나마 나의 룸메이트들은 집에 오면 당장 신발을 벗긴 했지만, 문제는 걸핏하면 신발을 신은 채 집안을 마구 돌아다녔다는 점이다. 언제는, 한 룸메이트가 인스펙션을 하고 오더니, 인스펙션 간 집에 사는 일본인이 급한 와중에도 신발을 벗고 집에 들어갔다며 '오버한다'고 손사래를 치고는, 그런 사람이랑 살면 피곤하다고 그 집으로 절대 이사 안 가겠다고 말하는 것이었다. 그 룸메이트의 말에 같이 있던 다른 룸메이트 둘이 격하게 맞장구쳤다. 그래 뭐, 충분히 그럴 수 있는데 나는 속으로 한 마디 했다. 그러다가 라임병 걸린다고 말이다. 하지만 그런 문화적 차이에서 비롯되는 일도 다른 문화권에서 온 사람들끼리 살다 보면 얼마든지 일어날 수 있으니 웃어넘길 수 있다고 치자. 그러니까, 나는 다른 건 다 참아도 숙소 일원으로서 지켜야 하는 예의를 자꾸 무시하는 그들의 태도에 끝내 진절머리를 쳤다. 내가 샴푸병 사건에서 그 씨앗을 알아봤어야 하는 거였는데 대수롭지 않게 넘겨서 배신감을 더 느낀 건가 싶기도 하다. 요지는 이러하다. 한 룸메이트의 샴푸병이 온데간데없이 사라졌는데 아무도 그녀의 샴푸병에 대해 일언반구를 안 했다. 보는 나도 어이가 없었는데 당사자는 얼마나 화가 났겠는가. 그녀는 결국 단체 채팅방에 '이번엔 넘어가지만 다시는 이런 일이 없도록 서로 주의 좀 하자'는 말을 남기고 그 사건을 종료해야 했다. 비슷한 일을 나도 당했다. 숙소에 고무장갑이 없길래 내가 고무장갑을 사오고 채팅방에 '내가 고무장갑을 사왔는데 같이 쓰자'고 남겼다. 그랬더니 그때까지만 해도 맨손으로 설거지를 하던 룸메이트들이 모두 고무장갑을 끼고 설거지를 하기 시작했다. 나는 그 모습을 보고 뭔가 안쓰럽고 묘한 기분이 들었다. 그런데 얼마 안 가 내가 사용하려고 보니 그 고무장갑이 찢어져 있었다. 황당해서 채팅방에, 마치 그녀가 샴푸병을 누가 치웠느냐고 물었던 것처럼 똑같이, 누가 고무장갑을 찢어 놓고 아무 말도 안 했느냐고 올렸는데 역시나 아무도 대답을 안 했다. 결국 나는 새 고무장갑을 사오고 모두에게 같이 쓰는 물건이 된 만큼 돈을 분배하자고 했다. 그렇게 다 같이 쓰는 실용품 앞에서 다들 쩨쩨하게 굴었다. 본인의 여윳돈에서 한 푼도 못 빼겠다는 듯이 물건의 성능은 잘 보지도 않고 '무조건 싼 거'만 고집했다. 내가 이렇게 말하는 이유는 다들 노는 데 쓰는 돈을 단체 생활에 필요한 데 절대 쓰지 않았기 때문이다. 그리고 그 물건이 떨어지면 다들 정말 모르는 건지 모르쇠 하는 건지 신경을 아예 안 썼다. 왜 항상 아쉬운 사람은 내가 되는지, 물건이 떨어질 때마다 내가 채워 넣고 보고하는 식이었다. 한 번은 내가 한 룸메이트에게 숙소 안에 휴지며 세제, 물비누, 랩 같은 사소한 물건이 왜 아예 없냐고 했더니 호텔에서 청소일을 하는 룸메이트가 그곳에서 잉여로 남으면 가져온다는 것이었다. 예를 들어, 호텔에서 일하다가 휴지가 생기면 몰래 가져와서 숙소에서 쓴다는 얘기다. 숙소에서 다 쓰고 나서 없으면 그 룸메이트가 가져올 때까지 기다린 적도 있었다고 한다. 그런 그들의 태도가 너무 어이가 없었고 내가 출국할 날짜가 다가오면 다가올수록 질려갔다. 더 최악인 건, 같은 방을 쓰는 한 룸메이트가 집주인에게 수시로 '영어 잘 쓰는 룸메이트 좀 구해달라'고 징징거렸다는 것이다. 나중에 집주인에게서 듣고 기가 찼다. 앞과 뒤가 다른 그녀 때문에 나머지 세 명이 왜 그토록 그녀에게 차갑게 굴었는지 이해가 갔다. 그리고 비로소 완전히 이해됐다: 다들 이래서 얼굴을 마주하는 마지막 인사 없이 그토록 '쿨'하게 이사를 가는구나, 온갖 정이 다 떨어질 때까지 살아서 그렇구나. 나는 갑자기 생각이 탁 트인 기분이었다. 일단, 집은 결국 나 자신과 나의 삶이 유감없이 발휘되어 온전히 존재할 수 있는 곳이었다. 사람이든 사물이든 내가 사랑할 수 있는 존재가 있는 곳이 집이다. 내가 산 숙소에선 나 자신을 온전하게 발휘하게 해주고 내가 사랑할 수 있는 사물이 없었다. 그래도 사람이 있었다. 더불어, 나에게 '사랑한다'의 범위의 끝은 '내가 사랑할 수 없는 것까지 사랑한다'다. 나는 룸메이트들이 날 서운하게 했든 어쨌든 그들이 나에게 준 친절과 따뜻함, 그 모든 걸 합하는 가르침을 잊을 수 없다. 드디어 추억이 생겼다. 호텔에서 일할 때 머리가 흘러내린다고 나의 땋은 머리를 보고 가르쳐 달라고 한 다니, 나에게 내가 어디에서 뭘 하든 살아있는 게 가장 중요하다고 알려준 모렐라, 낯선 집에 대해 뭐든 차근차근 알려줬던 환, 그리고 나에게 공황 장애를 극복할 수 있다고 응원해준 페르난다, 그들을 어떻게 잊을 수 있을까. 고마운 건 고마운 거고 서운한 건 서운한 거다. 고운 정이 있었던 만큼 미운 정도 있었던 것이다. 미우나 고우나, 미워도 다시 한번, 이게 바로 사람 사는 것 아니겠나. 그러므로 잠시 숙연해진다. 내가 산 숙소는 집이 아니었다. 아니었지만, 난 그 숙소를 집처럼 살았던 순간이 있었던 듯도 싶다. 그랬을 수도 있겠다. 사람 사는 건 어딜 가도 똑같으니, 원.

마지막 숙소에서 이미 서로 익숙한 네 명의 룸메이트들에겐 난 상대적으로 어색할 수밖에 없는 존재였을 것이다. 그런 내가 그들에게 있어 친절하지만 친근하지 않은 눈빛을 보내는 대상에서 그 집의 일원으로 편입된 사소하고도 강력한 계기가 있다. 나는 룸메이트들이 학교가 파해서 혹은 일이 끝나서 집에 올 때 하는 'Hi' 한 마디가 도저히 성에 차지 않았다. '수고했어'라고 말하고 싶은데 영어에선 '수고했어'에 버금가는 말이 없었다. 'How's today?'처럼 오늘 하루 잘 지냈냐고 말할 수도 있지만 '수고했어'의 뉘앙스를 따라가진 못했다. 고안한 끝에 결정한 건,

"Welcome Home!"

물론 이것도 적절한지는 잘 모르겠는데, 나는 그냥 Home이란 단어를 쓰고 싶었다. 그 외엔 별다른 생각이 없었다. 내가 이리 단순하다. 하여튼 간에, 룸메이트들이 집에 돌아오면 나는 "Welcome Home!" 이랬다. 그랬더니 예상치 않게도, 또 놀랍게도 날 바라보는 모두의 표정에 변화가 생겼다. 모두의 얼굴에 미소가 만연해졌다. 비단 미소만이 아니었다. 뭔가 화사해지는 느낌이 있었다. 집으로부터 멀리 떨어진 낯선 곳에서 다들 집이라는 단어에 경계심이 녹았던 걸까. 그리고 다들 꼭 약속한 듯이 따뜻한 목소리로 같은 대답을 했다.

"Thank you."

그들 덕분에 나는 집이라는 것이 무엇인지 알게 됐다. 고

마운 건 도리어 내 쪽이었다.

*당신이 필요한 여행의 요령
계획이 없는 계획으로 여행하는 법

머리와 마음으로 잘 익혀지지 않을 땐 몸으로 때워야 한다. 인생은 계획대로 이뤄지지 않는다, 이 단순하고도 심오한 진리가 머릿속으론 이해되어도 마음으로는 도저히 받아들여지지 않을 때가 퍽 잦았다. 그래서 여행을 통해 이 진리를 아예 몸에 배게 하자 싶어 내가 이루고 엎을 수 있는 계획의 경우의 수를 최대한 광범위하게 잡는다. 엎어지는 계획에 마음 쓰지 않고 이뤄지는 계획에 감사하는 마음을 갖기 위해서다. 또 하나는 아무것도 하지 않는 것이다. 즉, 아무 계획도 세우지 않는다. 계획이 없는 계획을 하루 일정으로 잡아버린다. 그러므로 잠에서 깨도 뭔가를 하기 위해 서두를 이유가 없다. 기상 다음에 계획이 없기 때문이다. 정확히 말해, 계획이 없는 계획이란 본능에 의해 움직이는 것이다. 홧김에 내키는 대로 행동하는 것과는 거리가 멀고, 의식의 흐름에 가깝다. 잠에서 깨서 가만히 있는다. 낯설지만 익숙한 관념에 부합하는 가구들이 있는 방 안을 둘러본다. 내가 있는 세계를 곤히 인식한다. 그 다음 배가 고프면 아침을 먹으러 나간다. 아침을 먹으며 주위를 둘러본다. 내가 있는 또 하나의 세계를 인식한다. 아침을 다 먹으면 방으로 돌아간다. 아침을 먹지 않았으면 그대로 방 안에 있을 터이다. 방 안에서 창문 밖 너머 세계를 본다. 그렇게 또 다른 세계를 인식한다. 다음 단계는 머릿속에 떠오르는 걸 한다. 밖으로 나가고 싶다? 밖으로 나간다. 밖으로 나가면 '어디'로 가고 싶다는 생각이 들 것이다. 그럼 '어디'로 가면 된다. 안에 있고 싶다? 안에 있는다. 안에 있으면 짐들이 보인다. 그 짐들을 다시 정리하든 한다. 침대에 눕고 싶으면 그냥 눕는다. 이런 식으로 하루를 보낸다. 생각을 그저 행동으로 옮기는 것이다.

계획대로 하려면 지금 나가야 해 혹은 여기서 이걸 놓치면 계획에 어긋나, 이렇게 바로 눈앞의 계획을 마치 게임에서 미션 '클리어(clear)'하듯이 해결하려다가 도리어 피곤해지는 스스로를 발견할 때가 있다. 관광이 아닌 여행을 하기 위해서 여행을 왔다고 자각하고 싶다면 계획이 없는 계획이 필요하다. 이미 생각해낸 무언가를 이루기 위해 고군분투하는 대신 생각이 나면 그 생각을 따른다. 생각을 행동으로 옮기면 이뤄지지 않을 수 없다. 가령, '오후에는 '어디'를 간다'는 식으로 계획을 잡으면, 어쩌다가 그곳에 못 가게 되도 계획이 틀어지고 그곳에 갔는데 내가 모르는 사정으로 문이 닫혀 있거나 없어져 있어도 계획이 틀어지는 꼴이다. 그러나 계획 없는 계획 아래에선 계획이 중심이 아니다. ''어디'를 가봐야지' 라고 생각이 떠오르면 실천에 옮기는 것뿐이다. 의도가 중심이다. 혹여 예기치 못한 상황이 생각에 영향을 주면 그저 바뀐 생각에 바로 따른다. 방금 전의 예시를 적용해보면 '다른 곳에 가야겠다' 또는 '그냥 숙소로 돌아가야지'라고 생각이 나면 끝이다. 그렇다면 우발적 사건이 끼치는 영향에 반응하는 생각은 무엇인가? 임기응변이다. 의도와 임기응변의 합이 계획 없는 계획 여행법이며, 여행이 어떻게 흘러가든 애초에 계획이 없는 것이 계획이므로 그날 하루 여행은 무조건 완벽하게 이루어진 것과 같다. 이렇게 여행하면 이 생각이 든다.

삶은 계획대로 이루어지지 않는다. 다만, 계획'은' 이루어진다.

내 평범은 내가 알아서 할게요 / 여행지3

결심

해서(海恕: 바다와 같은 넓은 마음으로 너그럽게 용서함)

다른 사람들 모두가 같은 행동을 한다고 해서 내가 그 행동을 하는 게 평범을 의미하지 않는다. 그냥 따라 하는 것에 불과하다. 평범함의 기준은 늘 판이할 뿐만 아니라 그 기준은 온전히 본인의 행동 양식의 내력에서만 존재해야 한다.

멜번은 커피의 도시로 익히 알려져 있다. 이에 나도 기꺼이 동의하는 바다. 커피 미식층이 탄탄한 멜번에서 커피를 마시면서 맛의 저변을 넓힐 수 있는 행운을 누렸다. 그래서 나는 모두 다 그런 줄 알았다. 사실 성급한 일반화라 하기엔 이미 여러 매체를 통해 커피의 도시로 정평이 나 있다는 건 시간과 대다수의 사람들로부터 증명 받았다는 뜻과 다름없지 않다고 여길만도 하지 않나. 그런데 다르게 생각하는 이들은 언제나 존재하는 법이었으니. 나의 룸메이트는 멜번의 커피는 자기 나라에서 파는 커피에 비해 너무 맛없다고 했다. 그런가 하면, 다른 룸메이트는 커피의 도시에 와서 커피를 단 한 번도 마신 적이 없다고. 멜번은 누군가에겐 커피의 도시가 아니었다.

'서던 크로스(Southern Cross)'라는 이름이 뭔가 심상치 않음을 처음 봤을 때부터 의심했다. 나의 의문은 빅토리아 주립 도서관(State Library Victoria)에 갔다가 우연히 한 전시를 봄으로써 풀렸다. 전시 안내에 따르면 빅토리아 주에 사람들이 오게 된 계기는 1850년대 영국에 도착한 밀가루 포대와 8톤의 금이었다고 한다. 세계 각국에서 사람들이 금을 찾아서 호주 땅을 밟으면서 호주라는 현대 국가의 시초인 이민자 국가의 역사가 그렇게 시작된 것이다. 하지만 그저 돈만 바라보고 온 건 아니라고 한다. 다음 문장을 보자.

'*Gold seekers flocked from across the globe. Many came in search not just of wealth but of a new and better life. For most, that new life began in a cramped calico tent, or sleeping out by a roadside, 'beneath the starlit chandelier of the Southern Cross.*''* (금을 찾기 위해 지구를 가로질러 사람들이 날아왔다. 부(富)만 단순히 쫓는다기보다는 더 새롭고 나은 인생을 찾기 위함이었다. 대부분의 사람들이 새 삶을 비좁은 캘리코 텐트나 길가에서 잠을 자면서 시작했다. 샹들리에처럼 빛나는 서던 크로스(남십자성) 별 아래서 말이다.)'

*빅토리아 주립 도서관 전시문 中, 2018

서던 크로스에 대한 수수께끼가 드디어 풀렸다. 참고로, 호주 국기를 보면 오른쪽 5 개의 별이 있는데 그 별이 서던 크로스 별이라고 한다. 낯선 땅에서 삶을 개척하겠다는 다짐을 국기에 반영해서 드러냄으로써 현재에도 다국적 사람들을 호주로 끌어당기는 은연 중의 모티프(motif)로 작용하고 있는 건 아닐까. 그때나 지금이나 호주는 사람들에게 새로운 삶을 선사하겠다는 희망이라는 점에서 매력적인 것 같기도 하다. 한편으로는 매우 유혹적이다. 어쨌거나 어떤 시대 어디에서 태어나든 사람은 자신의 인생을 개척해야 한다는 소명을 갖고 태어난다. 특정 시대의 사람들이라고 해서 과연 처음부터 쉬웠을까 아니, 편했을까, 낯선 곳에서 삶의 터전을 펼쳐야 한다는 것이. 어느 누구에게나 인생이 처음이라는 건 시간이 흘러도 변치 않는 섭리다. 그 가운데 유일하게 사람들의 삶을 분간하는 건 각자가 살아가기로 선택한 장소가 다르다는 점이다. 즉 시간은 주어지고 공간은 우리가 고를 수 있다. 인간의 권리가 태초 이래 가장 존중받는 시대인 지금, 많은 사람들이 그 어느 때보다 적극적으로 자기 자신으로 살아갈 수 있는 곳에 가기 위한 노력을 취하고 있다. 그 선택지 중 하나가 호주다. 시드니에서 사촌언니 가족들과 여러 이민자가 꾸린 삶을 직접 눈으로 보고, 지큐 코리아에서 멜번을 살기에는 완벽한 곳이라고 묘사한 칼럼을 읽고 멜번에 왔던 것이었던 나는 마치 그 옛날 남십자성 아래에서 꿈을 꾸며 잠든 사람들처럼 서던 크로스 역 앞에서 살면서 여행에서 이루고 싶은 것들을 정면에서 마주했다. 서던 크로스 역은 잠들지 않았다. 아침에는 트럼펫 버스킹과 하루를 시작하는 사람들이 있었고, 밤에는 그 주변에서 공사가 진행되었다. 서던 크로스 역에는 가깝게는 도심 내 다른 역, 멀게는 시드니에 사람들을 데려다 주는 여러 기차가 지나가고 멈췄다. 물론 그 반대로 사람들이 들어오기도 했다. 게다가 가까운 공항과 도시를 이어주는 버스의 발착지도 서던 크로스 역이었다. 즉 사람들은 매일 각자만의 이유로 서던 크로스 역을 드나들었다. 고로 서던 크로스 역은 잠든 적이 없었다.

어딜 가도 모순은 실재한다. 시드니에 있었을 때 가장 이해하지 못했던 건 사람들이 분리수거를 하지 않는다는 점과 동물원의 존재였다. 사람들이 기막힌 자연환경에 온난화가 지구 곳곳에서 유기적으로 진행되고 있음을 망각한 건지 갸우뚱했고, 공작새처럼 큰 새나 토끼, 박쥐, 심지어 이구아나가 주거지 부근에서 거리낌없이 돌아다니는 모습을 틈만 나면 목격하면서 아무리 자유로이 키워도 실상은 가둬 놓은 동물원일 뿐인 동물원을 그대로 도시에 놓은 이유에 대해 전혀 짐작할 수도 없었다. 일본에선 설탕뿐인 친절은 뭐하러 베푸는지 모를 모순이 눈에 선했던 것처럼 멜번에서도 모순은 있었다. 같은 나라 아니랄까봐 시드니처럼 멜번에서도 사람들은 분리수거를 안 했고 동물원도 있었다. 플라스틱, 종이, 음식물, 비닐을 한 곳에 쳐 넣어 버리면서 왜 그렇게 환경을 운운하는 건지 도저히 알 수 없었다. 생활 속에서 가장 기본적인 환경 보호 행동인 분리수거는 정작 안 하면서 딴 건 다 한다? 나는 이를 어떻게 받아들여야 할지 도통 감이 오지 않았더랬다. 하여튼 그랬다. 그랬는데 멜번의 가히 모순적인 행보를 아니, 행보가 모순적일 수밖에 없음을 어쩔 수 없이 받아들인 건 다름 아닌 내가 실험 기간 연장에 대한 기로에 섰을 즈음이었다. 가져온 돈을 거의 다 써갈 때쯤 기간 연장을 할지 말지 깨끗한 결정을 내려야 했다. 그리고 난 아무런 미련과 후회 없이 결정을 내렸다. 떠나겠다. 떠난다. 깔끔한 결의에 도움이 되었던 건 멜번의 모순이었다. 눈으로 확인해본 결과, 그 지큐 칼럼의 말은 틀린 게 아니었다. 많은 이들이 '워라밸'을 보장받으며 자신이 하고 싶은 일을 하기 위해 돈을 벌고 있었다. 그러니까 핵심은 '워라밸'이었다. 나는 아직도 나의 룸메이트가 한 말이 좀처럼 잊히지 않는다.

"'워라밸' 가능하지. 그런데 대신 내가 하고 싶은 일이 아닌 청소일로 가능해. 간단하고 쉽지만 하기 싫지."

멜번에도 벽이 있다. 일단 분명히 해두고자 하는데, 난 성급한 일반화의 오류를 범하려는 게 아니다. 하나를 보고 둘부터 열까지 모두 하나와 똑같다고 얘기하려는 게 아니란 말이다. 난 다만 내 눈 앞에서 벌어졌던 일과 내가 본 것들을 부정하고 싶지 않을 뿐이다. 어쨌든 멜번에도 벽이 있다. 보이지 않는 벽이었지만 꽤 공고했다. 첫째는 인종끼리 어우러지는 모습을 그다지 많이 볼 수 없었다. 서양인은 서양인끼리 동양인은 동양인끼리, 프랑스인을 프랑스인들끼리 한국인은 한국인들끼리, 스페인어를 사용하는 이들은 스페인어를 사용하는 이들끼리 베트남어를 쓰는 이들은 베트남어를 쓰는 이들끼리 어울렸다. 유유상종을 넘어 융화됨을 잘 보지 못했다. 둘째는, 블루칼라나 핑크칼라처럼 거친 일이나 단순 직군일수록 멜번에 있어 외국인인 사람들이 거의 대부분이었다. 네일숍이나 미용실에서는 동양인이 주를 이뤘고, 청소일에서는 동남아인들 혹은 남미, 동유럽에서 온 사람들이 많았다. 그 반대로 화이트칼라나 골드칼라일수록 세계사 이전 서양사의 주인공들이었던 인종이 많았다. 물론 그 벽을 깨부수고 화이트칼라와 골드칼라 직종에 속해 있는 다양한 인종과 출신의 사람들도 볼 수 있었으나 결코 많다고는 할 수 없었다. 그 모습이 눈에 보였을 때 난 속수무책임을 느꼈다. 땅의 주인이 누구인지 보였기 때문이었다. 로마에 가면 로마법에 따르는 문제가 아니었다. 맨땅에 헤딩 격도 아니었다. 교사 자격증이 있었지만 청소일을 하던 룸메이트의 상황이 남일이 아니었다. 내가 본디 있던 곳에서 얼마나 최선을 다했고 잘했는지 상관없이 새로운 곳에선 난 아무것도 아니다. 새로운 곳에서는 다 버리고 처음부터 시작해야 했다. 그리고 나는 그러고 싶지 않았다. 게다가, 본인이 하고 싶은 일과 돈을 버는 일이 나뉘고 돈 버는 일이 본인이 하고 싶은 일에 도움이 전혀 안 되는 주객전도의 실정은 한국이나 멜번이나 매한가지였다. 그럼에도 많은 이들에게 멜번뿐만 아니라 호주가 매력적이면서 유혹적인 이유는 최저시급이 높기 때문이다. 2018년 최저시급*으로 난 우리 집 아래 백반집에서 8000원 하는 밥 한 끼를 사 먹을 수 없었다. 그러나 호주에서는 최저시급으로 밥도 마시고 커피도 마실 수 있었다. 최저시급을 받으면서 매일 여덟 시간 일할 필요도 없었다. 파트타임으로 일하면서도 학교를 다니든 하고 싶은 예술을 하든 뭐든 할 수 있었다. 완벽한 '워라밸'처럼 보이지만 이게 바로 함정이다. 일을 하러 가기 전 이미 지친 표정을 짓고 일을 하고 와서 모욕감과 수치심에 얼룩진 분위기를 풍기는 사람들을 보면서 험한 일을 하는 대신에 하고 싶은 일을 하는 것이 아니라 하고 싶은 일을 하기 위해 험한 일을 하는 것이 '워라밸'이라는 걸 알았다. 그 '워라밸'은 내가 한국에서 살았던 방식과 크게 다르지 않았다. 사회적으론 내가 하기 싫은 걸 하고 남은 시간에 집에서 내가 하고 싶은 걸 겨우 하는 나의 원래 방식이 '워라밸'과 다르지 않았다. 그들 중 일부는 자신의 꿈이라는 과녁에 제대로 활시위를 겨누고 있는 것처럼 보이지도 않았다. 그저 수습과 현상 유지에 급급한 것 같았다. 당장은 꿈이 성과를 내지 못하더라도 그에 다 쏟아붓는 열정이 부재했다. 즉, 꿈에 미적지근한 열정으로 대했다. 혹은, 그들조차도

*이 글을 2018년에 집필했습니다.

멜번이 자신의 삶을 보낼 공간이라고 생각하지 않았다. 내가 만난 적지 않은 수의 사람들이 '이곳에서 영어를 배워서 내가 사는 곳으로 돌아가 써먹겠다'고 말했다. 그래서 내가 멜번은 정착지보다는 정류장 같다고 하자 많은 이들이 동의했다. 하지만 분명히 누군가에게는 멜번이 삶의 공간이었으며, 삶의 공간으로 인정받을 바늘구멍은 아주 적었지만 분명히 있었다. 이는 도전의 성격을 지니고 있었다. 다만 나에게 이 도전의 의미는 바늘의 구멍만 했다. 물론 멜번에 계속 있으면, 적어도 무슨 일이라도 구해서 하면 '남들처럼' 쓰고 싶은 대로 돈도 쓰고…… 생각하다가 멈칫했다. 내 안에서 꼭 이렇게 질문하는 것 같았다.

"돈 버는 게 당신과 당신 인생의 전부인가? 돈만 벌 수 있다면 아무 일이나 해서 좋은 옷을 입고 맛있는 음식을 먹고 근사한 집에 사는 게 당신이 꼭 하고 싶은 일이었나? 좋은 옷을 입고 맛있는 음식을 먹고 근사한 집에만 살 수 있다면 당신에게 의미는 없지만 돈만 벌 수 있는 무슨 일이든 해도 괜찮다는 건가? 한 번뿐인 인생인데 괜찮겠나?"

마음이 뜨끔했다. 그러니까, 나는 이제 더 이상 멜번에 있어서는 안 되는 것이었다. 내가 할 수 있는 일은, 정확히 말해 내가 하고 싶은 일은 멜번에 없었다. 나는 한국으로 돌아가야 했다. 왜냐하면 어느 날 글을 쓰다가 막혀서 기분을 좀 환기시키려고 아이폰에 있는 메모를 봤는데 그 안에 이미 답이 있었기 때문이다. 400개 남짓의 메모들은 내가 원한 적 없었던 환경과 그로부터 유발된 어려움 속에서 허우적거리는 와중에도 동아줄 부여잡듯이 조금씩 쓴 것들이었다. 그게 한 줄, 심지어 단어뿐이어도 그마저도 간절했다. 그런데 어느 시점부터 이를 부스러기라고 폄하했고 완벽한 문장과 글을 쓰지 못한다는 이유에 가로막혀 새로운 관점과 환경이 필요하다는 명목으로 멜번에 온 것이었다. 심지어 그 메모들 속엔 내가 이런 말도 써 놓았다.

부족해도 이어 나갈까 아니, 넌 이미 많은 걸 가졌어. 그러니 모든 걸 쏟아 부어 봐.

멜번에서 난 별을 많이 발견했다. 그러나 그 별을 이어서 별자리로 만들기엔 턱없이 부족한 환경이었다. 내가 단어가 생각이 나지 않으면 옆에서 일러주는 사람은 고사하고 공부하기 위한 한글로 된 책과 신문, 잡지도 없었고, 한국어로 글을 쓰고 말을 하는 영역을 넓히고 세련되게 만들기 위해 노력하는 이들을 접할 수 없었다. 날 겨우 찾았는데 계속 있으면 날 잃게 생겼다. 멜번에서는 한글로 글을 쓰는 사람을 이상하게 쳐다보진 않았는데 받아줄 수 있는 여건과 환경이 없었다. 나는 선택의 기회에 서 있었다. 장소 위에 날 짓고 쌓아 올릴 것이냐, 관념 위에 날 짓고 쌓아 올릴 것이냐. 한때 미치도록 평범하고 싶었다. 아침에 개운하게 일어나 즐겁게 학교에 가서 배우고 싶은 걸 배우며 친구와 우정을 다지고 저녁에는 가족과 식사를 하고 꿈과 희망에 대한 자신감에 부풀어 잠이 드는 걸 평범이라 여겼다. 내가 그래서 불행했다. '남들처럼' 되기를 바래서 불행했다. 그랬던 내가 멜번에서 불행하지 않았다. 비록 우울했을지라도 행복했다. 내가 어떻게 해야 온전하게 '전해리'일 수 있는지 몸으로 겪어내고 마음으로 깨달아서 행복했다. 난 멜번에서 더없이 솔직했다. 멜번에서의 삶의 양식과 그 전까지 살아온 삶의 양식이 남들과 비교했을 땐 아닐지 몰라도 나에게 있어서는 가장 평범했다. 이렇게 살아온 게 가장 '전해리'다웠고 그래서 평범이었다. 이제까지 내가 계속 평범했다는 진실이 멜번이 나에게 준 마지막 선물이었다. 내 평범이 비록 남들과 다르다 한들 나의 평범은 내가 알아서 함이 옳다. 이게 바로 내가 찾은 '서던 크로스'다.

'서던 크로스' 모델은 꼭 호주로 와서 꿈을 이루고 부를 일궈내라는 의미가 아니다. '서던 크로스' 모델은 물리적 장소가 중요하지 않다는 뜻이다. 어딜 가도 인간은 일단 낯설어 하는 게 정상이다. 그 낯선 와중에도 자신의 꿈을 펼칠 수 있는 공간인지 발견해야 한다. 모든 자연물에겐 훗날 진화하더라도 당장 살아내기 적당한 환경이 있다. 자신의 꿈이 살기 적당한 환경을 찾아내야 한다. 혹은 그 공간에서 꿈을 위한 배움을 얻고 떠나는 거다. 그리고 이 '서던 크로스' 모델의 핵심은 허허벌판에서도 꿈을 이루기 위한 노력은 성심성의를 다하여 해내야 한다는 것. 멜번을 영영 떠나도 내가 꿈을 추진하는 한 멜번은 나를 영원히 떠나지 않음을 알기에 진작에 없었던 후회와 함께 미련 또한 남기지 않고 후련하게 떠난다. 멜번 여행에서 화두가 '워라밸'이었다면 한국으로 돌아가면 '워라인(work-life-integration)', 즉 일과 삶의 통합을 목적에 두고 추진할 수 있는 걸 추진해야겠다는 결심이 처음 느껴보는 방식으로 가슴을 두근거리게 했다. 바로 글로 할 수 있는 건 다 하겠다는 것. 내가 멜번에서도 버텼는데 어딜 가도 못 버텨내겠나.

이 세상에 유토피아는 없다는 발견이 희망적으로 느껴졌다. 누구에게도 절대적으로 편한 세계는 없다. 차라리 다행이었다, 마음만 있다면 앞으로는 어디든 갈 수 있을 것 같아서.

그만하면 됐다. 고로 내가 '그만' 하면 됐다.

그만.

*당신이 필요한 여행의 요령
자기소개 하는 법

내가 학생일 적 가장 싫어했던 건 밖에 나가서 내 소개를 해야 할 때 '어디 학교, 몇 학년 혹은 몇 학번, 무슨 과'인지 밝혀야 했던 것이다. 이러한 소개가 사회에서 암묵적 의례로 통하는 게 나로선 불쾌했다. 내가 가고 싶어서 간 게 절대 아닌 학교가 나를 대표한다? 내 나이가 드러나는 학년이나 학번이 나를 대변한다? 내가 잠시 몸담고 있는 학과가 나의 전부이다? 사람이 사람을 본다는 건 달의 앞면만 보고 있는 것과 같다. 달의 뒷면은 못 본다. 즉, 사람이 사람을 본다는 건 지극히 그 일부만 본다는 의미다. 달의 전부를 알 수 없는 것처럼 사람의 어떤 모습을 볼 때 그 모습이 사람의 전부인 양 판단하면 안 된다. 그러나 너무 많은 이들이 곧장 보이는 모습만으로 사람을 결정지으려 든다. 내가 만나는 사람들을 일일이 바꾸는 건 불가능한 노릇이니 내가 뭘 할 수 있을까 고민을 했다. 내가 떠올린 방법은 나를 소개할 때 '어디 학교, 몇 학년 혹은 몇 학번, 무슨 과'를 언급하지 않고 내가 소개하고 싶은 내 모습을 드러내는 것이다. 물론 나중에 '어디 학교, 몇 학년 혹은 몇 학번, 무슨 과'를 말할 일이 생기더라도 대화의 물꼬는 무조건 내가 소개하고 싶은 내 모습을 피력하며 시작하고 싶었다. 내 모습은 내가 정해야 함이 옳다. 무엇보다, 소속과 사회적 지위 없이는 날 설명할 수 없는 건 정말 끔찍하다. 소속과 지위는 내가 결정할 수 있는 권한 바깥이며 나의 의지와 다르게 언제든지 바뀔 수 있고 심지어 버림받을 수 있으므로, 소속과 지위가 날 규정짓게 만들 순 없었다. 혹여, 내가 되고 싶은 나 자신이 완전히 여문 성과를 아직 못 냈거나 사회적으로 미처 인정받지 않았다고 해서 주눅들지 말아야 한다. 예전에 읽은 어느 책 속 일화를 늘 마음에 지니고 있는데, 요지는 이렇다.

'내가 어디서 온 사람보다는 무얼 하는 사람인지 인지해야 한다.'

'시인은 시를 쓰는 사람이지, 시집을 출판한 사람이 아니라는 거에요.'

물론 나도 내가 소개하는 나의 모습으로 성과를 내고 사회적으로 인정받길 바란다. 하지만 그 전에 내가 왜 글 쓰는 사람이고, 어떤 글을 쓰고 있고, 글을 쓰면서 표현하고자 하는 바가 무엇인지 분명히 알아야 한다고 저 두 문장을 통해 깨달았다. 사회적 승인이나 금전, 성취만을 바라보지 않고 내가 되고 싶은 나 자신을 추구함으로써 순수한 기쁨부터 느끼도록 연습해야 훗날 내가 원하는 나의 모습이 진실로 될 수 있다고 믿는다. 그럼 앞으로 갈 무수한 여행에서 만나는 사람들에게 난 기쁜 마음으로 진정한 나를 소개하게 될 테니까 말이다. 그러니 뭐든, 자신을 아는 자기소개가 먼저다.

나는 그 스침까지도 사랑하고 싶습니다, 한 번 더 다시 만나도 / 인연

바람이 분다, 살아야겠다.
(Le vent se lève! ... Il faut tenter de vivre!)
폴 발레리(*Paul Valéry*)의 '*해변의 묘지*(*Le cimetière marin*)'* 中

다시 만날 수 있을까?

백 번을 불러도 노을은 뒤돌아서 봐 주지 않는다. 물러가는 노을을 붙잡을 수 없다. 내가 할 수 있는 건 아무것도 없다. 난 속수무책으로 무력하다.

인간관계는 언제나 쇠사슬이었다. 무거웠고 버거웠고 숨막혔다.

그러나 인연은 바람이었다.

우리가 어떻게 만날 수 있었던 걸까.

우리가 어디서 뭘 어떻게 살았길래 이 여행에서 마주친 걸까.

*폴 발레리(Paul Valéry). 시 *해변의 묘지*(*Le cimetière marin*) 中

우리가 어디서 뭘 어떻게 생각했길래 이 여행에서 마주치게 된 걸까.

우리의 만남을 결정지었던 순간과 생각은 과연 무엇으로부터 비롯되었을까.

운명의 얄궂은 장난일까, 신이 주신 수수께끼일까, 톱니바퀴의 맞물림일까.

그 무엇으로도 설명될 수 없구나.

그러나 인연은 바람이다.

바람의 과거는 바람만이 알고 있다.

바람처럼 왔다 사라지는구나.

바람은 내 마음을 간지럽혔다.

나는 그런 바람에 의해 날았다. 땅 위에서 발을 떼어 잠시 날아보았다.

날 다시 땅으로 내려 놓고 떠나가 버린 인연을 난 기어코 노을을 담은 눈빛으로 쫓는구나. 그럼에도 당신은 노을처럼 떠났다. 그럼 난 속절없이 읊조릴 수밖에.

다시 만날 수 있을까.

나는 바람의 머물지 않음에 그저 마음을 내주고 또 내줬다. 그 소유될 수 없음에 또 무너져 내릴지라도. 다가오는 바람을 막을 수 없다. 막지 않는다.

여행에서 만난 많은 이들은 이렇게 얘기했다.

"다시 만나는 것에 마음 쓰지 말아요, 우리. 만나게 되면 만나게 되는 거고 아니면 아닌 거잖아요, 사람 인연이라는 게."

"만나서 반가웠어요. 즐거운 여행하시고 무사히 마치길 바랄게요!"

반면, 어떤 이들은 꼭 이런 말을 했다.

"우리 꼭 다시 만날 거야!"

그 모습이 너무도 당당하고 자신감에 차 보여서 뭐라 반문할 수가 없었다. 여행의 인연 앞에 나도 항상 생각한다, 다시 만나고 싶다고. 그렇지만 두렵다. 다시 만나지 못할까 봐. 다시 만나지 못할 바엔 기약조차 하지 않는 편이 마음이 편해 여행에서 사람들을 만나고 헤어질수록 다시 만나자고 말하지 않게 되었다. 현대 사회인들은 여행을 특수한 상황에 놓고 일상을 생활에 두고 살아가기에 인과 관계가 뚜렷한 인간 관계 앞에 오직 신비할 뿐인 인연은 권위가 없다. 그러니까 인연이 인간 관계가 되기 위해선 너무나도 많은 사회적 및 생활적 제약이 걸림돌로 작용한다. 내가 살아온 곳에서의 인간 관계도 늘 벅찼는데 여행에서의 인연을 일상으로 돌아와 어떻게 이어갈 수 있을지 막막하고 또 멀리 있으면서 관계를 형성한다는 것이 몹시도 어려워 나는 여행에서 만난 사람과 헤어질 때 여러 기대를 저버렸다. 그럼에도 어떤 이들은 우리 힘들어도 꼭 다시 만나자고 말했다. 그 앞에서 나는 진심인지 빈말인지 재고 싶지 않았다. 어떤 운명의 장난인지, 톱니바퀴의 맞물림인지, 바람의 힘인지 몰라도 나는 이 여행에서 어쩌다가 나와 친구가 된 당신이 소중했다. 나는 다시 한번 믿고 싶다.

다시 만날 수 있을까. 살아 있으면 다시 만날 수 있을까.

설령 다시 만나지 못한다고 해도 단 한 번도 바람을 맞이한 적 없는 것처럼 순진하게 불어올 뿐인 바람을 사랑할 수 있을까. 돌아간다면, 난 그 바람을 훗날 잊기를 각오하고 두 팔 벌려 안을 수 있을까.

기꺼이 그 바람에 나의 움직임과 마음을 맡기리. 기꺼이 사랑하리. 다시 만나지 못할 것처럼 그저 사랑하고 또 사랑하리. 난 바람에 의해 살아감을 맹세했다.

살아 있다면 다시 만나리.

나는 그저 무력하게 사람들이 오고 감을 바라볼 뿐이다. 인연에 있어 내가 손쓸 수 있는 건 아무것도 없다. 내가 할 수 있는 건 오직 오고 가는 사람들에게 '안녕'이라 인사하고 그들의 '안녕'을 바라는 것밖에 없다. 그리고 그들이 나에게 머무는 시간이 조금만, 아주 조금이라도 더 길기를 간절히 빌고 또 빈다.

다시 만날 수 있을까.

나는 다시 '한 번' 더 믿어보고 싶다.

영원의 역설 / 지금

아쉬움
충분함

내가 네 번째로 살았던 아파트 베란다에서 석양을 바라보는 건 꽤 근사했다. 노을은 매일 달랐다. 그래서 경이로웠다.

어느 날은 좋아하는 노래인 'Moon River'를 들으며 노을을 감상하자니 문득 이런 생각을 하게 됐다.

영원했으면 좋겠다.

노을이 몹시도 아름다워서 그 순간을 멈추게 해서라도 영원히 머물고 싶었다. 상상도 이런 무서운 상상이 따로 없다. 시간이 흐른다는 건 거역할 수 없는 이치이기 때문이다. 그럼에도 불구하고, 왜 시간을 멈춰서라도 잠시나마 그 순간에 머물고 싶다고 염원했을까? 그건 바로, 시간이 흐르기 때문이다.

내가 네 번째로 살았던 아파트에서 룸메이트들과 모일 때마다 이런 얘기를 했다.

이런 경험 다시는 못하겠지.

우린 모두 곧 완전히 헤어지고 다시는 각자의 현실과 같은 지붕 아래 살 수 없다는 사실을 명백히 꿰뚫고 있었다. 우린 모두 순간에 머무르고, 그 순간은 시간이 다 되면 우릴 떠남으로써 비로소 영원해진다. 그 순간은 다시 돌아오지 않기에 우리는 매 순간에 처음이다. 고로, 우린 삶에 서툴 수밖에 없다. 그리고 이 진리에 익숙해지기 위한 연습이 곧 여행이 되는 것이다.

모든 경험은 한 번뿐이다. 비슷한 경험이 있을지라도 같은 경험은 없다. 시드니의 아침을 기억한다. 아침을 싫어하는 내가 잔잔한 아침의 반짝임을 향유했다. 기상 후 하루의 시작에 앞서 부산한 준비가 끝나면 작은 평화가 찾아오곤 했다. 사촌언니는 출근하는 형부와 함께 집을 나서 큰 조카를 유치원에 데려다 주고 카푸치노와 아몬드 크라와상을 사 들고 작은 조카를 돌보고 있는 내가 있는 집으로 돌아왔다. 산들바람과 웅대하고 청명한 날씨, 화창한 햇살 아래 언니와 둘이서 카푸치노와 아몬드 크라와상을 맛보며 아침을 만끽했던 바 있다. 그 아침의 반짝임이 그리울 때마다, 그 따스하고도 안정적인 마음이 그리울 때마다 나는 어디서든 카푸치노와 아몬드 크라와상을 찾아 헤맸다. 그러나 그 맛은 다시는 맛볼 수 없었다. 멜번에서 이름이 꽤 알려진 크라와상 가게에 가서 카푸치노와 아몬드 크라와상을 먹어도 그 맛은 없었다. 모든 건 단 한 번뿐이라는 사실이 너무도 사무쳤다. 소중히 여기는 마음은 그 순간이 아니라 그 순간이 지나서야 비로소 생겨나는데, 순간이 영원 속으로 사라진 뒤에야 나는 안다, 그 순간이 소중했음을.

모든 경험은 한 번뿐이지만, 그 경험이 과거 완료이지 않아도 괜찮다. 경험하지 않은 경험도 경험이다. 가끔 어떤 사람들은 '나중은 없다'며 사람을 휘두르기도 하는데, 그에 휘둘리지 않아도 족하다. 인생에서 아쉬움이 어디 이번 한두 번뿐이겠나. 같은 경험은 없으나 그중 어떤 경험이 나를 더 행복하게 해 줄지는 아무도 모른다. 그러니 나의 경험이 되지 못한 그 경험을 떠나보내야 하는 아쉬움을 두려워 말길. 경험 그 자체보다 경험에 얽힌 마음이 스스로를 더 풍요롭게 해줄 터이니.

정해진 쪽으로 걸으면 언젠가는 꼭 다다를 거다. 그 과정이 어떻대도 상관없다고 생각했다. 그런데 난 그 언젠가를 바라며 노력만 하고 싶지 않다. 지금 잘 사는 게 중요할 뿐이다. 그 언젠가가 되면 난 또 그렇겠지, 지금 이 순간을 위해 그 순간을 희생했다고. 이젠 그런 핑계를 대고 싶지 않다. 타인이 끼치는 감정 대신 내 안에서 오롯이 피어나는 모든 마음을 회피하지 않고 겪어내겠다. 내가 아닌 것들을 위해 희생하지 않을 예정이다. 따라서 모든 순간을 떳떳하게.

매일 오지만 단 한 번도 같지 않은 노을처럼 순간은 그 비반복성과 더불어 여행이라는 특수성과 비일상성 아래 더더욱 빛을 발한다. 순간은 지나가기에, 또한 지나감으로써 그 자체로 영원이 된다. 다시 돌아오지 않을, 절대로 같을 수 없는 모든 순간을 즐기기만 한다면 내 마음 속에서 모든 순간이 생생히 살아낼 지어다. 그렇게 영원하지 않기에 영원할 수 있다고 매일 다른 노을 속에서 읽어냈다.

짐이 없으면 여행을 할 수 없다 / 여행 짐

"여행 가방 하나 사라."

"가이드가 가방 하나 없을까 봐요?"

"니는 여행 가방이 뭐라 생각하노. 짐을 싸다보면 내가 누군지 알게 된다. 필요한 옷가지 몇 가지 싸는 게 다가 아니고 내가 제일 좋아하는 게 뭐고 또 제일 무서워하는 게 뭔지, 내가 포기해야 하는 게 뭔지도 알고 또 절대 포기해서는 안 되는 게 뭔지도 알게 된다. 니는 어떻노. 새 가방 사가 새로 짐을 한번 꾸려 봐봐. 그라면은 내가 누군지 알게 되고 또 어디로 여행을 가고 싶은지 알게 될기라."

드라마 '*더 패키지*', 소소와 여행사 사장의 대화* 中

난 어리둥절한 눈길로 쳐다보곤 했었다. 자신의 몸뚱아리만 한 여행짐을 겨우 가누는 여행자를 목도할 때마다 고개를 갸우뚱거렸다. 무거울 수밖에 없는 짐을 끌고서라도 사람들은 왜 여행을 갈까.

*극본 천성일. 드라마 *더 패키지*, 12회, "*사랑해*". 연출 전창근, 김진원. JTBC. 2017년 11월 18일

내가 짐을 싫어하는 정도는 내가 봐도 조금 심하다. 여행 가기 전에는 무슨 의례처럼 '짐 싸기 귀찮아서 여행 가기 귀찮다'고 혼잣말로 중얼거릴 정도다. 즉 나는 짐을 싸기 전 매번 스스로에게 짜증을 곧잘 내는 편이다. 엄마가 옆에서 타박을 주기도 하는데 그에 뭐라 반박할 수 없을 만큼 내가 이 여행 짐 챙기는 데 있어 질색팔색하는 태도가 여행을 좋아하는 면모와 극히 상반됨을 잘 인지하고 있다. 짐 챙기는 걸 싫어하는 건 짐을 싸는 실력이 도무지 늘지 않기 때문이다. 왜 짐을 쌀 때마다 여행을 처음 해보는 것처럼 구는 걸까? 짐을 싸는 걸 어떤 식으로도 미루다가 집밖을 나서기 직전까지 트렁크 안의 짐들과 실랑이를 벌이는 모습에 엄마한테 혼난 적이 한두 번이 아니었다. 뭘 어떻게 꾸릴지 여행짐을 생각하기만 해도 머리가 지끈거렸다. 그런데 희한하게도 번민은 행동이 일면 수그러든다. 무엇을 어떻게 트렁크 안에 집어넣을지 모른다고 생각했는데 뭐라도 하나씩 내키는 대로 던져 넣기 시작하면 몸이 뭘 어떻게 해야 할지 이미 알고 있었다는 듯이 술술 움직인다. 이는 곧 짐을 챙기는 데 있어 아무런 순서상 규칙이 없다는 의미기도 하며 엄마가 더더욱 혀를 끌끌 차는 연유이기도 하다. 그렇게 얼렁뚱땅 짐을 다 트렁크에 넣으면 난 멍에를 다 던져버렸다는 듯이 과정 따위 새까맣게 잊어버렸다. 이 또한 엄마가 굉장히 못마땅하게 여겼다. 그렇지만 홀가분한 걸 어떡하겠나. 어차피 이 짐을 끙끙거리며 끌고 갈 사람은 나인데 한순간의 기쁨은 누려야 쓰겠다 싶었다. 왜냐하면 곧 짐을 끌고 집밖을 나서고 나면 이 짐을 발로 차버리고 싶다는 둥 강물에다 쳐 박아 놓고 질주해버리고 싶다는 둥 온갖 혼잣말로 투덜거릴 예정이기 때문이다. 나는 여행 짐 자체가 이렇게 성가실 수가 없다. 그러나 늘 예외는 생긴다.

멜번을 떠나기 전 난 나의 여행 역사상 처음으로 짐을 참 적극적으로 챙겨 보았다. 짐을 챙기는 게 그토록 반가울 수가 없었다. 언제나 그랬듯이 뭐부터 넣을지 모르다가 이번에는 일단 갖고 온 책들을 트렁크에 넣어 버렸다. 신문의 부재가 느껴졌다. 학기 내내 정리하지 못한 신문들을 한아름 싸들고 왔던 나는 멜번에서 그 신문들을 전부 읽고 공책에 정리했다. 그래서 신문은 더 이상 없었다. 하지만 그 신문의 내용은 내 공책 안에 곱게 정리되어 있었다. 다른 노트들도 있었다. 하나는 여행에서 만난 사람이 나에게 선물로 준 조그마한 몰스킨 공책이었다. 그 공책에는 빈 장이 많았다. 나는 '때로는 공백이 가장 많은 가능성을 선사한다***(Sometimes empty page presents most possibilities)***'는 영화 '패터슨'*의 대사를 상기하지 않을 수 없었다. 또 하나는 여행 중 마주치거나 내 안에서 발굴해 낸 아이디어를 족족 적어내고 때론 짧게라도 써 내려간 문장과 글이 있는 얇은 무선 공책

*감독 짐 자무쉬(Jim Jarmusch). 영화 *패터슨(Paterson)*. 제작 K5 International, Le Pacte, Animal Kingdom, Inkjet Productions. 2016

이었다. 글을 보니 노트북을 챙겨야겠다는 생각이 불쑥 들었다. 노트북엔 내가 책으로 펴낼 여행 글의 토대가 자리잡고 있었다. 멜번에서는 아무래도 여행 도중이라 그런지 감정이나 사건을 차분히 바라보기 어려워 한국에 가서 집중해서 쓸 요량으로 가제, 목차, 주제, 소재, 형식의 얼개를 정했고 몇몇 편은 완성된 글까지는 아니더라도 몇 문장 정도는 써 둔 상태였다. 나에게 있어 글은 마지막 온점을 찍기 전까지 어떤 식으로도 알 수 없는 것이어서 한국에 가서 내가 나의 첫 책이 될 여행 글을 어떻게 쓸지 나조차도 궁금했다. 어쨌거나 이젠 정말로 글을 쓸 수 있을 것 같아서 마음이 정말 든든했다. 나는 만족스러운 마음으로 트렁크에 넣어선 안 되는 노트북을 노트북 가방에 넣었다. 이어서 트렁크에 넣을 짐을 살폈다. 나에게는 모노클 가이드북과 매거진 B의 모노클 편도 있었다. 모노클 가이드북을 펴 보았다. 사실 모노클 가이드북의 독자 대상은 나와 맞지 않았다. 가이드북이 소개하는 곳들은 너무 비싸 거의 대부분 가지 못했다. 대신 언급된 동네들은 가봤으니 나로선 만족이었다. 날 흐뭇하게 만든 건 소개된 수많은 장소 중 몇몇 장소에 실제로 갔고 소개된 물건들을 실물로 보았다는 경험이었다. 가이드북 속 내용을 경험으로 치환함으로써 더 이상 가이드북을 우러러보지 않을 수 있게 되어서 흡족했다. 뿌듯한 마음으로 다음엔 매거진 B를 집었다. 멜번에 가져온 한글로 된 책은 이거 하나뿐이었다.

덕분에 검은색 겉표지엔 내가 책을 읽은 흔적인 하얀 실줄이 가득했다. 그 책 한 권이면 충분할 줄 알았다. 그런데 여행에 따른 결과로 미루어 봤을 때 나를 대변하기엔 너무 부족했다. 나는 하루라도 빨리 나의 책장이 보고 싶었다. 헛헛한 마음이 들자 자연스레 내 수중에 있었던 윤동주 시집이 생각났다. 난 그 시집을 에어비앤비로 묵었던 집의 시인 할아버지께 기념품이자 선물로 드렸다. 실은 당시엔 어차피 읽으실 수 없을 텐데 나는 뭐하러 드리는 건가 싶어 스스로도 조금 민망했다. 그러나 여행의 묘미는 문제의 해답을 찾아가는 데 있었으므로, 난 여행의 끝에서야 그 답을 알게 되었다. 중요한 건 눈에 당장 보이지 않는다. 꼭 알아보고 알아듣는 데 있지도 않다. 어떤 형식이든 간에 그저 마음으로 느낄 수 있다면 그것만으로 족하다. 내가 시인 할아버지께 윤동주 시인의 시집을 드린 이유는 언어를 뛰어넘는 무언가보다도 윤동주 시인의 필체로부터 일어나는 힘을 고이 느낄 수 있길 바랬기 때문이 아니었을까. 이렇듯, 멜번에 있으면서 안개 같던 하나의 신념이 뚜렷해지긴 했다. 영어를 잘한다고 사람을 깔보는 자들을 반면교사(反面教師) 삼아, 내가 이제껏 모국어로 쓰고 구사할 수 있게 된 건 순 우연이며 나는 앞으로 언어 사용에 있어 겸허하면서도 자유롭되 내가 말하는 언어를 잘 구사하지 못하는 이들이 하려고 하는 말을 알아들으려는 노력을 포기하지 말아야 한다는 사명을 지니는 데 시집의 빈자리가 큰 영향을 주었다. 책이라면 한 권 더 있었다. 나에겐 시드니의 한 오래된 책방에서 구매한 트루먼 커포티의 '티파니에서 아침을' 펭귄 클래식 중고 페이퍼백이 있었다. 물론 영어였고 멜번에 와서야 겨우 다 읽을 수 있었다. 호기심 반 미적 욕구 반에 구매해서 나에게 그다지 의미가 있는 물건은 아니었는데 멜번에 있으면서 페이퍼백의 위엄에 대해 알게 된 바 있다. 길에서 사람들을 물끄러미 관찰하다가 한 여인의 코트 주머니에 페이퍼백이 들어있는 모습을 발견했다. 페이퍼백은 그 특유의 억세고 여린 종이 질과 작은 크기, 가벼운 무게 덕분에 코트 주머니에 들어가도 전혀 무리가 없었다. 페이퍼백의 가치는 곧 책이 마땅히 지켜야 할 경지였고 어떤 책이든 사실 얼마든지 그럴 수 있었다. 겉표지나 전체적인 디자인, 종이의 질이 작가의 글을 좌우하지 않건만 한국에는 그저 겉모습에 치우쳐 들고 다니기 어렵고 가격 상승에 기여한 책 디자인이 많았다. 책 표지를 보고 책을 사는 습관이 있던 지라 입이 열 개라도 할 말이 없지만, 책에 있어 글을 표시해 줄 종이와 잉크만 있으면 된다는 진리가 일본 여행에서 책 한 권을 가방 속에 넣어 두고 나다니면서 어깨 빠질 뻔했던 경험에 이어 멜번에서 여인의 코트 주머니 속 페이퍼백을 통해 나에게 더욱 확연해졌다. 즉 책에 있어 우선인 건 작가의 글이며 종이, 크기, 무게가 그 글이 담긴 책을 수중에 소지하게 해줌으로써 글의 가치를 드높여 주는 것이었다. 나는 이 배움을 정신적으로 소유하면서 물리적인 공백을 남겨 그 공백을 앞으로 다른 책들이 얼마든지 채울 수 있도록 하고 싶었다. 그렇다고는 책을 버릴 수는 없는 노릇이어서 공백을 어떻게 만들지 머리를 굴렸다. 난 책을 들고 밖으로 나가 멜번에서 처음으로 플랫 화이트를 마셨던 카페로 갔다. 맛있는 커피와 친절한 응대로 멜번이라는 낯선 곳에서 서툰 영어로 애쓰는 나에게 유일하게 정착감(感)을 선사해준 카페였다. 갔더니 친구들이 있었다. 늘 그랬듯 따스했다. 새로운 친구도 만났다. 멜번을 떠나기 전 마지막 날에 새로운 친구를 만나다니 인생이 나에게 너무 잔인한 것 같다. 바리스타 친구가 우리에게 오더니 물었다.

"무슨 대화를 해?"

나와 대화를 하던 새 친구가 대답했다.

"철학적인 대화. 대화가 깊고 철학적이어서 좋아."

딴 건 몰라도 나는 이거 하나는 분명하게 챙겼다, 이런 나라도 사랑받을 수 있다는 자신감과 이런 나를 사랑해줄 사람은 분명 어딘가에는 존재하고 있다는 경험. 카페가 문 닫을 시간이 되어 작별 인사를 남기면서 난 스스로 약속한 대로 그 책을 바리스타 친구에게 선물로 주었다. 처음 느낀 안착감에 대한 상징을 그렇게 마음에 새겼다. 숙소로 돌아가 드라이기나 신발, 보온병, 옷가지들, 그리고 여러 생활용품들로 트렁크의 나머지 공간을 채웠다. 짐을 어떻게 쌀 줄 몰라

우왕좌왕해도 결국 끝에 가선 챙길 건 웬만하면 챙겼다. 짐은 늘 그랬던 것처럼 꽤 묵직했다. 그렇다고 짐의 무게가 삶의 무게는 아니다. 어차피 짐은 결코 가벼울 수 없다. 짐이 가벼울 경우는 마실 나갈 때나 해당되지 여행에선 해당되지 않는다. 내 삶에 필요한 최소치의 무게는 아무리 가벼워도 들고 끌다 보면 그 무게를 감당하기 어려워지는 법이다. 뭐든 들다 보면 무겁다. 그러므로 짐 자체보다는 짐을 드는 행위가 삶의 무게로 직결된다. 짐을 어떻게 짊어지느냐에 따라 짐의 무게는 달라진다. 내가 살아가는 데 최소한의 짐을 무엇으로 구성할 것이냐 다음으로 이 짐을 어떻게 짊어질 것인가 몸으로 경험할 수밖에 없다. 그리고 몸은 기억한다. 경험은 몸에 밴다. 짐을 끌고 새벽의 찬 공기를 맞으러 건물 바깥으로 나갈 때부터 내 몸은 짐을 짊어졌던 고유의 방법을 기억해내는 동시에 새로 들게 된 짐을 짊어지는 방식을 익히기 시작했다. 트렁크 위에 가방 하나를 올려 한 손으로 밀고 반대쪽 어깨엔 토트백을 메고 손엔 노트북을 들었다. 가다가 버거우면 양쪽을 바꿔서 들고 밀었다. 짐이 아무리 무거울지라도 그 짐은 주인이 들 정도로만 무거울 수밖에 없고 짐을 드는 방식에 따라 힘에 부칠 때도 있지만 수월할 때도 있다. 8월의 마지막 날 내가 공항으로 가는 길엔 모진 겨울 바람 대신 모든 마음을 어루만져주는 봄 바람이 시원하게 불었다. 공항에서 짐의 무게를 잴 때 나는 여전히 조마조마했다. 용량이 초과

되면 골치 아프다. 이런 건 '스릴'이라고 불릴 자격이 없다. 두근두근 기다리다가 마침내 작은 화면에 뜬 짐의 무게를 봤을 때 나는 속으로 쾌재를 불렀다. 멜번에 왔을 때보다 떠날 때 짐의 무게가 조금 더 가벼웠다.

나는 짐을 어찌저찌 끌고 여행을 오는 여행자들의 마음을 이제는 완전히 파악했다. 여행은 바로 삶을 사랑하는 방법이었다. 삶을 사랑하려는 용기와 의지였다. 그리고 짐이 없으면 여행은 성립될 수 없었다. 내 삶에 필요한 가장 최저치이자 필수품이 짐이다. 짐을 챙기면서 내가 어떤 샴푸를 쓰는지, 어떤 옷을 다시 돌아오지 않을 여행에서 입고 싶은지, 혹시 몰라 챙기는 약들은 어떤 것인지 보면 스스로가 어떤 사람인지 드러난다. 그 짐은 낯선 여행지에서 흔들리는 날 다잡아 줄 가장 익숙한 물건이 된다. 돌아가기 위해 다시 여행짐을 꾸릴 땐 처음의 짐과는 약간 달라진다. 늘 썼던 물건들, 여행지의 손때가 묻어 있는 옷가지들, 혹은 여행지에서 다 써서 없어진 물건들의 빈자리, 그 빈자리를 채우는 새로운 물건들로 다시 짐을 꾸리고 집으로 돌아간다. 짐이 있어서 가끔 힘에 겨웠고 가끔 의지가 되었으며, 그렇기에 여행이 가능했다.

다만 움직일 뿐 / 귀국

겁
설렘
싱숭생숭함
홀가분함

한바탕 꿈을 꾼 기분이었다. 나한테 일어났던 일이 다 나한테 일어났던 일이라고? 귀국은 통상적으로 여행의 종료를 의미하던 터라 더더욱 믿기지가 않았다. 더군다나 나는 이런 여행을 꿈꾼 적이 없었다. 나의 이상과 현실은 결국 다르게 되었다. 나의 여행을 사랑하지 않는다는 의미는 아니었지만 여행에 있어서조차 존재하는 이상과 현실의 괴리가 혼란스러웠다. 하지만 멜번으로 오는 여정과 달리 한국으로 가는 여정에서는 감상에 젖을 시간이 없었다. 촉박한 경유 시간 때문에 몸도 마음도 덩달아 급박했다. 하물며 긴장이 서서히 풀리는 모양인지 밀린 잠이 몰려오는 모양인지 점점 비몽사몽해졌다. 따라서 잠시나마 짐을 내려놓고 비행기에 탑승하게 되어서 한시름 놓았다. 나에겐 시간이 필요했다. 멜번 땅에서 발을 떼고 한국 땅을 밟기 전까지 시간이 잠시 필요했다.

그러고 보면 꿈은 늘 중간부터 기억나던데. 난 어느샌가 늘 그렇듯이 나의 옆자리에 앉은 분과 대화를 간간이 나누고 있었다. 그분과 난 자신의 이야기를 했다. 그분의 이야기도 내가 여행에서 만난 사람들의 이야기처럼 실로 신기했다. 드라마같았다.

"지금도 매일 노력해요. 집에서 영상 보며 남편과 공부하고 그런 식으로 …… 아마 평생 노력해야겠죠 …… 직장에서도 동료들이 많이 도와줘요. 고맙고 힘이 되죠 …… 제가 배웠고 즐겨 했던 걸 이렇게 외국에서 써먹을 줄 꿈도 못 꿨죠. 외국에서 살게 된 것도 그렇고요."

그분의 성취와 거보 앞에서 난 초라해진 기분이 들었다. 사실 멜번에 오기 전까지의 나라면 무엇이든 포기하는 법이 없었다. 성공이든 실패든 끝까지 밀어붙였다. 이 성질이 약이든 독이든 도움이 되지 않은 적은 없었다. 덕분에 상처를 많이 받긴 했다. 자업자득인 면도 있었다. 그런데 이번엔 난 한 번도 해본 적 없는 선택을 했다. 제1, 제2 이렇게 둘 중 하나가 아니라 제3인 포기였다. 여행지에서 발을 떼기 전까지 야심만만했던 마음이 하늘로 발이 둥 뜨자 그만 겁이 더럭 났다. 나는 나의 선택이, 포기가, 내가 틀렸을까 봐 무서웠다.

그분은 갑자기 뜻밖의 이야기를 하셨다.

"많은 사람들이 일상의 무료함을 견디지 못해서 혹은 인생의 의미를 찾지 못해서 헤매요. 그런 사람들을 많이 봤어요. 호주에서도 고작 방황에 그치지 않고 마약에 많이들 손대요."

나는 비행기에서 처음으로 영화를 보지 않았다. 피곤해서 그렇기도 하고 희한하게 영화에 구미가 당기지 않았다. 영화를 볼 시간에 글을 썼다. 노트에 펜을 들고 쓰는 건 멜번에서 충분히 했고 아무래도 타이핑의 속도가 제일 빨랐다. 나는 아이폰의 메모에 글을 남겼다. 머릿속의 생각을 하나의 글로 완성하는 것은 아직 쉽지 않았다. 하지만 할 수는 있었다. 난 세 개의 글을 아이폰의 메모에 남겼다.

질문하지 않기

추억은 그렇게 잊히면 된다. 너무 많은 기억을 갖고 살면 짓눌린다. 모든 걸 책임지겠다는 마음가짐은 사람을 벅차게 할 뿐이다. 따라서 언제나 여유와 유머를 몸에 지녀서 지금을 살아야 한다. …… 훗날 뒤돌아봤을 때 내가 큰 그림을 그리고 있었다는 걸 깨닫는 게 인생인 것 같다. …… 우리는 자신에게 주어진 캔버스의 크기를 모르니 그저 붓질을 열심히 할 수밖에. 잘 사는 것에 질문하지 않고 오히려 자기 자신과 순간의 해답에 대해 질문하길.

상어

상어는 헤엄치지 않으면 죽는다. 사명감이 있어서도 아니고 그렇다고 맹목적인 것도 아니다. 상어 그 자체가 하나의 목적인 셈이다. …… 기회를 둘러싼 답 없는 질문들이 즐비하지만 확실한 사실이 하나 있다. 나는 상어처럼 끊임없이 움직였다. 대신 이게 맞는지 아닌지 고민을 매번 끌어안았다. 내 안에 잘못된 부분도 존재했다. 테두리도 형체도 알 수 없는 아픔도 있었다. 그럼에도 상어처럼 나도 내가 할 수 있는 걸 했다. 그래서 기회 앞의 수식어가 어떻든, 그리고 기회 뒤에 어떤 동사를 붙이든 간에 과녁이 정확한 기회가 내 길에 놓였다는 건 분명하다. 어쨌든 더 이상의 부가적 설명 없이, 그럼 된 거다. 앞으로도 상어처럼, 계속.

나의 이야기

세상에는 이분법적 구조가 많이 쓰인다. 그렇게 따지면 나는 거의 언제나 흑백논리에서 벗어난 것 같다. 두 곳과 아예 상관없는 '제3국'이거나 두 곳이 섞인 '회색'지대였다. 즉 독특하거나 애매했다.
멜번에서도 별반 다르진 않았다. 여행자와 정착자 사이를 아슬아슬하게 줄탔다. 위치나 신분이 명확

하지 않다는 것 자체가 나를 자책감과 불안감으로
몰아넣을 때가 있었다. 외롭기도 했다. 그런데 그
덕분에 나만의 이야기를 만들 수 있었다. 어디에
속하진 못 했어도 희미하지는 않았다.
가상의 세계를 통해 보는 것만으로 만족하지 않고
실제 세상에서 손으로 실체를 쥐어야 한다. 다만
경험을 위해 스스로가 상처받도록 내버려두는 것
은 옳지 않았다. 포기도 곧 선택이며 손에 쥐고 있
는 걸 놓아야 새로운 걸 쥘 수 있다.
이제 남의 시간을 부러워하지 않는다. 가장 추웠던
나의 여름이 이렇게 다 지났다. 그리고 떠나는 날
새벽 봄바람을 만났다. 놀랍게도 전혀 사납지 않았
다.

나는 글을 쓰고 잠들었다. 그 어떤 소음도 들리지 않았다. 이 또한 처음이었다. 여전히 처음 해보는 게 많았다.

착륙이 20분 남았다는 방송이 들렸다. 창문을 열어보니 초어스름 즈음이었다. 별처럼 반짝이는 눈동자를 가진 그분은 빙긋 웃으며 날 똑바로 바라보며 이렇게 말씀하셨다.

"한국 가서도 잘 할 거에요."

나는 그분에게 어떤 눈으로 대답했을까?

"고맙습니다. 인연이라면 꼭 다시 만날 수 있을 거라 믿어요. 제 여행의 마지막을 이렇게 장식해줘서 감사해요."

바깥에는 햇빛이 하늘과 섞여 노을을 자아내고 있었다. 비행기에서 내렸을 때 시간은 비로소 멜번에서보다 1시간 느려졌다. 멜번으로 가는 비행기의 여정에서 날렸던 시간을 이렇게 되찾았다.

나와 같은 비행기를 타고 온 이모와 이모부, 그리고 작은 조카를 드디어 공항에서 만나 제대로 얘기를 나눌 수 있었다. 나에게 책임감의 무게를 알려준 작은 조카는 더 이상 아기가 아니었다. 시드니에서 내가 안아서 재운 시절, 기어 다녔던 아가는 뛰어다니기까지 했고 이유식을 먹는 대신 좋아하는 음식이 있을 정도로 아기의 식습관은 더는 없었다. 더 놀라운 건 이제 말을 할 줄 안다는 사실이었다. 나에게 '이모'라고 부르는 작은 조카를 보면서 시간은 쏜살이라는 게 한국의 더운 여름 습기처럼 짙게 와닿았다. 한국 땅을 밟자마자 날 기다리고 있던 건 시간이 내 생각보다 많지 않다는 진리였다. 삶이라는 여행을 위해 망설일 시간이 없었다.

난 멜번에서 여행을 이어가기를 포기한 것을 자신있게 받아들였다. 내 선택이다. 나의 생에 있어 처음 결정한 아주 적극적이고 구체적인 포기였다. 단 한 번도 나의 의지로 포기해 본 적 없는 나로선 첫 포기가 꽤 마음에 들었다. 드디어 포기했다! 그렇게 내 마음은 결코 만만치 않았던 항해를 마치고 마침내 단단한 땅을 밟고 두 팔 벌려 더 큰 자유를 향해 힘껏 내달렸다. 여행과도 같은 삶을 처음 살아봐서 난 몹시도 떨렸다. 심장이 옳은 것을 향해 반응했다.

외전(外傳)

시드니를 떠나기 바로 전날 난 지금은 이름도 기억 못 할 어느 동네를 또 혼자 한가로이 전전하고 있었다. 사진을 찍고 안이 궁금한 곳엔 방문하기를 반복하다가 서점처럼 보이는 곳에 들어갔다. 여러 레코드, 서적, 엽서 등을 차분히 꺼내 보는데 어김없이 주인장이 대화를 걸어왔다. 이번에도 예외없이 딱 봐도 여행자처럼 비쳤던 걸까? 여러가지 소재로 대화를 나누다가 시드니 온 지 얼마나 되었냐는 질문에 '사실 내일이면 떠난다'고 대답하자 되돌아온 예상치 못한 질문엔 도저히 어떤 대답도 할 수 없었다.

"왜 시드니를 떠나요?"

내가 당황스러운 기색을 표하며 끝내 무슨 대답을 해야 할지 모르겠다고 하자 그분이 활짝 미소를 지으며 명쾌하게 화답하길,

"집에 가야할 때가 됐나 보죠. (It's time to go home.)"

이보다 더 이상 완벽한 답은 있을 순 없다며 나는 속 시원하게 웃음을 터뜨렸다.

이 서점을 마지막으로 이젠 돌아가 짐을 싸야 한다고 말하며 시드니에서의 마지막 여행을 예쁘게 마무리해 줘서 고맙다는 말을 남기고 서점 밖을 나서려는 찰나 그분이 밝게 소리쳤다.

"Bon Voyage! (좋은 여행되길!)"

그렇다, 난 내가 줄곧 살았던 곳으로 여행 간다.

끝날 때까진 끝난 게 아니다 / 여행의 동기

"하지만 지금의 전, 연주를 해야 할 이유가 생겼습니다."
영화 *'싱글라이더'** 中

여행이 끝났다고 해서 여행이 끝난 게 아니다. 여행의 동기를 완수해야 여행이 끝난다. 여행에서 돌아왔는데 여행을 떠나기 전에 비해 나아진 점이 없다면 말짱 도루묵이다.

늘 살던 곳에 있다가 여행지에 가면 그곳이 온통 낯설다고 느껴지는 건 비단 생소한 시각적 풍경에서만 비롯되지 않고 익숙한 풍경이 짙게 묻은 시각에도 책임이 있다. 그래서 멜번에서 돌아온 얼마간은 땅 멀미가 났다. 울렁거리는 뱃조각 위 생활에 너무 신이 났던 걸까. 탄탄하고 평평한 육지가 너무 얌전해서 심심하기까지 했다. 바다 위 떠 있는 배에 비하면 집의 방바닥은 낮았다. 집 문을 열어 신발을 벗고 방을 밟았을 때 난 무의식적으로 탄사를 내뱉었다.

낮다.

여행을 갔다 돌아오면 난 유독 갑작스런 시각적 전환에 적

*감독 이주영. 영화 싱글라이더. 제작 퍼펙트스톰필름, BH 엔터테인먼트. 2017

응을 못했다. 여행을 떠난 한동안은 시각적 기준을 자꾸 지금은 나의 주위에 없는 환경에 둬서 시각적 혼란을 겪었다. 거부가 아니다. 난 눈앞에 벌어지는 일에 예민했고 호기심에 곧잘 사로잡혔다. 그러니까, 내 눈 앞의 환경을 단 한 번에 이해하지 못했고, 이번엔 내가 살아온 환경에 새로운 의문을 품었다.

왜 그대로이지?

어쩜 이리도 변하지 않을 수 있을까.

만물은 진화할 뿐이지, 변화를 불어넣는다고 해도 둔갑하지는 않는 법이다. 코끼리가 세월의 흐름과 환경 변화에 따라 상아를 더 이상 키워내지 않는다고 해도 코끼리임은 변함이 없듯이, 또 코끼리가 갑자기 기린이나 다른 동물로 변모하지 않는 것처럼 말이다. 따라서 세상도 둔갑하지 않는다. 어떤 세상이 어떤 성질을 지니고 있고 그 성질이 왜 달라지지 않느냐고 타박하는 건 부질없다. 그러나 그 어떤 세상도 고정되지 않는다. 세상이 변하는 길엔 두 가지가 있다. 그 세상 자체가 진화를 스스로 도모하거나, 누군가가 그 세상에 변화를 불어넣거나. 나는 내가 살았던 세상에 돌아와보니 그 세상이 여태껏 바뀌지 않고 그대로여서 내가 그 세상을 달리 살아야겠다고 마음먹었다.

멜번에서 내내 카메라와 노트를 들고 다녔던 나는 갑자기 학교로 돌아와 카메라와 노트 대신 전공책을 들어야 한다는 현실이 너무 어색했다. 더군다나 전공책을 든다고 해서 카메라와 노트를 포기해야 할 이유도 없었다. 나는 멜번에서 그랬던 것처럼 카메라와 노트를 가방 안에 넣고 다녔다. 이젠 카메라와 노트를 들고 다니는 건 나로선 자연스러웠다. 그러고는 카메라를 앞세워 세상을 달리 보도록 자세를 바꿨다. 그냥 우뚝 서서 봤던 것을 숙여서도 보고, 삐딱한 각도로도 보고, 올려다보기도 했다. 이전엔 그냥 쳐다보기에 그쳤던 것도 직접 다가가서 가까이서 감상했다. 그리고 사진을 찍었다. 내가 항상 내가 있던 곳에서 살면서 입에 달고 살았던 말이 있다. 바로, 시각적 자극이 없다는 것. 무미건조하고 매끈한 맛도 없고 개성은 눈 씻고 찾아볼 수 없다고 개탄스레 중얼거리는 일이 예사였는데 자세를 바꾸니 그냥 지나쳤던 곳에서조차 새로움을 발견할 수 있었다. 세상이 달리 보였다. 세상 구석구석이 내게 금광이 되었다, 내가 미워하는 곳이어도, 내가 달가워하지 않는 곳이든. 금을 알아채고 사진으로 해석하는 건 그런대로 낙이고 보람이었지만 전부라고 하기엔 아쉬웠다. 난 여기서 내가 뭘 글로 표현해야 하는지 감을 잡았다. 여행에 대한 글 다음으로 쓰고 싶은 건 우리를 꼼꼼하게 채우는 작은 존재들이었다. 멜번에선 내 안에 깊이 숨은 날 끄집어냈다면, 돌아와선 끄집어낸 날 행동하도록 둘 차례에 직면했고 그렇게 글쓰기도 자연스러웠다, 바닥을 높이겠다는 일념하에. 나는 여전히 제대로 된 글 한 줄이 절실했으므로.

상황이 나에게 매우 유리하게 돌아갔으면 어땠을까 싶기도 하다. 상황은, 세상은 내 기분에 맞춰서 돌아가지도, 설정되지도 않았다. 세상살이가 녹록치 않은 이유는 사람은 제 마음으로부터 자유로울 수 없으며 그 마음이 세상 돌아가는 원리나 방향과 꼭 들어맞지 않을 때가 잦기 때문이다. 그런 의미에서 적자(赤字) 생존도, 모래 위의 성도, 굴 따러 간 엄마를 기다리는 섬집 아가의 자리도 그대로였다. 너 알아서 잘 해보라는 어른들도 변함없었다. 속상하지 않았다면 거짓말이다. 그런데, 도대체 반드시 하고 싶은 일에 있어서 지금이 아니면 언제란 말인가. 하고 싶은 일을 위해 불편을 감수하지 않고 사리사욕을 우선으로 쫓기만 하는 삶은 곧 정제된 탄수화물로 배를 채우는 것과 같다고 마지막으로 남은 학기를 다니면서 다시 한번 깨달았다. 좋은 영양분도 아니고 에너지원도 될 수 없으며 그저 사람을 게으르게 할 뿐이다. 나는 멜번에서 그랬던 것처럼 기꺼이 불편을 감수했다. 그리고 뒤돌아보면 불편하기만 했던 것 같다. 내가 불평불만을 터뜨린 지점이 위기가 아니라 불편이어서 참 다행이었던 듯도 싶다.

나는 낙천적인 동시에 회의적이기도 하여서 나비의 날갯짓이 태풍을 일으킨다고 믿으면서도 한편으로는 '설마?'라는 질문을 품었다. 멜번에서도 그랬다. 그런데 앞으로는 그러지 않으려고 한다. 나에게 나비의 날갯짓이 자아내는 순풍이 느껴지는데 더는 의심할 여지가 어디 있겠나. 나의 글을 읽지도 않고 글을 잘 쓴다는 사람을 더 이상 만날 수 없었다. 반면 글을 읽고 바로 글이 좋다는 의견을 표하는 사람을 점점 많이 접하고 있다. 나의 글이 잘못되었다거나 마지못해 칭찬을 건네는 사람도 내 곁에서 찾을 수 없게 된 지 오래되고 있다. 대신 글을 읽고 '이렇게 생각할 수 있는지 몰랐다'고 감상을 건네 주는 사람이 늘고 있다. 게다가 나에게 있어 몹시 놀라웠던 건 마지막 학기의 마지막 날 웃으면서, 아무 후회없이, 무사히 지난한 학교 생활을 마쳤다는 것이었다. 울며 겨자 먹기로 다녔던 학교 생활의 끝에서 내가 웃을 수 있어서, 나는 학교 생활에 관해서라면 다른 부차적인 것들은 다 필요없고 그 점이 가장 애틋했다. 무엇보다 시간이 주는 기회를 고군분투하며 활용하고 있었다. 나는 나비의 날갯짓이 이로운 태풍을 일으킬 수 있다는 사실을 여전히 잘 믿을 수밖에 없다.

나도 모르는 사이 나의 멜번 여행은 여행의 동기를 완수함으로써 서서히 끝을 맺었다. 여행의 동기 아니, 여행자는 여행에서 돌아와서도 망가지지 않았다. 참으로 다행이었다. 한시름 놓았다.

일어나야 할 일은 일어난다 / 여행의 영향

"When you get this, you gotta give it everything you got."

(이 기회를 잡으면 전부를 쏟아부어야 해.)

영화 '*라라랜드(La La Land)*'* 中

난 엄마한테 고백했다, 외국어를 배우는 게 단 한시도 편한 적이 없었다고. 백 번 양보해 내가 즐긴 적이 있었을지라도 힘든 건 힘든 거라고, 단어 암기에 대한 트라우마가 심했고 그에 대한 압박감을 이겨내는 데 너무 오랜 시간이 걸렸다고 엄마한테 비로소 말할 수 있었다. 그 트라우마란, 고등학교 1학년 여름 보강 때 학교 영어 선생이 내가 반에서 유일하게 단어 시험에서 절반 이상 틀리자 나 보고 뒤에 가서 무릎 꿇으라고 시켰으며, 그런 일은 두 번이나 있었고, 난 그 전날 전력을 기울여 단어를 외웠는데도 기억이 하나도 나지 않는다는 사실에 좌절감이 든 동시에 그깟 단어가 뭐라고 내 노력이 무시당한 건 차치하더라도 무릎까지 꿇리는 모멸을 당

*감독 데이미언 셔젤(Damien Chazelle). 영화 *라라랜드(La La Land)*. 제작 Summit Entertainment, Marc Platt Productions, Imposter Pictures, Gilbert Films. 2016

해야 하는지 모를 모욕감을 외국어 공부를 할 때마다 부딪혔다는 것이었다. 그럼에도 불구하고 외국어 공부를 놓지 않은 건 단순히 재미보다는 외국어가 새로운 세상을 맛보게 해 줄 수단이 될 동시에 어떻게든 먹고 살게 해줄 도구가 될 거라는 기대가 있었기 때문이었고, 외국어가 전공이고 전공으로 훗날 먹고살아야 한다는 매우 편협했던 생각 때문에 모든 학교 생활이 끝날 때까지 트라우마는 고사하고 외국어 공부가 날 얼마나 괴롭히는지 엄마한테 말할 엄두도 못 냈다고도 말했다. 그리고 난 엄마가 '그런' 식으로 놀란 걸 처음 보았다. 엄마는 진작에 왜 말하지 않았냐고, 단어 못 외운 게 뭐 큰 일이기에 무릎까지 꿇린 선생에 대해 엄마한테 말하지 않았냐고 했지만 난 아무 대답도 하지 않았다. 그냥 그걸로 됐다. 비로소 나는 해방되었다. 이날은 내가 사회적 도리 중 마지막인 대학 과정을 마친 날이었다. 이 1년 전엔 난 일본으로 여행 갈 준비를 하고 있었다. 1년 전엔 내가 그 1년 후에 이런 결과를 맞이할 수 있을 거라 상상도 못했다. 어쨌든 나는 해방이었다.

죽기 직전까지 외로웠다. 그러나 내가 홀로 지나지 않으면 안 될 지옥이었다. 글은 혼자 쓰는 것처럼 지옥도 혼자 지나가야 했다. 나에게 주어진 지옥은 그 누구도 나를 대신해서 지나가 줄 수 없다. 그렇기에 이를 악물고 지나가는 것도, 가다가 쓰러지는 것도, 쓰러져 일어나 발걸음을 내딛는 것 전부다 내 몫이었다. 한편 지옥이 없었더라면 간절하면서까지 나아갈 수 있었을까. 날 죽기 직전까지 외롭도록 몰아붙인 지옥이 있었기에 여행을 빌려서라도 앞으로 나아가고자 움직였고 다 지나고 나서 나에게 일어났던 일들을 선으로 연결해보니 그중 한 가지 일이라도 빠지면 나의 삶이 성립이 될 수 없음이 보였다. 일어날 일은 일어난 셈이었다. 일어날 일은 일어난다. 이는 곧, 일어나야 할 일은 일어나야 함을 의미한다고도 본다. 왜냐하면 사람은 변하지는 않는 대신 드러나기 때문이다. 사람의 제 본성은 반드시 드러나야 한다. 사람은 제 모습을 숨기고는 살 수 없는 노릇이다.

시드니와 멜번 여행에서 내가 겪었던 일생 잊지 못할 가장 강력한 자극은 찬엄한 다채로움이었다. 감히 넘볼 수도 없는 위엄을 갖춘 자연 안으로 한 발짝 들어갈수록 눈에 보이는 건 난생 처음 접하는 동식물도 동식물이지만 그 면면의 다양성이 무한대라는 점이었다. 그 모습이 곧 정체성의 주장이라고 생각했다. 꽃과 나무와 들과 산이 서로의 정체성을 양보했기 때문에 위대한 자연을 이룬 것이 아니다. 각자 다 자신의 정체성을 주장했기 때문에 위대한 자연을 이루고 있는 것이다. 꽃은 꽃을 피우고 나무는 잎을 내며 들과 산은 시간과 세월의 흐름에 따라 각자의 성질을 유지했기에 자연이 보전되고 있었다. 동물들도 마찬가지였다. 그 어떤 동물들도 복제된 외양을 띄지 않고 있었고 인간이 방해하지 않는 한 자신의 자리를 이탈하지 않고 자유로움을 만끽했다. 이런 정체성의 견지와 다양성에 새삼 다시 놀란 건 멜번의 사람들을 마주하고 나서다. 날씨와 상관없이 입고 싶은 옷을 입고, 개성을 자랑하고, 오로지 자신이 하고 싶은 일에 몰두하는 사람들을 보면 그들보다 그들을 이상한 눈길로 쳐다보고 때론 눈총까지 주는 사람들이 더 이상함을 저절로 느낄 수 있었다. 그들이 거리 위에서 펼치는 독특한 음악과 현란한 그라피티는 살아있는 존재란 무릇 그 자신의 독특함을 감추고는 살 순 없고 존중해야 마땅함을 주장했다. 시드니에서의 자연과 멜번에서의 사람들 사이의 공통점은 정체성의 발현과 개성의 지속만이 조화와 화합을 이룰 수 있다는 점이었다. 즉 조합과 화합이 세계를 움직이고 따라서 그 구성원은 자신의 정체성을 지키고 성장시킬 수 있는 행복을 보장받아야 한다는 것이다. 시드니와 멜번 여행이 선사한 기억은 내가 나 자신을 드러내는 데 있어 망설일 이유가 없다는 법칙의 실질적인 증거가 되었다. 그래서 나는 내가 '나'임에 있어 눈치보기를 깔끔히 관뒀다. 어른들의 훈계와 또래 친구들의 뒷담이 아로새겨진 트라우마는 더 이상 날 가두지 못했다. 남의 시선을 신경 쓰는 일은 너무 손해였다. 학교에 갈 때 선글라스를 쓰는 게 아무렇지 않아졌고, 수업 중에 정답이 아닐지라도 당당하게 손을 들어 발표하는 일이 두렵지 않아졌고, 나의 스타일을 잘 고수했다. 나는 사람의 손때에 길들여지지 않고 자연의 섭리를 거부하지 않는 소설 '어린 왕자' 속 여우처럼 유유자적했다. 가장 홀가분했던 건 여행 중에서만 말고도 한국에 와서도 새로운 사람들을 만날 때 내가 글을 쓴다고 말하기를 주저하지 않게 됐다는 점이었다. 내가 타고난 '나'를 그대로 둔다는 게 온 마음을 다해 경험하지 않고서야 알 수 없는 행복인지 몰랐다. 후련하다. 결국 드러날 게 드러났다.

"하려면 제대로 해야 해."

시드니에서 이 말을 들었을 때까지만 해도 정확하게 무슨 의미인지 잘 몰랐다. 다만 그 말을 들은 직후 머릿속에서 그 말이 내내 맴돌았다. 한국에선 그 의미에 대해 알 도리가 없었다. 하지만 그로부터 2년 뒤 일본 여행의 기억이 그 의미에 대해 설명해줬다. 시드니나 멜번 여행의 기억보다 더 설득력 있었다. 일본에서 마주친 간판이 없는 동네의 한 푸딩 가게, 인적 드문 골목의 시계 공방, 바닷가 근처의 도검 장인의 공간은 참 고독했다. 시부야의 혼잡하고 과시적인 교차로 대신 조그만 걸어 들어가면 보이는 상점들은 아담했어도 제 세계를 갖춰 뚜렷했다. 그들은 전부 장인과도 같았고 그들의 일과 삶은 수련이었다. 모두 남의 눈에 뜨이길 개의치 않고 과감하게 자신이 하고 싶은 일을 할 뿐만 아니라 그 일에 있어 주어진 길을 묵묵히 걸어가는 모습이 눈에 절로 그려졌다. 온갖 시행착오에 좌절하지 않고 그 어떤 속임수나 꾀, 욕심을 부리지 않았다. 하나하나의 흔적에 진심이 담기지 않은 것이 없었다. 높이 올라가는 것보다는 앞으로 나아가는 데에만 몰두했다. 나는 그들의 모습으로부터 '제대로 하는 것'을 배웠다. 그래서 나는 내 글이 바다만큼 이롭길 바라는 심정으로 글을 썼다. 또한 나를 위해서 글을 썼다. 보여주기식 글을 쓰지 않았다. 제대로 된 글 한 줄을 위해 하루를 바치기를 마다하지 않았다. 소속되지 않고 글을 쓰는 데 있어 내가 홀로서기를 하고 있다고 자부했다. 글을 위한 고민을 피하지 않았고 글 한 줄에 고심을 다했다. 이따금 글이 주는 안개 낀 침체를 당연하게 견뎌냈다. 글 앞에 미약한 내가, 이토록 미련한 내가 글이라는 예술에 도전할 수 있음이 거룩하다. 글이 주는 가난을 부끄러워하지 않았다. 어느 날은 벽을 밀듯이 한 줄 한 줄 써내려 갔고, 어느 날은 신들린 듯이 일필휘지(一筆揮之)로 한 편의 시를, 한 편의 완성된 글을 썼다. 몇 달을 하나의 주제 아래 신음하며 조각을 깎는 것처럼 글을 쓴 적도 있었고, 하루이틀에 한 번씩 짧지 않은 분량의 글을 뚝딱 써낸 적도 있었다. 글을 쓸 때 규칙이 생기는가 하면, 한 번도 해보지 못한 새로운 방식으로 글을 쓰기도 해 도무지 종잡을 수 없는 즐거움이 상당했다. 머릿속으로 글을 쓰고 현실에서 머리로 미리 써둔 글을 종이나 타이핑으로 옮기는 식도 자주 활용했다. 나는 낱말들이 이루는 한 줄과 표현이 일궈내는 한없는 의미가 완성하는 글에서 살아있음의 가치를 느낀다. 에세이, 시, 평론에 중점적으로 매진하는 가운데 글에 있어서 하고 싶은 일이 점점 늘어난다. 단편 소설, 동화, 가사에 차근차근 도전하며 장편 소설과 영화 시나리오를 구상한다. 글로 할 수 있는 모든 걸 하고 싶어서, 아주 오래 하고 싶어서 노력을 그치고 싶지 않다. 나는 이 가식 없는 까만 잉크와 흰 종이가 주는 가장 근간적인 럭셔리를 즐길 수 있음에 감사하다. 떳떳하다. 단 한 순간도 내가 바라는 '나'이지 않은 순간이 없어서 행복하다. 나는 남들이 알아봐 주기 전부터 글 쓰는 사람이었다. 일어나야 해서 일어나고 있는 일들을 받아들이고 있다. 하고 싶은 걸 전부 해내는 해처럼 빛나는 나날들이다.

죽기 전까지 외로웠다. 담담하게 말하건대, 죽기 전까지 외로웠다. 글은 혼자 쓰는 거여서 외로울 수밖에 없었다. 외롭기를 회피하지 않은 이유는 글을 쓸 수 있어서, 내가 '나'일 수 있어서, 그리고 여행을 떠날 수 있기 때문이었다. 일어나야 할 일을 일어나지 않도록 막기란 불가능하다.

기대는 힘들다. 기대엔 힘이 들어간다. 그러나 일어나야 할 일은 일어난다는 경험이 있는 지금 기대는 나에게 힘이 없다. 나는 그저 궁금하다. 이제 나에게 어떤 일이 일어날까. 모른다. 하지만 일어나야 할 일들은 일어날 터이다.

당신이 필요한 여행

모든 마음을 다하여

여행을 하면 세상을 여행하는 줄만 알았다. 그래서 여행을 하면 '나'라는 사람 자체가 넓어질 줄 알았다. 신문물과 낯선 문화를 접하면서 그릇이 커질 거라고 기대했다. 틀린 말이 아닐 수도 있겠지만 다섯 번의 여행을 거친 결과 생각이 달라졌다. 나는 사람의 삶을 여행했다.

나는 여행이 필요했다. 그렇게 시작한 여행이 다섯 번에 이르렀고 다섯 번의 여행이 스쳐간 시간은 십여 년에 달했다. 그 여행들은 나에게 달콤한 아몬드 크라와상이라기보다는 쓴 약이었다. 여행을 하면 일상에서와는 달리 내가 한계에서 벗어나 웃고만 다닐 줄 착각했던 시간들이 많았다. 그 착오를 깨우치는 데 다섯 번의 여행이 걸렸다. 나는 여행에서 일상처럼 그대로 한계에 울었다. 고맙게도 온갖 희로애락이 여행에서도 현실이었다. 일상에서는 일상의 반복성에 나의 다채로운 빛깔을 파묻어야 했지만, 여행하면서는 여행의 돌출

성에 곤란하기도, 놀라기도, 시원하게 웃기도 했다. 때때로 분노하고, 슬퍼하고, 기뻐하고, 껄끄러워하고, 위축되기도 했다. 그렇게 나는 다섯 번의 여행을 통해 생기를 비로소 되찾았다. 또한, 여행하며 일상에서 보지 못했던 풍경을 보며 시각적 각성을 경험했고, 일상에서 만나본 적 없는 사람들과 마주하며 감격을 느꼈다. 위험한 상황을 헤쳐 나가고, 지지부진한 전개를 무릅쓰고, 작고 완벽한 행복에 마음을 적셨다. 그 다섯 번의 여행 끝에 서 있는 건 금은보화가 아닌 그저 처연하고 견고한 '나'였다. 그러므로 나는 사람의 삶을 여행했다.

나만 여행이 필요하지 않았다. 여행도 내가 필요했다. 여행자는 세상을 여행하며 곳곳마다 변화를 불어넣고 떠남으로써 사람의 삶도 함께 공부한다. 변화가 없다면 사람은 무지에 머무르고 그 사람이 사는 땅엔 희망이 없기 때문에 열과 성의를 다하여 여행을 하는 것만큼 중요한 것이 관용과 배려를 잊지 않는 것이다. 예를 들어, 단 한 번도 아시안과 대화를 해 본 적이 없는 사람들이 사는 곳에 아시안 여행자가 방문한다면 그것만으로 신선한 자극이 되기에 충분하다. 만약 그 여행자가 그 사람들에게 아시안의 문화를 전파한다면? 변화가 시작되는 것이다. 여행은 세상을 바꿀 수 있기에 나는 우공이산(愚公移山)의 수고로움을 아끼지 않았다. 산을 갖다 놓는 대신 장차 산이 될 흙 한 줌을 퍼서 옮겼다. 에어비앤비 호스트 분께 한국 시인의 시집을 선물하고, 룸메이트와 한국 노래를 듣고, 일본의 불교 미술을 하시는 홈스테이 할머니께 한국의 미(美)가 담긴 공예품을 드렸다. 어떤 사람들의 사회에 나는 도전에 앞서 관건은 젊음 대신 살아있음 그 자체라는 씨를 뿌렸고, 또 어떤 사람들의 사회에 나는 꿈을 현실로 이루는 원동력을 전파시켰다. 나 자신을 세상에 남기고 떠나는 여행, 그럼으로써 인간적 교류를 경험해 감정과 지식의 지각변동을 겪는 여행이야말로 여행자가 없으면 아니되었다. 지금의 세상은 여행자들의 용기와 의지로 세워졌다. 세상 어디를 가도 결국 사람 사는 곳이기에 나는 사람들의 삶도 여행했다.

여행을 하면 할수록 나의 내면으로 깊이 내려갔다. 한편으로는, 마치 복권의 회색 칠을 긁듯이 내가 몰랐던 나의 모습들을 드러냈다. 어떤 상황에 당황을 금치 않는지, 원래 좋아하던 건 무엇이었는지, 무얼 두려워하는지 여행을 하면서 나에 대해 알아갔다. 공항에서 비행기 탑승을 기다리며 나는 시간을 어떻게 때우는지 지켜보고, 낯선 공간을 헤매며 길을 찾아가려는 나 자신에게서 방황을 어떤 식으로 대처하는지 살펴봤다. 무엇에 마음을 쓰고, 무엇에 마음을 설레하고, 무엇에 질색하는지 처음 보는 나 자신에 놀라는 일은 이제 새롭지 않다. 애써 모면한 사실에 직면해 눈물을 흘리고, 내 것이 아니라고 여겼던 감정에 마음을 녹였다. 평소라면 먹어보지 않을 음식에 도전하고, 역작과 걸작에 도전의식을 느끼고, 평범한 풍경에도 박수를 보냈다. 어떤 사람과 잘 어울릴 수 있는지, 내가 중요하게 여기는 숙소의 요소는 무엇인지, 여행 중 신어야 할 신발은 어때야 하는지 배웠다. 어떤 일 앞에 표정을 못 숨기는지, 어떤 일 앞에 단호히 거절하는지, 어떤 일 앞에 나 자신을 아낌없이 바칠 수 있는지 여행에서 경험했다. 그렇게 나를 찾고 또 찾아냈다. 여행을 해도 해도 나는 '나'였다. 여행을 하면서 사람은 넓어지고 깊어지기보다는 여행을 하면서 사람은 원래 넓고 깊다는 걸 인지한다. 나는 본디 이런 사람이다, 깨닫는다.

그리고 그 여행을 하는 마음과 태도로 삶을 이어간다. 룸메이트가 자기소개를 할 때 국적을 말하면 나는 그 국가의 이름 외에 아무것도 몰랐다. 우리가 아는 건 안다고 생각했던 것에 불과하고, 심지어 안다고 해도 그 크기는 너무 협소할 뿐이었다. 그 경험으로 나는 세상을 살아갈 때 혹은 누군가를 대할 때 '나는 당신에 대해 잘 모르니 당신이 알려주는 당신에 대해 배우는 자세를 취하기를 늦추지 않겠다'고 다짐했다. 이미 알던 것도 다시 보기와 다르게 보기를 실천한다. 여행에서 난항을 헤쳐 나가는 방식과 마음가짐을 실생활로 끌고 와 삶의 역경을 돌파한다. 여행에서 겪는 작은 불편을 감수하는 마음으로 일상에서 마주하는 작은 불편을 웃어 넘긴다. 길을 잃으면 가볍게 돌아서 다시 발걸음을 재촉하던 태도로 난 길을 잃다가도 길을 찾는다. 이방인인 나를 보며 웃어주고 친절을 기꺼이 베푼 사람들을 기억하며 미소 짓는 걸 잊지 않는다. 여행이 나를 살게 한다. 여행하듯이 살아가면 삶이 조금 더 즐겁다. 나는 여행이라는 삶을 살아간다.

여행 중 내딛었던 모든 발걸음은 결국 나를 향한 발걸음이었다.

나는 계속 여행한다.

에필로그

오고 가며 봐 둔 카페에 들어갔다. 들어가자마자 눈에 띈 건 결코 잘 그렸다고 말하긴 어려운 솜씨의 그림. 그러나 참 예뻤다. 커피를 주문하고 그림이 예쁘다고 점원에게 말했다. 그랬더니 점원이 하는 말.

"제가 그렸어요. 저것도. 또 저것도. 아, 저건 커피나무에요."

나는 나도 모르게 이 질문을 내뱉었다.

"Are you an artist? (혹시 예술가에요?)"

점원이 대답했다.

"Yes, I am. (네, 맞아요)"

대답에는 자신감과 자부심이 묻어 있었다.

"Are you? You are an artist, too? (당신은요? 당신도 예술가에요?)"

그 질문에 나는 이렇게 답했다.

"I am a writer. (저는 글을 써요.)"

나의 뺨에는 보조개가 피었다.

고마움을 전하며

우선, 무슨 일이 생겨도 포기하지 않는 나 자신에게 정말 고맙다.

나의 가족들에게도 고마움을 전한다. 엄마, 아빠 고마워. 엄마, 아빠의 결단이 아니었다면 여행 신고식을 제대로 치르지 못했을 것이고, 그랬다면 이 책은 아예 탄생되지도 않았을 것이다. 또 내 걱정이 많으셨을 할머니 덕분에 난 도리어 걱정을 내려놓고 용기를 낼 수 있었다. 할머니, 고맙습니다. 그리고 세라 언니, 언니가 아니었다면 이 책은 다른 책과 똑같았을 거야. 언니가 내 책을 다르게 만들어줬어. 날 초대해줘서 고마웠어.

이 긴 여행에서 만난 모든 분들께도 진심으로 고맙습니다. 덕분에 씩씩하게 걸어나갈 힘을 얻었다. 평생 글을 쓰며 기억할게요.

마지막으로, 이 책을 읽은 독자 분들께도 정말 고맙습니다.

이 책이 당신의 여행에 이롭길!

내가 쓰는 단어 하나, 문장 하나가 독자 당신 마음의 결과 결이길 바랍니다.

항상 이상하세요!

전해리 드림

당신이 필요한 여행 The Journey You Need to Have
여행 시리즈 〈당신, 여행, 그리고 필요〉 중 첫 번째
1판 1쇄 발행일: 2023년 9월 13일
ISBN: 979-11-982046-0-8 03810
글쓴이: 전해리

리튼앤라이튼(Written&Lighten)은
썬 키쓰 쏘싸이어티의 출판 브랜드(임프린트)입니다.
제 2022-000036호

writtenandlighten.official@gmail.com
https://www.instagram.com/writtenandlighten.official
https://www.sunkisso.com

출판 기획 편집 디자인 마케팅: 전해리

표지 종이: 두성종이 문켄폴라 / 본문 종이: 두성종이 아도니스러프
표지 및 본문 서체: 서울한강체, 코펍월드바탕체·돋움체,
Noto Serif, Noto Sans JP
인쇄: 씨에이치 피앤씨

책값은 뒤표지에 있습니다.